新方墨 之 大师与经典（经典及思潮卷）

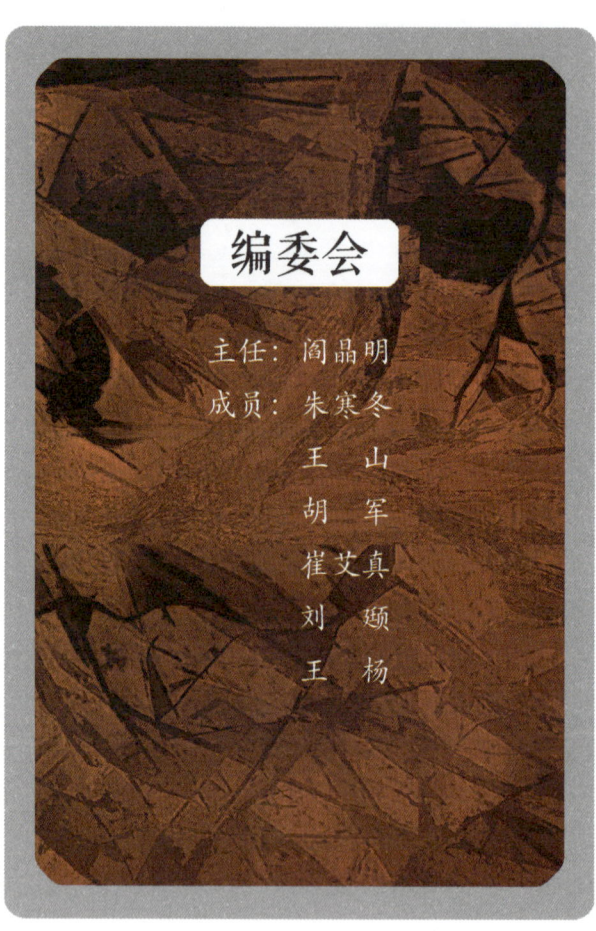

编委会

主任：阎晶明
成员：朱寒冬
　　　王　山
　　　胡　军
　　　崔艾真
　　　刘　颋
　　　王　杨

Dashi Yu Jingdian

新力量
大师
与经典
（经典及思潮卷）

阎晶明 ◎ 主编

时代出版传媒股份有限公司
安徽文艺出版社

图书在版编目(CIP)数据

大师与经典(经典及思潮卷)/阎晶明主编. —合肥:安徽文艺出版社,2014.10(2015.4重印)

(新力量书丛)

ISBN 978-7-5396-4910-8

Ⅰ. ①大… Ⅱ. ①阎… Ⅲ. ①外国文学-文学评论-文集 Ⅳ. ①I106-53

中国版本图书馆 CIP 数据核字(2014)第 069028 号

出 版 人:朱寒冬		责任编辑:朱寒冬 刘姗姗	
特约编辑:王 杨		装帧设计:许含章	

出版发行:时代出版传媒股份有限公司　www.press-mart.com
　　　　　安徽文艺出版社　www.awpub.com
地　　址:合肥市翡翠路 1118 号　邮政编码:230071
营 销 部:(0551)63533889
印　　制:安徽新华印刷股份有限公司　(0551)65859551

开本:710×1010　1/16　印张:30　字数:600 千字
版次:2014 年 10 月第 1 版　2015 年 4 月第 2 次印刷
定价:39.80 元

(如发现印装质量问题,影响阅读,请与出版社联系调换)

版权所有,侵权必究

《大师与经典》
《翻译之技与翻译之道》
《当代世界艺术空间》
《文学世界的激情与梦想》
《文学生长的力量》
《聚焦文学新力量》

目录

美国

海明威：作家要敢于超越前人　｜杨仁敬｜003

T.S.艾略特：他改变了一代人的表达方式　｜陆建德｜009

惠特曼与庞德：缪斯的对话与契约　｜刘树森｜018

苏珊·桑塔格：爱艺术走出信仰危机　｜张　艺｜025

约翰·厄普代克的人生观　｜张瑞红｜029

艾布拉姆斯：百岁的老派批评家　｜高继海｜036

在家的霍桑　｜孔亚雷｜043

亨利·米勒：转向内心世界的激情　｜杨恒达｜053

行者凯鲁亚克　｜张　芬｜060

美国科幻大师雷·布拉德伯里：火星梦幻者　｜星　河｜065

托妮·莫里森《宠儿》：后背上的那棵树　｜黄　华｜075

卡佛：心灵的火　｜李青阳｜083

2011年美国诗界大辩论：什么是美国的文学标准？　｜张子清｜090

《新美国文学史》：文学史能不能这样写？　｜郭英剑｜098

英国

狄更斯：他的心始终向着穷人和不幸者　｜薛鸿时｜109

纪念《傲慢与偏见》出版200周年：恋爱故事里的大关怀　｜周　颖｜119

乔治·奥威尔的文学、文化评论 ｜徐　贲｜127

"文尼莎拥有我渴望的一切"：贝尔绘画艺术对伍尔夫小说的
　　影响 ｜杨莉馨｜132

王尔德：唯美主义理想的寂灭 ｜沈大力｜139

《戈尔丁：撰写〈蝇王〉的人》：怎样定义作家戈尔丁？
　　｜李道全｜147

伊夫林·沃：没落贵族小说家的一生 ｜高继海｜152

法国

卢梭：从白杨岛到先贤祠 ｜沈大力｜163

阿尔封斯·都德：《最后一课》的教谕 ｜沈大力｜172

泰奥菲尔·戈蒂埃：奇幻秀士的美学 ｜沈大力｜179

维克多·雨果：《悲惨世界》与《笑面人》 ｜沈大力｜186

你看过《第二性》吗？ ｜郑克鲁｜191

纪念《追忆似水年华》第一卷出版100周年：普鲁斯特的"方舟"
　　｜黄　荭｜198

法国当代文学异象——新小说派之我见 ｜沈大力｜206

德国

汉娜·阿伦特：生命作为爱的叙事 ｜高继海｜215

《浮士德博士》：一个德国的譬喻 ｜罗　炜｜223

赫尔曼·黑塞：谱写心灵的朝圣者之歌 ｜谢莹莹｜234

君特·格拉斯《盒式相机》：回忆、记忆与虚构 ｜余　扬｜240

歌德与卡夫卡：他们如此不同，却都塑造时代的灵魂
　　｜曾艳兵｜248

奥地利

再读卡夫卡：《卡夫卡全集》校勘本面世 ｜叶廷芳｜259

托马斯·伯恩哈德及其剧作：批判者的遗产 ｜李亦男｜267

加拿大

2013年诺贝尔文学奖得主艾丽丝·门罗：如此艺术，如此小说
　　｜陈晓明｜281

艾丽丝·门罗："碎片故事"中的大千世界　｜郭英剑｜285

日本

樋口一叶：古日本最后的女性　｜林文月｜299

江户川乱步作品：欧美知性风与日本江户风格
　　｜[日]岛田庄司｜304

西班牙

路易斯·塞尔努达：孤独的掌灯塔者　｜汪天艾｜313

爱尔兰

《为芬尼根守灵》：寓言与交响的复合　｜陈　恕｜323

《为芬尼根守灵》印象点滴　｜傅　浩｜327

尤利西斯的隐喻　｜李宏伟｜330

谢默斯·希尼的注视　｜戴从容｜335

俄罗斯

陀思妥耶夫斯基与今天的我们　｜张变革｜343

在邪恶旁边还有孱弱的良善——陀思妥耶夫斯基的"残酷结构"
　　｜刘亚丁｜352

曼杰什坦姆：为时代写下诚实证言　｜汪剑钊｜361

从普希金到契诃夫：俄罗斯民族戏剧的世纪转型　｜王树福｜366

以赛亚·伯林：诗人们的知音　｜汪剑钊｜372

社会主义现实主义在当代俄罗斯　｜林精华｜378

瑞典

2011年诺贝尔文学奖得主特朗斯特罗姆：属于诗人的诗人
　　｜石琴娥｜387

南非

J.M.库切：见证耶稣的童年　｜李　晖｜395

黎巴嫩

哈利勒·纪伯伦：阿拉伯裔美国文学的奠基者　｜马　征｜403

《哈立德之书》：你看到哈立德的身影了吗？　｜石　英｜409

埃及

马哈福兹：作品译成中文最多的阿拉伯作家　｜丁淑红｜417

以色列

《地下室里的黑豹》：建构历史与现实象征联系的少年故事
　｜钟志清｜429

巴勒斯坦

当代巴勒斯坦文学：以记忆抵抗权力　｜余玉萍｜439

拉美

蜕变颂——纪念富恩特斯　｜陈众议｜449

巴尔加斯·略萨：一个作家的证词　｜王　杨｜459

东欧

需要重新打量的东欧文学　｜高　兴｜469

美国

海明威：
作家要敢于超越前人

杨仁敬

美国小说家欧内斯特·米勒·海明威从一个普通的高中毕业生到诺贝尔文学奖获得者，经历了不平凡的历程。他由一个默默无闻的记者，经过在巴黎6年的不懈打拼，迅速从那里崛起，登上欧美文坛，成为一位光彩夺目的新进作家。他的四大小说《太阳照常升起》《永别了，武器》《丧钟为谁而鸣》和《老人与海》在美国文学史上留下了崭新的一页。1954年，海明威终于摘取了诺贝尔文学奖的桂冠，圆了他一生的美梦。

瑞典皇家文学院代表在颁奖辞中肯定了海明威的两大贡献：一是精通现代叙事，再现了口语中的一切奥妙，"成了我们这个时代伟大文体的创造者之一"；二是塑造了勇往直前的硬汉形象，"创造了我们这个苦难时代中的真实人物"。

欧内斯特·米勒·海明威

海明威当时因病不能亲自去斯德哥尔摩领奖。他在书面答谢词中首先感谢瑞典授予他这项大奖。他强调指出："对一个真正的作家来说，每一本书的完成都是他努力去开拓的新起点。他应该坚持不懈地去追求,做别人从来没做过的或曾尝试过而没有成功的事。这样他就有幸获得成功。"

这些发自肺腑的话是海明威毕生创作的深刻体会和经验总结,也是他对后辈作家的期望。

作为一个著名的小说家,海明威经历了许多困难和挫折。他的成长的关键在于:善于博采众长,自成一格,走自己的路。他始终坚持现实主义方向,努力深入社会实践,关注时代的变化。在巴黎学艺期间,他细心研习现代派作家庞德、斯坦因和画家毕加索等人崭新的表现手法,认真阅读莎士比亚、托尔斯泰、马克·吐温等大文豪的名著,反复实践,写好"每一个真实的陈述句",终于形成了自己独特的"冰山原则",塑造了感人的硬汉形象,促进了美国小说的新发展。

《丧钟为谁而鸣》英文版

海明威从小喜爱文学。早在家乡中学时就当过校报《秋千》和《书板》的编辑,在两报上发表了许多报道和诗歌,深受师生们的好评。他爱模仿芝加哥名作家拉德纳的风格,被称为"小拉德纳",高中毕业后,他谢绝了父母要他升大学的建议,到《堪萨斯之星》当见习记者。他接受了严格的新闻写作训练,经常深入现场报道发生的事件,对社会生活有所了解。后来,他参加美国红十字会赴意大利战场当救护队司机,不幸被敌方炮弹击中受了重伤。这些经历成为他创作长篇小说《太阳照常升起》和《永别了,武器》的生活资源。

海明威是从巴黎走进文学殿堂的。1921年底,他带着成名作家舍伍德·安德森的推荐信,偕新婚不久的妻子哈德莱到达巴黎。当时的巴黎是世界现代主义思潮的中心。海明威会见了诗人庞德、小说家斯坦因、多斯·帕索斯、菲茨杰拉德和画家毕加索。斯坦因和毕加索经常在一起探讨文学艺术的创新问题。海明威成了他们文学沙龙的常客,总是耐心地倾听他们发表高见。斯坦因家里挂满了塞尚、马蒂斯、莫奈等名画家的作品和毕加索的立体主义画作,它们深深地吸引了青年海明威。海明威特别钟情于塞尚的画作和艺术主张,塞尚注重写真实,描写自然。海明威意识到时代在变化,新文艺思潮正在形成,文艺需要革新。他努力去适应它,从中汲取有益的东西。他比较倾向于先锋派和心理分析派,不赞成否定传统的达达主义派。在斯坦因和毕加索的启发下,海明威渐渐地把小说创作与绘画艺术结合起来,用"画家的眼睛"来观察生活,表现生活,同时,他大胆地革新小说结构,小心试验戏仿技巧,反复尝试意识流手法等。他早期的作品《在我们的时代》和《春潮》以及一些短篇小说如《弗朗西斯·麦康伯短暂而幸福的生活》等就是他最好的实践。有些手法在他成名后的作品里仍在运用,甚至用得很好,很有特色。

尽管如此,海明威并没有盲目地跟着庞德和斯坦因等现代派作家走。后来庞德成了美国现代派诗歌的奠基者,斯坦因则成为美国现代派小说的开创者。海明威则坚持现实主义方向,成为一位风格独特的现实主义作家。

在巴黎学艺期间,一方面,海明威常常去欧洲各地采访。他访问了墨索里尼等政要,了解列强之间的钩心斗角、难民逃难的惨状、独裁者的野心和民众的困苦等等。他对"我们的时代"的暴力和欧洲的乱象以及平民百姓的艰辛有了进一步体验;另一方面,他拼命挤时间阅读世界文学大师的著作,从中汲取了许多现实主义的养分。

到达巴黎以前,安德森给海明威开了个书单,建议他读些古今名作家的杰作,他接受了。到了巴黎以后,庞德又推荐一些世界文学名著让他读,他也照办了。他经常去比茨的莎士比亚公司看书和借书。他以前没机会接触这些名著,现在拼命挤时间猛补。他先后读过托尔斯泰、屠格涅夫、巴尔扎克、斯丹达尔、福楼拜、莫泊桑、塞万提斯和陀思妥耶夫斯基以及现代作家吉卜林和乔伊斯等人的小说,重读了莎士比亚的戏剧和马克·吐温的小说。他特别推崇"美国文学中的林肯"——马克·吐温。他认为:"一切现代美国文学都来自马克·吐温写的一本书:《哈克贝利·费恩历险记》。"他一生一直以马克·吐温为楷模,注重真实地表现生活,使自己的作品充满生活气息,采用美国中西部民众的口头语来写作,在小说里大量运用简洁、精练的对话,深受读者的喜爱。

更有意思的是,海明威不仅从上述文学名家的作品里学到了许多东西,而且提升了自己的奋斗目标。以前,他只想当个报刊小说的通俗作家。如今,他决心"同死去的作家比高低",超越他们,成为世界一流的作家。诚然,他承认莎士比亚和托尔斯泰是古典作家中的冠军,难以企及。至于其他作家,他倒是想与他们较量一番,甚至出重拳打败他们。

有了明确的奋斗目标以后,海明威总是坚持不懈地去追求和拼搏。不论在家里床上或在咖啡馆里、在火车上或旅馆里,他都能写报道和小说。他养成了在艰苦条件下写作的好习惯,这在当代美国小说家中并不多见。他用写小说的手法写新闻报道,又将新闻报道的真实材料融入小说,自成一格。成名前,他总把写好的短篇小说请庞德和斯坦因提意见。他还将第一部长篇小说《太阳照常升起》的文稿请菲茨杰拉德过目,后者建议他删去小说开篇的10页,海明威立即接受,删去了20多页。据说,《永别了,武器》的结局改了 40 多次。正如他自己说的:"我工作非常艰苦,再三重写改正,不厌烦。我非常关心我作品的效果。"

《太阳照常升起》问世后获得了成功。有人称海明威是"迷惘的一代"的代表,他一再加以否认。他认为尽管"一战"中他受过重伤,但从来不迷惘,当个作家的愿望从未改变,也不曾放松过努力。从他成名后的表现来看,这是符合事实的。20 世纪 30 年代初,美国出现了经济大萧条,各种社会矛盾加剧,海明威跑去非洲狩猎,受到学界的尖锐批评。后来,他在基韦斯特看到经济萧条,工厂倒闭,许多人失业,一些退伍老兵死于飓风,

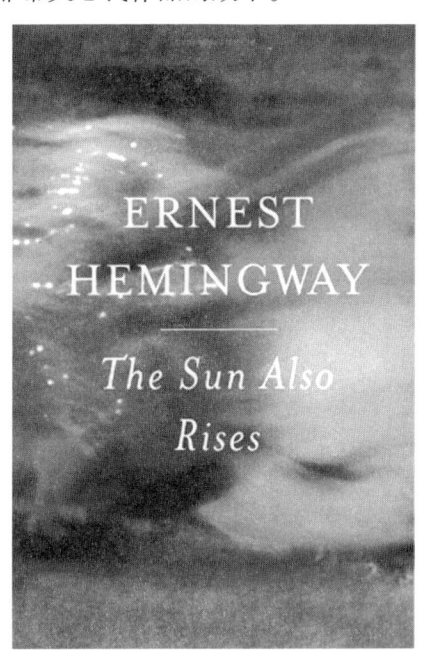

《太阳照常升起》英文版

深受震撼。不久,他主动 4 次前往西班牙报道内战的情况,经常深入前线,采访国际纵队英勇抗敌的事迹。1937 年,他在全美作家代表大会上作了《法西斯主义是个骗局》的报告,受到热烈欢迎。他转向"政治缪斯",成了一位反法西斯战士。后来,西班牙进步力量失败,海明威敏锐地意识到叛军势力背后有德意法西斯的支持,法西斯势力成了世界和平的主要威胁。他便结合自己的亲身见闻,发表了长篇小说《丧钟为谁而鸣》。主人公美国青年罗伯特·乔登志愿赴西班牙,支援西班牙人民的正义斗争,最后英勇牺牲。乔登成了海明威笔下最突出的硬汉形象,也成为当代美国小说史上的新形象。

海明威的一生是不懈奋进的一生。他经历了名声的起伏、三次战火

的考验,又遭遇数次车祸和两次非洲空难,大难不死,重病缠身。最后,他写出了《老人与海》,获诺贝尔文学奖,迈上了欧美文学的巅峰。他终于实践了自己的诺言:"人可以被毁灭,但不可以被打败",表现了"压力下的体面"。他成了一位实实在在的硬汉作家,给后人留下了宝贵的文化遗产和精神财富。

T.S.艾略特：
他改变了一代人的表达方式

陆建德

英国广播公司(BBC)2009年组织了一次网上投票,请广大听众和观众推举"全国喜爱的诗人"(不包括莎士比亚),获得这一称号的是现代派主将托马斯·斯特恩斯·艾略特。网上调查的数据并不能决定一位诗人在文学史上的地位,但是这一结果毕竟说明,艾略特已经完全为普通的诗歌爱好者所接受,而在20世纪20年代初期,也就是艾略特刚出名的时候,他的诗作只有极少数文学艺术界的前卫人士才能欣赏。艾略特在1930年写道:"不管人们愿意与否,他们的感受性是随时代而变化的,但是只有一位天才人物才能改变表现的方式。很多二流的诗人之所以是二流的,就是因为他们缺少那种敏感和意识来发现他们与前一代人感觉不同,必须使用不同的词汇。"艾略特就是改变了那一代人表现方式的"天才人物"。

艾略特1888年出生于美国密苏里州的圣路易斯,1906年至1914年在哈佛求学。1910年10月至1911年夏,他游学巴黎,与法国青年韦尔德纳尔结为好友,还完成了诗歌《J.阿尔弗雷德·普罗弗洛克的情歌》和《一位夫人的画像》。白璧德对以卢梭为滥觞的张扬个人和自我的浪漫主义的批判,桑塔亚那对卢克莱修、但丁和歌德三位哲学诗人的分析,

T.S.艾略特

是艾略特精神成长过程中的重要营养要素。1914年秋,他在英国结识了庞德,并很快成为以后者为核心的文学圈子中的一员。庞德读了艾略特的一些诗稿后大加赞赏,推荐到美英两家颇具先锋色彩的杂志《诗刊》和《爆炸》上发表。这两位旅欧的美国年轻人都深爱欧洲古典语言,对惠特曼式的自吹自擂的宏大诗风尤其反感。一场诗界革命正在悄悄发生。

从此艾略特走上了与亨利·詹姆斯一样的移居英国之路。哲学家罗素把他介绍给社交界的名人,使他能够更加便捷地登上英国文坛。1917年诗集《普罗弗洛克和其他观察到的事物》出版,文化界少数精英对艾略特的异常兴趣加速了这位30岁的美国诗人在伦敦得到承认。尽管他的《诗作》只收了《夜莺声中的斯威尼》等几首小诗,弗吉尼亚·伍尔夫和莱纳德·伍尔夫还是以兴奋的心情亲自在霍加斯书局用手工印制限数版。翌年年初,奥维德印书馆又出了他的诗集《我们向您祈祷》。1922年10月,艾略特非常看重的杂志《标准》在罗斯米尔夫人的赞助下创刊,他利用主编的特权,在第一期上刊出《荒原》。第二年霍加斯书局为这首时人还不大能接受的长诗出单行本,弗吉尼亚·伍尔夫亲自动手为它排版。

1925年4月,艾略特加入成立不久的费伯出版社,后来成为该社总编,直至辞世。作为出版家的艾略特热心奖掖后进,英国现代文学(尤其是诗歌)的框架也可以说是他直接参与搭建的。奥登的第一本《诗集》由艾略特在费伯出版,所谓的"奥登那一代"即便有反抗前辈诗人之意,也都在不同程度上受教于艾略特。泰德·休斯也得到艾略特的提携,他的第一部诗集《雨中鹰》由费伯推出后立即得到普遍的认可。在现代派小说演进史上,艾略特也留下了他的印记。朱娜·巴恩斯的《夜林》中有不少女性同性恋的内容,触犯了当时的禁忌,艾略特不仅予以出版,而且还为小说的美国版撰写了有名的短序。被艾略特退回的稿子中也不乏名作,例如乔治·奥威尔的《动物农场》。艾略特并不同意这部政治寓言的讽刺指向。他直率地说,从小说描写来看,猪在各种动物中最聪明,农场只能由猪来管理,要紧的是这些猪必须具有公共精神,其他都是次要的。

很少有英国作家像艾略特那样长期倾心于法国文学。艾略特对法国象征派诗人如兰波、拉弗格和魏尔伦有浓厚兴趣,他甚至尝试用法语写诗。1950年,他在总结但丁对他的特殊意义时说,朱尔·拉弗格教会他如何锤炼自己的语言。艾略特还特意提到,波德莱尔在《七个老头子》中的两行诗"熙熙攘攘的都市,充满梦影的都市/幽灵在大白天里拉行人衣袖!"给了他极大启发,原来描写城市生活丑恶面的写实笔法可与诗人变化万端的幻想巧妙结合,他当年在圣路易斯目睹的城市景象尽可入诗。

来自母语文学传统之外的影响往往发生较晚,故而作家对此有很强的自觉意识。在艾略特身上,英语诗歌传统和英语文化的感化力是不言自明的。他的创作常常得益于他对伊丽莎白时期的剧作家和17世纪英国文学的深湛研究。所谓的现代派诗歌以反对维多利亚时期的感伤和矫揉造作而著称,但是它与维多利亚时期文学千丝万缕的联系绝对不容忽略。艾略特诚然改变了他那一代人的表现方式,不过他从小就从19世纪的英国文学中汲取了大量养料。他在14岁时迷上了英国作家爱德华·菲茨杰拉德翻译的《鲁拜集》,也学着用四行诗体写起诗来。他对狄更斯小说中的细节极其熟悉,甚至喜欢成段地背诵福尔摩斯的故事。从艾略特评论阿诺德、丁尼生、佩特和柯林斯等19世纪中后期作家的文章中,可以看出他如何浸淫于维多利亚文化。在他接触法国象征派诗人之前,他研读过19世纪90年代的英国诗歌。艾略特注意到约翰·戴维森在《一周三十先令》中不避俚俗的语言与内容相得益彰,这一特点显然也见于艾略特的创作实践。

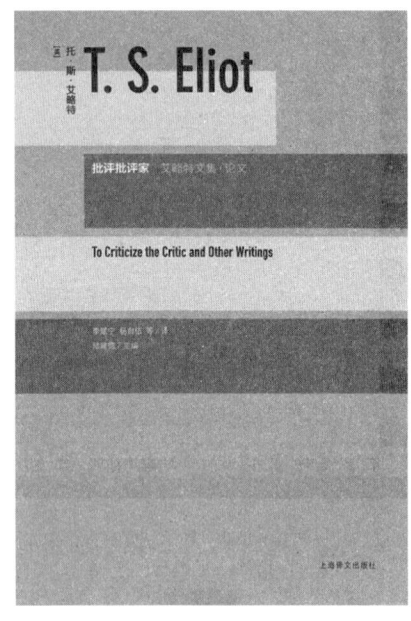

《批评批评家》中文版

《普罗弗洛克和其他观察到的事物》是艾略特出版的第一本诗集。不受格律限制的自由诗体、不登大雅之堂的描写和新奇得近乎怪诞的比喻还不能为普通读者所接受。艾略特在他的早期创作中善于把自己藏匿在诗句背后,不断变换面具和语气。诗中的"我"大都是戏剧人物,不是直抒胸臆的作者本人。但是总的看来他偏爱一种萎靡不振、无可奈何同时又不失幽默的声音。这一特点确实使一般读者难以理解艾略特的早期诗歌。艾略特的诗作往往没有通盘谋划好的思想脉络,他数次开玩笑地引用拜伦《唐璜》中的诗行为自己辩解:"我当然不敢号称我十分懂得/当我想露一手时自己的用意。"在论文《玄学派诗人》里他还表达了这样的高见:当代诗人的作品肯定是费解的,我们文化体系的多样性和复杂性必然会对诗人的敏感性产生作用,"诗人必须变得愈来愈无所不包,愈来愈隐晦,愈来愈间接,以便迫使语言就范,必要时甚至打乱语言的正常秩序来表达意义"。

艾略特认为,在诗歌创作中有种"想象的秩序"和"想象的逻辑",它们不同于常人熟悉的秩序和逻辑,因为诗人省略了起连接作用的环节;读者应该听任诗中的意象自行进入他那处于敏感状态的记忆之中,不必考察那些意象用得是否得当,最终自然会收到很好的鉴赏效果。

表现这种"想象的秩序"和"想象的逻辑"最为充分的大概就是奠定艾略特现代派主将地位的《荒原》。长期以来,《荒原》被视为20世纪欧洲文学史上的里程碑,庞德和艾略特确是有意把它作为一种新文学的代表之作推出。该诗原名"他用不同的声音读警察报告",其中有的部分系艾略特旧作,后经庞德修改,最初于1922年10月在艾略特自己主编的《标准》杂志创刊号上亮相。

《荒原》分《死者的葬礼》《弈棋》《火诫》《死于水》和《雷霆的话》5部分,全诗共433行,使用了7种文字(包括题词)和大量典故,包容性不可谓不广。艾略特在题解中强调了韦斯顿的《从祭仪式到传奇》和弗雷泽的《金枝》两部书中的圣杯传说、繁殖仪式和人类学里的复活原型对他创作的影响。《荒原》发表后,各种阐释层出不穷,人们往往把它当作对西方文明没落的写照。也有批评家从荒原的拯救上做文章,认为《荒原》在本质上与《尤利西斯》不同,艾略特描写了孤苦无援的个人面临无边的黑暗战栗不止,要解决当代社会的各种问题非人力所及,唯有在隆隆雷声中静候甘霖降临。艾略特本人否认这首诗表现了一代人的幻灭感,甚至否认它是社会批评:"对我而言,它仅仅是个人的、完全无足轻重的对生活不满的发泄;它通篇只是有节奏的牢骚。"这种有失自尊的发泄不仅指《荒原》的基本格调,大概还包括形式上的混乱("没有什么组织")和语言的残缺。艾略特称,在写《四首四重奏》的时候他已无法再以《荒原》的手法写作,"在《荒原》里我甚至不在乎是不是理解我正在说什么"。

批评家弗·雷·利维斯对《荒原》的口语诗体极为推崇,但他指出了《荒原》在结构上的欠缺。艾略特自己很早就对此有所意识。艾略特在《荒原》里的旁征博引,掺和了斑驳陆离的残片,当然这种不同文体的混杂并陈在不少场合是费尽心机的。艾略特往往能把他从前人作品中窃取的东西融于一种全新的感觉之中。这些手法古已有之,但是尤其为20世纪先锋派音乐家和艺术家所喜用。

艾略特的登峰造极之作是作于1935年至1942年之间的《四首四重奏》,它们分别是《烧毁了的诺顿》《东科克尔村》《干燥的塞尔维吉斯》和《小吉丁》。《四首四重奏》是探讨永恒和时间的哲理诗,但是诗人并不使用纯粹抽象的概念,他带领读者在具体的历史中探索永恒与时间的辩证关系。《四首四重奏》的用语普通正规而又十分精确。对语言异常敏感的艾略特常会词不达意,他在《东科克尔村》里把写诗比为"与词语和意义的难以忍受的扭斗"。艾略特对自己的信仰和创作始终不敢心安理得,他担心语言会因使用不当而退化,这必然会影响到我们思想感情的品质。

艾略特的诗才来自他的批评眼光。他和奥斯卡·王尔德一样,反对马修·阿诺德把创造的能力与批评能力截然分开。他在《批评的功能》一文里指出:"一个作家在创作过程中的确可能有一大部分劳动是批评活动,提炼、综合、组织、剔除、修饰、检验:这些艰巨的劳动是创作,也同样是批评。"艾略特还是20世纪英国最重要的批评家之一,他的"共同追求正确判断"的理想一度成为颇有感召力的口号。艾略特的第一本文集《圣林》就让读者感受到一种开创新时代的权威之声,他的《论文选,1917—1932》更是英国批评史上少有的经典。除此之外,艾略特还著有《诗的功能和批评的功能》《追求异神》《论诗和诗人》《批评批评家》

等书。在致哈佛导师保罗·埃尔默·摩尔的信里,艾略特对自己的批评特色做过一番描述。他坦率地表示,自己不擅抽象思维,主要凭本能直觉从事批评活动,其实这正是英国批评传统的精华所在。

有的保守人士曾称艾略特是"文学上的布尔什维克",但是艾略特又以强调"传统"著称。他所理解的传统不是一成不变的。在《传统与个人才能》里他精辟地表述了一种新颖的传统观:"如果传统的方式仅限于追随前一代,或仅限于盲目地或胆怯地墨守前一代成功的方法,'传统'自然是不足称道了……传统是具有广泛得多的意义的东西。它不是继承得到的,你如果要得到它,必须用很大的劳力。第一,它含有历史的意识……

《荒原》英文版

历史的意识又含有一种领悟,不但要理解过去的过去性,而且还要理解过去的现存性;历史的意识不但使人写作时有他自己那一代的背景,而且还要感到从荷马以来欧洲整个的文学及其本国整个的文学有一个同时的存在,组成一个同时的局面。"

现代派往往被理解为精英文化的倡导者,其实艾略特要维护的并不仅仅是古希腊罗马文学的精神。他非但不拒绝通俗文化,甚至还写过下流小调。艾略特曾隐隐感到诗歌创作对社会的影响毕竟有限,资本主义使劳动人民沦落为被动接受者、消费者,要扭转这一趋势仅靠发行量很小、颇具先锋色彩的杂志是不够的,而要推广诗歌、振兴文化、促进观众与作者的合作,最重要的莫过复兴诗剧。

艾略特在早期诗歌中即显示出非凡的戏剧才能。根据他的非个性原则,真正伟大的诗才都是戏剧性的。1934年,艾略特为独幕古装表演剧《磐石》撰写的合唱诗和台词取得很大成功,这大大促发了他复兴诗剧的意愿。他先后创作了《大教堂凶杀案》《家庭聚会》《鸡尾酒会》《机要秘书》和《老政治家》等诗剧。艾略特将古希腊戏剧中的某些原型与当代英国的社会问题有机结合,曲折地反映了他的宗教关怀。这些诗剧用词通俗,易为观众所接受。但由于题材内容方面的局限(剧中人物基本上都属于较高的社会阶层)和艺术鉴赏趣味的转变,它们多少与期望的效果尚有一段距离。另一方面,无意问津诗剧创作的年轻剧作家约翰·奥斯本、哈罗德·品特和汤姆·斯托帕特等人的崛起对诗剧复兴反而起到负面的作用。

艾略特1948年获诺贝尔文学奖后成为全球知名的人物。1965年1月,这位自称"古典主义者"的现代派代表因患肺气肿溘然逝世,按照他的遗愿,他的骨灰安葬在英格兰萨默塞特郡的东科克尔圣麦可教堂,墓碑上镌刻了《东科克尔村》首尾两句诗:"在我的开始是我的结束";"在我的结束是我的开始"。美国诗人威廉姆斯曾指责艾略特背弃自己祖国的本土特色,他没有意识到,艾略特回到英国寻根问祖,也体现了另一种忠诚。1967年,伦敦西敏寺的"诗人之角"迎来了一块纪念艾略特的石碑。

从20世纪50年代开始,艾略特的地位受到严重挑战。在英国,菲利普·拉金等年轻一代诗人把现代派诗歌当作不愉快的插曲,试图在诗界重新确立托马斯·哈代的传统;在美国,那些迷恋爱默生"内在的声音"的诗人与批评家觉得艾略特背离了美国精神。但是艾略特对当代英语诗歌写作的影响不可磨灭。1993年,艾略特遗产管委会与艾略特亲自创办的诗歌书会合作,设立"托·斯·艾略特诗歌奖",每年选出一本在英国和爱尔兰初次出版的诗集,不设年限。获奖者名单(包括泰德·休斯和西默斯·希尼等诗人)表明,称这个奖项为"诗界的布克奖"并不为过。

惠特曼与庞德：
缪斯的对话与契约

刘树森

进入 20 世纪尤其是"二战"后，《草叶集》逐渐被视为美国史诗，惠特曼被尊为美国思想与民族形象的代言人。就惠特曼的创作与美国对他的接受而言，他得益于两位缪斯：爱默生与庞德。从爱默生到惠特曼，再到庞德，诸位缪斯相互之间的精神对话、启迪、扬弃与发展，构成了美国文学经典构建历程中的重要组成部分。

20 世纪初叶，美国文学在经历了长达半个多世纪蓬蓬勃勃的发展并逐渐进入成熟的发展时期之后，美国文学界遇到了一个前所未有的矛盾局面，即如何对待 19 世纪后半叶以来美国本土作家的创作，如何解读和评价他们的创作遗产，以及能否以其创作成就为基础来构建美国文学的经典，进而在教育界和学术研究界确立美国文学应有的身份和地位。

20 世纪初叶，庞德率先对惠特曼进行反思，转变了对惠特曼的认识，从贬低甚至否定惠特曼的创作，转为接受和认同他的思想与艺术，由此在美国文学艺术领域、学术界与教育界产生了重要而长久的影响，有助于改变惠特曼及其诗歌长期被边缘化的境遇，并最终使其成为公认的美国文学经典作家。换言之，如果将庞德与惠特曼两位在美国文学史上具有举足轻重地位的诗人比作希腊神话中司掌艺术的"缪斯"，他们之间对话与契约的价值与意义不仅仅在于确立了惠特曼在美国文学史上的至尊之位,还在于为20世纪上半叶构建美国文学经典的进程奠定了具有历史意义的基础。

回溯美国文学的发展历程,可以看到,伴随着19世纪中叶爱默生、梭罗、爱伦·坡、霍桑、梅尔维尔、斯托夫人、朗费罗、惠特曼、狄金森以及稍后出现的马克·吐温、亨利·詹姆斯等一大批美国文学家的崛起,美国文学逐步进入一个蓬勃发展的鼎盛时期,相继出版了《自然》《瓦尔登湖》《红字》《白鲸》《草叶集》《哈克贝利·费恩历险记》以及《贵妇人的肖像》等一大批杰作,使得历史只有短短百余年的美国文学呈现出绚丽多彩的发展景象。19世纪末与20世纪初,美国文学延续了19世纪中叶以来强劲发展的趋势,以亨利·詹姆斯、庞德、T. S. 艾略特、伊迪斯·沃顿、斯蒂文·克莱恩、西奥多·德莱赛以及尤金·奥尼尔为代表的庞大而富有创作力和影响力的作家群体,分别以欧洲和美国为创作基地进行文学创作与试验,在小说、诗歌和戏剧等方面都取得了令人瞩目的成就。与此同时,美国文学如

惠特曼

庞德

火如荼的发展，也在美国社会各个阶层得到了积极的反响和认同，进而逐步为主流社会舆论所认同。作为当时具有广泛社会影响的认同美国文学的标志性事件，1917年设立的普利策奖包括了专门褒奖美国文学创作的三个分奖项，即普利策小说奖（Pulitzer Prize for the Novel，1948年之后改称 Pulitzer Prize for Fiction）、普利策诗歌奖（Pulitzer Prize for Poetry，1922年之前称为 Pulitzer Prize Special Citations and Awards）和普利策传记奖（Pulitzer Prize for Biography or Autobiography）。对于上述三个奖项，评奖的重要条件之一是只有身份为美国公民的作家才有资格参评，参评的作品也必须是当代杰出的美国文学作品。上述评奖规定显示出，对美国文学的认同与构建美国文学经典的进程由此拉开了序幕。同样重要的是，在欧洲学术界和教育界，美国文学家的创作成就也逐渐得到关注和认同。1907年，英国牛津大学授予马克·吐温名誉文学博士学位，承认并奖掖其在美国文学创作方面所做出的杰出贡献。马克·吐温由此成为牛津大学授予该项殊荣的第一位美国文学家，此事也在一定程度上显示了当时欧洲学术界和教育界对美国文学的态度正在发生转变。

然而美国文学的发展并非一帆风顺，即使到了20世纪初叶，尽管亨利·詹姆斯、庞德、T. S. 艾略特、格特鲁德·斯泰因、F. S. 菲茨杰拉德、海明威、西奥多·德莱塞、伊迪斯·沃顿、尤金·奥尼尔等作家已经蜚声国际文坛，其小说、诗歌和戏剧创作为美国文学赢得了前所未有的声誉，为美国文学初步树立了国际形象，美国社会对自身民族文学的认同与美国文学经典的构建仍旧积重难返，在20世纪上半个世纪内经历一个充满矛盾与痛苦的过程。与普利策奖等上述局部发生的积极影响相比，美国文学在美国社会各界远远没有得到广泛的社会认同，18世纪以来崇尚欧洲文学的意识形态、美学观念以及阅读情趣仍旧根深蒂固，美国作家及其作品仍未摆脱被边缘化的状况。

正是在上述历史背景下,庞德开始反思19世纪后半叶美国文学跨越式的发展,尤其是重新解读惠特曼的创作思想和诗歌。就目前掌握的资料来看,庞德对惠特曼的重新解读是一个较为漫长和痛苦的经历,前后持续了大约十余年的时间。这一期间也正是庞德作为诗人最为活跃的创作时期。在他1908年前往伦敦之前,庞德对惠特曼的认识和态度都是负面的。像他同时代的许多美国学者一样,庞德虽然几乎没有系统地阅读过惠特曼的诗歌,但对他却持有强烈偏见。庞德恃才傲物,不仅蔑视惠特曼,而且敌视其诗歌,认为他的诗歌无论是内容还是诗体形式都粗俗低劣。在到达伦敦之后,庞德逐渐摆脱了美国文学界的影响,接触到了W. B. 叶芝、A. L. 丁尼生、T. E. 休姆、R. 吉卜林等当时在英国乃至欧洲文坛叱咤风云的诗人、小说家和文艺理论家,学术视野旋即大为开阔,思想发生了显著变化。与20世纪初叶实用主义与拜金主义盛行、物欲横流的美国相比,庞德认为伦敦是文学创作的天堂,他也由此拉开了一生中最辉煌的创作时期的序幕。正是在这一时期,庞德在接触并接受了F. S. 福林特所提出的意象派诗歌的创作纲领之后,发现福林特的创作思想与惠特曼在《草叶集》中体现的创作思想颇为近似,因此启发他重新审视惠特曼的诗歌创作,最为直接的结果是他和R. 奥尔丁顿以及H. 杜利特尔等人一道为意象派诗歌理论增添了三条新的原则:即在诗歌创作中不论是对于主观还是客观的"事物",诗人都应当予以直截了当的处理,直接论述;凡是无助于增加表现力的词绝对不使用;在节奏方面,创作应当以诗歌内在的音乐节拍为序,而不是仅仅局限于音步的机械规则。对此,庞德在《回顾》一文中予以概括和进一步的论述。

促使庞德接受并认同惠特曼的另一个重要因素,是他在伦敦较为系统地研究和翻译了中国古诗和哲学经典以及日本古典诗歌。至今在英美文学史和翻译文学上仍旧被视为名篇佳作的《神州行》和《诗经》中的作品,都是庞德在这一时期创作的标志性成果。中国和日本的经典作品不仅使庞德领略到了与他所熟知的西方思想、文学艺术和心理性格大为不同的东方智慧与艺术以及情感模式,更为重要的是,作为"他者"的中国经典和日本经典使得庞德对文学家与文学作品的民族性予以重新认识,并赋予文学中的民族性重要的价值和意义。这在他对惠特曼的反思中尤为重要,他审视和评论惠特曼的一个关键点是把惠特曼视为具有美国民族个性的诗人。

《草叶集》内页

大体而言,庞德对惠特曼的反思和认同前后持续了近十年,结果更多地贯穿于他的诗歌创作和文学艺术思想,不仅包括诗体的形式、意象与情感模式,还包括主题、视野和民族价值观念等。1916年,庞德已是当时美国乃至西方诗坛的领袖,他发表了《契约》一诗,推心置腹地倾诉了他与早已作古的惠特曼的对话,犹如两位缪斯跨越时空倾心而谈,文字质朴,情真意切,感人至深。

该诗的感人之处,是庞德塑造了惠特曼作为"父亲"的形象,而自己则恭敬地从晚辈的视角仰视这位既熟悉而又陌生的父辈,字里行间流露出率真、坦荡、博大的胸怀与民族意识。庞德坦承,他出于思想和艺术上的幼稚而曾经长时间厌恶惠特曼,然而时过境迁,他终于意识到自己对惠特曼的误读,领悟到其伟大功绩在于他犹如在蛮荒中披荆斩棘的伐木人,为美国诗歌的发展独辟蹊径,使后来的诗人可以因此展示才华,在他采伐的树木上精雕细刻,创造艺术佳作。此外,作为美国诗人,庞德还意识到他与惠特曼同根同源,共同拥有美国民族身份与诗歌创作的志向。

正是基于民族的同一性,庞德主动打破精神上的隔膜与壁垒,与惠特曼建立彼此之间的"交往"。庞德对惠特曼的认识发生转变,在一定程度上预见并引领惠特曼的思想和艺术为美国主流社会所接受和认同。历史也证明,惠特曼由此改变了长期被边缘化的境遇,成为具有持久影响的美国文学经典作家。

20世纪以后陆续出版的史料显示,大约在1908年至1909年间,即庞德年方23岁,在伦敦一年之后才逐渐摆脱了美国文学界狭隘思想的影响,得以在大西洋彼岸欧洲土地上第一次阅读和研究惠特曼的诗歌创作,对他进行了痛苦而充满心理纠葛的反思。一方面是随着自己逐渐成熟,再也无法回避惠特曼的深邃以及诗人体现民族核心价值观的创作思想和别具一格、生机勃勃的诗歌对他的启迪和吸引;另一方面他当时也难以从前人对惠特曼的偏见中完全解脱。他对于惠特曼的认识之所以充满矛盾,因为他在传统与创新之间尚未做出抉择,缪斯的灵魂仍旧游弋于两者之间。1909年,庞德将这一段复杂的心路历程记载于《我心目中的沃尔特·惠特曼》,但一直没有发表,手稿藏于耶鲁大学图书馆,直到1955年才收入其作品集发表问世。

《我心目中的沃尔特·惠特曼》较少为人关注,但实际上它的内容比《契约》一诗更为丰富和重要,犹如一幅自画像,淋漓尽致地勾画出庞德反思惠特曼的复杂思想和心理,以及他作为文坛新秀举步维艰、迎合时尚但谋求发展的城府。在文中,庞德首先将自己定位于立足欧洲的"世界公民",以便拉开与惠特曼的距离,以客观的视角和态度解读他的思想和艺术。在此基础上,庞德就像惠特曼在《草叶集》中把自己等同于美国一样,也将惠特曼等同于美国,不仅认为他是唯一值得阅读的美国诗人,而且将他尊奉为美国的化身。庞德对惠特曼的真知灼见还在于,他认为惠特曼的价值与意义在于他对传统的继承和富于个性的创新,在于他的真实、博大、民族个性、信念以及他所关注和颂扬民主、个人自由等美国民族的核心价值观念。此外,文中最具有戏剧性的内容之一是庞德把惠特曼称为自己的精神父亲,坦白出他在心灵深处也是一个惠特曼,具有难以遏制的创新冲动,但因为他希冀能够跻身于欧洲文坛,所以不得不刻意掩盖他与"精神父亲"之间的密切联系,只能公开赞美但丁、莎士比亚、里奥克利特斯、F.维永等传统欧洲文学巨擘对他的启蒙以及他对他们的顶礼膜拜与继承。

  总而言之,进入20世纪尤其是"二战"后,《草叶集》逐渐被视为美国史诗,惠特曼被尊为美国思想与民族形象的代言人。就惠特曼的创作与美国对他的接受而言,他得益于两位缪斯:爱默生与庞德。惠特曼之所以能够发展成为"美国诗人",并创作出美国史诗,在其创作的起步阶段有赖于爱默生的启迪、认同与鼎力支持。对于惠特曼而言,爱默生宛如照耀其灵魂的灯塔,他尊称其为"大师"。进入20世纪之后,惠特曼的思想与艺术逐渐为美国文学界、教育界、学术界等其他社会领域所认同与尊崇,拥有了美国文学历史上他人无法替代的地位,则在很大程度上归功于庞德。从爱默生到惠特曼,再到庞德,诸位缪斯相互之间的精神对话、启迪、扬弃与发展,构成了美国文学经典构建历程中的重要组成部分。

苏珊·桑塔格：
爱艺术走出信仰危机

张 艺

1991年初,苏珊·桑塔格在曼哈顿的切尔西区附近的一家书店门口翻抄一箱看上去脏兮兮的二手平装书时,意外地撞上了列昂尼德·茨普金的《巴登夏日》,将其视为百年间的小说和类小说中最具原创性的成果之一。而在2001年《巴登夏日》英文版付印之际,桑塔格更是慷慨主动为其作序,并不遗余力地宣传。作家看作家,表面的惺惺相惜之下,更多见的是暗自挑剔,而桑塔格这样毫无保留地公开赞美,实在难得。

在这本原先名不见经传的书中,究竟有着什么样的独特魅力,直教桑塔格情愿俯身臻读?阅读过后我赫然发现,那源于一种桑塔格早在7岁时便宣称的、对于伟大俄罗斯小说的热爱,特别是对于陀思妥耶夫斯基的热爱。这篇文章在由黄灿然所译的桑塔格最后一部文集《同时:随笔与演讲》中,即被定名为"爱陀思妥耶夫斯基"。在《巴登夏日》这部对陀思妥耶夫斯基的生活进行虚构性再创造的作品中,作者茨普金热爱陀氏、总是臆想陀氏的生活,甚至将自己的生活与之相联系。茨普金生在一个俄罗斯犹太人的家庭;桑塔格的父亲出生在奥地利犹太人的家庭,母亲则生于被苏联占领的波兰犹太人家庭。陀思妥耶夫斯基这位"受侮辱者和受损害者的珍贵的捍卫者",似乎特别吸引对受苦有着与生俱来敏感的犹太人。

回望茨普金的一生,对文学的热望之心从不曾泯灭,哪怕在经历严重的信仰危机之时——他曾被19世纪俄国关于"究竟有无上帝、信仰究竟为何、没有信仰人如何活"等问题折磨得寝食难安。他信仰危机的纾解,要借助踏入陀氏文学创作的精神花园来完成。

苏珊·桑塔格

俄罗斯东正教的思想几乎伴随着陀思妥耶夫斯基的一生,弗·谢·索洛维约夫在分析陀氏创作中的人道主义时,就指出其基础是东正教的"神秘"与"超人力"。在俄罗斯东正教里,真理不再是基督思想中对客观终极价值的追寻,因此感知上帝的存在也变为一种难以用语言名状的神秘内心体验(或曰灵知感悟)。然而,在小说创作中,陀氏却几乎是丧失信仰的,他的宗教世界观与其艺术创作之间,存在着极不和谐的龃龉之音。正是这样一种来自信仰与创作间紧张张力的矛盾与撕扯,带来了一份意外的缪斯

陀思妥耶夫斯基

礼物:其文学创作中大放异彩的"聚合性"意识。

茨普金爱陀思妥耶夫斯基,桑塔格爱茨普金,桑塔格爱陀思妥耶夫

斯基。这并非戏仿桑塔格对组合"三"的偏爱。笔者这样表述,只因在伟大的作家们身上,往往可以发现惊人相似之处:桑塔格与陀思妥耶夫斯基同样都有信仰与创作的分裂。桑塔格自我宣称为无神论者,在桑塔格儿子大卫·里夫整理出版的母亲早年日记《重生》首卷"我之所信"的第一条,便赫然记道:"我坚信,人死后不存在个体神灵或生命",这一信条甚至高于对自由、诚实、智性、快感、公共利益等后来桑塔格终生追求的信条。在《重生》中,桑塔格多次提及、甚至是秘密信奉着她的"犹太诺斯替教",这种教派被称为基督教异端,其精髓"诺斯替主义"也被译为"灵知主义",意指一种神秘的、属灵的特殊知识。这一信仰在桑塔格创作的《恩主》《反对阐释》《死亡匣子》《激进意志的样式》《土星的标志下》中有不同程度的体现。1990年以后,桑塔格隆重推出了其历史主义的文学创作《火山情人》《在美国》及《床上的爱丽斯》,对历史的回归似乎表明其对"神秘"、"灵知"的祛魅,"诺斯替"的幽灵在"身份化"(《在美国》中民族身份的探索、《爱》中女性身份的追寻以及《火》中历史身份的重构)的历史狂潮席卷下,几乎被涤荡殆尽。

从"神秘"回归"历史"的文学创作之路,发生在桑塔格怀疑"灵知"信仰的精神危机之下。同样是信仰危机与文学创作痴缠相伴,陀思妥耶夫斯基与桑塔格还是有些微区别的:陀氏由信仰危机产生的"聚合性"意识促成其创作风格的形成;而桑塔格则是由信仰的危机促发了创作上历史主义的转向。在陀思妥耶夫斯基身上,是"怀疑的不信仰",在陀氏的创作中,聚合意识是怀疑的大方呈现;而桑塔格经历的是"信仰(秘密信仰着异端的诺斯替教)的怀疑"。但二人又存在着显而易见的相同:在陀思妥耶夫斯基那里,艺术创作成了描绘和展示真理的唯一途径,作家在临终前一封信中曾经明确写道:"疗救之途、逃避之途只有一条,那就是艺术,就是创造性的工作。"无独有偶,在《死海搏击——母亲桑塔格最后的岁月》中,儿子大卫·里夫回忆起母亲爱参观墓地的积习,认为这并非是女作家长期纠结于自己终有一死,而是在表达着向艺术的第二生命的不朽致敬!

《重生》英文版

也是这种对于艺术的无上热爱,让桑塔格终究无法坦然面对死亡。大卫·里夫说,母亲不是信徒,长期以来,母亲对罗马天主教只是怀有一种王尔德式的欣赏,仅此而已。但他却没有提及母亲对于犹太"诺斯替"教的感情。这也许是由于"诺斯替"的异端地位,令桑塔格羞于对儿子启口自己的秘密信仰?也许是因为桑塔格晚年的信仰怀疑及其对"浪费那么多时间去信仰"的悔恨,令大卫·里夫不屑提及?大卫·里夫还说,母亲的犹太人出身对她的吸引力也极小。可是,桑塔格的确关注着犹太裔作家、批评家及思想家的所思所感,她变相地在拷问自己的犹太性。

其实,大卫·里夫所言的对宗教的"王尔德式的欣赏",所指的即为一种对艺术美的永恒追求。桑塔格在茨普金《巴登夏日》的序言《爱陀思妥耶夫斯基》中则更早给出了答案:爱陀思妥耶夫斯基就是爱艺术。这样看来,大卫·里夫在《死海搏击》中说,"艺术慰藉,也是艺术谎言,始终是母亲的慰藉;但她的死最残酷之处在于,她生命中支撑她、鼓励她、告知她的东西恰恰令她的死变得更加难以忍受",确是一句发自肺腑的真话!

约翰·厄普代克的人生观

张瑞红

在近半个世纪的创作中,约翰·厄普代克紧跟时代的脉搏,不断尝试、摸索,最终成为一个硕果累累、广受瞩目的作家。他一生的文学成就,反映了作家对社会、人生的理解和阐释。回顾厄普代克一生有关人生的表述,发现其人生观的阐释,围绕着几个核心关键词:"多难"、"目标"、"满意"和"乐观"。

多难的人生

作为独生子的厄普代克幼年经历了大萧条和战争时期,目睹了父辈"半人马"似的艰辛。作为独生子,从小生活在成人的保护中,外面的世界对他而言是未知的,充满了危险和不安,人生意味着极大的冒险。在访谈中厄普代克曾表达过他对多难人生的理解:"即使在看上去最为平静的生活表面之下,也存在着暴力和张力。我认为人生基本上是多难的、充满悖论的。仅就作为有思维能力的动物来说,就把我们推向了痛苦的深渊:我们是可以预见死亡的动物,我们是有精神追求的动物,我们

约翰·厄普代克

有浮士德的一面,总是追求更多、更新的所得。"

厄普代克"人生多难"的观点,可以看到西方神学的影响,也体现了厄普代克自己对人类生存的理解。首先,人生之苦是《圣经》的核心主题。"人生多难"得到基督教最为"权威"的诠释。其二,厄普代克曾表示,他受路德教派的熏陶,认为大自然非常残酷,灾难重重,而上苍却没有怜悯之心。这是因为,上帝创世于"无",然后弃之而去,任凭宇宙自循其道,从不过问。总之,磨难对于人类是无法避免的。在他的创作中,读者经常可以窥见他对现代科技的批评和质疑,特别是对人类未来社会可能带来的灾难性后果。厄普代克的这种观点,无异于从宗教普世性的角度为人类发展提出了启示性的批判。

"人生多难"对厄普代克而言更多的意味着现实物质世界的磨难。而人类是不同于自然动物的,还必须承受精神的痛苦和磨难。首先是人类对死亡的忧惧。他认为,人是一种有思维能力的动物,这就使人有了预见死亡的能力,因而产生了死亡的忧惧。其次是人的欲望与精神追求之间的张力。他认为,人是有精神追求的动物。1978 年接受采访时,厄普代克就提出"什么是好人,什么是好的人生"的问题。他认为,从本质上,人是"半人马",即人既有人性,又有兽性。就如《半人马》中的主人公 Caldwell,既善良,又有缺点。但是,由于人生中的问题多而能够解决的却少之又少,其结果是,人为了生存,一直都在失去人性。也就是说,人善良的一面正在减少,"兽性"的一面却在发展。正因为如此,厄普代克对人的"兽性"抱有宽容之心。再次,人还承受来自社会道德和社会责任的压力。他认为，人生下来便被禁锢于与社会订立的政治契约之中，各种规则的遵守都会给人带来压抑、痛苦。他赞同神学家克尔凯郭尔的话："是遵从人类的理智，还是顺从野兽的肉身？是恪守社会的契约，还是放纵本能的冲动？人，一直处于这种对立需求的扭扯之中。"比如，"兔子"为何要跑？他说，当然是吓跑的。逃避是对待焦虑的一种方法，但是人无法摆脱社会道德和社会责任所带来的束缚和压力。而动物遇到危险是本能的逃走，不是有意而为，也不会受社会道德和责任问题的困扰。

有目标的人生

厄普代克很小就意识到，要出人头地，必须确立适合于自身情况的人生目标。童年时期的厄普代克是在经济危机和战争的阴影中度过的。父亲找不到一份满意的工作，不得不在教学岗位上坚守了30年。15岁时，他曾给一位漫画家写信，表明自己要做画家的志向，并曾为一家期刊做广告而赚得第一笔钱。虽然只有5美元，但它是厄普代克自我价值的体现，因而使他无比自豪，并坚定了他个人奋斗的信念。20世纪50年代，厄普代克进了哈佛大学，攻读的是英语，但同时为学校的《哈佛妙文》杂志创作了一些绘画作品。为了实现他做画家的愿望，他还于1954至1955学年在英国牛津Ruskin美术学院进修。

与此同时，在不断摸索中，厄普代克发现自己更擅长于文学创作，文学创作成为他毕生追求的目标。厄普代克的文学天赋主要源自他的母亲，母亲潜移默化的影响使年幼的厄普代克对神秘的文学产生了浓厚兴趣。但是真正鼓励厄普代克走上文学创作道路的主要是美国著名作家

E. B. 怀特。在英国留学期间,厄普代克结识了怀特夫妇,其才华受到怀特的高度赞赏。怀特当时是《纽约客》的编辑,很快便聘任年轻的厄普代克为该杂志"市井逸闻"栏目的职业撰稿人,这对厄普代克开始写作生涯起了关键作用。之后的几十年里,厄普代克笔耕不辍,留下了许多佳作。就像他自己所言:他之所以选择写作作为自己的人生目标,是因为这个职业更适合他。厄普代克的生活经历所引发的思考,对他立志成为作家也有一定的影响。他在《自我意识》中表述,从社会环境来讲,20世纪50年代的作家很受人尊敬,一是叼着烟斗有派头,二是有社会地位,而且大都住豪华别墅。给人的感觉是,作家是社会所需要的人,是对社会有用的人。使他立志当一名作家的另一个原因,是他自幼患上的牛皮癣症。他之所以选择写作,是因为当作家只通过作品与外界接触,从而避免了带着皮肤病与公众见面时可能产生的不安与难堪。在访谈中他曾提到,他知道自己是哪块料,这才选择了当作家。他说,他也愿意当个漫画家,如果自己能歌善舞,也可以当个歌唱家、舞蹈家。总之,是想当一个能够给人带来快乐的人,但不想当挣工资的奴隶。对于厄普代克而言,人生重要的是要有明确的目标。

满意的人生

厄普代克对人生满意的流露,曾出现在不同的访谈中。对厄普代克来说,所谓美好的人生,应该是自我感到满足的人生。

厄普代克"满意人生"的基本要素大致可分为四点。其一,平等、自由的政治环境。这表现在他对平等、自由的阐述中。他希望平等、自由像两只蓝色的知更鸟,伸展双翅在美国的上空飞翔。其二,安全、平静的生存环境。厄普代克从小到大,基本上没有亲历过暴力,因此喜欢过安宁的日子。其三,天伦、祥和的家庭。厄普代克理想中的生活是家庭生活的安逸、舒适。他认为,家庭是最好的生活空间。稳定的家庭环境为他提供了基本的写作条件。厄普代克"满意人生"的第四要素是实现自己的梦想。他说过,他的梦想是当作家,而且已经梦想成真了。因此,他认为美国梦至少在他的身上已经实现了。但是在另外的访谈中,厄普代克表示

《夫妇们》英文版

对自己人生目标的期待并不太高。他只想过正常人的生活,并不想做出一番惊天动地的大事。他的作品只是人生的一种沉淀。这就是说,从厄普代克所塑造的人物身上,可以把握其人生的基本轮廓:此人有学问、有思想,但其聪明程度不会超过每一个人。情趣也与他人别无二致:吸烟、喝酒、欣赏漂亮女人、溺爱妻子,甚至溺爱情人、疼爱孩子。就厄普代克的一生而言,"满意人生"的基本要素他都达到了。

乐观的人生

从对自己人生的满意度来看,从对人的兽性的宽容度来看,厄普代克对人生的基本态度是乐观的。

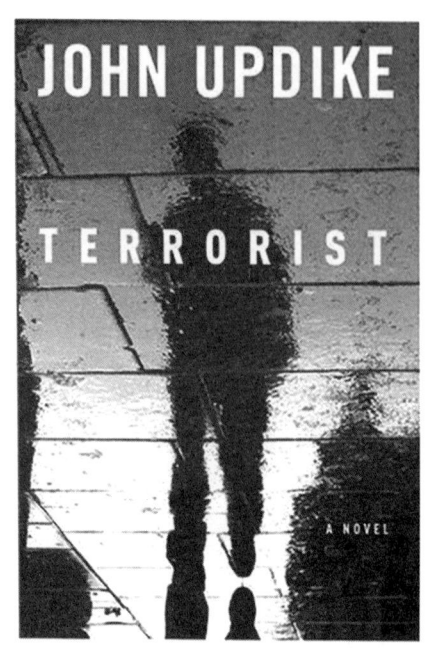

《恐怖分子》英文版

他对美国的前途很乐观。他说,人生总是从敞亮的过去冒险进入到黑暗的未来,有怀旧情结是正常的。美国在过去的年代里虽然多灾多难,但对美国精神来讲,总有美好的东西,总有使人振作的东西。

厄普代克对自己的写作生涯也是乐观的。他说,如今作家再也不是以前的文化明星了;中层阶级的人们不再读书,而是转向看电视;出版更趋于学术化,出书更难了;作家与读者的世界变小了。他努力工作,目的是发表作品。为了避开干扰,为了集中精力学习和吸收,才一直住在小城镇。他说,不被人看上眼,这倒有了做自己事的机会:偏居一隅,使你更专心、更有创造力。创造有其好玩之处。

厄普代克对乐观的人生态度还体现在他的辩证的名利观上。他认为,作家的工作就是写作,描写我们的生活。对他来讲,写作是第一重要的事。通过描写奇妙人生,也向读者展示他们的人生。在某种程度上,也是帮助他们弄明白,他们的人生是怎样的。因此,这项工作还是很重要的。厄普代克曾说:"我只是对人生之谜感兴趣。我何以来到这个世界?我为何为我而不是你?"他所追求的是能够体现他不同于其他人的本体意义上的差异,那就是他的作家身份。对作家而言,写作是第一位的。

综上所述可以看出,厄普代克对人生的确进行了多层次探讨:有神学的,有哲学的,有心理学的,有人类学的,还有自身经验的总结。而且,他对自己人生的观察、理解、判断、调整和安排也是冷静、客观的。1968年,他认为自己的人生到了中点,创作了《中点》这首诗,以文学的形式对自己的"前半生"进行了回顾和总结,同时也对自己文学创作的方向做了调整与展望。进入21世纪,特别是"9·11"之后,厄普代克通过创作表达出了更多的人生感悟和洞见。2006年,74岁的厄普代克创作出以"恐怖主义"为主题的长篇小说《恐怖分子》。这部小说以一种完全迥异于一般恐怖题材小说的内容,以及完全出乎大众期待视域的角度而创作,又一次传递出作家从宗教的角度对人类世界的启示性关怀。

艾布拉姆斯：
百岁的老派批评家

高继海

2012年,文论家艾布拉姆斯迎来他100岁的生日。我在哥伦比亚大学做富布赖特访问学者时,曾亲耳聆听过艾布拉姆斯的一次讲座,题目是"诗歌的第四维度"。艾布拉姆斯从纳博科夫的小说《洛丽塔》谈起,讨论了小说主人公亨伯特对12岁少女洛丽塔的畸恋,分析了其中的心理、道德因素,然后转向关于诗歌的第四维度。他说诗歌的第一维度是我们看见的词汇,第二维度是这些词汇代表的语音,第三维度是它们的词义,而第四维度是朗读一首诗歌时发出的声音所传递的乐感与信息。他认为一首诗的美感只有在朗读时才能被充分表现出来,而诗歌的这第四个维度往往被学界忽视了。

在讲座中,艾布拉姆斯分析了6首诗,然后朗读,分别是W. H. 奥登的《在这座岛上》、狄金森的《一只鸟落到人行道上》、华兹华斯的《惊喜》、丁尼生的《血红花瓣沉睡了》、道森的《西娜拉》和阿蒙的《楼房》。他不愧是研究诗歌的大师,能够发现一般读者可能忽视的细节和隐秘。而他的朗读也抑扬顿挫,错落有致,浑厚悠扬,悦耳动听。

艾布拉姆斯最有影响的著作是《镜与灯》,他提出在浪漫主义出现之前,人们一直把文学理解为反映真实世界的一面镜子,而对于19世纪上半叶的浪漫派诗人来说,诗歌是照亮世界的一盏灯。艾布拉姆斯对文学理论最重要的贡献在于提出了文学的四个构成部分。他用图示来表示:

艾布拉姆斯把文学理论分成四大部分。文本与世界的关系构成他称之为模仿的理论,也就是普遍认为的诗歌(文学艺术)模仿自然(客观世界)。文本与读者的关系构成他所谓的实用理论,也就是诗歌的教

艾布拉姆斯

化与愉悦功能。文本与作者的关系构成表现理论,也就是诗歌表现诗人的理想信念和永恒的普世价值。而抛开文本与作者、与世界、与读者的关系,仅仅关注文本自身的构成以及各成分之间的内部关系,构成了客观理论。客观理论也是20世纪初俄国形式主义批评、新批评以及此后的结构主义批评所倡导的理论。

艾布拉姆斯认为,人们在分析一首诗或一部文学作品的时候,往往过分强调一个方面而忽视了其他三个方面,只是根据其中的一个要素,就生发出他用来界定、划分和剖析艺术作品的范畴和评判作品价值的标准,由此不可避免地造成意见、观点的分歧。而对于一首诗、一部文学作

品的多元理解,不同观点、意见的兼容共存才是正确的途径。

艾布拉姆斯1912年7月23日出生于美国新泽西一个犹太家庭。1930年他进入哈佛读本科,选择了英国文学,因为照他自己的话说:"反正毕业了也找不到工作,我宁愿选择饿肚子,也不愿意选择既饿肚子还要干自己不喜欢的事情。"他在读本科时就写出一本书《论吸食鸦片产生的幻觉对德·昆西、克拉布、弗朗西斯·汤普森和柯勒律治创作的影响》,显示出不同寻常的批评才能。大学毕业因为成绩优异,他拿到英国剑桥大学的奖学金,到那里学习一年,师从 I. A. 理查兹。他在《镜与灯》的序言里说:"本书的雏形是在剑桥大学 I. A. 理查兹的指导下研究约翰逊和柯勒律治时产生的。"

如果给艾布拉姆斯一个确切定位的话,那么他是研究英国浪漫主义诗歌的专家。然而我们在阅读他的著作时发现,他的兴趣、他的知识不仅限于英国浪漫主义文学。尤其是20世纪70年代,他与解构主义理论家展开了论辩,写了一系列的论文阐明自己"老派读者"的立场,这些论文收在《以文行事:批评理论文集》一书中。艾布拉姆斯与20世纪形形色色的新思潮、新理论辩论,坚守古典文学审美标准和传统人文价值观。

20世纪上半叶最流行的批评理论是新批评。该理论认为文学"以自身为目的",具有内在的本质和独立性。新批评理论家认为,研究文学作品必须把作品视为一个独立的、自给自足的封闭系统,就其"逻辑结构"和"局部肌理"进行阐发和细读,寻找其多重"张力"之间的平衡或由反讽、复义、悖论与意象结构所组成的"有机整体"。韦勒克和沃伦提出对文学作品进行纯粹的"内部研究",而把探究作品的起源、作者的创作心理、作品对读者的影响、作品所处的政治经济文化背景等,统统称之为"外部研究",是批评误入歧途的表现。

艾布拉姆斯认为新批评是典型的客观说,这种观点在康德的《纯粹理性批判》中已经得到阐释,在浪漫主义诗人尤其是济慈身上得到体现,在"为艺术而艺术"的唯美主义那里表现得淋漓尽致。艾布拉姆斯首先承认新批评人们从新的视角解读文学作品提供了新的方法和视野,开拓了新的领域。同时他指出新批评的不足之处在于它割裂了文本与作者、读者和世界的联系,因此对作品这样的单一解释是片面的、不完备的。

艾布拉姆斯赞成布拉德利关于诗的本质的论述:"诗的本质既不是真实世界的一部分,也不是对真实世界的复制,而是一个自身的世界,独立的、完整的、自治的;为了完全理解诗,你必须进入那个世界,遵循它的法则,忽视属于你所在的现实世界中的信仰、目标和特殊条件。诗和现实是平行发展、永不相遇的。它们是类似的,却又完全不同,因为它们属于不同类型的存在。"艾布拉姆斯在《镜与灯》中集中展示的,就是布拉德利的这一观点。

针对韦恩·布斯质疑他在《镜与灯》和《自然的超自然主义》中没有讨论文学批评的方法,艾布拉姆斯说自己是依靠直觉来构思、研究、规划、综合、分解、整合的。他借由感觉来判断对错是非、欠缺冗余、是否可信、是否得当,而他的直觉是建立在感受、阅读和思考的专业技能之上。布斯认为艾布拉姆斯的《自然的超自然主义》是"一本怪异的书",强加给读者许多十分离奇、毫无根据的断言。艾布拉姆斯回答说,不存在一个名为"浪漫主义"的抽象实体,更无法给它的本质特征下定义,没有人能够给出一个关于浪漫主义的确切、正确、全面的解释,因为这个词最初只是文学史家们为寻求便利而使用的。

希利斯·米勒批评艾布拉姆斯的《自然的超自然主义》存在一个"标准谬误",即文本"有一个单一、不含糊的意义"。米勒认为,同一个文本可以有不同的解释,这些解释之间没有高下之分,不存在一个真正正确的解释。米勒进而认为，我们在文本中找到的也只是我们自身强加于它的意义，因为"阅读……是将意义置入文本，文本自身没有任何含义"。艾布拉姆斯回应说，他认为所有复杂的文本都存在某种程度的含混，有些时候甚至无法解释。但是作家书写的语句设计了一个具有决定性意义的内核，尽管这些语句允许有一定程度的自由阐释，而且根据不同读者的气质和阅读经验，它们可能会引发意义的摆动和偏移，但它们传达出来的中心内核通常能够被有能力的读者理解。从米勒的质疑和艾布拉姆斯的回答，我们可以看出后结构主义和传统理论家的根本分歧在于是否承认在文本中存在一个可以被多数读者达成共识的意义。艾布拉姆斯提倡批评的多元化、视角的多样化，认为多重视角的整合能够得到"深度视角"，有望接近人文真实的全部。

艾布拉姆斯在《〈利西达斯〉的五种类型》一文中，综述了关于弥尔顿的《利西达斯》的五类批评范式，提出了对该诗的第六类解释。第一类解释是把弥尔顿这首诗看成作者对朋友爱德华·金之死的一首挽歌。第二类解释是，该诗是关于弥尔顿自己的，爱德华·金只是诗歌里的借口而已。第三类解释是，这首诗不存在情感，诗人通过夸张的艺术手段展现了某种戏剧性结构。第四类解释是，这首诗的价值在于其意象的演化与整合，使得每一行都具有丰富的完整性。第五种是原型批评，认为它是"死亡和复活意象紧密结合的混合体"。艾布拉姆斯认为这五种解释都有顾此失彼的缺陷，他提出最好的补救办法就是紧扣弥尔顿的文本来阅读，结论是：这首诗是一个乡村歌唱者怀念一个死去的、诗人兼牧师的牧羊人。

这篇文章可以看作是对米勒批评的答复。艾布拉姆斯自嘲地说，他本来是要将五种类型的批评融合为一种，结果反而又追加了第六种，而这就是所有批评家能够做到的。评论文章不是展现给读者一首诗，而是对于该诗的描述。艾布拉姆斯认为,对这首诗最切近的阅读是将它看作自身的对象,对它的最好阐释是能够考虑诗歌实际的顺序、强调和情感影响,适用于诗的所有部分,而且自身连贯一致,能够与弥尔顿文学思想和思维上的承继以及他鲜明的诗歌规程保持一致。这里艾布拉姆斯坚持了文学批评的多元性,同时批评了那种认为文学作品本身没有意义、可以任由批评家随意阐释的观念。

25年后,艾布拉姆斯对这篇文章又做了补充,提出诗歌的诠释涉及两个相互区别又相互联系的过程:一是语言性阐释,试图通过英文句子所构建的事件顺序来阐释含义;二是批判性阐释,利用某一艺术性假设把握诗歌的整体结构,理解各个部分组成要素之间的关系。语言性含义由读者的共同阅读实践建立起来,不会屈从于任意的歪曲。相反,它为批评家的相互讨论提供一个平台,对诗歌的批判性阐释加以甄别,判断它们是否因为过于勉强而无法立足,是否属于合格的阐释。

关于德里达的解构主义理论,艾布拉姆斯一针见血地指出:"德里达的文本居所是一个回声荡漾的封闭房间,在这里,意义缩减为永不停歇的模仿性言语,符号也幽灵般地不在场,符号与符号之间上下左右荡漾却发不出任何声音,它们既非为人所欲,自身也无所指涉,只在虚无中喧嚣一片。"艾布拉姆斯认为,希利斯·米勒继承了德里达的解构主义思想,把批评家分成"谨小慎微型"和"天马行空型",前者指以艾布拉姆斯为代表的传统批评家,后者指德里达、米勒这类解构批评家。传统批评家认为,批评是一种理性的,或者说可以理性化的活动,具有普遍的操作原则,可以认定的事实和可以衡量的标准。而米勒则认为:"作为一种阐释模式,解构的工作方式是小心翼翼地进入各个文本迷宫……解构不是对文本结构的拆解,而是展示文本已然拆解了自身。"

作为一位"老派读者",艾布拉姆斯争论的对象不仅仅是米勒、德里达,而且还包括斯坦利·费什、哈罗德·布鲁姆、韦恩·布斯、莫尔斯·佩克汉姆、诺斯罗普·弗莱、菲利普·惠尔莱特这些现当代著名批评家。他说德里达能够把任何文本都解构成无数不可确定的表意行为的悬置,费什能将文本预设成错误前提下创造性冒险的场合,布鲁姆能把文本读成对任何选定的先辈文本的野蛮扭曲。这些替代性策略实际上都有一个优点,那就是保证发现新的意义。但是这些"新派读者"心知肚明,他们在玩一种双重游戏,读别人文本时引入他自己的阐释策略,想和自己的读者交流其阐释方法和结果时则默契地依仗既定的规范。

在新派读者们看来,艾布拉姆斯可能有些冥顽不化的味道,然而从常识、常理和常规的角度来判断,艾布拉姆斯坚持的正是数千年来西方的文化批评传统,这个批评传统在历史上曾经受到过挫折、批评、压制甚至否定,但是它在进程中吸收了不同理论流派的精华,丰富了自身。20世纪的新批评也好,解构主义也好,新历史主义也好,都曾经或者仍在喧嚣一时,但最终会归于沉寂,而受到数千年文化滋养的批评传统会不断丰富、发展,历久弥坚。正如艾布拉姆斯所说,20世纪初的新批评统治了西方半个世纪,后来遇到了原型批评这个严肃的对手。解构主义仍然会强劲一个时期,然后走向衰落。它们会如黑格尔所说被"扬弃",也就是中断,但会在另一个层面延续。这个更高层面就是传统的文学阅读方式,它在若干世纪中已经显示出延续性的价值。

艾布拉姆斯是一位豁达乐观的老人。对于20世纪这个所谓的"批评的世纪",艾布拉姆斯有这样的评价:这个批评叙事的时代,依据人们观点的不同,可以被看成最好的时代,也可以被看成最坏的时代,但是无可否认,这是一个丰富多彩、充满活力的时代。

在家的霍桑

孔亚雷

《爸爸和朱利安、小兔子巴尼在一起的二十天》(以下简称《二十天》)是一位世界知名作家最不知名的作品之一。它被湮没在霍桑《美国笔记簿》的第七卷里,这50页纸写于马萨诸塞州的雷诺克斯,时间是1851年7月28日至8月16日。前一年6月,霍桑和妻子索菲亚把家搬到了位于伯克夏的一栋小农舍,带着他们的两个孩子,尤娜(生于1844年)和朱利安(生于1846年)。他们的第三个孩子罗丝,出生于1851年5月。几个月后,索菲亚·霍桑去看望她的父母,留在家里的有霍桑、5岁的朱利安、彼得斯太太(厨娘兼管家)和一只最终以"后腿"这个外号扬名天下的宠物兔。当天晚上,把朱利安哄上床之后,霍桑坐下来写下了他小史诗的第一章。除了想记录妻子不在期间家中发生的事情,霍桑并无他想,但他却在无意间开启了一项在他之前从未有作家尝试过的工作:对一个男人独自照顾幼子详尽、巨细无遗的描述。

在某种意义上,这让人想起一个古老的民间故事,故事里农夫和他妻子把各自要干的活交换了一天。这个故事有很多版本,但结果总是一样,妻子赶来解围,趁丈夫还没把房子烧掉或脖子摔断。

霍桑没把脖子摔断,但他显然已经感到摇摇欲坠,《二十天》的语调

纳撒尼尔·霍桑

既滑稽、自嘲,又隐隐透出迷惑,通篇都散发出朱利安长大后用来形容父亲的"幽默引力"。熟悉霍桑小说风格的读者会对《美国笔记簿》中简洁清晰的表达感到震撼。他小说中黑暗、压抑的情感使句子有一种复杂、常常是华丽的密度,一种有时接近烦琐和晦涩的精巧,所以他早期故事(大部分都是未署名出版)的一些读者误以为作者是个女人。第一批因研究霍桑作品而写出一本书的人当中,就有亨利·詹姆斯,他从这种独创、精致的文体中受益颇多,这种文体在把复杂敏锐的心理观察与大的道德和哲学关注相结合上能力超群。但詹姆斯并非霍桑的唯一解读者,还有另外几个霍桑也在向我们走来:寓言作家霍桑、优秀的浪漫主义传奇故事作家霍桑、17世纪新英格兰殖民地的编年史家霍桑,以及最引人注目的、被博尔赫斯重现的霍桑——卡夫卡的先驱。霍桑的小说可以从以上任何一个角度进行有益的解读,但还有另一个霍桑,一个由于其他成就的辉煌而多多少少被遗忘、被忽视的霍桑:私人的霍桑——趣闻逸事和胡思乱想的涂鸦者、灵感工匠、气象学者和风景画家、旅行者、信件作家、记录日常生活的历史学家。《美国笔记簿》的声音如此鲜活,如此生动,从中浮现出的霍桑不像文学史上德高望重的长者,而更像个当代人,一个仍然活在当下的人。

《二十天》并不是他唯一写到自己孩子的书。一旦尤娜和朱利安大到可以说话了,他似乎就对草草记下他们一些逗趣的对话感到其乐无

穷,《美国笔记簿》里散布着诸如此类的条目:

> 尤娜——"你弄痛了我一小点。"
> 朱利安——"好,我要弄痛你一大点。"
> ……
> 我对朱利安说,"让我拿掉你的围兜"——他没反应,我重复了两三遍,每遍声音都比前一次响。最后他怒吼道——"让我拿掉你的头!"

除了对孩子们游戏、争吵和内心波动的描写之外,他偶尔也停下来对他们的个性做一些更为概括性的评论。关于尤娜的小段落尤其有趣,因为她常常被当成是他塑造《红字》中佩儿这个人物的原型。

1851 年夏天,霍桑已经是一个观察自己孩子的专家、一个家庭生活的老手。他 47 岁,结婚已近 10 年。那时他可能还不知道,但几乎所有他出版的重要作品都已经写完。在他身后是两个版本的《重讲一次的故事》(1837 和 1842)《古宅青苔》(1846)以及《雪景,及其他重讲一次的故事》(计划在 1851 年底出版)——他作为短篇小说家的全部产品。他的头两部长篇小说已于 1850 年和 1851 年出版。《红字》把"美国文坛最默默无闻的男人"变成了那个时代最受尊敬和最著名的作家之一,而《七角楼房》只能让他的声誉更加坚固,并促使许多评论家称他为美利坚合众国至今出现过的最杰出作家。多年的孤独工作终于为他赢来了公众的赏识,经过 20 年捉襟见肘的挣扎,1851 年标志着霍桑第一次可以靠写作收入养活他的家庭。没有任何理由认为他的成功不会延续。整个春天和初夏,他完成了《一部给男孩女孩的奇书》,并在 7 月 15 日写好了前言。此外,他已经在计划下一部小说《福谷传奇》。在雷诺克斯的那个夏天显然是他生命中最幸福的时期之一,当他写作这部他与儿子共度三周的小小编年史,他并不是在什么其他的、更为重要的项目中挤出时间。这是他唯一想做的工作。

搬到雷诺克斯是由1849年霍桑在塞伦的悲惨经历促成的。1846年,霍桑被任命为塞伦海关的检查员,3年里,他作为一名作家几乎一事无成。霍桑在1849年3月新政府上台时被解雇——但他在抗辩中发出的动静不可谓不大,这导致了一场广为人知的关于美国政治资助的论战。恰好就在这场斗争进行的时候,霍桑的母亲生病去世,10天后,霍桑在挽救其工作的战斗中失败了。就在遭到免职后的那几天里,他开始写作《红字》,并在6个月内完稿。在这段时期巨大的经济压力之下,正当提科诺和菲尔茨公司计划出版这部小说的时候,他的命运发生了一次突然的、意料之外的好转。通过私下、匿名的募捐,霍桑的朋友和支持者们(他们当中,很可能就有朗费罗和洛威尔),筹集了总共500美元来帮助霍桑渡过难关。这笔意外收入让霍桑得以实现他日益迫切的渴望:离开塞伦,他的故乡,成为"一个其他地方的居民"。

霍桑和索菲亚最终在伯克夏的红色农舍安顿下来,他在一封给妹妹的信中诉苦说,那座农舍是"他住过的最不方便最破败不堪的小屋"。霍桑不仅讨厌那座房子,对它周围的环境也是恶言相向。然而,那仍是他一生中最好的时光。作为一个极端羞涩、与世隔绝的男人,霍桑在伯克夏暂居期间基本上是深居简出,孤独是他的天性。

虽然他们过着孤寂的生活,但总还是有些访客,他们也和几个邻居互有来往。其中之一就是赫尔曼·麦尔维尔,他当时32岁。关于这两位作家间的关系已经写了太多,但很显然,对比其年轻的麦尔维尔,霍桑以非同一般的热情向他张开了怀抱,并把和他在一起当成一大乐事。1850年10月麦尔维尔在伯克夏安顿下来,成为这里的永久居民。接下来的 13 个月里,这两个男人交谈、通信、阅读对方的作品,偶尔还到对方家里做客。对于麦尔维尔,与霍桑及其作品的相遇标志着他人生中一个重要的转折。他们第一次见面的时候,他已经开始写作那部关于白鲸的小说(原计划是写一部传统的海洋冒险小说),但在霍桑的影响下,这部小说开始变得深入而宽广,在一种持续不衰的灵感爆发中,它变成了所有美国小说中最宏伟的一部作品——《白鲸》。每个读过那本书的人都知道,书的扉页上写着:"谨以此书献给纳撒尼尔·霍桑,以表我对其才华的敬仰之情。"就算霍桑在雷诺克斯期间什么也没做,至少他在无意中成了麦尔维尔的缪斯。

麦尔维尔在《二十天》中出现了几次,但这部日记的主题还是小男孩本人,是这对父子每天的日常活动,是家居生活中转瞬即逝的无聊琐事。就内容来看,很难想象还有什么写作比它更枯燥更乏味。日记写在一本专门的家庭笔记簿上,他们一起用它来记录孩子们的事情(这个本子孩子们也可以用,有时他们会在上面画画和涂鸦——有几次,甚至直接拿铅笔在父母写的东西上乱涂)。霍桑想让妻子从西纽顿回来能看到这部小品,而她似乎一回家马上就看了。在一封给母亲的信中,索菲亚这样写道:"……我发现霍桑先生写了一份极为详细的记录,记下了从我们离开那刻起他和朱利安的生活……整整三个星期,他写道,朱利安说的话像一条潺潺的小溪,流过他的思考和阅读。他们在湖边度过了许多快乐时光,还驾着奈特的小船出海……"

霍桑 1864 年去世后,索菲亚在出版商詹姆斯·T. 菲尔茨的劝说下,从丈夫的笔记簿中摘选了一些给杂志发表。这些片段在 1866 年分 12 期连载,但是对于《爸爸和朱利安、小兔子巴尼在一起的二十天》,虽然菲尔茨想把它收进去,她却很犹豫,表示必须先要和朱利安商量。她儿子当然没意见,但索菲亚经过进一步考虑后,决定不予发表,并对菲尔茨解释说霍桑"绝不会希望这样私密的家庭记录公之于众,我对自己居然会作此考虑感到惊讶"。1884年,朱利安出版了著作《纳撒尼尔·霍桑和他的妻子》,其中他从《二十天》里摘录了一些片段,评论说他单独与父亲度过的这三周"对于霍桑,有时候,想必是很厌烦的,但对一个小男孩,那是一段连绵不断的幸福时光"。他提到一部完整版的日记将会创造"一个从未有过的独特而新奇的小历史",但直到1932年,兰德尔·斯图尔特整理出第一个学术版的《美国笔记簿》,《爸爸和朱利安、小兔子巴尼在一起的二十天》才最终得以问世,并且不是以单行本的形式,而是作为800多页、横跨1835年至1853年的一大卷中的一部分。

《爸爸和朱利安、小兔子巴尼在一起的二十天》中文版

为什么现在要把它作为一部单独的作品出版?为什么这部写于150多年前、短小平淡的日记会引起我们的兴趣?我希望能为它作一个有力的解说,用一些生动、精密的论证来证明它的伟大。但它即使伟大,也只是袖珍的伟大,只是因为它的写作,无论是其内容还是本身,都令人愉悦。《二十天》是一部幽默小品,作者却是一位以阴郁著称的男人,而任何人只要带过一段时间孩子,都会对霍桑记录的精确和坦诚有所感触。

尤娜和朱利安是以一种非传统的方式养大的,即使按19世纪中期新英格兰超验主义者的标准也是如此。虽然他们在雷诺克斯期间已经达到学龄,但谁也没去上学,而是跟母亲待在家里,由她来负责他们的教育,而且她很少让他们跟别的孩子来往。在雷诺克斯写给母亲的信里,索菲亚生动地描述了她养育孩子的哲学:"……无限耐心,无限温柔,无限宽容——这些必不可少,我们必须在有限意志允许的范围内尽可能去做。首先,任何父母都不应有权威感……对于孩子犯错,只应显出一种温柔的遗憾,一种无比理解的失望……说到底,这就是溺爱与温柔的全部区别。"

霍桑在养育孩子方面扮演的是个很被动的角色。"要是爸爸不写东西,那该多好啊",朱利安引用尤娜有天发出的感慨,而且据他说,"他们对于父亲写作的全部感受,就是他在书房里是浪费时间,他应该和他们在一起,那些书本里什么都没有,不管是他自己写的还是别人写的,它们跟他真人陪在身边根本没得比"。当结束了一天的工作,霍桑似乎更愿意做他孩子的玩伴,而不是标准的父辈。"我们父亲是个爬树高手",朱利安回忆说,"他还喜欢装成魔术师"。1904 年,离尤娜 33 岁早逝已经过了很多年,托马斯·温特沃斯·希金森在当时的一份流行杂志《视野》上发表了一篇回忆她的文章。其中引用了有一次她说父亲的话:"他是我见过最能闹的人。他就像个男孩。全世界都找不到像他那样的玩伴。"

所有这些都是《二十天》的精髓所在。霍桑家是个意识超前的家庭,他们对待孩子的大部分方法都跟今天美国世俗中产阶级盛行的教育思路相类似:没有严格纪律,没有体罚,没有尖声训斥。有些人觉得霍桑家的孩子吵闹任性,但索菲亚一直把他们看成榜样。不过,观察一向比妻子更严密的霍桑——他不允许,出于本能和习惯,让爱来影响他的判断——也曾毫不掩饰朱利安有时让他感到多么心烦。这点在日记的第一页上就出现了,而且反复贯穿了他们一起度过的 20 天。这个小男孩是个超级话匣子,一个有速语症的微型马达,索菲亚才离开几个小时,霍桑就已经抱怨说:"不可能写作、读书、思考,甚至睡觉(在白天),他对我这样那样的要求没完没了。"

正是这些小小的发作赋予了这部记录以魅力以及真实。没有一个正常人能坚持让一个高能量孩子待在身边而不偶尔发火,霍桑承认做不到完美的镇定,从而使这部日记不再仅仅是一本夏日回忆的相册。理所当然,它的文字里有甜蜜,但却从不煽情(太多风趣,太多讽刺),而且因为霍桑没有掩饰自己的缺点和偶尔的情绪低落,他将我们从一个严格意义上的私人空间带入了一个更广阔、更人性化的世界。总的来说,在对待朱利安上他表现出非同一般的宽容,任由这个 5 岁孩子异想天开也好恶作剧也好傻话连篇也好,都处之泰然,并欣然表示,"他是那么一个明朗、快乐的小人儿,使得所有这些烦恼必然会有一种喜悦掺杂其中"。

除了难得几次的生气和上火,《二十天》的氛围是宁静的,充满节奏感和田园风味。除了 8 月 8 号和麦尔维尔一起去谢克村的那次远足之外,这对父子俩基本上都在家附近活动。但结果证明那次外出对小男孩是一次十分兴奋的经历,而霍桑也发挥了最佳水平,他生动地描述了孩子的热情,用儿子的眼睛去看这个世界:"已经过了黄昏;事实上,要不是满月,天已经很黑了。小人儿依然坐得乖乖的,像个旅行老手;但有时他会从前座转过头来看我(他坐在前排的赫尔曼·麦尔维尔和伊沃特·戴基克之间),带着一种奇特的表情朝我微笑,并把手伸到后面碰碰我。这是一种同病相怜的表示,显然在他看来,这是世间旅行者所遭遇过的最狂野、最史无前例的冒险。"

在不用照看朱利安的时候,霍桑写信,一边读傅立叶一边准备开始写《福谷传奇》,并心不在焉地翻阅了萨克雷的小说《彭德尼斯》。日记里有许多笔锋敏锐的段落,描绘了风景中光线的变化(很少有小说家像霍桑那样仔细地观察自然),以及一些对"后腿"——那只宠物兔——滑稽而渐渐充满同情的描写,它在这部日志快结束的时候不幸断气了。总之,被他的孤独拖拽着,霍桑越来越渴望妻子回家。到了最后一周,那种感觉已经变成了一种持续的疼痛。

尽管日渐焦躁和失落,霍桑还是尽职地坚持记日记。就在最后一天,又一次带朱利安去湖边玩的时候,他拿着本杂志坐在水边,有感而发,做出了以下评论,在某种意义上,可以把它看作一个简短而随性的诗论、一个对他全部写作精神和方法的精确说明:"……要让一片风景留下生动的印象和感觉,最佳方法就是坐在它面前阅读,或者用别的方式陷入沉思;因为,当你眼睛偶然被那片风景吸引的时候,你似乎能在无意间瞥见自然女

《爸爸和朱利安、小兔子巴尼在一起的二十天》英文版

神,在她还来不及改变神态之前看见她的真正模样。那种感觉只有短短一瞬,并且几乎等你一意识到就消失了;但在那一刻,它是真实的:就像你可以听见并听懂树木间彼此的窃窃私语;就像你瞥了一眼揭开面纱的脸,而每个有意的目光都会让它自动蒙上面纱。神秘的谜被解开了,但一转眼,它又变得跟从前一样神秘。"

风景如此,人也如此,尤其是那些正当童年的小人儿。一切都随着他们在变,一切都在运动,你只能"在无意间"抓住他们的精华,在那些你没有特意去寻找的时刻。那正是霍桑这部笔记簿小品的美妙之处。在整个带孩子期间,在那些单调沉闷的琐事里,霍桑经常能偶然瞥见自

己的5岁小男孩,这足以让他捕捉到孩子的某些精华,用笔把他重现在纸上。一个半世纪之后,我们依然想要发现自己的孩子,但现在我们靠的是拍照和拿摄像机围着他们转。但文字比图像更好,我觉得,因为它们不会随时间褪色。当然,写出一个真实的句子比对焦和按钮要费工夫,但文字比图像更深入——图像很难记录超出事物表面的东西,不管是风景还是孩子的面孔。除了最优秀或最幸运的作品,在照片中灵魂是缺失的。那就是为什么《爸爸和朱利安、小兔子巴尼在一起的二十天》值得我们注意。用他简洁、不动声色的方式,霍桑做到了每个父母都梦想做到的事:让他的孩子永葆童真。

亨利·米勒:
转向内心世界的激情

杨恒达

亨利·米勒是一位有争议的作家。他最初发表的自传性三部曲《北回归线》(1934年)、《黑色的春天》(1936年)、《南回归线》(1939年)都是先在法国面世的。由于他作品中露骨的性描写,英语国家长期拒绝发表他的作品,所以他最初在英语国家默默无闻。英语国家的广大读者读到亨利·米勒的上述三部作品,首先还要感谢盟军在1944年以后来到巴黎。英美军队的军人及随军人员在巴黎市场上发现了亨利·米勒的书,争相传阅,并把它们偷偷带回国。亨利·米勒的作品意外地比流行的文学精英的作品获得了更广泛的读者,但是,由于许多人仍然把亨利·米勒看作专写"淫秽作品"的作家,他的主要作品都无法在美国公开发表。后经过长期努力,美国终于在1961年对《北回归线》解禁,允许它在国内公开发表。两年后它又得以在英国公开发表。随着他其余作品的解禁,亨利·米勒的名字在美国乃至世界变得家喻户晓,他被20世纪60年代反正统文化运动的参加者们奉为自由与性解放的预言家。

亨利·米勒1891年12月26日生于纽约一个德裔裁缝的家庭。祖父和外祖父都是因为逃避德国的兵役而来到纽约的,尽管像许多来到美

亨利·米勒

国的德国移民一样,他们很快就被美国社会同化了,但从亨利·米勒的创作与言论中,仍然可以看到德国文化的许多影响。在这方面,亨利·米勒既是一个土生土长的美国人,又同欧洲文化、尤其同德国文化有着千丝万缕的联系。他对人生与社会的哲理思考,往往显示出德国思想家的某些特点,有入木三分的洞察力与敏锐而丰富的想象力。后来,在1930年至1939年近10年中,他又长期生活在法国,对欧洲文化有了进一步了解。所以,他对西方文化、西方现代文明的批判不仅立足于美国,而且立足于欧洲,有一定的普遍性。

亨利·米勒的父亲是一个没有多少文化修养的裁缝铺老板,嗜酒成性。亨利·米勒出生后不久,全家从曼哈顿搬到布鲁克林,居住在工厂和小商小贩中间。亨利·米勒所处的家庭条件和社会环境并不优越,他也没有受过正规高等教育。1909年他进入纽约市立学院学习,两个月后即放弃学业,然后从事过各种各样的职业:水泥公司的店员、陆军部的办事员兼不拿薪水的《华盛顿邮报》见习记者、父亲裁缝铺的小老板、电报公司的人事部经理,以及洗碗工、报童、垃圾清理工、市内电车售票员、旅馆侍者、打字员、酒吧招待、码头工人、体校教师、广告文字撰稿人、编辑、图书管理员、统计员、机械师、慈善工作者、保险费收费员、煤气费收费员、文字校对员、精神分析师等等,有的工作他干了甚至不到一天。丰富的生活经历为亨利·米勒的创作提供了广泛的素材,他在经历中的深入观察和深刻感受又使他的创作不落俗套,既有坚实的生活基础,又有富于哲理的思想内容,并以创新的形式加以表现。亨利·米勒走上文学创作的道路显然比同时代的美国作家要晚,成名也晚。年纪比他轻的海明威、福克纳、菲茨杰拉德等作家,在20世纪20年代都已小有名气,或已有了相当的成就,而他那时却还在为生活奔忙。他发表第一部作品时已经43岁,可谓大器晚成。但在文学上,成功得晚自有晚的好处,由于作家思想已比较成熟,又有丰富的阅历,所以更容易一开始就形成自己的风格,作品中反映的问题也往往更为尖锐,更一针见血。

《北回归线》中文版

亨利·米勒曾自称为"流氓无产者的吟游诗人",可以说,这是对他自己创作风格的最好描绘。自从发表第一部作品《北回归线》以来,他就形成了一种独特的社会批判风格,专写一些与社会格格不入的人物,通过他们来攻击西方社会,并不惜使用污秽的语言。他所写的人物大多是他在生活经历中接触过的,所用的语言也是他所接触的那一阶层普遍使用的语言。他通过笔下那个表面粗野的社会来表达对西方社会深思熟虑的看法。就这方面来讲,他虽然比大多数作家出道晚,但一出道即显示出优势。

《南回归线》发表于1939年,是亨利·米勒最初在法国发表的自传性三部曲中的最后一部。三部作品的书名有一定的对应关系,"北回归线"和"南回归线"又分别叫作"夏至线"和"冬至线",在"夏至"和"冬至"之间,是"黑色的春天"。

《南回归线》虽然在亨利·米勒第一个自传性三部曲中是最晚发表的,但它却被人称为包括"殉色三部曲"在内的亨利·米勒六卷自传式罗曼史的第一部。因为它主要叙述和描写了亨利·米勒早年在纽约的生活经历,以及与此有关的种种感想、联想、遐想与幻想。亨利·米勒写此书时身在欧洲,离开美国已多年,思乡之情溢于言表。很显然,他是一个怀旧的人,但是他从文化批判的立场出发,认为美国的文化已经开始走向没落,全部美国生活像是"杨梅大疮","简直比虫子四处爬的奶酪还要腐烂不堪","美国的所有街道都合起来形成了一个巨大的藏污纳垢之地、一个精神的污水池,在其中,一切都被吮毕排尽,只剩下一堆永久的臭屎。在这个污水池之上,劳作的精灵挥舞着魔杖;宫殿与工厂鳞次栉比地涌现,什么火药厂、化工厂、钢铁厂、疗养院、监狱、疯人院等等。整个大陆便是一场梦魇,正产生着最大多数人的最大不幸"。所以,亨利·米勒"要看到美国被摧毁,从上到下,被彻底铲除"。他"要目睹这一切的发生,纯粹是出于报复",作为对施于他和像他一样的其他人的罪行的"一种补偿"。

那么,美国施于亨利·米勒的究竟是什么样的罪行,以致他对美国如此深恶痛绝,竟要看到它被摧毁呢?这是因为美国高度的物质文明只是让人活着,可是人性异化了,自我丧失了,这是最令亨利·米勒痛苦的事情。他说:"我终生的愿望并不是活着……而是自我表白。我理解到,我对活着从来没有一点点兴趣,只是对我现在正做的事才有兴趣,这是与生活平行、拥有生活而又超越生活的事情。我对真实的东西几乎没有丝毫兴趣,甚至对现实的东西亦无兴趣;只有我想象中存在的东西,我为了活着而每天窒息了的东西,才引起我的兴趣。"亨利·米勒在这里道出了他进行创作的基本意图,他不是为了简单地活着而创作,他是要真正拥有自我,拥有自我的精神世界,并加以表现,所以亨利·米勒的作品主要写他的精神世界。他面对使人性异化、自我丧失的美国文化,决心以强烈的反叛精神来重建自我。他的生活经历在重建自我的过程中只是起了拐杖的作用,一旦引出了他的内心世界,他就让意识自由自在、无拘无束地流动,而将拐杖弃置一边。他描写精神世界,是要表现在现代大都市的荒漠中,自我所感受到的痛苦、孤独与巨大的精神压力,这往往只是一种感受、一种遐想、一种幻觉、一种愤怒的发泄,这一切构成了一个混乱而无序的世界,然而这却是当时亨利·米勒真实自我的再现。所以,作为一部自传体小说,本作品名为"南回归线",就显示出深刻的含义了。因为"南回归线"的英语是 Tropic of Capricorn,其中的 Capricorn 一词,从星座角度讲指"摩羯座",亨利·米勒就属于这个星座。据说,这个星座的人重感官感受,是内倾之人。且不说亨利·米勒是不是内倾之人,从小说创作的角度看,他确实是从外转向内,从对外部世界的描写转向对内心世界的表现。他以直接的感观感受来表现内心世界的激情,但是在这种表面的感官感受之下,却蕴藏着社会批判的巨大精神力量。

波德莱尔曾将世界大都市中的混乱和丑陋加以艺术的再现,因而丰富了诗的表现领域。亨利·米勒则将现代世界大都市种种混乱和丑陋中个人精神世界的混乱和丑陋加以艺术的再现,因而丰富了散文的表现领域。他的几部主要作品大家都称之为自传体小说,但是更确切地说,应该称之为表现他精神世界的散文诗。

他的散文诗也写人写事,例如写他父亲长期酗酒,后来突然戒了酒,热衷于宗教,焕发出宗教热情,可由于他所崇拜的一位牧师令他伤了心,他终于陷入一种绝望的麻痹状态;写他自己童年时代在布鲁克林的那些小朋友和他后来的同事、朋友们的种种经历;写他在宇宙精灵电报公司的种种有趣经历和令人啼笑皆非的遭遇;写他同数不清的女人之间的性关系等等。但是,正如上文所说,这些不过是引出他内心世界的拐杖,而一旦引出他的内心世界,他的散文诗就充分发挥出其独特的优势,放笔写去,任意驰骋,呈现出深刻的思想、原始的冲动、神秘的幻觉、复杂的感受、丰富的联想。

《南回归线》中文版

在亨利·米勒自由驰骋的精神世界里,不时流露出两位德国哲学家的深刻影响。亨利·米勒在《南回归线》开头谈到不愿意离开母亲温暖的子宫,这同尼采用来说明他思想的那个古希腊神话是一个意思,也就是说,世上最好的东西是什么呢？是不要降生,一旦降临人世,那么最好的东西就得不到了。亨利·米勒来到这个世上,面对一个高度物质化的文明社会,却找不到自我,他深感文明社会盛极而衰的危机感。他受斯宾格勒《西方的没落》一书的影响,认为西方社会,尤其是美国社会已不可救药,最终没落的命运不可逆转,所以他竭尽全力否定这个社会,否定建立任何秩序的可能性,而这种否定最终又变成了对他自己的肯定。但是他对自己的肯定主要是肯定自己的精神世界,就连他那么多放荡不羁的性生活,从某种程度上讲,也只是为了证明他自己的反叛精神,不向传统屈服,而他的肉体自我受到文明的根深蒂固的影响,所以他甚至有除去自己身体的念头:"我出生在文明当中,我接受文明十分自然——还有什么别的好干呢?但可笑的是,没有一个别的人认真对待它。我是公众当中唯一真正文明化了的人。可至今没有我的位置。然而我读的书、我听的音乐使我确信,世界上还有其他像我一样的人。我不得不去墨西哥湾自溺而死,为的是有一个借口,好继续这种假文明的存在。我不得不像除去虱子一样除去我自己鬼魂般的身体。"这里含有尼采关于个体化原则瓦解的思想,自我只有摆脱了个体化原则,才能成为自由的自我,才能摆脱文明的束缚,这时候,按照尼采的说法,就是由日神精神转入酒神精神。在酒神状态中,痛苦的自我得到充分表现,包括原始的冲动、神秘的幻觉等等,同时自我也由于得到了充分的表现而狂喜。亨利·米勒在作品中竭力去达到尼采所提倡的那种酒神的审美状态。尼采认为最基本的酒神状态——醉,是一种音乐情绪,而且包含着性冲动,于是亨利·米勒就运用音乐、性以及一种达达主义式的感觉错乱来不断追求自我表现的狂喜。《南回归线》除了最初的一大部分和一些以空行形式出现的不规则的段落划分之外,只有两个正式的部分:插曲和尾声,都是借用了音乐术语,似乎整部作品是一首表现自我音乐情绪的完整乐曲。亨利·米勒在作品中描写的一次次性冲动构成了一部性狂想曲,而他的性狂想曲又是他批判西方文化、重建自我的非道德化倾向的一部分。他的非道德化倾向是要回到原始冲动中去,是要追求狂喜,但也是一个极其痛苦的过程。

亨利·米勒在《南回归线》书首引用法国中世纪道德哲学家彼得·阿伯拉尔的话来说明他写作的目的:"我这样做,为的是让你通过比较你我的痛苦而发现,你的痛苦算不得一回事,至多不过小事一桩,从而使你更容易承受痛苦的压力。"

行者凯鲁亚克

张 芬

前一段时间,盲诗人歌手周云蓬发表了《绿皮火车》。在伤感而自嘲的流浪抒情中,似乎能找到艾伦·金斯堡的《绿色的汽车》和杰克·凯鲁亚克《在路上》的影子。与此同时,中国有数以万计的背包客和流浪者仍在路上,那些文艺青年、流浪歌手的聚集或居住之地,开始出现如《达摩流浪者》中贾菲在森林小屋中的摆设:诗歌、佛教、乐器、简单粗糙的生活用品,甚至墙上挂着从西藏、尼泊尔或印度等神秘国度弄来的画片图腾。五六十年前的那场运动从开始起似乎就没有结束,这群人遍布世界各个角落,无论是出于藐视中产阶级生活方式还是出于对人生现实的厌倦或对抗。

在文学界,自"垮掉的一代"产生之日,便有许多研究者关注这一惊世骇俗的文学和社会现象。到现在为止,我们还能在翻译的外国研究著作中——从马尔科姆·考利的《流放者归来》到莫里斯·迪克斯坦的《伊甸园之门——六十年代美国文化》——隐约找寻到"垮掉一代"的发展脉络及其精神内核的相关阐释。在国内,以"垮掉的一代"为专题研究的如《本真之路——凯鲁亚克的"在路上"小说研究》(陈杰,2010年)及《"垮掉的一代"与中国当代文学》(张国庆,2006年)等都在延续和影响着读者相关的阅读和思考。尽管"垮掉的一代"代表作家的作品尚未一一翻译进来,我们仍能从现有译介过来的作品中看到这"代"人的各自轮廓。

凯鲁亚克

"在路上"是"垮掉一代"最为显著的灵魂。前有"迷惘的一代",后有"嬉皮士"运动,当中仍然夹杂着战争的伤痕和经济大发展时期人们的精神荒芜和生活压力。从历史序列来看,凯鲁亚克依靠《在路上》"一夜之间摆脱默默无闻"的状态是必然的。但他之所以被称为"垮掉的一代"的文学之父,并不意味着他与另外两个代表人物艾伦·金斯堡和威廉·巴勒斯有本质上的相同。

"在路上"展现的是一种精神状态,无论是身体还是思想,时间还是空间。除上述作品外,无论在荒凉峰顶守夜的《荒凉天使》还是游走巴黎寻找祖先踪迹的《巴黎之悟》,乃至充满了冥想和体悟的《金色永恒经文》,都可说是一种"在"的精神的阐发。

与此相关,关于"垮掉"的含义说法纷繁。1957年《在路上》在出版之前的命名为《垮掉的一代》(经马尔科姆·考利建议修改为前者)。纪录片 What Happened to Kerouac (1986年) 中展示了其1959年采访录像,当被问及"垮掉"的含义时,他回答说是"恻隐之心"。

凯鲁亚克作品中除了反叛性之外,还有更为明显的温情和悲伤:"我想象着自己就像一个天使回到了地面上,用悲伤的眼睛观察实际的情形,我就是以这样的态度来写我的东西的。"他热爱写作,浸淫于古往今来的文艺作品,并以这些人为榜样,"除了属于自己的疯狂的自我,没有人能够帮助我,我想与远在天国的陀思妥耶夫斯基联系;还想问问老麦尔维尔,他是不是仍然那么沮丧;还有沃尔夫,我要问问他为什么38岁就死去。我不想放弃,我发誓决不放弃,我将在叫喊和大笑中死去"。"在紫罗兰色的黑暗中游荡无依"是凯鲁亚克写作与思索的底色。

金斯堡说,凯鲁亚克一生都是佛教徒,其作品多少与佛教尤其是禅宗思想相纠结。当时流传到美国的禅宗思想以铃木大拙为代表。铃木标榜禅学要人直接面对自己的本真之心。这是凯鲁亚克运用内心寻找精神出路的通道(虽然他未必是合格的佛教徒),同时,他深与存在主义之虚无和天主教中仁爱与忍耐之心相呼应。

时刻书写人生虚无,自我不过是世界一分子之类的观念,正是凯鲁亚克难以抛弃自我的绝对体现。他始终有介于神性和世俗蒙昧之间的痛苦和哀伤。与作品中所体现的典型人物不一样,他本人一直是个严肃的文艺青年。他与艾伦·金斯堡等的文艺野心并非在俗世取得成就,他在日记中写道:"真正的桂冠唯有在写作之时才能戴上。"他们有着另一种文学梦想,即通过"天堂"出版文学作品,他们要创造一种能够拓展语言、想象力和文学疆域的说话方式。

实际上,凯鲁亚克的卓越之处不仅在于他的作品展现了在资本主义社会之中游弋的孤独而颓废的灵魂,而且在于他在语言上所开拓的空间。正如巴里·吉福特在《垮掉的行路者——回忆杰克·凯鲁亚克》序言中所说,凯鲁亚克的作品行文有一种"令人心碎的优美"。他的作品《小镇和都市》《在路上》《达摩流浪者》《大瑟尔》《荒凉天使》等基本都是以超凡记忆力和敏感气质,真实地根据生活和记忆再现出来的。"一切都是单纯的直接的对白,规则就是让思维成为舌头的奴隶,没有撒谎与重述的机会"。正因为出于凯鲁亚克之手,那些司空见惯的场合写得"美得让人窒息"。金斯堡认为这不仅是小说,同时是介于散文和诗歌之间的文体。

《在路上》风靡一时,凯鲁亚克在一切破败的生存中由虚无来肢解任何存在的意义,不卑不亢。正如他说的那样,不要为无物担心。凯鲁亚克给他自己在路上所见到的各种景象都赋予了极端的虚无美。还有那些充满赤子之心的比喻。或可说,凯鲁亚克语言中的敏感、焦虑乃至酣畅淋漓的作品,从另一个极端延续了梭罗之"静谧的绝望"。

《达摩流浪者》写了一群相对温和的背包客,他们是一群需要温暖的人,他们采取寻找自以为能够解决众生痛苦的人生状态——参禅。雷蒙在一个人的背包流浪中常会有孤独和恐惧感,所以他常常感觉到自

长达36米的《在路上》初稿

己归于大化自然之后才能够打坐,他常常要在和家人的关系心平气和后才能体会"虚空"的意义。所以在最后他说:"虽然我身上只剩下一美元,但我一点都不担心,因为贾菲就在小屋里等着我。整个旅程迅疾和有启悟得就像个梦。我回来了。"看来他回归的不是禅和达摩,而是被自己奉为偶像并且看得见摸得着的好朋友贾菲而已。有时候,我们在其中并没有看到禅宗思想,而是智能、真实,进而是所有的悲悯与祈福之心。

关于凯鲁亚克,迈克尔·麦克卢尔回忆凯鲁亚克和他唯一愿意照顾的人——他的母亲的照片时这样描述:"我从未见过凯鲁亚克的母亲,但是我见过一张美得出奇的照片,是杰克和她一起照的……我见过主揽大权的猴子妈妈带着她的雄性后代的照片,那种时候后者被叫作'王子们'。这张照片则像是主揽大权的雌性类人猿带着她的王子……我这

么说,绝没有讽刺的意思。我的意思是它很美——但是属于非常经典的情态……一种经典的灵长目的情态。"凯鲁亚克的命运就在这里体现,自惠特曼以来美国文化的稚拙、朴实和翻天覆地的创造活力就在这里显示。凯鲁亚克承继了美国文学传统的同时,又灌注了作为忧郁的文学青年作家的勇敢、怯懦、悲悯、伤感、宁静等迥异于同代人的特色。

与"垮掉的一代"其他成员不太相同的是,凯鲁亚克一直是个孤独者。正如金斯堡说他必将是一个在院子里抽烟终老的人,与正统制度和文化不相和谐,对反文化反制度的文化和组织也不感兴趣。"垮掉的一代"与中国当代"痞子文学"有密切关系。王朔早期的《动物凶猛》等如《在路上》一样召唤出青春的热血和活力以及潜在的生的迷茫。到了后期写作,《梦想照进现实》之于《垮掉的一代》,《我的千岁寒》之于《金色永恒经文》等,很容易将之与凯鲁亚克的创作之路相对比。他们的共同点是,起于自我与现实的叩问,终止于自我的牢笼,这是双方以"紫罗兰色的黑暗"为底色的共同的创作宿命。

美国科幻大师雷·布拉德伯里：
火星梦幻者

星　河

　　2003 年 8 月 27 日，火星"大冲"——外行星与地球和太阳"三点一线"被称为"冲日"，如果它与地球靠得很近则被称为"大冲"。按照天文学家的说法，"这一天火星将比过去 6 万年都要靠近地球"。而在此之前 5 天，全世界热情的火星迷们还有另一件事情要做，那就是把生日祝福塞满一位科幻作家的电子邮箱，以表达他们的敬仰之情。2003 年 8 月 22 日，是这位作家的 83 岁寿辰。

　　遗憾的是，2012 年 6 月 5 日，在眼看就要迎来 92 岁生日之际，这位作家却离开了我们。

　　他，就是著名的美国科幻大师雷·布拉德伯里。

图书馆走出的作家

　　雷·布拉德伯里 1920 年 8 月 22 日生于美国伊利诺伊州东北部城市沃基根。布拉德伯里是家中第三个儿子，父亲是电话接线员，母亲是瑞典移民。1934 年布拉德伯里举家迁往洛杉矶市。布拉德伯里自幼酷

雷·布拉德伯里

爱科幻小说,并喜欢读诗和写诗。他曾说,通过少年时代的漫画和科幻杂志,使他看到了想象中的未来世界。

布拉德伯里自11岁起就开始业余创作,第一次写作用的居然是一卷肉铺用来包猪肉的纸——他拉开其中一头开始写作,并把写完后的部分再卷起来,整个故事用完了一卷纸!12岁生日那天,布拉德伯里得到一件礼物——一架玩具打字机,后来布拉德伯里用它写出了得以发表的作品。

1938年布拉德伯里从洛杉矶高中毕业,因经济原因无法继续深造,自1938年至1942年一直在街头卖报。与此同时,布拉德伯里把大部分时间花在了图书馆里——按照他自己的说法,他28岁时毕业于图书馆。布拉德伯里对图书馆的迷恋程度表现在他的一句名言中:"假如你不去图书馆,上学也没什么必要。"据说他的科幻名篇《华氏451》,就是在加利福尼亚大学洛杉矶分校图书馆的地下室里用付费打字机完成的。

1943年,布拉德伯里确信自己可以全职写作并以此为生,正式开始了他的职业创作生涯。1947年,布拉德伯里出版了第一部短篇小说集《黑暗狂欢节》。自此之后,作家笔耕不辍,佳作连连,创作出脍炙人口的《火星编年史》《华氏451》等精彩作品。布拉德伯里一生发表了近600篇短篇科幻小说,出版30多本科幻作品,同时还创作有大量的诗歌、散文以及电影和电视剧本。布拉德伯里的作品被译成数十种文字,行销上千万册。

由于布拉德伯里在文学上的成就,他曾多次获得各种奖项,诸如欧·亨利纪念奖、本杰明·富兰克林奖等等。布拉德伯里还获得过电视界的艾美奖,并被提名电影奥斯卡奖。2000年11月,美国国家图书基金会授予布拉德伯里"杰出贡献奖",以表彰他对美国文学所作出的贡献。

当然,布拉德伯里所获得的最高奖赏还是无数读者的支持与热爱。美国"阿波罗"飞船登月时,一座火山口被命名为"蒲公英",以此向布拉德伯里的科幻小说《蒲公英酒》致敬。在众多的小行星中,有一颗被命名为"布拉德伯里星",它就是9766号小行星。与此相对应的,则是地面上的一颗"星":2002年4月1日,布拉德伯里被授予了好莱坞"星光大道"的第2193颗星徽——在大师谢世之后,这颗星前摆满了祭奠与怀念的鲜花。

有意思的是,作为一位著名的科幻作家,布拉德伯里的作品却从未获得过科幻界最权威的两个奖——"雨果奖"和"星云奖"。于是,为了表彰布拉德伯里对科幻文学的巨大贡献,"美国科幻与幻想作家协会"于1988年授予布拉德伯里"星云大师奖";并自1992年起开始颁发一项"布拉德伯里奖",以奖励优秀科幻编剧。

1947年,布拉德伯里与玛格丽特·麦克卢尔结婚。两人婚后生有4个女儿,目前共有8个孙辈。

充满诗意与哲理的短篇

布拉德伯里曾宣称,他所有的创作都来源于童年记忆。他在80岁生日那天说:"我现在的感觉与12岁时并无不同。"

有这样一幕场景:在美国伊利诺伊州的一次狂欢中,一名马戏团演员突然将手中的"光剑"指向12岁的布拉德伯里,同时喊道:"永生不死!"布拉德伯里顿时一惊,旋即决定成为作家,以实现"永生不死"这一追求。

布拉德伯里以擅写短篇科幻著称,语言精致,饱含诗意。布拉德伯里常在诗歌中寻找灵感,认为"诗是生命的中心"。美国堪萨斯大学科幻小说研究中心主任、《科幻之路》主编詹姆斯·岗恩也指出:"布拉德伯里从来就是一个醉心于语言的作家。"

在《冰霜与火焰》中,布拉德伯里描述了一个与自然环境殊死抗争的生存故事。作品的背景是一个自然环境极端恶劣的星球,仿佛"冰霜与火焰"般的严寒和酷暑使得上面的人们不得不蜷缩在岩洞里避难,每天只有清晨和黄昏的两个小时能在洞外活动。但最为残酷的事实是:在这里新陈代谢速度极快,人类只能存活 8 天——所有的人都迅速成长,然后迅速走向衰老和死亡。主人公西穆从前人的传说中了解到,他们本是地球人,在一万天之前飞船不慎坠落在这个星球上,而他已经是第 5000 代了;同时他又得知,在不远的悬崖处有一艘宇宙飞船,是离开这里的唯一出路。于是,西穆的心中产生了希望,誓与自然环境进行抗争,以改变冷酷的命运。最后,西穆带领族人利用短短的 8 天,完成了一生的奋斗。

在《狐狸与森林》中,一对为逃避未来战争而远遁到现代社会的夫妇,却如"狐狸"一样被跨时空"森林"的"猎人"追捕。作品以细腻的笔触描述了墨西哥乡村小镇的异国情调,通篇文字构成了一幅美丽的风景画。颇具讽刺意味的是,即便这对夫妇没被抓获,他们也无法享受和平,因为他们所逃到的 1938 年正值"二战"前夕。

在《一声霹雳》中,有人通过时间机器回到过去,在恐龙时代不慎踩死一只蝴蝶,竟然导致当代社会的总统落选。这里,"蝴蝶"让人联想到"蝴蝶效应"——因微小变故而引起巨大变化。作品在 2005 年被拍成电影,但影片却未能传达出原作意境。

在《细雨即将来临》中,地球遭受灾变,人类已趋灭亡,但电脑的声音仍旧回响在空荡的房间里,继续依照固有程序按部就班地为早已不存在的主人提供服务。

在非科幻小说领域,布拉德伯里也有着极深的造诣,这里仅举一例:布拉德伯里曾创作过一篇短篇小说《碗底的果子》,它可说是犯罪小说,也可说是惊悚小说,但我更愿意将其定位为心理小说。作品描述了一名失手杀人者为消除犯罪痕迹,在心理高度紧张的状态下进行的一系列怪异行为,读罢让人感慨颇深。

未来的焚书噩梦

在2012年暑假之前,美国国会图书馆公布了一份列有88部作品的"塑造美国的图书"书目名录,两部科幻小说位列其中:一部是曾成为20世纪60年代"嬉皮士"人手一册的"圣经"、美国科幻大师罗伯特·海因莱因的《异乡异客》,还有一部就是布拉德伯里的《华氏451》。

《华氏451》写的是未来社会,可在那里却发生了似乎只有蛮荒时代才会发生的事情——焚烧书籍。这部"反乌托邦"的科幻作品描述了一个视拥有书籍为非法行为的社会,消防队员的任务不再是灭火,而变成了纵火焚书。此书是一位专司焚书的"消防队员"心路历程的记录,讲述了他如何由以焚书为乐最终变成一位爱书人的故事。这部作品本是一个短篇,后经几次改写,分别题为《烈火!烈火!》《烈火,烈火,焚书!》和《焚烧炉与火蛇》,最终才定名如此——"451华氏度"相当于"233摄氏度",这一温度正是纸张的燃点。

《华氏451》和《火星编年史》英文版

有关这部作品的意义,布拉德伯里曾回忆说,在"麦卡锡主义"盛行的时代,许多书被列为禁书,不准图书馆出借,这是促使他创作《华氏451》的最初动因。《华氏451》是一部极具社会批判性的小说,过去评论界一直认定这部作品是对出版审查制度的控诉,但对此布拉德伯里却不认可。2007年布拉德伯里在接受采访时称,公众误读了此书。他坦言,自己的本意在于警告大家,电视等大众传媒正严重威胁着文学阅读;他的讽刺对象不是政府,恰恰是公众自身!正是我们自己,做了当代的"焚书消防员"。

环顾四周,在一个充分娱乐化的大众传媒时代,作家半个世纪前的远见卓识实在令人惊叹不已。

仔细检阅布拉德伯里的作品,会发现他对"火"的意象情有独钟,单是题目中使用了"火"的小说就不胜枚举:《冰霜与烈火》《火柱》《大火》《火气球》《与火接触》等等。

《华氏451》曾在1966年被法国著名导演弗朗索瓦·特吕弗拍成电影。美国导演弗兰克·达拉邦特一度也打算重拍此片。2004年美国导演迈克尔·摩尔拍摄了一部有关"9·11"恐怖袭击的纪录片,未经允许便借用了《华氏451》的题目,命名为《华氏911》。这让布拉德伯里颇为不满,因为对方事先连个招呼都没打。

火红色的行星

中国对外翻译出版公司出版的《当代美国短篇小说选读》中收录有小库特·冯尼格等美国当代作家的10篇短篇小说。最前面的两篇是布拉德伯里的科幻小说《2002年8月:邂逅》和《空闲的日子》,而《2002年8月:邂逅》则成为《火星编年史》的一部分。

《火星编年史》是布拉德伯里最著名的科幻作品之一。该书出版于1950年,是由13个短篇科幻所组成的系列作品集。每一个故事结构完整,独立成篇,但都发生在火星这个巨大的"火红色"背景之下,构成一部独特神奇的"火星编年史"。就形式而言,也可以把它视为一部作品集;但这种编年体式的写法,让读者更愿意把它看做是世界展示给我们的不同侧面。

在这些小说中,作者以一种美丽而伤感的语调描述了火星过去、现在和未来所发生的故事:在地球人登上火星之后,"火星人"开始走向灭绝之路,但是由他们所建造起来的文明却还在延续,废墟上残缺的美景给前来探险和定居的地球人展示了一个又一个梦一般的谜团……

布拉德伯里笔下的火星显然是不真实的,但它依旧受到广大读者的喜爱。布拉德伯里在这些类似于寓言的故事当中,为读者营造了一个又一个神奇的、比现实更加美丽的梦想。布拉德伯里以他诗人般热情细腻的笔触,渲染出一幅消逝的火星文明背景。事实上每个人都知道,在作家描述火星的年代里,人们早就清楚地认识到那里只是一方寸草不生的不毛之地——即便如此,那些优美的画面仍旧从作家的脑海中奔腾不息地流出:那是一个发展到极致因而已然落败的文明,它与人类失之交臂,只留下一声无奈的叹息。也许作家正是用这种方式,揭示出了人类或者说是他自己心灵深处的某种东西。

日本科幻作家星新一回忆:20世纪50年代,他独卧病榻,十分沮丧,因为从父亲手中继承的公司刚倒闭;这时他读到了《火星编年史》,感动得热泪盈眶,自此走上科幻创作道路。

布拉德伯里自己并不认为《火星编年史》是科幻小说,觉得它更像纯幻想小说。而按评论家的说法,布拉德伯里的科幻作品中科学成分很少,"即便是那些有科幻成分的小说,与其说是揭示了现实,倒不如说是揭示了布拉德伯里的内心世界"。事实上,除了宣泄一种情绪,《火星编年史》也具有强烈的社会批判性。

2007年8月4日,美国宇航局的"凤凰"号火星探测器携带了一张名为《火星幻想》的数字光盘,其中收录了诸多有关火星的文学艺术作品,包括H. G. 威尔斯、A. C. 克拉克以及卡尔·萨根等人的作品,其中就有布拉德伯里的《火星编年史》。为了承受火星的高温与严寒,光盘由硅玻璃材料制成,可在火星上存留数个世纪。

对于布拉德伯里来说,火红色的火星也许只是一个概念,一个以美丽而伤感的方式所叙述的概念。

英雄迟暮与离去

有时候作品的风格与作家的生活并不完全一致,而且有些人终将渐渐老去,不可能在各个领域都永远引领潮流——布拉德伯里也不例外。在一些新科技面前,布拉德伯里徘徊不前,并多次发表一些离奇的言论。

布拉德伯里的思想经常在太空中漫步,但他本人却不学开车,不乘飞机(这点与科幻作家阿西莫夫很像)。布拉德伯里撰写电视剧本,却始终排斥电视节目,认为它对人类有害无益。布拉德伯里尤其不能接受电脑和网络——他始终坚持使用打字机创作,因为"电脑过于安静";他顽强地抵抗数字阅读,认为电子书"闻起来如同燃油";他坚信比尔·盖茨正在用他的"视窗"系统欺骗人民;让他最不理解的是网络——当他听说网络可以让所有人相互联络时,深感奇怪:有谁需要与所有的人保持联系?

而对于那些新出现的科幻作品,布拉德伯里的评论则更为直接——"现在的科幻作家就是一群傻瓜,'赛伯朋克'就是垃圾——根本没法看。""赛伯朋克"是兴起于20世纪80年代的科幻流派,以描述电脑网络空间为主。布拉德伯里不喜欢电脑和网络,自然不喜欢有关它们的科幻小说。

1999年,布拉德伯里罹患中风,身陷轮椅。2003年11月24日,与布拉德伯里相伴57年的玛格丽特撒手人寰——他们一起走过了一生的岁月。在布拉德伯里生命的最后时日,他每天都会坚持写作——无论长篇还是短篇,无论剧本还是诗歌。

2012年6月5日晚,患病多年的布拉德伯里在美国加利福尼亚州洛杉矶市平静地离开,享年91岁。此时距他的92岁生日,不过一个半月。

无数的人都对布拉德伯里心怀敬意。英国作家金斯莱·艾米斯曾赞誉布拉德伯里是最有才华的科幻作家,而美国文艺评论家伊哈布·哈桑则称赞他的创作极富诗意。在得知他去世之后,导演斯蒂芬·斯皮尔伯格说:"我科幻生涯中的绝大多数灵感都来源于他。"作家斯蒂芬·金则告诉《好莱坞报道》:"我今天听到的声音,是一位巨人的脚步渐行渐远时所发出的雷鸣轰响。"科幻作家尼尔·盖曼则在博客上写道:"布拉德伯里温和,儒雅,每时每刻都充满着激情。一旦我们的世界失去他,顿显黯然失色。"

2004年布拉德伯里荣获美国国家艺术奖章后,时任美国总统的乔治·布什及夫人站在布拉德伯里的轮椅背后与之合影留念。美国现任总统奥巴马在布拉德伯里去世次日盛赞这位大师,认为"他的叙事才华重塑了我们的文化,拓展了我们的世界",并且他的影响将鼓舞未来几代人。

雷·布拉德伯里的作品行文优美,仿佛一篇篇散文诗篇。他善于用韵律和谐、优美抒情的怀旧伤感文笔写出多愁善感的作品,被誉为"科幻诗人"。因此,他的作品不仅在科幻界,而且在文学界也引起了很大的反响,同时受到广大读者的钟爱。毋庸置疑,雷·布拉德伯里是一位科幻小说大师,同时也是一位文学大师,他的作品在一定程度上甚至改变了人们的思维方式。

但愿雷·布拉德伯里能在一个火红色的天国里继续阅读和吟唱。

托妮·莫里森《宠儿》：
后背上的那棵树

黄 华

> "她从水里走出来，爬上石头，依靠在露台上。漂亮的帽子。"
> ——托妮·莫里森《宠儿·序》

托妮·莫里森坐在自家门廊的秋千上，面对门前的哈得逊河，开始构思小说《宠儿》。一个从水中走出的女人浮现在她脑海里，这个戴着帽子、看不清面孔的女人，便是她的长篇小说《宠儿》中的女主人公宠儿。

出版于1987年的《宠儿》是美国黑人女作家托妮·莫里森的第5部长篇小说，1988年莫里森因该书获得普利策奖，1993年更凭借该书和《所罗门之歌》《爵士乐》等作品荣膺诺贝尔文学奖。获奖时，莫里森仅出版了6部长篇小说和1部散文集，写作数量并不多，但其专一的写作题材和独特的写作风格受到了瑞典文学院的

托妮·莫里森

青睐。莫里森的作品都以美国黑人为主角,她继承了美国南方作家威廉·福克纳和拉美文学变幻莫测、瑰丽多彩的叙事传统,正如瑞典文学院常务秘书斯图尔·埃伦所言,莫里森"在小说中以丰富的想象力和富有诗意的表达方式使美国现实的一个极其重要的方面充满活力"。

《宠儿》的素材取自20世纪70年代莫里森在兰登书屋做编辑时的经历。在编辑《黑人之书》时,一张剪报吸引了莫里森。一个叫马格丽特·加纳的黑人女奴带着几个孩子,从肯塔基州逃到俄亥俄州的辛辛那提。当奴隶主带人追到她的住处时,她抓起斧子,砍断了小女儿的喉管,接着她企图杀死其余几个孩子,被人们强行阻止。马格丽特被逮捕,以"偷窃财产罪"接受审讯,法庭宣判将她押送回原种植园。马格丽特·加纳案成为反抗《逃亡奴隶法》斗争中一个著名讼案。马格丽特神志清醒和缺乏悔意的言行吸引了废奴主义者和报纸的注意。被捕后,她显得十分平静。她的婆婆是个牧师,当时在一旁观望,没有鼓励,也没有阻止。马格丽特决定先把孩子杀死,然后再自杀。莫里森充分理解这一行为,认为"这是很崇高的。马格丽特是在说:'我是一个人。这些是我的孩子。这个脚本是我在撰写'"。莫里森认为马格丽特有足够的智力、残忍以及甘冒任何危险的勇气来争取她所渴望的自由。被故事吸引的同时,莫里森也觉察到小说家创作的难度,她说:"历史中的马格丽特·加纳令人着迷,却令一个小说家受限。给我的发挥留下了太少的想象空间。所以我得发明她的想法,探索在历史语境中真实的潜台词,但又不是严格意义上的史实,这样才能将她的历史与关于自由、责任以及妇女'地位'等当前问题联系起来。女主人公将表现对耻辱和恐惧不加辩解的坦然接受;承担选择杀婴的后果;声明自己对自由的认识。"显然,莫里森跳出了历史题材的局限,更多地使用虚构和想象,通过再造"历史语境",来重现"历史记忆",以期达到审视和反思现实的目的。

铭刻在肉体上的记忆

小说以1873年美国俄亥俄州辛辛那提小镇的生活为背景,借助一个还魂人间的年轻黑人女子和一位饱受心理煎熬的黑人母亲,展示了奴隶制留给美国黑人巨大的精神危机。那一年距离林肯总统发表废除奴隶制声明已经9年,距离故事中的弑婴事件已经过去18年。

"124号恶意充斥着一个婴儿的怨毒。房子里的女人们清楚,孩子们也清楚。多年以来,每个人都以各自方式忍受着这恶意。"小说开头即将读者抛入一个封闭、孤立的空间,"124号"没有名字,只有门牌号,这所位于蓝石路上灰白两色的房子成为现实与幽灵共存的空间,这里上演着一出出"闹鬼"的恶作剧。"镜子一照就碎,蛋糕上出现了两个小手印……一锅鹰嘴豆堆在地板上冒着热气;苏打饼干被碾成碎末,沿门槛撒成一道线。"这些看似淘气的恶作剧,加上房子

《宠儿》英文版

里"鬼魅"的特征:惨白的楼梯、颤动的红光、单调的色彩……无不构筑起"怨毒"的情绪。"恶意"从何而来?自然与房子里发生的往事有关,然而,房子里的人却不愿面对过去。房子里居住的黑人一家只剩下母女

两人。两个儿子多年前已逃离凶宅,祖母贝比·萨格斯也已辞世,母亲塞丝失去记忆,生活在貌似平静的麻木中,小女儿丹芙离奇地失去了听力。不愿回忆往事的母亲和无法听到真相的女儿不得不面对房子里另一个隐身的"家人"——宠儿的鬼魂,忍受着这个娃娃鬼无休止的恶意捉弄,虽筋疲力尽,但无法脱身。

母亲塞丝尽量不去记忆,因为她觉得只有这样才是安全的,遗憾的是她的脑子有时不听安排。当塞丝穿过田野去井边清洗粘在腿上的春黄菊汁时,昔日的农场"甜蜜之家"便在她眼前展现出来,那里的一草一木都有着令人尖叫的无耻的美丽。接着,"浸在水洼里的狗"、"乱扔的鞋袜"、"梧桐树"、"吊死的小伙子"等一连串意象追逐而至,让塞丝无法自恃。令塞丝感到耻辱和难堪的还有她那糟糕的记忆,"小伙子们吊死在世上最美丽的梧桐树上……对那些美妙的飒飒作响的树的记忆比对小伙子的记忆更清晰。她可以企图另作努力,但是梧桐树每一次都战胜小伙子。她因而不能原谅自己的记忆。"读者这时会对塞丝过去的经历产生好奇,因为只有遭受过心理创伤的人才会处于类似癔症的精神状态,刻意地去遗忘,却偏偏停留在对过去的回忆中,某些被抑制的东西在不经意间一再浮现,这些断片式的记忆又能唤起强烈的情感反应。这一次塞丝也不能幸免,特别是当她遇到保罗·D.——"甜蜜之家"另一个幸存的奴隶时,记忆的闸门被慢慢开启。

当丹芙和保罗·D.为房子闹鬼的事情发生冲突时,塞丝告诉保罗·D.自己不搬家的理由:"我后背上有棵树,家里有个鬼,除了怀里抱着的女儿我什么都没有了。不再逃了——从哪儿都不逃了。我再也不从这个世界上的任何地方逃走了。我逃跑过一回,我买了票……它太昂贵了!你听见了吗?它太昂贵了。"塞丝的回答暗示了前一次出逃所付出的沉重代价,但她没有提及弑婴事件,而是详细地描述了"后背上的樱桃树"。那是塞丝18年前被白人划伤后背留下的伤疤,"一棵苦樱桃树。树干,树枝,还有树叶呢……我估计现在连樱桃都结下了。"然而,就是"这棵树"勾起了保罗·D.无限的爱恋和伤感,促使他留了下来。他开始亲吻树上的每一道隆起和每一片树叶,试图用这种方式感受蕴含在树根、巨大主干和繁茂枝杈下深沉的悲伤。然而,此时的塞丝却没有任何感觉,因为她"背上的皮肤已经死去多年",她不再感受到任何应有的疼痛和情感变化。而这温情的一幕却激怒了房子里的另一位住户——鬼魂,地板开始剧烈地抖动,整栋房子在颠簸,在尖叫。保罗·D.向鬼魂怒喝:"她受够了!"他以雄性的威力,制止了"124号"的最后一次"地震"。促使保罗·D.发出怒吼的正是塞丝背上的那棵树。而在意乱情迷之后的平静中,保罗·D.发现那棵树实际上是一堆令人作呕的伤疤,只是在形状上像棵树,但绝不是他记忆中像兄弟一样陪伴他、承载男人成长岁月的田野上的树。这株"苦樱桃树"唤起了塞丝和保罗·D.共同的记忆,勾勒出18年前出逃当晚故事的全景。

"甜蜜之家"的奴隶们(四男一女)不堪忍受新奴隶主的苛刻,商议集体外逃,在计划出逃的晚上,他们彼此失去了联系。挺着大肚子的塞丝没有找到丈夫,她先把三个孩子送上了出逃的大车,却被两个白人意外掳去,像奶牛一样被抢走了奶水,又被划伤了后背。出逃计划落空后,奴隶西克索被烧死,保罗·D.被套上了铁嚼子。塞丝没有等到丈夫,最终独自出逃,她从一棵梧桐树旁经过,树上吊着一具无头尸体,尸体穿着保罗·A.的衬衫。途中塞丝在白人姑娘爱弥的帮助下生下女儿丹芙,后来到了"124号",与婆婆贝比·萨格斯和孩子们相聚。28天后,奴隶主追来,为了不让女儿重复自己做奴隶的命运,塞丝杀死了刚刚会爬的幼女宠儿……

"苦樱桃树"是出逃时留在塞丝后背的巨大伤疤,它何以转化为优

《宠儿》中文版

美而富有诗意的意象？这一意象在小说中起到怎样的作用？"苦樱桃树"是塞丝从救助她的白人姑娘爱弥那里听到的。爱弥一看到塞丝的后背便失声叫了出来，接着半天没有出声，后来她用梦游一般的声音说："是棵树，一棵苦樱桃树。看哪，这是树干——通红通红的，朝外翻开，尽是汁儿。从这儿分杈。你有好多好多的树枝。好像还有树叶……小小的樱桃花，真白。你背上有一整棵树。正开花呢。"这好像一幅镌刻在后背的美丽图画，但从爱弥口中，我们知道"白色的樱桃花"指的是化脓的伤口。也许爱弥为了安慰逃亡中的塞丝，有意美化了伤口，试图减轻她肉体上的痛苦。令人费解的是塞丝接受了爱弥的说法，永远记住了自己后背上的"那棵树"，"苦樱桃树"便成为文本中一个重要的隐喻，具有了特定的象征意义。

对塞丝而言，"苦樱桃树"代表了她肉体受过的创伤，"苦"是她对那段生活的概括。但肉体上的创伤是可见的，可以局部恢复的，能够言说的伤痛并不是最大的痛苦，更深切的痛苦是无法言说的。作家让塞丝试图借可见的伤疤来遮掩内心无法言说的心理创伤——弑婴后无尽的自责和悔恨，尤其是事件发生后不久奴隶制废止，这让宠儿的死成为枉然，成为塞丝难以解开的心结。

个体心理创伤的治愈

莫里森将解开塞丝心结的任务交给了一个"幽灵",一个和宠儿同名的年轻女子来到"124号",介入塞丝一家的生活,揭示母亲心底最隐秘的创伤。

一个穿戴整齐的女人从水中走出来,走了一天一夜,在"124号"附近的台阶下睡着了,醒来后,她便留了下来。塞丝注意到她额头上看起来像婴儿头发一样的三条精致纤细的划痕以及她脖子上的伤痕,还有她那令人怦然心动的名字——宠儿,她被塞丝母女看作是还魂人间的亲人。塞丝开始努力弥补她亏欠宠儿的母爱。为了满足宠儿,塞丝做了各种尝试,包括讲述久不提及的往事。这让塞丝感觉震惊,因为以前一提起过去她就痛苦,但面对宠儿,塞丝却能够心平气和地回忆过去。为了宠儿,她放弃了和保罗·D.刚刚筹划的未来。因为在塞丝心中只有过去,亲手割断女儿喉管所产生的内疚一刻也没有离开过她。笃信基督的老人斯坦普·沛德找到保罗·D.,把当年登载塞丝弑婴案的报纸拿给他看,保罗·D.找到塞丝询问,被塞丝炽热的母爱吓坏,选择了离开。"124号"再次关闭了与外界的联系,重新成为女人的世界,但这里从来不缺乏炙热的情感。"宠儿,她是我的女儿。她是我的。看哪,她自己心甘情愿地回到我的身边了,而我什么都不用解释。我以前没有时间解释,因为那事必须当机立断。当机立断。她必须安全,我就把她放到了该待的地方。可我的爱很顽强,她现在回来了。我知道她会的。"然而,好景不长。尽管塞丝试图以加倍的母爱来弥补自己曾对女儿犯下的过错,但宠儿无休止的索取和报复却令人对这种单方面的努力产生怀疑,单向的爱能否构成和解,我们该如何面对过去留下的创伤?

如果以为莫里森仅仅重写了一个骇人听闻的历史故事,那就错了,莫里森的高明之处在于她将个体的心理创伤转化为美国黑人的集体创伤,并把矛头直指黑人自身,针对一部分黑人面对历史问题时采取的激进态度提出了反思和批评,指出了治愈心理创伤的途径。无论是贝比·萨格斯在宴会上闻到的邻居们非难的味道,还是她自己放下剑和盾的传道,都未能制止悲剧的发生;无论是拿剪报给保罗·D. 看的斯坦普·沛德;还是提出四条腿与两条腿区别的保罗·D.,他们都无法说清黑人个体所应该承受的苦难。莫里森将希望寄予黑人社群,指出黑人应该团结起来,共同建构自身的文化传统。丹芙在目睹了宠儿对母亲无休止的压榨和索取之后,终于走出"124 号",向社区求援。30 个黑人女子周末来到"124 号"举行了驱鬼仪式,她们的歌声壮阔得足以深入水滴,或者打落栗树的荚果,歌声在丹芙、塞丝那里获得了回应,她们最终跑进黑人妇女中间,加入了歌唱,宠儿则神秘地消失了。

当塞丝又一次看到马背上那顶高高的黑帽子时,为了保护女儿,她手握冰锥又一次冲了过去……但这一次不是白人奴隶主的追捕,而是丹芙的新主人来接她上班。塞丝在场景重现的时刻恢复了记忆,伴随着个人心理创伤复原的是对自我的重新审视和肯定。正如保罗·D. 重回"124 号",攥着塞丝的手,轻轻告诉她"你才是最宝贵的","我们需要一种明天"。

在更深层次上,"苦樱桃树"可以说是美国黑人背负历史苦难的象征。黑人群体接受了主流历史对于他们过去的描述,却忽略了在精神和文化层面的自省。不能正视过去,便无法面对未来。"后背上的树"成为黑人群体的精神负担,成为至今美国黑人仍与贫穷、暴力、高犯罪率等词汇相连的原因,成为阻碍黑人发展的原因。这正是莫里森创作《宠儿》的动力所在。

卡佛：
心灵的火

李青阳

上帝说，要有光。于是便有了光。
上帝说，要交流。于是便有了字词和语言。

上帝没说，要有电脑和网络。但人类自己发明创造了电脑和网络，并且像光的到来一样，根本性地改变了人类的思维、表达和交流。

我们就像一只贪吃的猪，永远吃不饱一般地、疯狂地、囫囵地、根本不可能静下心来品尝和思索地吞下从新闻、八卦到微博和QQ上的海量信息，然后就是混沌、麻木、散乱、茫然……我们看得越多，吃得越多，说得越多，却发现自己越饿，越恐慌，越无助……

今天我们所置身的这个信息大爆炸的世界空前地丰富、便捷和透明，但技术永远是把双刃剑，因为就在与此同时，我们距离自己的内心和生命的实相，却越来越遥远。

让我们从2012年穿越时空回到上个世纪还根本不知道网络为何物的五六十年代，一个名叫雷蒙德·卡佛的美国男孩，出生在相对边远的俄勒冈州一个叫克拉斯坎尼的小镇，生活在酒鬼父亲的落魄家庭中，青春期刚过不久，却已娶妻生子，高中毕业的他立刻面临养家糊口的严峻

雷蒙德·卡佛

压力。他没有受过太好的教育,不得不靠四处打零工勉强为生,不得不立刻面对与嗷嗷待哺的婴儿和年轻妻子共处的忙乱生活,他打扫过诊所,干过各种力气活,摘过郁金香,并且像他的父亲一样跟酒精结下了难解之缘。然而,不管生活于他如何严峻、琐碎,他都发疯似的渴望表达——他想写作,渴望成为一名作家。这念头在他跟妻子不停搬来搬去的动荡生活中从未泯灭过。因此,在艰难谋生的同时,他开始业余学习写作,并凭借本能立刻选取了生活所能允许他的唯一的创作方式,那就是短篇小说。

在《火》这篇著名的散文中,雷蒙德·卡佛这样回顾了真实的生活:

"在养育孩子的那些可怕的年头里,我通常没有时间或心情,考虑写长篇幅的作品,因为我的生活状况……生活中那些需要我们'紧攥不放然后埋头苦干'的东西,不允许。另外,生活中有了这些孩子,就决定了如果我想写并且写完点什么,如果我还想从完成的作品中得到满足,我就只能还写短篇小说和诗,还写那些我可以坐下来就写,幸运的话还能写完,写完就完的短东西……就算我能集中心思专注在,比方说,一部长篇小说上,我也没有条件去等那种几年之后才会来的回报,如果有回报的话。我看不见将来,我必须坐下来,在我下班回来以后和失去兴趣之前,写一些我现在、今晚、或至少明晚就可以写完的东西,不能再晚。"

就是在这样现实的压力下,这个酒鬼的孩子、年轻的父亲、四处打零工勉强养家糊口的男人,在1966年获得衣阿华大学文学硕士学位;1967

年,作品第一次入选《美国年度最佳小说选》;70年代后写作成就渐受瞩目,1979年获古根海姆奖金,并两次获国家艺术基金奖金;1983年获米尔德瑞-哈洛斯特劳斯终生成就奖;1985年获《诗歌》杂志莱文森奖;1988年被提名为美国艺术文学院院士,并获哈特弗大学荣誉文学博士学位,同时获布兰德斯小说奖,在1988年8月2日因肺癌去世时,最终凭借他独树一帜、言简意赅、意韵独特的出色短篇小说,成为"美国20世纪下半叶最重要的小说家"和小说界"简约主义"的大师,被称为"继海明威之后美国最具影响力的短篇小说作家"。《伦敦时报》称他为"美国的契诃夫"。这是美国文坛上罕见的"艰难时世"的观察者和表达者,并被誉为"新小说"创始者。

卡佛一生作品以短篇小说和诗为主,还有一部分散文。《火》和《需要时,就给我电话》两本书,虽然并非卡佛最出名的代表作结集,但收集了卡佛未结集的短篇小说以及重要的散文、诗歌,对全面、深入了解卡佛的小说创作艺术和他的家庭、内心、生活,都非常重要。

卡佛的小说淋漓尽致地刻画了那些身处美国底层的普通公民,常常是"人生仿佛要耗尽,但仍要把塌下来的袜子拉起来前行的人",是形形色色的"Loser"(失败者)的,或支离破碎、或平淡无奇的日常生活,并通过他极其简约但极富洞察力的方式,真切而深刻地抵达了人性的内心深处。

在讲述他如何在大学里第一次系统接受文学教化的散文《约翰·加德纳:作为老师的作家》和散文名篇《火》里,他难得感情直露地记述了小说家兼他的大学老师约翰·加德纳对他写作生涯的重要影响:

"加德纳帮我认识到只把我想说的准确地说出来是多么重要,不要画蛇添足,不要使用'文学'辞藻或'伪诗意'的语言……他教我在写作中怎么缩短词语,教给我怎么用最少的词说我想说的话。他让我明白一篇短篇小说所有的一切都是重要的,就连逗号和句号往哪儿放也不例外。"

这段回忆对理解卡佛的小说艺术极其重要。因为在他的创作特色中最突出、最为人称道的就是他的"极简主义"风格。

雷蒙德·卡佛与妻子

极简主义,最早来自评论家赫金格对卡佛作品的定义,"表面的平静,主题的普通,僵硬的叙述者和面无表情的叙事,故事的无足轻重以及想不清楚的人物"。小说家杰弗里·伍尔夫更是把卡佛及其追随者命名为"减法者"。而美国后现代小说大师、毕业于名牌大学的"加法者"约翰·巴思,则喜恨交加地为"极简主义"文学做出了最令人信服的定义:"极简主义美学的枢纽准则是:艺术手段的极端简约可以增强作品的艺术效果——回到了罗伯特·勃朗宁的名言'少即是多'——即使这种节俭吝啬会威胁到其他的文艺价值,比如说完整性或陈述的丰富性和精确性。"

老实说,约翰·巴思过虑了——卡佛小说的"极简主义"非但没有伤害所谓的"完整性或陈述的丰富性和精确性",反而用他饱含了丰富人生阅历和与生俱来的对日常生活与人内心生活关系的超凡洞察力,完美地诠释了"少即是多"的最高境界。

《柴禾》是收录在《需要时,就给我电话》中的一篇未结集小说。初读是在一个深秋之夜。起初并未重视这篇名不见经传的小说,然而当我斜倚在床头漫不经心地读下去时,发现自己立刻就被这篇看似平淡,甚至全无大的起伏故事可言的短篇小说彻底吸引住了。《柴禾》以第三人称视角平静且极其简约地描述了一个叫迈尔斯的失意男人。跟卡佛众多小说主角一样,迈尔斯也被酗酒问题所困扰,并且因此几进戒酒中心,尽管这一次他成功戒酒,但他的太太却跟另一个也有酗酒问题的朋友好上了,甚至拒绝迈尔斯再走近他们的房子……走投无路的迈尔斯只好简单收拾了几件行李,住进了一对普通夫妻的家中当房客。小说通篇就是讲述迈尔斯在这对叫作索尔和邦妮的夫妇家中短暂地做了7天房客的人生经历。前几天迈尔斯都只是待在自己的小屋中安静而孤独地度过时光,听着房主夫妇整日里起居生活、看电视、聊天的各种声响,小心翼翼地不去打扰房主的生活,而迈尔斯唯一的个人生活,或者叫内心生活,就是在一个他随身带来的笔记本上写下"空虚"两个字,因为他总想给妻子写的那封信总也没能继续下去……除此之外唯一令他感到新鲜与慰藉的,是他暂时栖身的小屋后窗可以远远望到雪山,听到河水流淌的声音,即便是在夜间——夜里,"他合上笔记本,脱了衣服,关了灯。他又站着看了会儿窗外,听听河水声,然后上了床……"日子就这样一天天过去,直到有一天他看到房主的院子里卸了一车木材,迈尔斯突然走出来跟房主说他可以学着锯木材,房主索尔很惊讶,因为迈尔斯很少和他们交流,索尔说他可没钱给迈尔斯,这意味着迈尔斯干了也是白干,迈尔斯却说:"我来做,我可以当成运动。"

就这样,迈尔斯跟着索尔学着锯了一天的木头,将后院那些木头锯成了柴禾,并且终于出了一身的透汗!然后,在房东夫妇请他品尝简单的晚饭时,迈尔斯突然提出过两天他就走了……

在决定离开后的这一夜,小屋中的迈尔斯终于能在他的笔记本上写下了较长的一段话,他是这样写的:"我现在待的地方非常有异国情调。它让我想起我从书里看到,但从来没去过的一些地方。我能听到窗户外面的河水声,房子后面的山谷里有森林、断崖绝壁、被白雪覆盖的山峰。今天,我看见一只野鹰、一只鹿,我还锯和劈了两捆木头。"

小说最后一段写道:"而后他放下笔,把头埋在手里待了一会儿。很快他站起来,脱了衣服,关了灯。他上床时,留着窗户没关。这样也行。"

这就是雷蒙德·卡佛的极简主义,其实就是东方的"禅宗"。看似什么也没说,却已道破人生。

东方的禅宗极度强调对当下的体验和把握,除此之外,不再提供任何感受,貌似冷静、克制、客观,实则全是主观,"心"统万物。而这一切,恰是卡佛短篇小说最重要的特色与魅力之一。在这篇名不见经传却异常动人、出色的《柴禾》中,这一魅力一览无遗,并且以它特有的力量击中人心!

《需要时,就给我电话》中文版

《柴禾》通篇不过小开本册子短短七页纸,对比当今电脑、网络、信息世界里泛滥的那些无穷无尽的字词言语,可谓简到极致,但也因此,真正呈现了人性内心的情感和伤痕。它和作者卡佛的存在其实对人类行至今日的灵性与物质发展是一个提示,提示着在技术日益进步、信息日益普及的世界里,是否加法就能带来内心的平静与安宁,恰如东方禅宗,在万物之中,减法方能真正找到本心。

在《火》这篇散文名篇中,卡佛提到老师加德纳说他们谁都不是当真正作家的料,因为他们都没有"那种必须要有的心灵的火"——"心灵的火",这在卡佛的文本中已经是个难得一见的略带一点点意象与抒情的词了。那么,什么才是"心灵的火"?——我想,我们其实都曾经体会过这"心灵的火"。

在卡佛的生活中,他是怎样经历的呢?在《火》中,他写道,20世纪70年代初,他30来岁,终于有了第一份白领的工作,那时他和家人住在一个后面带一间旧车库的房子里,"只要有可能,我每天晚上吃完饭就会去那里,试着写点什么。常常我什么也写不出来,如果这样,我就会在那里独自坐一会,为能避开家里好像总也没有消停的激烈吵闹而感到欣慰……"

在对琐碎甚至破裂的日常生活的碾压、对抗、融合、体会、升华、享受的过程中,我们每个人以各自的方式,慢慢燃烧、释放着那份与生俱来的"心灵的火",直至它熄灭的时刻。

卡佛的"心灵的火"看似已经熄灭,却在更多人的心中,通过阅读他的小说创作重新燃起。卡佛是幸福的。卡佛留下的那些字儿也是幸福的,并因此具有了某种意义。

而在每分每秒都在疯狂爆炸的信息快餐的今天的世界里,"心灵的火"还在吗?

2011年美国诗界大辩论：
什么是美国的文学标准？

张子清

如同支持美国体育事业的非裔美国人运动健将层出不穷一样，美国诗坛也不断出现著名的非裔美国诗人。19世纪末20世纪初的保罗·劳伦斯·邓巴是第一个饮誉全美国的优秀诗人，20世纪三四十年代被誉为"哈莱姆桂冠诗人"的兰斯顿·修斯更是名满天下。当代的优秀非裔美国诗人勒罗伊·琼斯特别活跃，激进；玛雅·安吉罗被克林顿总统邀请，在他的总统就职仪式上朗诵；丽塔·达夫曾被选为美国桂冠诗人，还荣获了普利策诗歌奖。现任非裔美国总统贝拉克·奥巴马年轻时也诗兴勃勃，例如他的诗作《外公》(1982年)描写他年轻时与外公对视时刹那间的心理活动，亲切而感人；又如《地下活动》(1982年)描写他某种难以尽言而欲爆发原始冲动力的感觉。这是奥巴马19岁在加州西方学院上学时，在校刊《欢乐》1982年春节号上发表的两首诗。像卡特总统的诗一样，奥巴马的诗也平易近人。非裔美国人当美国总统史无前例，非裔美国总统写诗也史无前例。尽管奥巴马的两首诗比较平实，但昭示了如今非裔美国人在美国政治和文化生活中的地位之高也是史无前例的。这必将给非裔美国诗歌带来深远的历史影响。

而另一方面，即使在提倡多元文化的美国的今天，白人占主导地位的主流诗坛决不允许动摇美国白人诗人在美国诗歌史上的正统地位。在美国,新闻媒体通常很少报道个人创作或主编的诗集,可是著名诗评家、哈佛大学教授海伦·文德莱在2011年11月24日《纽约书评》半月刊上发表题为《这些是值得记住的诗篇吗?》的长篇文章,严厉批判非裔美国诗人丽塔·达夫主编的《企鹅20世纪美国诗歌选集》(2011年),引起了整个美国诗坛对该诗选集越来越多的关注。海伦·文德莱用火辣的语言,直言不讳地批评这本诗选集动摇了美国诗歌史沿袭下来的诗歌传统和审美价值观。而丽塔·达夫于12月22日在同一杂志上针锋相对地给予回击。两人的争论引发了整个美国诗坛涉及种族和文学修养问题的大辩论。《高等教育新闻》周报通讯员彼得·莫纳汉对此说:"自从2004年诗歌咬牙切齿的小冲突以来,美国诗歌界还没见识过这种规模的战斗。"英国作家、《书商》周刊前主编艾利森·弗勒德也在2011年12月22日的《卫报》上,以《诗歌选集导致种族争论》为题,对此作了长篇报道。

按照海伦·文德莱的看法,20世纪美国主要诗人包括:T. S. 艾略特、罗伯特·弗罗斯特、威廉·卡洛斯·威廉斯、华莱士·史蒂文斯、玛丽安·穆尔、哈特·克兰、罗伯特·洛厄尔、约翰·贝里曼和伊丽莎白·毕晓普,外加庞德(她说"有些人把庞德也包括进去",这表明她没反对,但似乎不完全赞成)。她为此明确而尖锐地指出:

海伦·文德莱

"桂冠诗人丽塔·达夫最近主编的20世纪新诗选已决定打破平衡,引入更多黑人诗人,给予他们可观的篇幅,给有些诗人的篇幅比给那些更著名的诗人的大得多。有些作家被收入诗集是由于他们诗作的代表性主题,而不是他们的创作风格。达夫煞费苦心地收进去的愤怒的爆发以及艺术上雄心勃勃的冥想。所选出的175位诗人凸显了多元文化的包容性。在英语诗歌的演变中,从来没有一个世纪有175位诗人值得阅读的,为什么我们要从许多价值很小或根本没有持久价值的诗人中采样? 选择性被谴责为"精英",百花被怂恿齐放。不能长期致力于创作小说的人,找到写诗的机会,就开始做渴望已久的释放。现在流行的说法(部分是真实的)是每个批评家都可能犯错。但是,时间赋予的客观性及去芜存菁的筛选是存在的。达夫所选的175位诗人中有哪几个会有持久的力量,又有哪几个会被过滤进社会档案?"

海伦·文德莱进一步批评丽塔·达夫说:"或许达夫认为读者会被复杂的文本赶跑。于是,她从华莱士·史蒂文斯的第一本诗集《簧风琴》(1923年)里选择了5首浅近的短诗和他去世后发表的一首诗(1957年)作为其代表作,而舍弃了史蒂文斯30多年中有重大影响力的作品。是不是达夫觉得只有这些诗容易被读者接受? 抑或是她钦佩史蒂文斯不如她钦佩梅尔文·托尔森,以至于给托尔森14页篇幅而只给史蒂文斯6页篇幅?"

海伦·文德莱对丽塔·达夫因编选比例失衡而造成主次颠倒的严厉批评得到了其他诗人和诗评家的响应。例如,诗人、文学批评家罗伯特·阿尔尚博也认为这本诗集在代表性上存在"严重缺陷"。又如,诗人、小说家约翰·奥尔森说这本诗选"拙劣",把"路易斯·朱科夫斯基、乔治·奥本、查尔斯·雷兹尼科夫、卡尔·雷科西和洛林·尼德克尔排除在外,令人吃惊"。

海伦·文德莱所说的"达夫煞费苦心地收进去愤怒的爆发以及艺术上雄心勃勃的冥想",说白了,是指责达夫把那些强烈反对白人种族主义的非裔美国诗人收进了诗集里。这从美裔以色列诗人、思想家和公共知识分子沙洛姆·弗里德曼的书评中得到了证实。在某种意义上,他非常赞同丽塔·达夫,因为旧的诗选集太狭窄,过于封闭,达夫的诗选集则超越了旧有的范围;而另一方面,他又同意文德莱,因为在一定意义上说,史蒂文斯作品的价值确实超过了许多作家的总和。他最后明确地说:

"我对这本诗集的看法并不停留在这一点上。达夫也许把过多的篇幅给了黑人作家。对此,我不会特别介意。但把篇幅给像勒罗依·琼斯这种充满仇恨、大叫大嚷的人,在我看来,是一个基本错误。反白人种族也是种族主义。在美国诗选集里,不应该收入蔑视基本美国价值观和自由的诗人。我的立场是:不能把伦理学简单地取代美学。这也是审美判断力差的一种批评。"

勒罗依·琼斯是非裔美国诗人中反对种族主义最坚决的一位,在达夫心目中,当然是英雄;可是他在白人诗人和诗评家眼睛里则是好斗的公鸡,毫无艺术性可言。沙洛姆·弗里德曼表明完全支持海伦·文德莱的审美观。

海伦·文德莱最后指出丽塔·达夫的序言存在缺陷,是因为她是诗人,对写批评文章不在行:"关于丽塔·达夫的序言,最简单地说,她用不是自己的体裁写作;她是一位诗人,不是评论家,作为评论家的角色令她不自在:一方面,尽全力达到效果(最喜欢的是头韵);另一方面,陷入纯粹的陈词滥调。在回到对她的个人判断之前,我想看看她序言的大轮廓,它却因简单化历史而受损,把历史时代弄成了是与否……"

海伦·文德莱完全否定了丽塔·达夫主编的诗选,而这位反潮流的桂冠诗人却珍爱自己主编的这本诗选集,把它视为在她"面前闪过"的"整个世纪的诗歌轨迹"。于是她用尖刻的语言作了全面反击,说海伦·文德莱对她的批评是"屈尊俯就"、"缺乏诚实"、"未加掩饰的种族主义",并因此发狠说:"我不能让她用谎言和含沙射影搭建她的不切实际的纸板房。"因为版权问题,丽塔·达夫少选了史蒂文斯的诗篇,也没有收进西尔维娅·普拉斯、艾伦·金斯堡和斯特林·布朗。说明这一问题之后,她转入对海伦·文德莱的反批评,说:"文德莱完全误读了我对黑人文艺运动的评估,把我对他们的宣言诠释为对他们的策略表示赞同;她忽略了我的序言里一段关键性的文字('在这样叫嚣和大发雷霆的状况下,黑人诗人很少有机会来维护自己,因而被席卷到压路机之下'),而把注意力集中在那个容易背黑锅的阿米里·巴拉卡(即勒罗依·琼斯)身上,从他有历史开创性的诗篇《黑人艺术》里引用几节他诋毁犹太人的诗行,从而狡猾甚至毛骨悚然地暗示我可能有类似的反犹太人的倾向,用联想来抹黑……"

丽塔·达夫

丽塔·达夫在最后反击说:"海伦·文德莱评论中的刻薄话暴露了她超过审美的动机。因此,她不仅失去了对事实的把握,而且在猛然间接触到反例时,她过去受人称赞的理论优雅的语言便叫嚷、抱怨和怒吼起来,一再误读意图。无论是受学术的愤怒驱使或由于她认为熟悉的世界背叛她所引起的强烈悲哀——看到一个令人敬畏的有智慧的却耽于如此拙劣表演的人,令人感到悲哀。"

丽塔·达夫意犹未尽,在接受《美国最佳诗选》编辑访谈时,进一步抨击海伦·文德莱:"是不是只有得到这些守卫在门口审查我们证件而让我们一个个进入的批评家的批准,我们——非裔美国人、土著美国人、拉丁裔美国人和亚裔美国人才会被接受?不同种族诗人的总数标志着我们不是一个后种族主义社会;甚至那些所谓'聪明'、'敏锐'和'开明'的人称自己为人文主义者,却常常被他们对阶级、种族和特权的先入为主的观念所扭曲。"

支持丽塔·达夫的诗人和诗评家也纷纷发表意见。例如,乔纳森·法默在2011年12月28日网络文学杂志《数百万》上以《种族和美国诗歌:达夫对决文德莱》为题,批评海伦·文德莱说:"文德莱要我们从假定的永久的未来考虑价值观,人们对什么是好和坏将有恒定而确凿的观念。这是一场令人恼怒的辩论,因为它要我们顺从这位评论家为我们遥远的后代着想,他们当然应当有与评论家本人相同的价值观。"诗人玛格丽特·玛丽亚·里瓦斯2011年12月10日在网站上以《要记住的是不是这位文德莱?》为题,表明她读到文德莱批评文章时的第一印象是:"脱离时代"、"不准确"和"种族歧视",并说:"这种评论怎么能被认真对待呢?文德莱怎么会犯如此错误,与当代美国诗歌的社会思潮如此脱节?"她还批评说:"一个精英文学体制里的人的思维定势如此根深蒂固,如此充满偏见,以至于她不够资格评估像达夫主编的这种诗选集。"美国电台《外卖》节目撰稿人帕特里克·亨利·巴斯以《海伦·文德莱、丽塔·达夫:改变着的诗歌标准》为题发表意见:"这

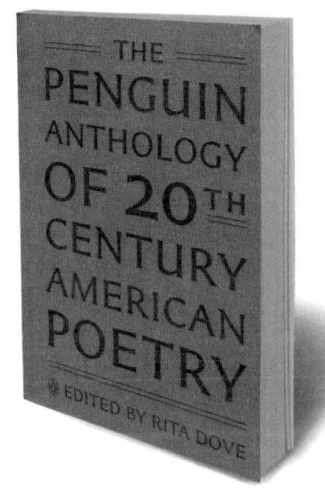

《企鹅20世纪美国诗歌选集》英文版

一事件中,诗歌界有许多人在谈论着有关种族、美学和诗集里谁是正宗谁不是正宗等问题。"

谁是美国诗歌史中的正统诗人?这一诗歌大辩论的焦点正好暴露了美国主流诗坛平时对多元文化的暧昧态度。托妮·莫里森在20世纪80年代发表题为《美国文学中非裔美国人的存在》的演说中指出:"关于标准的辩论——不论批评、历史、历史知识、语言的定义、美学原则的普遍性、艺术的社会学和人文想象——在什么地域,是什么性质,有多大范围,都归属于一切利益。"

不过,这是学术规范与种族歧视相纠缠的复杂问题。美国毕竟是多元文化的社会,正如达夫所说,美国现在不是后种族主义社会,不存在主流诗歌界甚至政界封杀少数族裔诗人和诗评家发言权的现象。相反,优秀的非裔美国作家进入了美国文学主流。例如,托妮·莫里森除了获得世界文学最高荣誉的诺贝尔文学奖之外,还几乎囊括了美国文学的各种大奖。而丽塔·达夫除了任桂冠诗人和美国诗人学会常务理事之外,也是包括普利策奖在内的各种诗歌奖的得主。这也是海伦·文德莱不能容忍丽塔·达夫在序言里抱怨"文学当权派"的原因之一,文德莱说:

我们现在回到"诗歌当权派"的问题上来。这所谓的"诗歌当权派"成员(无论是谁)"用壕沟保护自己"(如同在战争中一样),被"涂抹"成耶稣谴责的"伪君子"。作为一个获奖学金的高校"总统优秀生"、大学毕业的优等生、富布赖特奖学金获得者,长期受到各种奖励的达夫怎么可能用这么低级的措辞描写美国社会?

这是美国有史以来,非裔美国诗人与主流白人诗评家的首次公开论战,其本身说明了非裔美国诗人与主流白人批评家在政治上是平等的,在学术讨论上也是平等的。丽塔·达夫当然有权按照自己的政治理念和审美原则,对20世纪美国诗歌建立她的审美标准,如同海伦·文德莱按照自己的政治理念和审美原则,建立美国诗歌审美标准一样。但文德莱列出的20世纪美国诗歌主要诗人的名单毕竟有疏忽之处:她列出的都是出生在19世纪末和20世纪初之间的诗人,而排除了20世纪下半叶出生的主要诗人。丽塔·达夫在诗选里正好收录了20世纪下半叶的主要诗人和各少数族裔诗人,对传统的诗选集是一个补充。

  这场具有深远历史影响的大辩论促使人们进一步思考:什么是美国文化的基本价值观?什么是美国的文学标准?文学标准是否有与时俱进的可能?

《新美国文学史》：
文学史能不能这样写？

郭英剑

哈佛大学出版社于 2009 年 9 月出版了《新美国文学史》。该书由美国著名音乐学家马尔库斯和哈佛大学教授索勒斯共同主编。

阵容豪华的《新美国文学史》

马尔库斯身兼作家、音乐学家、历史学家、音乐评论家和文化批评家。在他的努力下——他写作了大量的学术和评论文章——摇滚乐冲出了单纯的音乐界而走向了更大的范围，特别是被人们置于文化和政治的框架之下去考察，这造就了摇滚乐的文化意义，也使马尔库斯闻名于世。索勒斯是哈佛大学教授，研究领域包括美国文学、美国研究、少数族裔、比较文学等，出版过《既不黑、也不白，但又两者都是：异族文学中的主题探索》《多语言的美国文学选集》《异族文学选集》等。说索勒斯是位大牌学者，应该不算夸张。

不仅两位主编在各自领域颇有声望，该书还聚集了 12 位编委，基本上都是美国各界相关研究领域的知名学者。而全书的撰写者更是达到了 200 余位，且大都出自包括哈佛大学、耶鲁大学、普林斯顿大学在内的美国名校，也有来自海外包括加拿大、英国、德国的众多名校的专家学者，他们为本书撰写了 225 篇文章，阵容堪称豪华。

英文中有一个词叫作 tome，是指那些"又大又厚的学术著作"。《新美国文学史》就是这样一本"又大又厚的学术著作"，虽然只有一册，但正文页数达到 1095 页（全书总页数达到 1128 页）。

马尔库斯

该书出版伊始，即受到学术界和媒体的广泛关注，广受好评，也颇具争议。包括《纽约时报》《纽约书评》《华尔街日报》《出版商周刊》《观察家》《芝加哥论坛报》《财富》《高等教育纪事》在内的各路媒体，纷纷刊发书评，对该书进行了详细的评论，该书还被评为"2009 年最佳非小说类书籍"。

《新美国文学史》"新"在哪里？

那么，这本以"新"命名的美国文学史究竟"新"在哪里？或者说，这本"新"文学史的写法与以往的文学史有何不同？这样一部又大又厚的学术著作，何以引发人们广泛的关注，争议的焦点又在哪里呢？

《新美国文学史》的"新颖"之处主要表现在以下三个方面：

首先,它扩大了"文学"的内涵和外延。从某种程度上说,是泛化了文学的概念。这样一来,它所探讨的内容,就不单单包括诗歌、书信、小说、回忆录,还把演讲、电影、音乐、艺术等等囊括在内。如此,内容就自然而然显得博大庞杂。这无疑是该书最大的特征,也是引发学界巨大争议之所在。严格地讲,该书所探讨的众多主题,似乎并不属于"文学"的范畴,比如:拳击比赛、电影、私刑、控制论、里根、奥巴马等等。因此,很多学者质疑:这还是"文学"史吗?或许称作"文化史"更为贴切一些,但该书的编者对此有自己的见解。

索勒斯

第二,把文学的产生同历史紧密结合起来,重在探讨:文学在历史发展过程中是如何产生出来的。或者说,其意义在于"通过文学看历史";当然,这话也可以反过来说,"通过历史看文学"。正因为如此,该书所涉及的时间跨度,应该是迄今为止美国文学史中最大。该书最早写到的年代是1507年,也是"美国这个名字开始出现在地图上"的时候。这应该算是从16世纪写起了。而在此后,该书主要以19世纪和20世纪的文学为主,但最晚则一直探讨到"2008年11月4日,奥巴马",即奥巴马获选美国总统时为止。至少从目前看,现有的各种权威的美国文学史中,还没有写到2008年的,这也凸显了该书的"新颖"和当代性。

第三,文学史写法不同凡响。过去的文学史,通常都是编年史的写作方法,即或以时间为主,或以作者或流派为主,或以文学主题或者文学术语去勾勒。当然,自20世纪下半页开始,文学史的写作手法已经有所不同。比如,《哥伦比亚美国文学史》就打破了编年史的写作方法,采用一个主题为一章的写法,将内容松散地组成在一起。《剑桥美国文学史》也与编年史式的传统写法不同,以散文作品、诗歌、文学批评为主,兼顾时间顺序,多有交叉。而《新美国文学史》则在这些基础上,向前推进了一步。主要是以时间为经、按主题写作,即主要选取美国历史上的重要时间段,进而探讨相关的主题。这个时间段,可以是年,比如,"1507:'美国'这个名字开始出现在地图上";也可以具体到月或者日,比如"1925年6月,刘易斯"、"1666年7月10日,布莱德斯特律";甚至还有具体到几点几分的,比如"1906年4月18日凌晨5:14,旧金山大地震"。

特别值得一提的是,该书中所有文章皆为原创作品,且每一篇文章都独立成文,引人入胜。

为什么要"这样"写文学史

《新美国文学史》之所以如此写作,背后自有编者非同寻常的、独特的编辑和创作理念。

首先,该书编者认为,他们试图"透过文学的透镜重新审视美国的经验"。文学在他们眼里,不单单指那些传统意义上的文学文本。他们认为凡是与美国经验有关的,或者说,凡是透过文学的透镜能够看到的美国经验,都应该是可以被讨论的对象。这样的"文学观"自然会导致非同一般的文学史写作方法。

其次,编者认为,新的美国文学史,书写的是一个"人为制造出来的国家的故事",而这些故事在很多方面都先于美国社会就存在了。他们说:"美国文学不是继承而来的,而是创造出来的。"在美国历史上,没有什么传统能够独领风骚,也从来就没有固定的文学形式,美国历史,包括了文学史、社会史、政治史、宗教史、文化史、技术史,但它们一直都是一个"人们如何理解"的问题,也是人们理解之后如何向其他人讲述的问题,在这里,大家都既是个体,也是整体中的一部分。这样来看文学与历史的关系,自然会把文学与历史有关的其他内容涵盖进来。

再次,编者毫不讳言,他们自己就把该书称作是"一部广泛意义上的文化史",而且明确表示,在本书中,"文学并不单单指那些被书写的文字,而且还应该包括人们的言说和表达、创作,而不管它们采取的形式是什么"。按照这样的理解,所有与美国有关的表达形式都被收入在内了,这自然包括了诗歌、小说、戏剧、散文这些传统的"文学"形式,还包括了地图、历史、旅游日记、布道、公开的演讲、私人的信件、政治辩论、高等法院的判决、文学史与文学批评、民歌、杂志、戏剧表演、布鲁斯、哲学、绘画、战争回忆、博物馆、图书俱乐部、爵士乐、乡村音乐、电影、广播、摇滚乐、卡通、说唱等,不一而足。

当然,这只是编者的一面之词,但我们完全可以想象,这样的理解与观念引发学术界的广泛争议应该在情理之中。

"新"文学史引发极大争议

对这样"新"文学史,人们最自然而然的反应就是:这还是"文学史"吗?文学史能这么写吗?

美国《华尔街日报》在2009年11月26日发表了题为《满是语词的大熔炉》的书评,其副标题或许有相当的代表性:"一部厚厚的文集抹去了文学、历史和流行文化之间的界限。"确实,人们的疑问恰恰就聚焦在《新美国文学史》究竟是"文学史"还是"文化史"。

2009年11月1日,美国埃默里大学英文教授波尔林与杜克大学英文与女性研究教授沃尔德,应邀在《高等教育纪事》上专文讨论了该书。主编之一的索勒斯也参与进来,发表了自己的看法。

波尔林在文章中说,这部书已经完全是"文化史"了,而且,就连过去原有的高雅文化和低俗文化之间的区别也烟消云散了。他质疑说,在这里,《深喉》中的艳星拉弗雷斯所占的篇幅居然与伊丽莎白·毕晓普一样多,而美国著名摇滚歌手贝里所占的篇幅甚至超过了哈特·克莱恩,而旧有的主要叙事与概念在其中却没有位置。他还对这部文学史中所涉及的一些文学品质提出了质疑,其中提到了

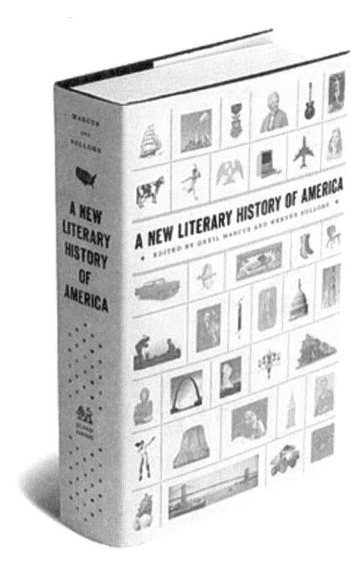

《新美国文学史》英文版

里根的演讲等。他还谈到了文学教学,认为该书所谈到的文学史是支离破碎的。学生到课堂来学习的时候,原本就对英国文学和美国文学没有多少概念,而在学习之后,他们的文学史知识不过是更加凌乱了而已。在美国,基础教育阶段对文学史的学习零散而不系统,而《新美国文学史》对此现状的改变没有做出努力。他认为,对于美国文学基础好的人来说,该书会有启发,读起来也有趣;但对于那些基础不好的人来说,这本书不过是一些学者个人的观点集合而已。最后,他直言不讳地指出,这不是美国的文学史,而是多元文化主义浮现的戏剧性事件。

沃尔德在回应中承认,这确是多元文化主义浮现的戏剧性事件,但她对此有自己的看法。她认为,自己从《新美国文学史》中看到的是一种无所不包的精神,或者不妨看作是巴赫金所描述的狂欢,而不是对方所认为的一种道德剧。她认为,文学史是棱镜似的,她与波尔林在什么是抒情、什么是格言上都有不同的看法。她举出克罗福尔所撰写的关于鲍勃·迪伦的一章为例,说明克罗福尔笔下的迪伦就是一个观察文学史转折点的绝佳棱镜。同时,沃尔德认为,文学史是离不开语境的,对方所讨论的一些所谓的品质问题都离开了语境。特别是对沃尔林所提出的几个问题,她倒认为是"阐释"的问题而不是"历史错误"。她还特别提到,自己和波尔林之间的分歧,实际上在于如何看待"历史"的问题。她除了称赞该书的历史观和历史视野而外,还认为两位主编提供了一种文学史的范式,即允许读者去观看那些发生了演变了的事件、观点,以及文学形式、人物和创新的发展进程。"该书是鼓励读者积极参与到历史研究之中的——看到历史事件之间的关联,争取搞懂历史。"

主编索勒斯也对两位学者的争论做了简短的评论。他首先谈到了该书理想的读者问题。他说,他希望《新美国文学史》的读者不仅只是学者、专家,还应该包括教师、学生以及普通的读者和世界各地有兴趣的人们。其次,他回应了关于教学的疑问。他认为,一般的教学模式是要学生去思考那些固定的作品,但他更希望去讨论这些作品成型的过程,鼓励读者去思考他们是如何被创造出来的。再次,关于文学性的问题,他说,我们是希望以文学为中心的,但依旧把所有形态的作品都包括在内了。他特别提到了"美国制造"的概念,认为是这一概念扩大了他们的选材,凡是与美国制造有关联的,全部可以入选。最后,他特别提到并引用了沃尔德的话:"该书是鼓励读者积极参与到历史研究之中的——看到历史事件之间的关联,争取搞懂历史。"他认为,这话比自己说得都好。

文学史"可以这样写"的理由

在人们质疑"文学史能这样写吗"的背后,其实蕴含着这样的问题:新世纪的文学史,应该如何写?如果我来回答自己提出的"文学史能不能这样写"的问题,答案是:可以这样写。我认为,在21世纪的今天,我们对文学历史的理解和写作,应该有更为开放的态度。

在我看来,《新美国文学史》为我们当下"重写文学史"至少提供了三个方面的理由或启示。第一,文学史的写法并无定法,或者说,并没有一个大家必须去遵循的统一写法。对作者或者编者来说,关键看其对文学史的理解。应该说,只要有不同的理解,就可能带来独特的写作手法。第二,文学史的写作当然应该以文学为主,但不能把文学同其他种类隔离开来。如果把文学定义在文字、写作、表达这样更为宽泛的意义上,那么,把文学同历史、文化等放在一起来谈,就并无不可。由此可见,关键是我们如何去理解"文学"以及"历史"。第三,这样的文学史作为一种尝试,至少让我们看到或者领悟到,"文学史,原来还可以这样写",它拓展的绝不仅仅是文学史的写法,更是我们怎样看待文学与历史之间关系的一种思想和理念。

《新美国文学史》的耐人寻味之处在于,21世纪的美国学者对美国成因的重新理解、对文学现象的独特认识、对历史重构的崭新态度在该书中表露无遗。相信这对我们当下理解和写作中国乃至世界文学史,具有一定的启发意义。

英国

狄更斯：
他的心始终向着穷人和不幸者

薛鸿时

一

100年前,弗朗茨·梅林在纪念狄更斯百年诞辰时曾撰文说:"2月7日,他100岁生日的时候,诗人的坟墓也理应得到工人阶级的一个表示敬意的花圈。"他盛赞这位英国伟大作家那"几乎令人难以置信的创造力",并且说"他的心始终向着穷人和不幸者"。这很自然,因为狄更斯本人就当过童工,从小亲身体验到英国工业化、城市化过程中底层市民和工人生活的痛苦。狄更斯(1812—1870)出身贫贱,祖父母都是克鲁勋爵府的仆役,父亲是海军军需处小职员。狄更斯自小有表演天才,幼年时父亲就曾带着他和姐姐范妮到罗彻斯特的米特尔饭店,把他俩抱上大餐桌,表演滑稽歌舞,赢得喝彩。后来父亲因欠债无力偿还,拖累全家人一起关进债务人监狱。当时狄更斯12岁,早已因家贫中断学业,在一家黑鞋油作坊当童工,每周挣六七先令贴补家用。他在外借宿,早晚去监狱两次,和亲人们一起进餐,听熟了狱中人们各自不幸的故事。每

狄更斯

天晚上他都要待到监狱锁门的时候才独自赶回去睡觉。走夜路对孩子来说是非常可怕的事,尤其是走过新门监狱前,常会看见那里悬挂着刚被绞死的犯人的尸体……父亲出狱后,他曾回学校上过学,但不久又因贫困永久性失学,从此他再也没有机会受学校教育。后来他进律师事务所当练习生,以弥补正规教育的不足。17岁时他学会了速记术,被伦敦民事律师公会录用,担任审案时的速记员。这段工作经历使他获益匪浅,他从形形色色的民事纠纷中,深谙了社会矛盾和世态人情。两年后,他当上了报社记者,专门报道议会辩论。议会休会期间,他被派往外地采访。当时道路交通状况很差,他常在猛烈颠簸的马车上,凑在昏暗晃动的车灯下,把速记记录转写成正式稿子,抢先发出去。新闻工作的磨炼,使他养成对时事的敏感和快速写作的本领。他热爱表演,曾准备去应职业演员考试,但因病未果。丰富的阅历使他早熟早慧,帮助他最终走上了文学创作的道路。他24岁时以伟大的长篇小说《匹克威克外传》誉满天下,从此成为命运的宠儿,一帆风顺地走向荣誉的巅峰。这位只断断续续上过4年小学的年轻人确实创造了奇迹。他一生共完成14部半长篇小说和卷帙浩繁的其他形式的创作,成为与莎士比亚比肩的、英语民族家喻户晓的文学巨人。

狄更斯回忆自己不幸的童年经历时说,当年他又饿又馋地在街上荡来荡去,和小偷、流氓、妓女擦肩而过,"若不是上帝的恩慈,专就我所受到的照顾来说,我本来很容易变成一个小强盗或小流氓呢"。然而,他不但没有走向堕落,反而从童年的苦难中汲取了极其丰富的养料。他对社会底层人民的痛苦感同身受,他真诚地同情贫苦无告的受难者,尤其是妇女和儿童,这就给他的文学事业定下了基调。狄更斯的全部作品都渗透着民主精神、人道主义精神、"圣诞精神"。他始终抱着明确的道德意图在写作,他毫不犹豫地攻击社会罪恶,他确信人民群众大多数是善良的,生活像一条隧道,黑暗尽处是光明。狄更斯的心始终和劳苦大众紧密相连。

1836年,他刚登上文坛时,安德鲁·阿格纽爵士等人在议会提出《星期日守则法案》,以恪守宗教虔诚的理由,企图通过立法,禁止人们在星期日外出购物、游览。狄更斯立刻写出小册子《星期日三题》加以辩驳。狄更斯说,这种主张简直荒谬之极,按大人先生们的意见,穷人们如果在星期日买杯酒放松一下,或是给孩子买块糕点吃,就要罚款,如果雇出租马车出游更要重罚。这实在太不公平了,因为富人一年到头都有马车可坐,天天可以享受盛宴,根本体会不到穷工人从周一到周六都得在肮脏的车间里拼命干活的辛苦,为什么不允许他们星期日换上干净衣服出去放松一下呢?他把阿格纽爵士的提案斥责为"深思熟虑的残忍,诡计多端的不公"、"想剥夺穷人仅有的快乐者,真是铁石心肠"。他还以讽刺笔法形容富人们上教堂连赞美诗都懒得唱,出钱雇唱诗班,而穷人们在贫民窟小教堂里都感情十分投入地齐声赞美主的博爱、仁慈。狄更斯终生热心慈善事业,最著名的一桩善举就是在1847年和慈善家库茨女士共同创办"乌拉尼亚村",以挽救被生活逼迫为娼的不幸姐妹们,治好她们的病,送往澳大利亚或新大陆,使她们有机会获得新生。为提倡博爱、仁慈、宽容的"圣诞精神",狄更斯写了一系列圣诞小说,其中最著名的一篇是《圣诞颂歌》,写的是吝啬鬼史克鲁奇在受"圣诞精神"感化后的转变。书中借幽灵之口驳斥那位赞成马尔萨斯人口论、主张减少

"过剩人口"的富人说,"在苍天的眼光里,比起千百万穷人家的孩子来,也许你是更没有价值,更不配活下去的哩"。

狄更斯生活在英国工业化、城市化飞速发展的时代。在狄更斯出生之前,英国已发明并广泛应用蒸汽机。他13岁那年,第一列蒸汽火车已奔驰在斯托克顿—达林顿线路上。英国是诸多重要科技发明、创新之乡,狄更斯19岁时,达尔文的进化论和法拉第的电磁感应论同时在英国诞生。他21岁时,英国蒸汽船首次成功越过大西洋。到他51岁时,伦敦甚至已开始建造世界第一条地铁线路。维多利亚女王时代是大英帝国全盛时代,英国钢铁、煤炭产量占全球一半以上。英国的发展无先例可沿,伴随着发展,同时产生了一系列社会问题:贫富悬殊、环境污染、劳资冲突,穷人的住房、教育、卫生条件极端恶劣。狄更斯为他的时代描绘出生动、广阔的画卷,他塑造人物的本领尤为出色,在英国文学的版图上留下众多不朽的人物典型。我们看到:挑起事端、吃了原告吃被告的恶讼师道孙和福格;假哭起来流眼泪像打开水龙头一样方便的骗子屈拉;贫民习艺所里喝完一小碗稀粥后可怜巴巴地说"对不起,我还要"的孤儿奥立佛·退斯特……他创造的人物已获得永久的生命,像老朋友似的和一代代读者生活在一起。人们把乐善好施的人称作匹克威克、布朗罗或契里布尔,把儿童教唆犯唤作费金,吝啬鬼叫史克鲁奇,伪君子叫裴斯诺夫,野心家阴谋家叫希普或卡克,妄自尊大的小官僚叫本布尔,以推诿为能事的官僚机构叫"兜三绕四部"……这些专门名词已被普遍应用并收进英文词典。狄更斯创造的艺术世界不但成为英语民族文化的重要组成部分,而且已成为全人类共同的精神财富。

二

狄更斯真实地描绘了英国工业化、城市化过程中出现的贫民窟、童工、妓女、刑事犯罪、骗钱学校、高利贷剥削等等人间众生相。试以《董贝父子》和《艰难时世》为例,略作分析。

《董贝父子》写于1846年至1848年,是作者的第7部长篇小说。狄更斯一生除创作两部历史小说《巴纳比·鲁吉》与《双城记》外,其他作品写的都是当代生活,但都有若干年的时间差,写的大致上是他童年时代的生活,而《董贝父子》则有很强的"即时性",描写的就是小说发表时的英国社会生活。《匹克威克外传》中四位朋友出游考察时乘坐的还是驿车,而《董贝父子》中着力描写新型的交通工具——火车。小说故事发生的年代,英国早已成功地从农业社会转型为工业社会。英国农民流入伦敦,"他们双足疼痛、疲惫不堪,以惊恐的目光看着面前那座大城市,似乎预见到一旦进了城,自己的苦难就会像大海中的一滴水、海岸上的一粒沙似的微不足道。他们蜷缩着身子,在冷雨凄风下冻得瑟瑟发抖,似乎已无所容于天地间"。在城市化过程中的贫民窟里,"有毒颗粒物化为稠密的黑云,低覆在人类居住的城市上空",更严重的是"人类的道德瘟疫也和有毒的空气一起上升"……

社会转型期间妇女的地位问题是这部小说的重要主题,故事中着力描写的两对母女(贵族斯丘顿夫人与她的女儿伊迪丝,以及捡破烂的贫妇布朗太太与她的女儿艾莉斯),她们虽然分别身处社会两极,伊迪丝和艾莉斯都是绝色女子,性格都很刚强,但同样都未能逃脱万恶的"权"与"钱"的摧残。在那个不合理的社会,女性的美丽甚至风韵、才艺都不

1854 年 Household Words. 头版头条刊登的狄更斯作品《艰难时世》

属于她们自己,而是被标价出售。伊迪丝在违心地嫁给大富豪董贝先生之前,向这位毫无艺术品位的生意人充分展示了音乐、美术的才华,以增加自己的"附加值"。伊迪丝和艾莉斯都不甘屈辱拼命反抗,她们主动地选择了悲剧的命运。狄更斯把爱情婚姻的理想寄托在弗洛伦斯和沃尔特、涂茨和苏珊身上,这两对的幸福婚姻是排除了阶级出身、社会地位和财产状况的巨大差异才得以缔结的。

本书主人公董贝先生是个硬邦邦的、不打弯儿的资本化身,坚信金钱万能,最后连遭丧妻、夭子、背叛、破产,成为一无所有的穷人后,才克服了金钱的异化,恢复了正常的人性。书中的伪君子、两面派、背主的恶棍、诱骗主人妻子的詹姆斯·卡克是个复杂的现代人物形象,他与犯错误的哥哥划清界限,装出一副疾恶如仇的假象,目的是拼命往上爬。狄更斯充分揭示了卡克充满矛盾的内心世界,在他最后被卷入火车车轮之前,却怀着温情怀念被他背弃的哥哥和妹妹。又如一心想当董贝续弦的托克丝小姐,缺乏自知之明,闹了不少笑话,然而在董贝破产后,她竭尽所能给予关怀、帮助,凸现她始终如一的执着和真诚。E. M. 福斯特在《小说面面观》中,批评狄更斯只会塑造"扁平"人物,这话是不正确的。事实上狄更斯塑造人物的本领非凡,绝不是简单化、概念化。他笔下虽无文化、但善良质朴的涂德尔夫妇,以及充满正义感、勇敢忠诚的女佣苏珊·聂宝,都是在英国工业化进程中进城找活干的乡村居民,都具有美好的心灵。从狄更斯塑造的这些社会地位低下的正面人物身上,可以充分见出作者的民主思想。

《艰难时世》写于1854年,是狄更斯第10部长篇小说,直接描写当时英国的工人运动。为此,他还特地前往普雷斯登去考察发生在当地的工人罢工。其实当时马克思、恩格斯就在伦敦、曼彻斯特等地活动,那场罢工正是在他们革命思

《双城记》插图

想影响下进行的,是英国工人阶级争取实现"人民宪章"的长期斗争的继续。萧伯纳说:"如果你是按着写作顺序读狄更斯的,那你就只得向早期著作中那个轻松愉快的、只是偶然表示愤怒的狄更斯告别了;他的偶然的愤怒已经发展深入到对现代世界整个工业秩序的激情的反抗,你应当从这里得到享受。这里你所看到的不再是恶棍与英雄,而只有压迫者与受难者,或者身不由己地压迫别人,或者自己受苦。他们受到一部庞大机器的驱使……"在小说中,狄更斯批判边沁的"功利主义",反对把资产阶级唯利是图的本质加以美化,把资本主义的剥削关系看作是合理的和永恒的。

小说背景设在英国一处工业城市焦煤镇。书中那位靠做五金生意

发了财、当上国会议员兼模范学校校董的葛雷硬就是功利主义的代表。他的教育思想可称为"事实哲学"，专讲实际利益，排除一切"真诚的情感"和"想象力"。狄更斯塑造这个人物时，摆脱了现实主义方法所要求的精确，而采用了浪漫主义方法所要求的主观性、创造性、想象力和激情。他使葛雷硬夸张、变形，他那四四方方的脑袋里装满生硬的事实，四四方方的额头就像一堵墙，就连他的外衣、大腿、肩膀、手臂都是方的。他的错误教育严重扭曲了儿女的人格。儿子独立生活后，纵情声色，堕落为偷银行的罪犯；女儿在他逼迫下，嫁给比自己大30岁的虚伪、残暴的资本家庞得贝，没有爱情的婚姻，使女儿无法忍受，后来女儿又受一个纨绔子弟的引诱，险些弄得身败名裂。对儿女教育的失败，使葛雷硬最终醒悟。

小说正面表现了19世纪50年代英国的阶级斗争。工人们不堪忍受恶劣的工作条件和生活条件，组织起工会，进行罢工斗争。有一名叫斯提芬的工人死活不肯参加工会，他的理由很简单："工人不上班干活，靠什么维持生活呢？"于是被工人领袖斯拉克布瑞其斥为"叛徒、懦夫和变节的人"。资本家庞得贝听说此事，心中暗喜，连忙派人把斯提芬找来，准备培养他当破坏工会运动的工贼，不料遭到斯提芬拒绝，庞得贝一气之下，先解雇了他。斯提芬到处找工作，中了坏人的圈套，掉落在一处矿井中摔死。值得注意的是，狄更斯同情像斯提芬那样缺乏阶级觉悟和斗争性的工人，却对工人领袖加以嘲讽，把他描写成一名蛊惑人心的煽动者。狄更斯和马克思、恩格斯近在咫尺，但并没有接受他们的革命学说，他认为资本家和工人都是人，应当友爱互助，劳资两利。

前苏联的英国文学史家阿尼克斯特以及我国许多专家历来都强调狄更斯思想的"局限性"，我至今仍认为确实如此。狄更斯反对以暴力手段解决社会矛盾（包括阶级压迫、宗教对抗和文化冲突）。他在描写英国历史上著名的"戈登暴动"的小说《巴纳比·鲁吉》前言中指出:"全部历史告诉我们:人们误称为宗教口号的东西,很容易由那些毫无宗教信仰者喊出来,这些人在日常行动中甚至完全无视最普通的是非原则;这种口号是褊狭和迫害狂的产物,具有愚昧无知、鬼迷心窍、顽固不化和残忍狠毒的性质。"小说生动地展现了在野心家、阴谋家的"忽悠"煽动下,陷入宗教迷信狂热的群众干了一系列打砸抢烧、令人发指的暴行。狄更斯描写法国大革命的著名小说《双城记》,站在道德制高点上,充分揭露并控诉了革命前权贵们欺压、践踏平民的滔天罪行,表明革命的正义性。但与此同时,却揭示革命过程中野蛮、血腥的暴行,尤其是无数冤假错案的发生。我相信看过小说的人,都会牢记被暴民们错当作革命敌人送上断头台的那位心地善良的女裁缝。小说中,狄更斯更以满腔热情讴歌英国青年律师卡尔顿,他为了所爱的露西一家的幸福,甘愿替她的丈夫上断头台。我们可以由此得出结论:狄更斯只赞成和平、理性、渐进的改良,而绝对不赞成血腥、暴力的社会冲突。他的主张对于英国来说似乎有理,因为狄更斯逝世百年后,英国工党政府"颁布了《工会与劳工关系法》《工作场所保健与安全法》《就业保护法》《平等机会法》,扩大工人在企业中的权利,并把工人监督融合到工业民主中去,使劳资共同参加公司一级的管理制度化"。但是,我们不能由此而一概反对暴力革命,英国渐进式改良的成功也是百余年来工人群众斗争的成果,否则权贵资本家们闷声发财,哪里还会想到什么公平正义,又何必启动改革?

三

笔者幼年在慈母膝下承欢时,就听她讲狄更斯小说故事,不由得热爱狄更斯。1949年后,受马克思对狄更斯的正面评价(以狄更斯为首的一批小说家"在自己的卓越的、描写生动的书籍中向世界揭示的政治和社会真理,比一切职业政客、政论家和道德家加在一起所揭示的还要多")的影响,所以,阅读和研究狄更斯所受的"左"的干扰,要比阅读、研究其他西方作家少些,主要是不得不批判狄更斯的人道主义。岁月匆匆,从梅林的纪念文章至今,又过去了100年。写这篇纪念文章时,最使我感到欣慰的是:大家已经不必再违心地去批判什么人道主义。世界潮流浩浩荡荡,今天我们已经可以理直气壮地说:要以人为本,建设和谐世界了。

纪念《傲慢与偏见》出版200周年：
恋爱故事里的大关怀

周 颖

马修·刘易斯是18世纪末的英国作家,他的小说《僧人》仍然在版。他曾在信里跟自己的母亲说:听说她也在写小说,如果属实,千万不要出版,免得招来物议,自己丢脸不算,还会累及家庭。刘易斯生于1775年,与简·奥斯汀同岁。这说明,当时的风气并不赞赏女人写小说。奥斯汀的主要工作,据她侄子的推测:"是在共用的起居室完成的……她十分小心,不让仆人、客人或任何外人猜到她所从事的工作。"她在小碎纸片上写,或将吸墨纸放在一旁,便于随时遮掩。好在她的家人通达开放,对小说不仅宽容,甚至偏爱。《傲慢与偏见》于1813年1月问世,距今整200年。初稿成于1796年至1797年,用的是另一个题目——"初次印象"。完稿后,老父亲为女儿联系出版商,但是人家看不上,只好拿回雪藏。小说从酝酿到面世耗时17年,其间的淡定忍耐,我们只能想象。

这本小说在奥斯汀的所有作品中并非最成熟的一部,却最受读者的喜爱,先后译成30多种语言,经常雄踞各类好书排行榜的榜首。《傲慢与偏见》发表后,颇受欢迎,当年即出第二版,4年后发行第三版。这在小说算不上优雅读物、出版业远没有今天热闹的年代,已属难得的景况。

简·奥斯汀

不过,那会儿的奥斯汀还称不上畅销书作家,司各特同时期发表的《罗伯·罗依》两周内就销了1万册,而《傲慢与偏见》的第一版只印了1500册。

故事的开场是班奈特夫妇的一番对话。第一章搭好了全书的框架:牧师班奈特先生有5个女儿等着出嫁,邻近的豪华庄园出租给阔少爷宾利,他还带来一位更富有的绅士达西先生。接下来的15个月,从头年秋天到次年的圣诞节,班奈特家的大女儿简和二女儿伊丽莎白吸引了宾利和达西,像很多爱情小说那样,两对有情人颇费了几番周折,才拨云见日,修成良缘。伊丽莎白和达西的恋爱是主线,简和宾利起衬托的作用。后面这一对性情相投,一如既往的好脾气,也缺少主见,故而他们的生活起不了大波澜,除非有外人作梗。伊丽莎白和达西不同。这两人一出场就有了麻烦,并且麻烦不是源于,或者说,不主要源于外因,而是来自他们自身的缺憾:一个过于傲慢,出言不逊,得罪了对方;另一个一味依凭第一印象,让偏见遮蔽了理智。一方需转变态度,另一方要消除偏见。奥斯汀讲的是恋爱故事,内里其实涉及自我认识、理想婚姻、美德与幸福的关系。小世界里有大关怀。

"凡是有钱的单身汉,总想娶位太太,这已经成了一条举世公认的真理。"《傲慢与偏见》的开场设计得很考究,一句话便交代了小说的两个关键词——金钱和婚姻,而且定下了反讽的基调。"举世公认"是一个反讽。据剑桥本的注释,这是奥斯汀对当时布道辞动辄用"举世公理"的戏仿,是否属实,我们不去穷究,但在小说里,"举世"并非真的"举世",因为连班奈特夫妇俩在这个问题上的意见都南辕北辙。况且,真正着急的不是有钱的单身汉,反而是待字闺中的小姐,尤其是有5个女儿等着出嫁的班奈特太太。"举世"其实范围小得很,局限于浪伯恩村那些定要把自己的刻板法则或狭隘观念当成真理的人。

话说回来,嫁女儿确实是一桩大事,相比于班奈特先生的无动于衷,班奈特太太火急火燎的势利心态,虽是她智力贫乏的表现,却反映了当时女性生存的现实困境。19世纪的英国依然实行长子继承制。不属于长房家庭的中等阶级的男孩子,可以在商界打拼,在政界历练,也可以在法律、医药、教会等行业试试身手,总之,不缺乏谋生的手段。女子呢,随着工业革命的完成、家庭作坊的衰落和集中化生产的盛行,反而渐次退出纺纱、织布、炼乳、农业和手工业等行业。所以,对于这一阶层的女子,几乎没有事业一说。如果有,也只限于贤妻良母的角色。依照常理,她们如果幸运,找个好人家嫁了,就算有了事业;倘若嫁不出去,只好寄人篱下,由父兄供养,像奥斯汀姐妹那样;境遇再差一些的,既无财无貌,又无所依附,就只能去当一名教师或陪护,勉强维持生计,像比奥斯汀晚一辈的勃朗特姐妹那样。与勃朗特姐妹同时代的哈丽雅特·亨特曾说:"女教师的工作得不到应有的评价,也得不到应有的报酬,价值几乎为零,自尊几乎丧尽,辛苦毫无回报,生活令人厌倦——自己呢,与下等人没什么差别——要受人挤压、贬低、蔑视、遣责,既疲惫不堪,又痛苦不堪。"如此困境下,她们倘若去"找一个傻瓜嫁了,从每天要过的令人心碎的生活中抽身出来,谁能指责她呢?"可见,婚姻对于那个时代的中产阶级女子而言,实在是一个太自然的诱惑——它不仅可能满足情感的需要,而且是生存的"正道",是社会承认的女子实现价值(为人妻母)的唯一途径。正因为如此,奥斯汀在写给侄女的信里说:"陷入贫穷,是独身女子面临的很可怕的一种可能性——这是人们赞成婚姻最有力的理由。"然而,现实环境再不利,结婚的理由再充分,该不该就找个傻瓜嫁了?《傲慢与偏见》对此显然有不同思考。

柯林斯先生就是这样一个傻瓜。按照当时英国的继承法,地产必须传给男性继承人,没有男嗣的家庭,产业必须由家族里其他男性来继承。班奈特先生的继承人正是柯林斯先生。喜欢夸张的班奈特太太在这件事上倒没有夸张,只要班奈特先生一死,她和女儿们就得"被撵出去"。柯林斯先生是《傲慢与偏见》塑造得最精彩、最有趣、最富漫画色彩的喜剧人物。他一露面,总要引发一阵笑声,难怪幽默细胞极发达的班奈特先生"无论如何也不愿和他断绝书信来往"。但他绝不是刻意逗乐的小丑,他一本正经,"神情严肃","举止拘谨"。他也不是劣迹斑斑的角色。劣迹通常不属于喜剧的内容,而是悲剧的对象。韦翰与丽迪亚私奔便是浪伯恩这方寸之地可能发生的最大悲剧。柯林斯的可笑,在于不通情理,感官和智力迟钝不说,还兼有"自大和自卑"的矛盾性格。所以,这是个心灵麻痹、感情冻结的人物。正因为没有感情,他求婚才反复强调他的"家产"、"社会地位"和他如何受凯瑟琳·德·包夫人关照等等"非常优越的条件",也才有未选定对象就来求偶、三天内向两人求婚的荒唐举动。在这个人身上,有柏格森所说的"机械的僵硬"。他只会按自己的习惯行动,不撞南墙不回头,甚至撞了南墙,也毫无知觉。

得替柯林斯说一句公道话。把婚姻当作买卖来处理,求爱充满商业语汇,这在当时的英国社会倒并非罕见。奥斯汀研究专家拉菲耶将乔治时代的婚姻戏称为"金融伙伴关系",其实就是重实利的婚姻。这是一个相当物质化的等级鲜明的社会。奥斯汀笔下的人物有乡绅、牧师、律师、军官、从商界退隐的靠股息生活的人。有地产的是名副其实的绅士;没有地产的也一门心思向绅士看齐,希望别人把他当成绅士来对待。历史学家大卫·斯普林给这一群体取名为"准绅士"。宾利和达西,套用今天中国时尚的求偶标准,绝对是"高富帅"一类(当然不仅仅是"高富帅"),只在身份上稍有区别。宾利的父辈经商,从成分讲,是工商阶层,虽然他自己不再经营;从父亲那里继承了一笔将近10万镑的遗产,但没来得及购置田产,可归于斯普林所说的准绅士。达西每年有1万镑进账,根基厚,地产广,还是传承产业的长子,照当时的消费水平,据说可排进全英富人榜的前200名。柯林斯呢,有"一幢好房子"、"一笔可观的收入",将来还要继承班奈特先生的地产。女继承人同样有价码:宾利小姐是2万镑,达西小姐是3万镑,韦翰放弃伊丽莎白转而追求的金小姐,也有1万镑的身家。这种种数字表明,在当时英国的上流社会,财产已经成为除血统以外最要紧的身份标志。正如托克维尔所言,金钱在这个时期的英国已经成为"实质性的权力",提供的不只是"物质享受",还有"身份、名望和愉悦的智力活动","在任何一个国家,不富有总是不运气的,可在英国,贫穷乃天大的不幸"。

伊丽莎白最好的朋友夏洛蒂·卢卡斯追求的正是这种实利婚姻。她心里很清楚,同柯林斯这样既"不通事理"、"又不讨人喜爱"的男子结合,实在是件"讨厌的事",但结婚是她"一贯的目标"、一条"体面的退路",是给自己安排

《傲慢与偏见》插图

的"最可靠的储藏室"。她愿意嫁给柯林斯,"完全是为了财产打算,至于那笔财产何年何月可以拿到手,她倒不在乎"。伊丽莎白对此相当失望。她没料到,被自己视为"领悟力极强"的闺蜜,竟会"完全不顾高尚的情操,来屈就一些世俗的利益",作出"自取其辱,自贬身价"的选择。

卢卡斯小姐为自己打小算盘找了一个借口:"婚姻是否幸福,完全要碰运气。"伊丽莎白不这样看。她拒绝柯林斯和认可达西,都是以幸福为前提。回绝柯林斯的理由直截了当:"你不能使我幸福,而且我相信,我也绝对不能使你幸福";而当她对达西的态度发生转变,"她感到了自己真正关心他的福祉",她相信自己有能力叫达西再来求婚,"问题只在于,她运用这个能力,究竟可以在多大程度上有利于他们双方的幸福"。可见,使自己和对方幸福,在伊丽莎白看来,是缔结婚约的前提。

什么是幸福?小说对于婚姻的思考,直指伦理学的核心论题。柯林斯与卢卡斯小姐的结合基于物质利益;而韦翰和丽迪亚则因为放纵的情欲走到一起。伊丽莎白以为,这种"只顾情欲不顾美德的结合",与"长久的幸福"无缘。将美德与幸福相联系,认为幸福必须建立在美德的基础上,这一观念,与亚里士多德在《尼科马可伦理学》中表述的古典伦理学思想遥相呼应。亚氏的《伦理学》指出,"幸福是美德","造成幸福的是合美德的活动,相反的活动则造成相反的结果",幸福与美德成正比,"因为一个人越是好,他配得到的就越多;一个人如果最好,他就配得到最多"。当代著名伦理学家麦金泰尔正因为看到奥斯汀与亚里士多德的契合,所以提醒我们:"当简·奥斯汀谈及幸福时,她是在亚里士多德的意义上使用这个概念。"

亚里士多德认为美德既有道德的,也有智性的,两者共同作用,才促成幸福。《傲慢与偏见》里的"美德"主要是道德意义上的,与之相类的词汇还有"高贵的品质"、"良善"、"原则"、"正直"等等。智性方面,奥斯汀另有一套语汇,比如"才干"、"悟性"、"判断力"、"理智"。伊丽莎白和达西在两方面都高于他们的世界,然而两方面也都存在缺憾。达西"傲慢,含蓄,爱挑剔","风度上不讨人喜欢"。他向伊丽莎白的初次求婚,与柯林斯可堪一比。两人都是盲目自信,盛气凌人,认为自己十拿九稳。如果柯林斯的求婚是小说中最滑稽的章节,那么达西这一次,则是最富戏剧性的场面。前一幕突出表现为智力不对等,后一幕则是感情不对等。达西虽情深意切,却也像柯林斯那样,对于对方的情感,一无所知。他根本不知道人家女孩对他不仅没有半点情意,而且他不得体的表白——觉得她门第低微,家里人行事不成体统,自己因为爱得热烈才不得不迁就等等,更冒犯了对方的尊严,加重了她原本就有的厌恶感。何况伊丽莎白还早就怀有偏见?

伊丽莎白"一向自负有知人之明,一向自以为有本领"。她的观察力确实比别人敏锐,只一眼就从柯林斯的浮夸文笔判定他可能头脑不清楚,只见一面就认清了凯瑟琳夫人专横傲慢的个性。可她看达西和韦翰竟然整个儿看反了!达西的信让她发觉,良好的自我感觉原来是幻觉。她检讨自己:"我的愚蠢,不在恋爱方面,而在虚荣心。开头刚刚认识他们两位的时候,一个喜欢我,我很高兴,一个怠慢我,我就不高兴。不论从他俩哪一个身上,我招来的都是偏见和无知,赶走的是理智。到现在这一刻,我才算有了自知之明。"这封信不仅让伊丽莎白认清了自我,还叫她看到真相:达西和韦翰一个"具有一切美德",另一个"徒有其表"。

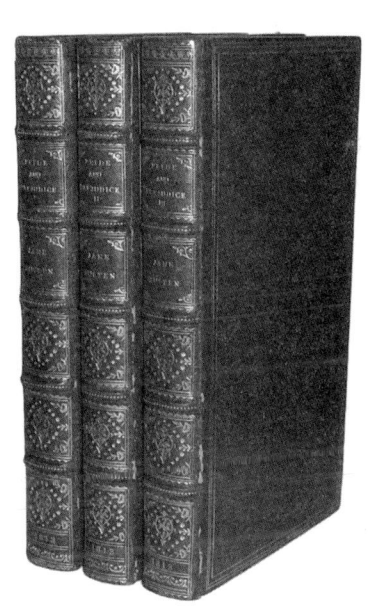

《傲慢与偏见》第 1 版

游览彭伯里庄园是小说的紧要关节。奥斯汀对于各类建筑往往一笔带过,在这幢"堂皇美观的石砌建筑"上却格外用心。从庄园的大环境到每个房间的布置,再到女管家对主人品行的夸奖,最后写女主人公对达西肖像出神的凝视,由远及近,由外及内,层层铺垫。如此,读者对伊丽莎白的情感变化,便不觉得唐突,反而觉得是顺理成章的了。游览又是整个小说严密结构中的一环。达西在这之前曾写信解释,之后有反思,有收敛,再往后,是他插手解决丽迪亚与韦翰的私奔事件,使班奈特一家免于门风败坏的危机。要知道,达西第一次求婚,对方说出了"哪怕世上只剩你一个男人,也别想说服我嫁给你"的狠话。这种情状下,换了任何一个功力稍逊的作家,必然得借助非常的手段,才能重新撮合两人的姻缘。可在奥斯汀的笔下,一切来得很自然。

喜欢英国小说的人很少不喜欢奥斯汀的,其雅俗共赏有如莎士比亚。在"雅"文化里,她早就有"散文莎士比亚"的称号,还有人说她是"英国小说伟大传统的奠基人"。在"俗"文化里,她也拥有数目惊人的铁杆粉丝。很多英语和非英语的国家都有声势浩大的"简迷会",喜欢奥斯汀就足以让相距遥远的人们成为知音。近几十年来,英美社会兴起一浪接一浪的奥斯汀影视剧热,与之相关的纪念品工业和拍卖市场也很火爆。文学经典和大众文化在奥斯汀身上能实现奇妙的统一,背后有诸多复杂的原因:有对经典的热爱,有对过往文化的向往,有自我理想的投射,也有商业利益的驱动,最重要的,当然还是作品本身的魅力。

伊丽莎白·班奈特小姐说:"我真正喜欢的人没有几个,我心目中的好人就更少了。"这未尝不是作者自己的心里话。奥斯汀的眼光挑剔,世间众相,芸芸众生,能入她法眼的人与物,其实不多。一个把世情参得如此之透,把人性看得如此之准的小妇人,却不落狭隘,不入偏激,既怡情养性,又立意高远,不能不说体现了有容乃大的气度。滋养气度的当然不是急功近利的造梦心态,而是19世纪英国那方历经数代人播种、耕耘、涵养,最终化育而成的文学和文化的沃壤。

乔治·奥威尔的文学、文化评论

徐 贲

乔治·奥威尔在《我为什么写作》中回忆道:"在很小的时候(大约五六岁),我就知道,自己长大以后要当作家。在17岁到24岁期间,我曾经想放弃这个念头,不过,我那时就明白,放弃写作,是强暴我的真实本性的,我迟早会安定下来,专门写书。"

奥威尔不喜欢知识分子的小圈子文化,他自己的文学评论几乎全都以受大众读者欢迎的作家和文学为对象,他讨论的狄更斯、威尔斯、吉卜林、马克·吐温,都是愿意为广大普通读者写作的作家,更早一些的作家,莎士比亚、斯威夫特、托尔斯泰,也是这样。除了这些广为人知的作家,奥威尔还很关心大众文化的亚文化作品,如男孩子读的周报、唐纳德·麦吉尔的漫画明信片、谋杀故事(《英国式谋杀的没落》)、儿童读物(《从班戈开始旅

乔治·奥威尔

行》)等。奥威尔的文论与其说是文学分析，不如说是一种以大众读者为关注点的社会分析。例如，在他对狄更斯的评论中，他对狄更斯作品能够吸引非知识分子读者群充满兴趣："就连鄙视狄更斯的人，也会不自觉地引用他的话。"让作品不知不觉地成为大众读者社会文化意识的一部分，这可以说也是奥威尔对自己写作的期许，他关心的种种政治和社会制度、文化、人性问题，以及他特有的那种清晰、精练、诚恳的文字风格都是他与尽可能多的读者保持联系的方式。

与奥威尔关注的那些广有读者的文学相比，20世纪的一些文学，尤其是诗歌，就明显是小圈子写作，诗人与普通读者之间是搭不上话的。相比之下，奥威尔更欣赏那些"表达了农民对生活的悲观态度和临终智慧"的民间诗作。那种貌似深奥莫测、其实是耍聪明的文学或学院写作，在任何一个时代的社会中都不少见。这种写作对社会的恶劣影响不仅危害文学，而且危害社会中的人本身。所谓的"高等文化"造成并强化人与人之间的差别和距离，比由阶级和财产造成的人间隔阂更难以消除。奥威尔不仅主张正义和自由，更主张一种知识、文学、文化的平等和民主。他反对小圈子文学，与他反对任何形式的精英特权是一致的，他不能容忍任何形式的自以为是和高人一等。

1938年至1942年间，奥威尔写作了一些最优秀也最轻松的作品。在《地平线》杂志上刊登的《唐纳德·麦吉尔的艺术》和《男生周报》奠定了他的批评随笔声誉。美国的《党人评论》把他介绍给美国读者，美国《争论》杂志后来也刊登了他更为严肃的政治—文学随笔，题材泛及语言的退化、政治和文学的关系等。

他讨论男生周报和漫画明信片画家麦吉尔的批评随笔是讨论大众文化研究的开创之作。奥威尔在香烟店和文具店里注意到的那些文化产品是一般知识分子不会注意，或者根本就是视而不见的。那些神秘的

"大众"或"群众",他们在阅读什么,欣赏什么?奥威尔独自发现了这些东西,带着同情、理解和热情去写这些东西,使它们蒙上了一层诱人的光彩。他对壁画、人行道上的粉笔画、报纸广告措辞和新闻用语都很感兴趣,对日常的公共语言更是具有敏锐的观察。在《政治与英语》中,他对假、大、空的政治语言有独到的分析,涉及政党小册子、报纸刊登的读者来信、各种常见的语言花招和欺骗手法。

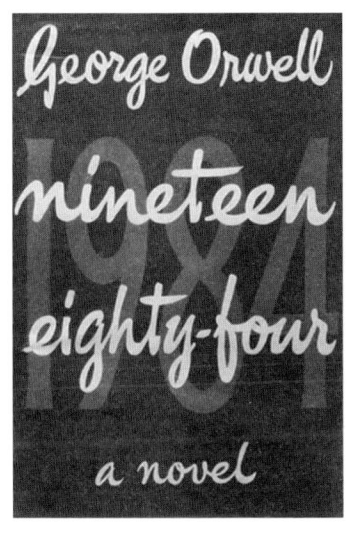

《一九八四》英文版

奥威尔关注写作和语言的公共性及其对普通人思维和行为的影响。他讨论作家、作品的文章也都体现了这类关心,不能只当做是纯粹谈文学的"文学批评"来阅读。它们并不是一般意义上的"文学批评",就像他的《动物农场》和《一九八四》不是一般意义上的"想象性文学"(小说)一样。他的"文学批评"和"小说"都是他所见证的、经历的事件和问题的真实呈现,带着一种很实用的目的。这种实用目的是一种局限,但也是一种力量。他的文学随笔更不是那种学院式空头论文,他追求的不是学究论述的四平八稳,而是畅所欲言,怎么想,就怎么写。他的想法是从自己特定的政治立场出发的,读者要接受他的看法,就得赞同或至少理解他的立场。奥威尔的一些文章已经时过境迁,当年发表时相当应时、新鲜的题材,在六七十年后的今天,读者们也许只能从历史存证的角度去阅读它们,《萨尔瓦多·达利》和《莱佛士与布兰迪什小姐》就是这样。应该说,涉及大众文化或时新文学的评论文章都很难逃脱这种窘境,这与报刊时论是差不多的。19世纪广有读者的英国作家查尔斯·里德,到了

20世纪初已经很少再有读者,奥威尔的《查尔斯·里德》对于今天还知道里德的读者来说可能是一个惊喜。

奥威尔讨论作家、艺术家,总是集中在对问题的分析上面,而不是就对象进行简单的褒贬,这形成了他的议事风格。萨尔瓦多·达利是一个极富争议的画家,对他的批评一直两极分化,奥威尔关心的是应该如何看到达利身上表现的时代集体病证:"问题不在于他是个什么人,而是他为什么会那样做……达利是世界所患重病的征象。重要的不是去谴责他是个应受鞭笞的粗坯,也不是把他赞美为不受质疑的天才,而应该去找到他展示特定变态的原因是什么。"作家沃德豪斯被指控为纳粹德国做宣传来换取自己的自由,落下了一个法西斯分子的骂名,著作在英国成为禁书。但是,奥威尔认为:"1941年发生的那些事情,最多只能使我们说沃德豪斯很愚蠢。真正有意思的问题是,他为何如此愚蠢。"对像沃德豪斯这样背时的作家,当然还有像吉卜林这样不讨人喜欢的作家,奥威尔都能以一种就事论事的态度来为他们"辩护",相反,对甘地这样似乎有口皆碑的"圣人",他倒反而是"出言不逊"地表明了批评的立场。

奥威尔的批评风格是一贯的,始终影响他自己的写作取向,他总是受到一种写作之外的力量的左右,所以写作的形式、审美意趣对他来说都不是一种目的,他也从来不会为写作技巧本身而去追求完美。哪怕在讨论其他作家的时候,即使有精致艺术的一面,他也会一掠而过,不再去理会。他讨论诗人叶芝,开篇谈到他的艺术特征时,说到"古词"、"矫揉造作"和"滥俗之词",给人一种随便挑毛病的感觉。但是,在谈到题材、思想,尤其是叶芝与法西斯和极权思想的关联时,他的批评马上集中到了叶芝对"民主的仇视"。

奥威尔讨论狄更斯的评论同样是从时代意义着眼,这是所有评论中最长的一篇,显然是一个他喜爱的题材。今天看来,这个评论未必有什么深刻的新意,但读起来却很有意思。这是因为奥威尔和狄更斯之间有不少相似之处,例如,他们都痛恨压迫、欺凌,都对普通人的日常生活细节感兴趣,提倡关爱、同情这样的习俗美德。他们都痛恨不道德的事情,同时也都知道,愤怒过了限度,看起来大义凛然,其实已经成了装腔作势,或者甚至伪善。他们进入生命晚期的时候,都变得越来越悲观失望。奥威尔说,狄更斯对人物的心理细节不太感兴趣,因为作家有的擅长描写性格,而有的则善于把握本质,狄更斯属于第二种作家。奥威尔自己的小说也是这样。

"文尼莎拥有我渴望的一切"：
贝尔绘画艺术对伍尔夫小说的影响

杨莉馨

  中外文艺史上，诗中有画、画中有诗的例子不胜枚举。20世纪现代主义文学与视觉艺术的关联，在英国小说家弗吉尼亚·伍尔夫的身上体现得尤为显著。作为以视觉艺术为关注核心的精英知识分子群体"布鲁姆斯伯里文化圈"的主要成员，伍尔夫的美学观念与小说实验深受以绘画为代表的视觉艺术的濡染。在这其中，伍尔夫挚爱的姐姐、画家文尼莎·贝尔具有举足轻重的地位。作为伍尔夫生命故事中的永恒主角，贝尔除了是妹妹书信、日记与传记的绝对中心和众多小说人物的原型，更以职业画家的身份对伍尔夫的创作提供了启迪。

  贝尔是莱斯利·斯蒂芬夫妇的长女，艺术评论家克莱夫·贝尔之妻，艺术评论家罗杰·弗莱曾经的情人和画家邓肯·格兰特的终身伴侣，20世纪早期英国著名的画家和装饰艺术家，"布鲁姆斯伯里文化圈"中的灵魂人物。作为陪伴与照顾伍尔夫长达59年的姐姐，她是作家生命中最重要的人物之一，也是她崇拜、依赖与微妙嫉妒的对象。早年在给姐夫的信中，伍尔夫即如是说："文尼莎拥有我渴望的一切。"她的创作，似乎可以看做以文字的形式在模仿姐姐拥有的一切。体现在作品中，伍尔夫在贝尔肖像画、静物画和风景画的基础上，分别绘写出了语言的肖像、存在于文字中的静物和心灵的风景。

定格生命中"存在的瞬间"

贝尔肖像画的基本特征是放弃对外貌细节的追逐,着意捕捉与呈现人物个性化的本质。这一点,与1910年后印象派绘画从欧陆传入英国后、画家有关人物真实的观念以及如何表现人物本质的理解发生了变化有关。关于之后贝尔的创作变化,她的传记作家弗兰西丝·斯帕尔丁写道:"她先前限制自己主要画肖像与静物,现在,她画那些随心所欲的图形,例如街角的交谈或沙滩上的人像等。一般而论,肖像变得更为非正式,姿态的变化更少;对表现对象的捕捉更具瞬间性,图像有如快照,视野出人意料。"

20世纪20年代后,贝尔的肖像画更加追求神似,不少人物不仅缺乏细部的具体特征,甚至显得面容与身形模糊,只剩下粗线条的轮廓,典型例子可举1912年的两幅作品《弗吉尼亚·伍尔夫》和《弗吉尼亚·伍尔夫在阿希汉姆》。前一幅画面中,中性与温暖的色彩、各种三角形与圆形线条和光线出色地混融,显出高度的抽象性;后一幅画面尽管面部轮廓稍有呈现,但依然缺乏细节描摹,妹妹的形体被简化为一系列的形状与色彩,与人物所躺的椅子以及蓝色背景交相辉映。1913年,贝尔又完成了《利顿·斯特拉奇的肖像》。画面上的斯特拉齐黄皮肤黄衬衣,橙红色的帽子和胡子,绿色的外套,坐在蓝色的椅子里,正在读一本红封面的书。贝尔在此运用丰富而鲜明的色彩,勾勒出简约的面部与身体轮廓,反而使观者对这位传记大师留下了深刻印象。

伍尔夫同样认为写作要摒弃纷繁的物质表象,在对自然与生命本质

《贝尔一家》

的探求中定格人类"存在的""有意味的""瞬间",通过人物的瞬间感悟揭开生活的面纱,触探生命的哲理。如在小说《到灯塔去》中,女画家莉丽急于描绘出拉姆齐夫人和小儿子在一起的母子图,但她又深知人的内心仿佛深不可测的宝藏,于是采用了极简手法,尝试以一个紫色的三角形来象征永恒和谐的母子关系。在《时光流逝》部分,作家同样采取了高度简约、抽象因而更具象征意味的写作手段以表达时光无情、世事无常的主题;到了《海浪》中,与作家存在隐秘联系的人物罗达多次说到自己"没有面孔"、"没有自己的面目"、"我没有自己的面目",另一人物伯纳德也说:"随着寂静的坠落,我被完全销蚀融化,变得面目模糊,几乎跟任何人都一模一样,难以分辨。"这些面目模糊甚至空白的人物和贝尔肖像画中的人物别无二致。因此,在调动各自的艺术手段超越物质主义,以求达到对生活与生命本质的理解方面,斯蒂芬两姐妹有着高度的一致性。

以文字传递后印象主义

贝尔还创作了大量将日常家居什物,尤其是餐桌上与厨房内的陈设视为审美静观对象的静物画。在弗莱形式美学的熏陶下,她深受塞尚形式处理技法的影响,注重通过对什物(如洋葱、苹果、鸡蛋、花瓶、牛奶罐、调味瓶等)位置、形体、色彩、明暗远近等对比关系的精心研究,以高度概括、简约的能力,用画布上的轮廓线创造出独特的造型效果。代表作如《壁炉架一角的静物》《碗中的苹果》《厨房中的静物》《花卉与玻璃罐》等。伍尔夫曾在日记中记录了自己和弗莱以及克莱夫·贝尔共进晚餐,聆听弗莱分析塞尚及德拉克洛瓦等人的绘画构图与设计的全过程,尤其是关于塞尚画作《高脚果盘》的分析,并进一步琢磨那些苹果何以"真的变得越来越红、越来越圆、越来越绿"。

因此,和姐姐一样,伍尔夫喜欢在小说中描写餐桌上或厨房内的陈设。《夜与日》中对凯瑟琳·希尔贝里家餐桌的描写就是一段以文字描摹静物的精彩实例;稍后凯瑟琳的堂妹卡珊德拉眼中的餐桌同样体现出高度的视觉化特征;最著名的当然还是《到灯塔去》中的描写:作为审美而非食用对象的水果,成为塞尚和贝尔静物写生的文字重现:"那孩子把果盘装点得多美,拉姆齐夫人在心中惊叹。因为露丝把葡萄、梨子、香蕉和带有粉红色线条的贝壳状角质果盘装潢得如此美观,令人想起从海神涅普杜恩的海底宴会桌上取来的金杯,想起(在某一幅图画里)酒神巴克思肩上一束连枝带叶的葡萄,它和诸神身上披的豹皮、手中拿的火把放射出来的鲜红、金黄的火光交相辉映……"更值一提的是,以伍尔夫母亲和姐姐为原型的拉姆齐夫人同样是以画家的目光来欣赏这一切的:"她的目光一直出没于那些水果弯曲的线条和阴影之间,在葡萄浓艳的紫色和贝壳的角质脊埂上逗留,让黄色和紫色互相衬托,曲线和圆形互相对比……"《海浪》和其他作品中同样出现了多幅光影斑驳的餐桌静物图。

"我们拥有同一双眼睛"

同在肖像画中一样,贝尔亦不喜欢风景画中有逼真的细节,相反更多调动想象,以营造强烈的情感效果。著名的《斯塔兰德海滩》即以紫色、橙色、深褐等简洁色块、几何图案与为数不多的人体轮廓线组合而成;《围屏风景》同样以遒劲、简约的线条与大幅色块传达出强烈的情感意味。

强调内在真实、注重"精神主义"的伍尔夫十分欣赏姐姐的风景画,姐姐表达心灵风景的美学观念同样被伍尔夫运用在文学批评和自己的创作中。她指出:"细描法是展示一个景物的最糟糕的方法。"虽说丁尼生有可能最准确地描摹了秋天的风景,但"如果要说是表现了秋天的全部精神的话,我们还应该到济慈的诗歌中去找"。她同样称赞夏洛蒂·勃朗特小说《维莱特》结尾处的风暴描写,"携带着情感,点亮了全书的意义"。她自己的小说《达洛卫夫人》中,无论是达洛卫夫人还是她从前的恋人彼得·沃尔什一路所见的风景,均打上了人物精神活动与特质的印记;《到灯塔去》中同样充满了主观印象强烈渗入的后印象派风景抒写。

贝尔风景画,包括装饰画以及为妹妹作品设计的封面常常还有一个特点,即喜用窗口为视点,以窗框为画框,描画窗外的田园风景。这一特点的形成既与贝尔热爱乡居生活有关,亦与她长期在查尔斯顿或其他乡间居所的工作室内作画有关。这方面的代表作如1921年的《带桌子的室内风景》等。另一幅表现女性在窗边的私人空间密谈的大型油画《交谈》,启发伍尔夫后来撰写了思考女性艺术家困境、探索女性创造力的《一间自己的房间》《奥兰多》及《妇女的职业》等随笔与小说作品。

窗外超越尘世之美,常能创造宁静的气氛,使人摆脱身边的烦恼、混乱与压抑,获得精神上的满足与自由,所以伍尔夫笔下的人物常有从窗口凝视窗外的行为,如《远航》中初涉世事的雷切尔因舱内男人们有关宗教的讨论而困惑,故凝视窗外以使自己获得平静;《夜与日》中,女主人公凯瑟琳亦会习惯性地凝视窗外,以逃避室内场景给她带来的尴尬处境;《海浪》中的苏珊通过凝视窗外"蓝色的景象"以逃避学校压抑刻板的生活。

《弗吉尼亚·伍尔夫在阿希汉姆》

反过来,窗外风景亦能发挥折射人物心境的功能,如《夜与日》中,拉尔夫希望凯瑟琳从他的卧室窗口看出去时能喜欢城市的风景。当她离去后,他再度站到窗口品味她眼中的风景,由此意识到自己对她的爱情;在《到灯塔去》和《岁月》中,"时光流逝"的意识和个体的孤独感也通过人物在窗边的流连传递了出来。

"布鲁姆斯伯里文化圈"几乎就是"一个画家的世界",而贝尔是这个世界中的女王,伍尔夫正是在这里学会了使用作为一名作家的"调色板",通过对姐姐多种绘画形式的模仿与回应表达了对姐姐忠诚的爱。当斯蒂芬姐妹均已年近六旬时,伍尔夫在信中对姐姐感叹:"你是不是觉得,我们拥有同一双眼睛,只是眼镜有所不同?我宁愿认为,比起一般姐妹间该做到的那样来说,我和你的关系更加亲密。"正是这种亲密关系造成的影响,使得克莱夫·贝尔准确地概括说:伍尔夫"几乎像是画家一般的视觉……正是将她与其他所有同时代人区别开来的东西"。通过考察斯蒂芬姐妹间的诗画联姻,我们得以更加深入地理解伍尔夫独特艺术风格的由来。

王尔德：
唯美主义理想的寂灭

沈大力

    1895年1月，《圣詹姆士》杂志发表了关于奥斯卡·王尔德的一篇"采访录"，题为《王尔德论王尔德》。经查实，这份文献原是王尔德"自助"，伙同其秘书兼"同志"罗伯特·洛斯蓄意炮制的，时间在他观看了自己的剧作《理想丈夫》巴黎首演之后，其中还煞有介事地描绘受访人不时面露微笑的情态。访谈中，王尔德借一位年轻诗人之口，说自己的三部剧作《理想丈夫》《温德米尔夫人》和《莎乐美》"仿佛绿茎上的白玫瑰"，均为他对生活和艺术所怀唯美理想的艳葩。

    作为一个那喀索斯式的人物，王尔德如此孤芳自赏，毫不足奇。然而，他的同时代文士勃罗兹·彼埃赫斯却对这位"唯美主义"的化身颇为不敬，喻之为"智力水母"——一个浮泛的空空幻影。彼埃赫斯指斥王尔德"在荒诞的庸俗"中口吐溢美之词，实则言之无物，倒是满嘴诳语，令人生厌。在他眼里，王尔德只不过是"粪土堆上的一只草鸡"，竟然也想展鹰翅飞翔，厚颜企望像斯威伯格、罗塞蒂、莫里斯等艺坛秀士一族那般"名署上清"，鄙夷可谓至矣！另一位批评家切斯特顿在王尔德逝世后，于1909年先于英国当局承认他是一位"伟大的艺术家"，但同时又说他是个"招摇撞骗的方士"。切斯特顿揭示王尔德的言行矛盾，

奥斯卡·王尔德

说:"他声言艺术家不应为资产者服务,但实际上没有人比他为资产者效劳更多了。"

王尔德生不逢时,仅因同性恋被判"劳教"两年,刑满出国,惨死异邦。今人可以去巴黎拉雪兹神甫公墓为他凭吊。王尔德的墓十分简陋,说来只不过是用一块不甚加雕饰的硕大花岗岩压在上面,一尊先锋派的卧像。游人能从背面一段刻得很不清晰的英语铭文看出此处埋葬着《莎乐美》的作者。

当下,欧洲流行起一种新的"世纪病",曰"自恋癖",语出勒卡密埃20年前的著作《精灵起源》,现今被用来阐释从美国涌入欧洲的"吸血鬼"潮流,一种正在弥漫西方社会的奇异现象。按勒卡密埃等著书分析,当代社会是一座"邪恶制造厂","人对人是只狼",要吸人血才能在竞争中适者生存。这里,所谓"吸血鬼"指在人际关系中实施"心理骚扰",造成对方的"精神畸形"。目前,有"自恋癖"、自称"吸血鬼"的年轻人数目已经逾万,为患周边90%的人群,人称此为"道连·格雷综合征"。读过王尔德作品的人知道,《道连·格雷画像》是他文学生涯中创作的唯一一部小说。故事的主角患"自恋癖",阴险逼死自己的女伴侣,为最早的"情感杀手"。据此,法国《新观察家》杂志将王尔德列为"自恋癖"的始作俑者。正是王尔德最早用文学笔法披露了今天在欧洲社会肌体里恶性膨胀的精神毒瘤。从文学社会学观点来看,王尔德的作品并非像一些文论家认定的那般"空虚难堪",至少从客观上还是反映了英国维多利亚时代的真实世界,到今日又显露出作者先觉的深层社会意义,一定程度上丰富了世界文学,因而整整一个世纪后又引起人们的反响。

再者,王尔德的美学观念影响了19世纪后半叶的英国艺术发展,其剧作挽回了维多利亚时代戏剧舞台的颓势,也是不可否认的事实。2011年夏天,伦敦"维多利亚与阿尔贝特博物馆"组织了题为"美的崇拜与唯美运动"展览。去年9月至今年1月,巴黎"奥赛博物馆"又举办了"王尔德时代英国的美、道德与欲念"展览,通过不少绘画与装饰艺术作品精辟地介绍了19世纪英国的"唯美运动"以及它同王尔德的密切关系。这场历史运动冲决维多利亚女王统治下工业化生产带来的纯物质主义,追求艺术生活与创作中,特别是女性形象的一种"新鲜

《莎乐美》封面

美感",涌现出惠斯勒、罗塞蒂、莫里斯、伯恩·琼斯、莱顿·莫尔、瓦茨等组成的唯美星座,辉映出前拉斐尔派复古的灵光,从而在绘画、雕塑、陶器等工艺装饰领域全面开花,王尔德便恰是其中的北辰。

奥赛博物馆的展览推出了惠斯勒的《白衣少女》和《瓷乡公主》、莱顿的《蓓沃尼娅》、伯恩·琼斯的《格罗韦斯诺画廊》《生命轮》等一幅幅维多利亚时代的绘画名作,连同以紫丁香、向日葵、孔雀羽毛、中国白瓷和青瓷,以及日本折扇作为唯美特征的装饰工艺精品,既将那个时代的

英国贵族女性理想化,又流溢出华夏艺术雅韵,可谓东西诗画的曼妙合璧。展览作品中突出一幅塞若尼绘的《奥斯卡·王尔德画像》(现存伦敦国家肖像画廊),以他仰靠安乐椅在艺苑里沉思的形象表示此君为"唯美运动"精神领袖,比诗人斯维伯恩更为俊俏潇洒。整个美展各部分都配有王尔德语录,分章节诠释"唯美运动"的主导思想和性感沉郁的格调。

王尔德的唯美主义思想原从法国的高蹈派"为艺术而艺术"思潮舶来,在伦敦一下泛起潮音。1835年,泰奥菲尔·戈蒂埃为自己的小说《莫班小姐》写了一则长篇序言,详细阐述他"为艺术而艺术"的理论。他明确提出"功利,丑陋也!"的口号,唾弃艺术领域里的实用主义。依他的见解,艺术必须摆脱一切实用主义、道德风纪和宗教信仰方面的挂虑,去除艺术说教观,寻求纯真的美境。王尔德、斯维伯恩和惠斯勒等人本来就有唯美倾向,很容易就接受了戈蒂埃的主张,将之变为英国"唯美运动"的纲领,得到戈德汶、威廉·迈克和德莱赛的响应。起初,他们被正统派斥为"波德莱尔式的'下流'"、"淫荡"与"酷虐",贴上"离经叛道"的标签,又遭到坚持艺术社会性的"艺坛马克思"约翰·罗斯金的尖锐批判,但在1877年格罗韦斯诺画廊组织唯美艺术作品展后日益兴盛起来,王尔德显然在其中起到了关键作用。他竭力鼓吹"唯美主义"的理想,到处开演讲会,让人相信该运动并非像罗斯金所指责的那般"浮浅"和"不道德",反而是给"为艺术而艺术"开辟了一个净境。

早在牛津上麦德岱伦公学时,王尔德就确信自己将来会成为审美家。1881年,他发表第一部诗集后到美国过海关,趾高气扬地向关务人员挑衅:"我无可申报,除了本人的天才。"至少,马塞尔·普鲁斯特称他为"一个稀奇的人"。确实,当他被问及对英国女王的看法时,竟然满不在乎地答道:"女王可不是个话题。"对一些不合时宜的人,他则俏皮地回敬:"噢！很荣幸,鄙人有千言万语不必对你们诉说。"在他看来,艺术家不应当将自己贬低为"公众的奴仆",谦卑倒是伪善者的品格。艺术家的义务与特权不外乎肯定自我。当话题涉及剧作被英国当局查禁一事时,他坦言:"我的剧本《莎乐美》遭禁演一事,本身就足以表明审查机构无所事事。倘若美术家都得把自己的画作交给官僚们审看,那么注重形式和色调的艺人就不得不采取另一种表达方法了。如果每一部小说必得由行政官员来判断,热衷于想象者势必要寻求一个新的创作模式。任何艺术都不可能在审查的摧残下生存。新闻记者们宣扬艺术家的责任在于取悦公众,可艺术之目的正在于艺术本身。"他信奉"为艺术而艺术",强调:"法国的文论家一般都是有文化、懂文学的人。在法国,是像泰奥菲尔·戈蒂埃那样的诗人在从事文艺评论。可在英国,操此业的人士出身没有那么高贵,既无才华又无能力。他们具备道德资格,可缺乏艺术格调。戏剧是一门很复杂的艺术,评论它需要很高的文化素养。任何一个人如果缺乏对其他艺术形式的感受,就不能够进行评论。"这方面,王尔德记述了自己跟当时一个法国名演员高柯兰的一段对话。

——王尔德先生,何谓文明?
——对美的热爱。
——何谓美呢?
——资产者所称的丑陋。
——资产者所称的美又是什么?
——它根本就不存在。我的悲剧嘛,就是只有风格。雨果和莎士比亚耗尽了所有的主题。旁人已经无法再独创,即使坠入罪孽深渊。诗歌为理想化的评议规范,而艺术则是一股骚动。

人说王尔德视人生为戏剧舞台,始终都作为剧中人物在演戏。这无非是极言其玩世不恭,可他确是一个文如其人的戏剧家。在高柯兰问他曾受到哪些文坛先辈影响时,王尔德斩钉截铁地回答:"归根结蒂,不才希望一劳永逸地声明,本世纪没有任何一位戏剧家在我身上产生过哪怕最微不足道的影响。只有两位戏剧家引起本人的兴趣,即雨果和梅特林克。散文和诗歌方面,除了希腊和拉丁作者外,还有济慈、福楼拜和瓦尔特·佩特对我有所触动,可惜跟他们都相遇恨晚。因为,自己已经走过了一半路程,风格沁入灵魂,难以再借鉴他人了……至于现实主义倾向,鄙人实在毫不沾边。现实主义只不过是个背景,不能成为一部属于艺术性的剧作主题。我把《理想丈夫》的人物罗伯特·齐尔顿放在上流社会里,只因自己对这一社会的面貌最熟悉,写起来相当顺手罢了。"

王尔德墓:吻

王尔德最著名的剧作是他 1893 年用法文写就的《莎乐美》。奥勃雷-文森特·贝茨莱为该剧的剧本画了一个封面,绘形绘色地概括了整个剧情。画幅上,莎乐美捧着施洗约翰的头颅,露出爱恨交集的矛盾表情,下边一朵水仙花为自恋者那喀索斯死后幻化的征象。根据《马太福音》和《马可福音》,犹太公主莎乐美爱恋施洗约翰不得回应,由爱生恨,在其母怂恿下,要求叔父下令把耶稣门徒约翰斩首,将头颅置于一银盘中,让她手托银盘在叔父面前舞蹈。王尔德的《莎乐美》即取材于此,在巴黎由名伶萨拉·贝赫纳尔主演,后于1905年由德国作曲家理查德·施特劳斯谱成歌剧。莎乐美遂成为凶险女性的形象,在现代好莱坞影片里嬗变成女吸血鬼,进一步加深了王尔德的"道连·格雷综合征"色彩。

追溯根源,王尔德的怪异和自负自恋都与其家庭环境密不可分。1854年,他诞生在爱尔兰的都柏林市,父亲是考古医生,母亲是喜欢作诗的新教徒。夫妇俩已育有一子,期待能有个女儿,但生下奥斯卡·王尔德又是个男孩,非常失望,于是硬将儿子当女儿养育。及长,王尔德仍身穿小腰身绯红女式大衣到美国,回伦敦时换装成西部牛仔夸示身段,奇装异服,神气十足。他娶康妮·洛伊德为妻,也尽显怪诞气质,很快闻名遐迩,又陆续发表《亚瑟·萨维尔罪恶录》《贵在始终如一》《谎言衰朽》《意欲》等一系列文学作品,成为伦敦上流社会的谈资和宠儿。他个人此类奇异表演无疑助长了"唯美运动"在英伦三岛的蔓延滋长。可曾几何时,他绰号唤作"波希"的另一"同志"阿尔弗莱德·道格拉斯勋爵浮出水面,勋爵的父亲钦斯贝里侯爵深为儿子的行径感到耻辱,将王尔德告上法庭。被告经一番抗辩败诉下狱,于1897年在牢里写出《瑞廷狱中吟》,化名塞巴斯蒂安·麦勒莫思抒发怨情。随着王尔德这颗艺术之星的陷落,"唯美运动"也日薄西山,被扣上"颓废"帽子,就此一蹶不振。

王尔德出狱后无法继续在祖国生存,只得流亡到巴黎。在巴黎,尽管有著名作家纪德惜才,给王尔德些许照拂,但流亡者终于在极度的孤独中,于1900年无声无息地寂灭,享年46岁。王尔德生时,英国批评家威廉·阿彻曾撰文说:"对王尔德的个人崇拜正在吞没艺术家王尔德。"王尔德这位英伦那喀索斯终生宛如一片过眼烟云,难免幻想气泡破裂,唯余《快乐王子》里渔夫对美人鱼情愫忧郁的惋叹。到21世纪的今天,英国当局已经颁令为王尔德正式"平反",恢复名誉。不仅如此,他殁后再度成为众多人群崇拜的美学偶像。巴黎拉雪兹神甫公墓王尔德墓前,游客川流不息,个个竞相在那块花岗岩墓石上献上热吻,留下片片玫瑰花瓣似的唇印。从"奥赛博物馆"展览会来到王尔德墓前,静观朝圣粉丝,我不禁暗忖:"都云逝者美,谁解其中味。"

《戈尔丁:撰写〈蝇王〉的人》:
怎样定义作家戈尔丁?

李道全

2011年是诺贝尔文学奖得主威廉·戈尔丁(1911—1993)的百年诞辰。英国埃克塞特大学举办了纪念戈尔丁百年诞辰大会,探讨戈尔丁的文学创作。在这之前,英国牛津大学荣休教授约翰·凯里交出了一份厚重的作品——《戈尔丁:撰写〈蝇王〉的人》。这是国际图书市场上的首部戈尔丁传记,以近600页的篇幅详细记录了戈尔丁的生平。这部传记的问世弥补了戈尔丁传记资料的空缺,为今后的戈尔丁研究注入了新鲜血液。

在诺贝尔文学奖的盛名之下,戈尔丁是文学和出版界高度关注的对象,但是他的传记却姗姗来迟。凯里在传记开篇就交代了缘由:首先,戈尔丁本人羞涩内向,在世期间不愿意别人为他著书立传。不仅如此,他对传记持有很大的偏见,他曾坦言:"参考书目为书籍而编,而自传是为坏蛋而

威廉·戈尔丁

写。"其次,戈尔丁去世之后,他的档案和费伯出版社的档案都没有对外公开。在得到戈尔丁的女儿朱蒂·卡弗的邀约后,凯里获得授权,可以自由查阅戈尔丁家族和费伯出版社保留的大量文献资料。这一便利的研究通道,从文献资料层面上确保了传记内容的饱满,为传记的真实性奠定了基础。

在英国文学评论界,约翰·凯里的确是戈尔丁传记作者的最佳人选。戈尔丁获得诺贝尔文学奖之后,费伯出版社就曾委托他编撰纪念文集。凯里不仅亲自采访了戈尔丁,还邀请福尔斯、麦克尤恩等当代作家投稿,顺利推出了文集《威廉·戈尔丁:其人其书》。这番经验也让凯里对戈尔丁有了较为深刻的认识。历经3年的考据和笔耕,凯里著述的传记终于问世,成功地将一个更为丰满的戈尔丁形象展现在读者面前。

在这部传记中,凯里按照戈尔丁的生平和创作时间,分31个章节来系统介绍作家戈尔丁,信息量极为丰富。在开篇3个章节,凯里追溯了戈尔丁祖父母与父母的生平,从家族源头找寻影响戈尔丁成长的种种元素。除了家族不太乐观的经济状况之外,父亲亚历克对戈尔丁的发展至关重要。父亲对宗教持怀疑态度,对英国社会的阶级差异多有批评。这些家族信息在以往介绍中并不多见。从第4章开始,戈尔丁成为主要关注对象,凯里特别介绍了戈尔丁一家的住所——马尔堡格林街29号。这处住所给戈尔丁的童年留下了阴影,让他早早地感受到了英国社会的阶级差异。

阶级地位同样影响到了戈尔丁的学生生涯,这在传记里都有翔实记录。由于家庭经济拮据,戈尔丁无法入读费用昂贵的私立学校,只能在马尔堡文法学校求学。这样的教育背景也让他成为牛津大学校园的异类,因为牛津当时主要招收私立学校学生。在牛津大学布拉斯诺斯学院1930年招收的70名学生当中,仅戈尔丁一人来自文法学校。这样的阶级身份让戈尔丁备受冷落,大学生涯苦闷不堪。等到大学毕业以后,幸运之神似乎也没有眷顾他,他无奈地前往威尔特郡,从事不太热衷的教师职业。从教期间,戈尔丁笔耕不辍,但是他的作家梦想因"二战"而耽搁下来。虽然他大学期间发表了《诗集》,但是现实生活让他离英国文学圈子越来越远。他的小说初稿先后遭受20多家出版社的拒绝,直到他的伯乐蒙泰斯的出现,戈尔丁的文学生涯才出现转机。

凯里在传记中详细描述了戈尔丁的人生转机,而这也是传记中的最大亮点。蒙泰斯可谓是他的伯乐与知己。正是因为他的干预,险遭淘汰的小说《蝇王》最终成功出版,为戈尔丁的文学梦想打通了出路。作为图书出版发行人,蒙泰斯对待书稿极为负责。除了认真审读戈尔丁的稿件,他还给戈尔丁提出很多修改意见,帮助他将小说从初稿修改到现行版本。可以说,蒙泰斯是小说《蝇王》的助产士。小说出版之后,蒙泰斯通过自己的

《蝇王》英文版

社会关系,将《蝇王》介绍给当时的英国文学泰斗艾略特,并积极展开宣传和评介工作。尽管小说《蝇王》得到艾略特的认可,也获得书评界的赞誉,但小说的市场销售情况不温不火。在英国市场,《蝇王》算不上畅销书;在美国市场,《蝇王》最初的销量更不理想。但是,10年之后,《蝇王》的简装本问世并开始热销,而评论界对这部作品的态度也发生了转变。一些最初不太看好《蝇王》的评论人开始盛赞这部小说的成就。最

终,小说经受住了时间的考验,也肯定了戈尔丁的创作与蒙泰斯的眼光。

蒙泰斯不仅帮助戈尔丁实现了作家的梦想,还持续关注他的文学创作和作品接受情况。继《蝇王》的初步成功之后,戈尔丁得到较多邀约,但是蒙泰斯建议他保持作品的质量,不要为了金钱而降低水准。虽然戈尔丁当时经济仍不宽裕,他还是采纳了蒙泰斯的建议,审慎处理第二部小说,推出佳作《继承人》。初期的合作带来了实质性收益,所以戈尔丁在整个创作生涯中都与蒙泰斯保持通讯。蒙泰斯不仅提供了出版机会,还对初期的创作设想提供意见。从出版社的角度考虑,蒙泰斯多次邀约戈尔丁的书稿,同时他又极为耐心,给戈尔丁创作的自由空间和时间。一旦作品出版问世,蒙泰斯便对作品的市场接受情况保持高度关注。他甚至从评论界甄选优秀的评论家,请他们为戈尔丁的作品编写注解读本,这些措施让戈尔丁逐渐成为文坛大腕。低调的戈尔丁和蒙泰斯的友谊一直保持下来。正是由于这样诚挚愉快的合作关系,费伯出版社也成为戈尔丁终身合作的伙伴,帮助戈尔丁推出了一系列文学作品,使其转型成为专职作家。

在蒙泰斯的帮助下,戈尔丁的后续作品逐一出版,并获得了英国布克文学奖、诺贝尔文学奖。作为传主,戈尔丁的生平与创作经过占据了传记的主体,但伯乐蒙泰斯也是传记中频繁亮相的人物之一。戈尔丁获得诺贝尔奖之后,蒙泰斯也成为出版界的传奇人物。作为戈尔丁成功的幕后推手,蒙泰斯也鼓励戈尔丁撰写自传。戈尔丁也承诺无论是否亲自执笔,都会有一部传记作品问世,但是这一诺言未能及时兑现。凯里的这部传记可以算是一本迟来的传记,兑现了戈尔丁生前的承诺。

作为戈尔丁的第一部传记,《戈尔丁:撰写〈蝇王〉的人》当然不忘细数了戈尔丁的作品。在这个基础上,凯里拓宽视野,持续关注那些作品在评论界和图书市场的表现。这在戈尔丁的成名作《蝇王》一书上体现得淋漓尽致。凯里以明确的统计数据和多元的市场回音,记录了这本小说逐渐被市场批评、接受并逐步国际化的过程,从而反映出小说作者影响力的扩散。在后记中,凯里指出,在当今的文学市场,《蝇王》的名字明显比戈尔丁要响亮。仅在英国,小说《蝇王》已经售出两千万本。其实,戈尔丁本人对此现象也表示苦恼。《蝇王》的成功固然可喜,但是它遮蔽了他的其他优秀作品,成为难以摆脱的标签。因此凯里所著的传记也试图挖掘戈尔丁的生平材料,超越《蝇王》来看待戈尔丁的文学遗产。在拟订传记题目的时候,凯里又刻意采取了讽刺手法,再次强调《蝇王》。然而,撰写《蝇王》的人是否就能够定义作家威廉·戈尔丁?这本厚重的传记就是一个很好的回答。

伊夫林·沃：
没落贵族小说家的一生

高继海

英国小说家伊夫林·沃（1903—1966）出身于书香门第，其父亲是一家出版公司的资深编辑，其兄是一位小有名气的小说家。沃的作品今天仍然被人们所喜爱，主要缘于其简洁明快的文体和辛辣入木的嘲讽。

伊夫林·沃

就个性而言，伊夫林·沃属于争强好胜之人。他在平静、富足、安乐的环境中度过了童年，但是恃强凌弱似乎是他家族的特点，也是他个性的组成部分。后来沃认识到这样做会受到人们的鄙视，就极力掩饰。他在学校里尽力好好学习，获得了认可和尊重。但他性情孤傲，瞧不起智力平平的同学，因此没有朋友，感到十分孤独。沃在牛津大学学习历史的几年成为他最自由、最开心的时期。在致朋友的信中，沃说："我不能告诉你牛津的生活，因为我还没有完全了解。但这是极其美丽、与过去完全不同的新生活。我不读书，也没有进过教堂。"沃在牛津大学期间，一心结交权贵子弟，放纵情感，酗酒无度，还有短期的同性恋行为。他与导师的关系极为恶劣,以致没有拿到学位,负债累累、不体面地离开了牛津。

离开牛津之后的日子是沃一生中最为落魄的时光。他求职受挫,爱情遭拒,尝试写小说、电影剧本都不成功,绝望中曾尝试自杀。在他走投无路之际,一家出版社的编辑朋友安东尼·鲍威尔约他写一部罗塞蒂的传记。沃与罗塞蒂之间的诸多共同之处——酗酒、忧郁和失眠——使他写起来得心应手。沃讲述罗塞蒂的生活仿佛就是在讲述他自己:"1867年,他的忧郁和烦躁不安发展成了严重的失眠症,患了这种病症的人一般都想方设法尽可能多睡一会儿,努力维持自己逐渐衰弱的身体。罗塞蒂做不到,他既不能休息也不能工作,日子一天天在极度忧郁中度过,他的思想和谈话越来越多地集中在自杀的问题上。"沃的最后几年也是这样度过的,他的小女儿在感谢人们对父亲的哀悼时说:"如果你们亲眼目睹了他最后几年精神上的痛苦,知道他是怎样一天天艰难度日的话,就不会为他的离世感到悲痛了。"

沃的优美文笔和横溢才华在罗塞蒂传记中得到充分展现,也为他后来写小说谋生奠定基础。沃的第一部小说《衰落》(1928年)使他一举成名,温斯顿·丘吉尔曾经拿这部小说作为圣诞礼物送给朋友,足见其影响。小说标题取自爱德华·吉本的《罗马帝国的衰亡》,意在讽刺大英帝国的衰亡。小说主人公保罗是个天真的大学生,因为佩戴的徽章与某俱乐部的徽章相似,被俱乐部的成员剥光了衣服。他只穿一条短裤跑回宿舍,又被校方以行为不检的罪名开除。监护人以他被开除为由,剥夺了他的继承权,用这笔钱为女儿置办结婚的嫁妆。保罗去乡下当了教师,被学生的母亲看中,做了她的情夫。这个女人的财富来自在南非经营的妓院,保罗受她委托安排一批女子前往南非,却不知道这是替她贩运妓女,被国际联盟的官员逮捕判刑。这个女人后来与内务大臣结婚,制造了保罗死在手术台的假证,让他隐姓埋名,重回牛津大学读书。小说讽刺了英国的教育机构、上层社会和监狱制度。保罗被迫进入的是一个恃强凌弱、落井下石的世界,而他的天真成了他们盘剥、欺辱他的借口。小说的循环结构也值得注意:序幕把保罗推入了社会,尾声又把保罗送回了校园,中间三个部分分别讲述保罗在小学教书、在上流社会的奇遇以及在监狱的见闻。小说叙述人不动声色,对于发生的恐怖、邪恶事件无动于衷,不置可否,一副完全置身事外的姿态。

《旧地重游》电视剧海报

随后,沃沿袭第一部小说的风格连续写出了《肮脏的肉体》(1930年)、《黑色恶作剧》(1932年)、《一撮尘土》(1934年)、《独家新闻》(1938年)等一系列讽刺小说,成为红极一时的畅销作家。与此同时,沃还写了大量日记、信件、新闻报道和游记。他的《地中海之行》(1930年)、《远方的人们》(1932年)、《沃在阿比西尼亚》(1936年)等都是根据日记、笔记和回忆写成。在此基础上,这些材料经过作者丰富想象力的幻化和加工又演变成小说。他小说的有些内容是直接从游记搬过来的,将他的日记、信件、游记和小说参照阅读,会发现前者为理解后者提供了有益的线索和丰富的佐证。沃以讽刺小说成名,读者首先欣赏的是他的机智与幽默,还有相当程度的冷酷无情和玩世不恭。但他作品的主要人物大多有生活中的原型,小说里的不少人物,尽管经过作者的改头换面,仍然被同时代人一眼认出,沃为此吃了不少"诽谤罪"的官司。

沃还是一位大文体家,他小说艺术的最显著特点,除讽刺之外,就是对简洁、优美文字的刻意追求。沃认为英语语言的丰富性使得其中每一个词都有不可替代的特殊内涵,而作者的任务就是挖掘这种内涵,从而达到用词的绝对精确。他认为文体的要素包括简洁流畅、优美雅致和个性化三个方面,这三者的完美结合可以确保文学作品的不朽。沃的文体概括起来有如下特征:使用很短的简单句和省略式短语,多用排比和同位语结构;多用主动语态,少用隐喻;句子结构平衡而富有变化;大量使用文学典故;多用"展示",少用"讲述"。他对刻画丰满的人物形象不感兴趣,认为写小说不是为了"探究人物心理,而是操练如何使用语言"。沃创作的年代正是现代主义文学的鼎盛时期,以伍尔夫为代表的现代主义小说家专注于描写那接受日常生活中"形形色色印象"的心理,那"无数原子的不间断碰撞"。但是沃和他的朋友们,如格雷厄姆·格林,不愿意放弃对外部客观世界的描述,不愿意去探索纷繁复杂的内心意识。他不企图描写人物的内心世界,而是通过对外部细节的精确描写来暗示人物的感情。

1928年沃与贵族出身的佳娜结婚,但两年后离婚。国外诸多评论对于沃的离婚有不同的解释,一般认为他的酗酒和短暂的同性恋经历使他对性生活不感兴趣,佳娜则因为自小缺乏关爱,与沃结婚是为了寻找温暖与依靠,而沃的自私、缺少爱心使她绝望。沃撇下新婚妻子跑到乡下闭门创作,佳娜在舞会上认识了英国广播公司的记者,行为出轨。离婚事件使沃颜面扫地,深深的羞愧使他经历了人生中第二次,也是最后一次沉重打击。小说《一撮尘土》里主人公得知妻子背叛后的反应可以说是沃心情的写照:"仿佛理性而体面的社会突然完全崩溃了。他经历过的一切,他所期望的一切,转眼间就像梳妆台上放错位置的、微不足道的、不通人性的物体那样毫无意义。他感到刺耳的喧嚣尖叫声从四面八方向他压迫过来,过去曾经有过的一切难堪和此时此刻的任何疯狂,都无法刺激他麻木的神经。"他转向宗教寻求慰藉,正式成为罗马天主教徒,接着以战地记者的身份到埃塞俄比亚从事新闻采访,开始了时间更长的漂泊流浪,直到1937年他与佳娜的表亲劳拉·赫伯特结婚,婚后生有四子三女。

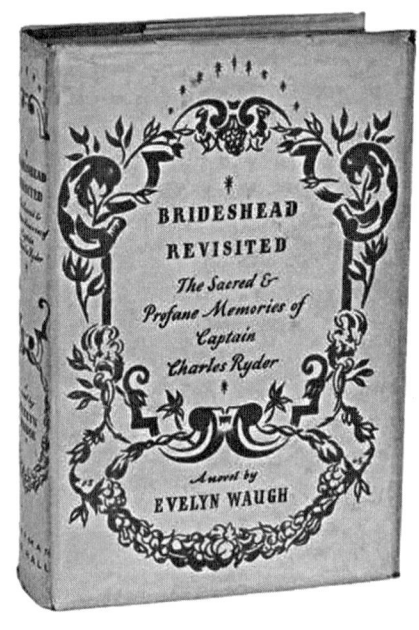

《旧地重游》英文版第1版

沃最畅销的小说当属《旧地重游》(又译《故园风雨后》,1945年)。这部小说1978年被英国广播公司拍成12集电视连续剧,在英国家喻户晓。扮演马奇梅因勋爵的是著名影星、哈姆雷特的扮演者劳伦斯·奥利维尔。该电视剧忠实于原作的宗教主题,其浪漫的情调和优美的景色令人陶醉,以约克郡的霍华德庄园为实景的乡村别墅,在豪华程度上不亚于《红楼梦》里的大观园。1988年这部小说在我国翻译出版,是当时沃的作品中唯一译成中文的。小说以第一人称自述的方式,描写"二战"期间一中年军官驻扎一个新营地,第二天早晨发现这里竟然是他魂牵梦绕的故地,于是触景生情,回忆起20年前在这里度过的美好时光。查尔斯跟随其牛津大学的同学塞巴斯蒂安回家过暑假,发现这个地位十分显赫的家庭里人际关系反常。塞的母亲是虔诚的天主教徒;父亲与情妇常年生活在意大利；塞酗酒，让母亲失望，最后离家出走；塞的妹妹茱莉亚不顾母亲反对嫁给一个政客，婚姻不幸。塞的母亲病危之时，恳求查尔斯找回在外漂泊的儿子，查尔斯邂逅茱莉亚，二人坠入爱河。小说以查尔斯回忆完毕，回到现实结束。

《旧地重游》之所以畅销，除了浪漫的爱情故事之外，其宗教主题和特殊的叙事方法也功不可没。沃在马奇梅因勋爵夫人之死上没有浪费笔墨，因为这位虔诚的天主教徒注定要进天国，而要让20多年没有进过教堂、一直生活在罪孽中的马奇梅因勋爵迷途知返，临终接受神的宽恕而进入天国，是需要浓墨重彩的。沃描写他回到故园下车的情景："轿车停下来，考德丽亚先从里面钻出来，然后是卡拉，随后是片刻的停顿，接着一块毛毯递给了司机，一根手杖递给了男仆。这时候才看到一条腿小心翼翼地伸了出来；普伦德此时已经站在了车门口，另一个仆人——那个瑞士随身男仆——也已经从行李车出来。他们两人合力把马奇梅因勋爵抬出车外，让他站稳；他摸索找他的手杖，紧紧抓住站了好一会儿，才攒足劲登上通向前门的那几级台阶。"这种细致描写不仅表现了这位大人物的威风和体质孱弱，也预示了他的死亡将和其行动一样迟缓。这部小说的副标题是"查尔斯·莱德上尉信神的和渎神的生活回忆"，这里"信神的"回忆是对马奇梅因一家人的回忆，而"渎神的"回忆是对自己当年言行的回忆，小说的主人公兼叙述人查尔斯在回忆部分是个冥顽不化的不可知论者，在序幕和尾声部分是个虔诚的天主教徒，将不信神的查尔斯置于信神的查尔斯控制之下，这种结构上的安排意在突出上帝的无所不能和无处不在。

沃在政治上是一个保守主义者。"二战"结束后，英国工党执政，推行一系列改革，社会生活发生了很大变化，他的贵族情结倾向受到更严厉的谴责。"愤怒青年"之一的金斯利·艾米斯对沃小说中的宗教主题和贵族倾向提出尖锐的批评,连续发表文章,"沃先生怎么这样无精打采","沃先生为何如此忧郁"。沃卷入了与这些"愤青"的笔墨官司之中,甚至以诽谤罪向法院提起诉讼且屡屡获胜。1953年沃接受英国广播公司的采访,三个采访者抱着让沃出丑的动机,提问咄咄逼人,布满陷阱,但是沃识破了他们,从容应对。沃的传记作者赛克斯写道:"听着录音,我几乎要可怜他们了,仿佛观看毫无经验的斗牛士同经验异常丰富的斗牛较量一样,表演得异常拙劣。"三个采访者浓重的中产阶级口音和表达的混乱与沃清脆的维多利亚时代口音和缜密的措辞形成鲜明对照。

尽管如此,沃倔强不屈的好斗性格以及尖刻不饶人的习惯,使他时常处于争论的中心,逐渐产生了受迫害幻想,仿佛整个世界都在跟他过不去。沃长期大量饮酒和使用安眠药,也造成药物中毒,使他产生幻觉和失忆症状。1954年1月,他听从医生的建议,乘船到南方疗养,结果幻觉使他精神失常。他确信船上有一帮人要置他于死地,不得不中断行程,乘飞机回到伦敦。他以这段经历为素材写了小说《吉尔伯特·平福德的受难》(1957年)。这部小说由于披露了沃的内心而引起批评家的兴趣,尤其是一些运用弗洛伊德精神分析方法剖析作者心理的批评家的兴趣。小说第一章"中年艺术家的肖像"实际上是沃本人的一幅肖像:"平福德一家是罗马天主教徒。平福德先生睡眠不好,过去25年中一直使用各种不同的镇静剂,最近几年使用一种含氯的溴化钾合剂。他保守或者说反动。他接受英国广播公司的采访,从采访人的口气中听出一种下层阶级人不得志时的那种愤怒。"小说第二章,平福德乘船到南方疗养,听到各种声音都是针对他的,比如说他的小说"情节乏味,人物不真实可信,充斥着变态的感伤情调、粗俗的笑话",指控他是"犹太人、法西斯分子、同性恋、势利鬼、撒谎者",说他的宗教不过是跻身贵族阶级的一个幌子。

小说中平福德的回应或许可以看作是沃的内心声音。平福德说,在以文字优雅、文体感人、结构精妙而著称的小说家中,他的地位相当高,他把自己的著作视为他的产品,外在于他自己而任人评说的东西。他认为它们制作精良,比许多所谓天才作家的作品还好,但是他对于自己的成就不抱虚幻的想法,对于自己的声誉更不在意。

法国

卢梭：
从白杨岛到先贤祠

沈大力

漫步巴黎拉丁区，由苏弗洛街到先贤祠，得知其中正举办《卢梭与艺术展览》，遂跟参观人群进入，徐步至卢梭墓穴，凭吊这位诞生300周年的大思想家。眼前的卢梭棺木呈棕红色，上边雕刻一只紧握火炬的巨手，象征逝者是一位杰出的启蒙先哲。

卢梭1778年7月2日在巴黎北边的艾赫莫农维尔辞世，埋葬在该市森林公园一泓碧水中的白杨岛上。20世纪80年代初，法国戏剧家克洛德·普兰夫妇曾驱车领我去彼处进谒卢梭墓，但因故游人不得登岸靠近，只能从远处眺望萋萋草丛里一块石碑，最后叹惋而返，写下《卢梭的悲剧》一文：

"我放眼朝卢梭墓所在地望去，但见几个剃光头、披黄袈裟的年轻人聚在彼处，颇似我国佛寺里的和尚。听着普兰夫妇说，那边的吉拉丹侯爵

卢梭

古堡被一宗教教派占据,曾引起巴黎公众极大愤怒,但也无可奈何。私有制下,有钱就有自由,可以为所欲为。卢梭著有《论人类不平等的起源和基础》等启蒙经典,指出私有制是社会不平等的根源,呼吁保障自由和人权。到头来,连他的墓地都被后人变卖为宗教组织的'私有财产',禁止游客进谒,他的'天赋人权'竟在标榜人权的国度里惨遭蹂躏,岂不悲哉!

当晚,我跟法国龚古尔文学院院士罗布莱斯共进晚餐,向他谈起卢梭墓地被变卖为私产,谢绝公众参观一事,老作家脸上浮现一丝苦笑,愤慨地说:'这是我们法兰西的耻辱!'"

回顾畴昔,将卢梭的遗骸从艾赫莫农维尔迁来先贤祠原是法国大革命时期"国民公会"于1794年4月15日决定的。参加移葬仪式的群众将卢梭视为1789年法国大革命的先行者,流露一腔崇敬之情。但是,以笔者观之,将一位渴求春天气息的"自然之子"从风水极佳的白杨岛挪窝儿到阴森森的地下墓穴里,且与后来败坏大革命的米拉波为邻,实在有违逝者生时的信念。史载,卢梭于1778年5月应吉拉丹侯爵之邀,到艾赫莫农维尔栖身,对其森林的自然景致心旷神怡,曾经赞赏道:"啊!我的心早就向往此地,现在极目畅观,真想永远留在这个地方!"现在,卢梭的在天之灵如有感知,定不甘愿做这种荣耀之狱的囚徒。

卢梭一生最珍爱的座右铭是"回归自然",巴黎本届先贤祠展览的主题为"卢梭及其作品",系统追溯了他回归自然的理想旅程。卢梭深受古希腊哲学家普鲁塔克的影响,于1761年发表哲理小说《朱莉,或新爱洛伊丝》,用阿尔卑斯山脚下一对情侣的信札歌颂乡野诗意般的宁静与和谐,提倡顺应天性,抛弃过度讲究的文明,"回归自然生活",从而开启了19世纪的浪漫之路。

小说《朱莉,或新爱洛伊丝》用两人互通信札的方式叙述朱莉·德丹热跟她家庭教师圣普勒之间纷繁曲折的恋爱。朱莉系瑞士名门之娇女,其父歧视出身低贱的圣普勒,要将女儿嫁给瑞典贵族德·沃勒玛尔。朱莉不屈从父命,与圣普勒野合,二人毅然决定为真爱殉情。然而,这对情侣以精神超脱了死命。圣普勒出走巴黎,留下朱莉被迫嫁给德·沃勒玛尔为妻。不料,朱莉患天花,病入膏肓,表妹克莱尔急唤圣普勒赶至情人病榻旁,一吐衷肠。朱莉立意继续违心侍奉合法夫婿,以完其节。末了,朱莉病故,圣普勒收到她临死前写的最后一封信,祈愿跟心上人在天堂终成眷属。朱莉在信中向圣普勒诀别道:"我用生命赎回永远爱你而无罪过的权利。"

如此浪漫情浓,凄婉催人泪下的恋爱史,在哲理一统天下的法国18世纪,实属罕见。卢梭本人也为他跟杜德托夫人的情事没能自然达到朱莉与圣普勒基于美德而永恒相恋的纯洁境界而抱憾终身。

先贤祠展览厅内陈列卢梭大量原版著作,其中最引人注目的有早年在瑞士纳沙泰尔出版的《卢梭文集》,封面特别注明"日内瓦的卢梭",因为作者坚称自己始终是"日内瓦公民"。展品中尚有《社会契约论》《爱弥儿》《忏悔录》《一个孤独的漫步者的遐想》,以及法国伽里玛尔出版社发行的《卢梭与法国大革命》等著作版本,集中表明卢梭是真正人类普遍平等的启蒙者,其思想主旨在于维护"不受时效约束的人权"。他反对封建专制,质疑教会权威,驳斥教条信仰,憧憬一个摆脱自身桎梏的新社会,由国家保障人们的自由与平等,在追求普遍利益中实现制度的均衡。

为反映卢梭这种社会哲学理念,雕塑家阿贝尔·巴赫托洛美在眼下这座先贤祠出口处竖立了一座《让-雅克·卢梭纪念碑》,在其雕像两侧镌刻"自然"和"真理"一双神女,形象地表达已故哲学家的终生夙愿。

像瓦格纳的歌剧《帕西法尔》里男主角治愈安弗塔斯那样,卢梭拿出了他的济世方略,以一种新价值观来制定"社会契约",引导尼采走向"善恶的彼岸",至今仍有极强的现实性,给企望社会变革的人们以启迪。故而,列维·施特劳斯尊奉卢梭为"人文科学的缔造者"。正是卢梭在谈到教育时强调:"学生既不应成为官吏、士兵,也不该当神甫。他首先必须是一个人。"在论教育的代表作《爱弥儿》里,他着重提出要保持人的天性,发展个体特征,培养自然和谐的美感,由此进入社会的公民生活。这一突出自然意识的教育新思想,无疑在道德和宗教哲学方面影响了后来人康德。

《朱莉,或新爱洛伊丝》法文版

1749年,卢梭去巴黎万塞监狱探望因"蔑视神秘"而被国王路易十五囚禁的狄德罗,一时被对方的睿智感悟,洞烛尘世。他从《法兰西信使》上得悉人们在探讨科学与艺术是否净化风俗的问题,翌年写了《论科学与艺术》,提出科学与艺术的进步虽然娓娓动听,但皆属虚假,只不过"给铁锁链套上了花环",实则造成道德败坏。这一论断得到第戎学院褒奖,使他在法国声名鹊起。1755年,卢梭又接连发表《论人类不平等的起源和基础》《论政治经济》,1756年再出版《论财富》,以哲学家的姿态抨击既立秩序"伪善腐败,颠倒黑白",由此一鸣惊人。1762年,他在《社会契约论》里召唤自由与平等,呼吁大众面对"现实状态",展望"自然状态",祛除社会腐化造成的人为官能,恢复天赋道德,既爱护个体,又关注他人痛苦。

可是,他主张的"平等"并没有明确"男女平等",现今的女权主义者难以苟同他的平等观。下诺曼底"冈城大学"当代史女博士安娜-萨拉·莫亚里克于今年7月18日在《综艺》杂志上撰文指出:"从法国妇女选举权方面考虑,我对卢梭所著《一个孤独的漫步者的遐想》持先验否定立场。另外,这位提倡平等,对法国思想界影响深远的思想家在《爱弥儿》里谈到儿童,指的仅是男孩儿,对女性要取得男性的地位则十分冷淡。索菲并不跟爱弥儿在同一自由学校里受教育。我无意揭露卢梭对女性的态度——其同代人皆如此这般偏执——只想让人们不要忘记他思想上的这一个重要侧面。"

在《社会契约论》里,卢梭主张建立公民社会,批驳在他之前提出"自然状态"的英国哲学家霍布斯。确实,霍氏所谓"自然状态"乃是野蛮的"社会丛林法则",每个人都是"人狼",在生存竞争中相互残杀;而卢梭提到的公民则不然,亦不同于亚里士多德笔下的"天性政治动物"。在卢梭看来,从"自然状态"过渡到"社会状态",必须订立"社会契约",让大家共同生活,同时保障个人自由。公民要将个人意愿与总体意志结合起来,组成"民众"。为此,他们必须放弃单独的"自我"和一些个人利益,融入共同的"自我",一边也维系个体自由,即大家一齐遵守一个既要求严格又相当宽容的"社会契约"。

在同一个时代,伏尔泰则更倾向于封建君主,起而反对卢梭极力主张的"社会平等",认为他鼓吹"自然德行"和加尔文派的"瑞士型民主",更贬斥科学艺术进步,实属极端"落后",让人难以容忍。不过,两人同于1778年去世,他们之间的争端也被带进了坟墓。之后,到1800年,当时还是督政官的拿破仑·波拿巴来到艾赫莫农维尔白杨岛上的卢梭墓前,对陪同他的吉拉丹侯爵说:"您接待的卢梭是个狂人。是他将我们引到了现今的地步。"接着,他又感慨道:"为了法兰西的安宁,卢梭本不该降生人间。"拿破仑这番话透露他并不赞同卢梭反对君权的态度,难怪他日后登上君王宝座称帝,彻底埋葬了法国大革命。

卢梭秉性孤傲,生时多与人不睦,纠纷不断,树敌甚众。1742 年,他前往巴黎,结识了狄德罗,参加《百科全书》的编撰。但是,二人文艺观不合,导致卢梭跟狄德罗和其友人德国作家格林男爵,以及曾慷慨收留过他的岱比纳夫人关系破裂。继而,卢梭与伏尔泰初识相契,合编歌剧《拉米尔的节日》,后来却蜕变成了意识形态上的死对头。维克多·雨果曾经希冀两位贤哲的冲突能擦出"神奇的火花",其实不然。

卢梭强调"自然人",相信人性本善,性恶乃社会腐蚀所致,必须回归到原始的德行。伏尔泰则认为,卢梭的观点反对人类进步,是彻底"倒退的",反映出一个加尔文教徒过分执迷于"天意"。双方各持己见,互不相让,矛盾达到极为尖锐的程度。卢梭的不妥协立场,还表现在跟同时代其他一些精英的关系中。哲学家休谟于 1763 年为英国王室驻巴黎外交代表,其间跟卢梭过从甚密,结金兰之交。卢梭跟休谟去造访英伦三岛,因休谟鼓吹工商业进步,令卢梭大失所望,最终与之绝交。

卢梭赞颂自由,但他的情感生活似乎过于自由,难免遭人诟病。这位哲人生时丧母,无条件受正规教育,在日内瓦当穷苦学徒。为谋出路,他于 1728 年 3 月 14 日徒步行至法国萨瓦省的安西湖畔,有幸邂逅瓦朗夫人,坠入情网,为伊皈依天主教,享受了他一生中最值得怀恋的"田园诗般"的爱情生活。然而,他经不住拉赫纳热·阿奈特和温森黎等几位冶妇的诱惑,依玉偎红,失却了青春的忠贞美德。接着,在巴黎和蒙莫朗西的岁月里,他突然疯狂地爱上了贵妇杜德托,背离了已跟他生活十载、正式举行过宗教婚礼的女仆黛莱丝·勒瓦瑟尔。更难以让人原谅的是,他竟然抛弃了跟黛莱丝生的 5 个孩子,而于 1762 年发表了专论儿童教育的名著《爱弥儿》,畅谈父母对子女的养育良知和应给少年"正面教育"的自然义务,并对《拉封丹寓言》中的"说教"进行了严厉批驳。在此书中,爱弥儿跟接受正统教育的索菲结为伉俪,生子传宗,姻缘美满,演绎了卢氏的自然主义人生哲学。不过,《爱弥儿》所言伦理与作者本人的生活实践恰成悖论,不少人讽刺他道貌岸然,"文人无行"。

法国当局对此书反应甚为激烈,借口其亵渎宗教,干脆将作者驱逐出境。卢梭于是开始了"赎罪岁月",写下《山岳信札》。1765年9月7日,他在毕耶湖中圣彼埃尔小岛栖身的房屋被当地居民扔石块砸毁,被迫流徙他方。孤独岁暮,他对自己乱离生涯中的过失若有所悟,不无真诚地由"让-雅克披露卢梭的隐秘内心",给后世留下一部《忏悔录》。

1765年至1770年间,他预感到身后会有人来清算自己傲骨犯上,写下《忏悔录》;全书共12卷,于1789年法国大革命爆发前面世,成为现代法国教育系统让青年人研读最多的经典。在其中,卢梭展示了他心目中的"自然状态",有采摘樱桃场景的回忆和跟瓦朗夫人共吟的"田园牧歌",如"水晶般透明"地亮出自己的心境和始终遮掩的情感波动,探求人性的根底。他真诚地坦露,自己急切的向往总与现实,尤其是社会羁绊不断冲突,激化个体对自由与平等的渴求。作为一位先知先觉的哲人,卢梭这方面的思索继续体现在从1776年开始动笔的《一个孤独的漫步者的遐想》里。这最后一部著作的题目本身就是一曲"天鹅的绝唱",显示出卢梭在迟暮之年感受到的孤独和悲观。他在书中说:"我在大地上形影相吊,没有兄弟,没有邻居,没有朋友,断绝社交,落得孤家寡人一个。"他意识到自己已经"漫步"到人生的尽头,书没写完就撒手人寰了。

法国当代女哲学家塞丽娜·斯巴克朵尔在其新著《透过卢梭的多棱镜》里分析,卢梭从对立派霍布斯处继承了"绝对主权"的概念,但他强调的是"人民主权"。每周为《玛丽亚娜》杂志写时评的政论家雅克·

朱里亚尔则特别肯定卢梭奠定了现代社会的政治基础,其贡献远远超过笛卡儿、奥古斯特·孔德和柏格森等人,而且最先主张用人民的意志取代君主政体。在这位当代政论家看来,卢梭不仅要让人民做主,而且宣布任何人都无权为民做主。他指出"法兰西第三共和国真正掌握主权的是议会","完全由一群文人、自恋者和虚伪政客扈从,进行令人作呕的表演","民主政治是邪恶意识与欺诈的混合体,政府通过耍杂技,施展种种奴役人的骗局,妄图让民众相信是他们自己在统治国家"。在法国备受追捧的权威作家保罗·克洛岱尔敌视卢梭,斥之为"无政府主义分子",导致了法国的"非基督教化"。克氏抵制一切社会变革,自然把卢梭当作一切革命的始作俑者,一种"无时无刻不在的灾祸"。这种对卢梭的弃置早有先例。1762 年,得势于瑞士的加尔文教派就曾在公共广场上焚毁过卢梭的《爱弥儿》和《社会契约论》。

雨果在社会小说《悲惨世界》里描写法国 1830 年革命的场景,最令人感动的是巴黎顽童加弗罗什在一场街垒战里中弹倒地,合眼前他唱道:"我倒在地下,只缘伏尔泰启发!我倒入溪水,本是卢梭之罪!"今天,进入先贤祠参观的人们可以看到,卢梭墓左侧的石碑上刻满 1830 年和 1848 年法国革命烈士的英名,不知是否为巧合。

1912 年,法国纪念卢梭 200 周年诞辰,社会上各政治派别曾掀起一场激烈辩论。到 20 世纪 70 年代,围绕法国大革命和女权运动,以及阿尔都塞的《读〈资本论〉》等一系列社会问题,卢梭的"民主与平等论"又成为政治论坛的主潮。今岁,卢梭 300 周年诞辰,从民众到先贤祠参观《卢梭与艺术展览》的盛况来看,他的思想仍然是探求人类社会变革的重要精神遗产。特别是他倡导的"回归自然"和"人民主权",在当今世界远未实现。

在先贤祠展览最后,可以看到雕塑家马克莱的一幅作品,题为

《让-雅克·卢梭抵达香榭丽舍》。这幅雕刻呈现《爱弥儿》的作者仙逝西去后到了古希腊神话里的"阆苑",受到荷马、苏格拉底、柏拉图、普鲁塔克、第欧根尼、蒙田和他喜欢的意大利诗人塔索等人的热情迎接。

笔者见卢梭终抵仙界,与人类众先贤聚会,再转而端详冈丹·德·拉杜尔为他绘制的肖像,不禁心想,他若回望尘世,对今朝人类境遇不知再会有何救赎的哲理思辨。

阿尔封斯·都德：
《最后一课》的教谕

沈大力

巴黎《社会出版社》编纂的《法国文学史》里评论阿尔封斯·都德，指出："他的荣耀里虚构多于真实，其作家面貌及作品都相当变形走样。"具体述及都德的生平创作时，这部文学辞典又提到："再说，他年轻时就当了莫赫尼的私人秘书，始终趋附于帝国的皇权，性素倾向上流社会，绝不会从意识形态或文体上与之决裂，以至于无法确立作家的独立性。"言下之意，都德是一个拿破仑三世第二帝国的御用文人。

阿尔封斯·都德

的确，都德在拿破仑三世皇后欧也妮的亲自推荐和庇护下，从一个外省小学监跻身巴黎贵族上层，受到拿破仑三世同母异父弟弟、内政大臣莫赫尼的宠爱，得以长期领取干薪，而这正决定了他惯常的社会立场，一生都忠于第二帝国皇室。他为拿破仑三世家族效犬马之劳，最卓著的业绩就是竭力支持路易·波拿巴发动普法战争，跟复仇主义者、诗人保尔·德鲁莱德串联结帮,二人成了这场非正义战争最狂热的一对孪生吹鼓手。

都德配合德鲁莱德为拿破仑三世在欧洲扩张势力的战争叫嚣,纠集德·拉瓦莱特侯爵和一伙外省的正统保皇派,还特别通过第二帝国大臣布罗格尔,让其兄当上了"政府公报"的主编,变为官方喉舌,为在"爱国"的旗帜下向普鲁士进军鼓噪。1870年7月19日,拿破仑三世继普奥战争后对德宣战,需要在国内制造舆论。当年8月15日,皇后欧也妮给都德授勋,受宠若惊的"小东西"激昂地宣称:"一种新的本能驱使着我,这就是爱国的天性。"此时,德鲁莱德已奔赴疆场,在巴塞依被普鲁士军俘获,后逃到阿尔及利亚土著步兵营避难。都德自然也不甘落伍,但在尚波洛塞一役腿部受伤,加上近视眼终被复员。

1870年9月2日,拿破仑三世在色当溃败,率十万大军向俾斯麦投降,第二帝国垮台。法国与普鲁士签订《法兰克福和约》,割让了阿尔萨斯和洛林。在战败的颓局下,德鲁莱德嗟叹:"我丧失了两个姊妹",但称"法兰西犹生",决心收复阿尔萨斯和洛林。此君创立"爱国者同盟",自诩为法国复仇的化身,誓要收回割让给敌国的领土。他摇动笔杆,写了"士兵之歌"系列,其中《军号手》被誉为"爱国主义"杰作,由甘必大提议正式收进了法国教科书,由官方规定为青少年长期必读的爱国名篇。但是,听听法国《罗伯尔人物辞典》对德氏"爱国主义"的针砭:这本是一种国家主义和复仇心理的表露。

作为德鲁莱德在普法战争中的难兄,都德也遵循了同样的轨迹。他根据自己在普法战争和巴黎公社的亲身经历,陆续写出了《月曜日故事集》,其中《最后一课》跟德鲁莱德的《军号手》同样充满"爱国情愫",是一双"并蒂莲",也进入了法国教科书。

"月曜日故事"于1873年结集出版,由作者题献给其兄艾耐斯特,

收录有《最后一课》等作品的短篇小说集《月曜日故事集》法文版

后者曾为第二帝国大臣鲁埃的心腹,后伙同奥尔良党人米切尔创办《新闻报》,旨在防止"庶民作乱",是个劣迹昭彰的"秩序党"分子。然而,在都德的自传体小说《小东西》里,他竟被作者涂脂抹粉,写成一位憨厚仁慈的长兄"雅克"。都德一贯标榜"纪实",其叙事的客观性由此可见一斑。

《最后一课》属于《月曜日故事集》中的"普法战争"系列,写作背景自然跟当时的历史环境密不可分。文学评论不应规避作者的精神烙印,离开社会历史因素奢谈"爱国主义",想必不是尊重事实。

须知,1870年的普法战争是一场拿破仑三世与"铁血宰相"俾斯麦在欧洲争霸的非正义战争,两国的统治者都以"爱国"煽动民族情绪,因而遭到法德两国广大民众的坚决抵制。这一立场鲜明地表露在尔后欧仁·鲍狄埃写的《国际歌》里:"吾侪和兮,战彼暴君!"1870年7月普法战争伊始,在伦敦的第一国际总委员会就委任卡尔·马克思于7月23日起草了一份"反战宣言"。这之前,拥有25万会员的第一国际巴黎支部早于当月12日就发表"告德意志兄弟书",号召两国民众罢战,拒不给帝国充当炮灰。与德鲁莱德和都德的"爱国"狂热相反,进步的法国民众掀起反战浪潮,汇涌成当年的时代主流。

在《国际歌》第五节里,作者概括了19世纪下半叶欧洲民众反对列强争霸,驱民于战的意向:

如果这伙吃人生番,

硬逼我们充当英雄好汉，

他们不久就将知道，

士兵的枪口会向将军调转。

这恰是1871年3月18日在巴黎蒙马特尔高地发生的情景：转向起义群众的士兵在玫瑰巷枪毙了他们的两位将军克莱芒·托马和勒贡特，作为巴黎公社宣告成立的先声。普法战争导致了巴黎公社这个人类历史上首次的人民主权政府，引起了德鲁莱德和都德之辈对敢于反叛他们的"法国同胞"的刻骨仇恨。一文一武，他俩又结成摧毁巴黎公社的"孪生屠夫"。德鲁莱德佩戴着凡尔赛匪帮授予他的军功章，于1871年5月21日听命梯也尔闯进巴黎，参与了对数万巴黎公社社员的大屠杀，让启蒙城淹没在血泊里。都德则唇枪舌剑，拿起笔当武器，凶猛讨伐巴黎公社。

早在巴黎公社成立之时，都德就挤进"自由逃亡者"的人流，从巴黎逃到他在外省尚普罗塞的居所，躲在乡下向巴黎放冷枪。他在凡尔赛分子的报纸上辟专栏"失踪者信札"，连续发表一系列征讨巴黎公社的"檄文"，谎言连篇，其狂暴达到了惊人的程度。见证者吕西安说："突然，人们面前出现一个不曾见识的都德，如此粗暴、尖刻、辛辣，简直都不敢认他了！"

"失踪者信札"收进《月曜日故事集》，构成该集的第二个组成部分，即"巴黎公社系列"，包括《三限令》《阿赫杜尔》《起义场景》《公社兵痞》《小馅饼》《法国仙女》《舟上独白》《音乐会》《蘑菇房》和《拉雪兹神甫墓地的战斗》等。自公社开始到最后147名战士在拉雪兹公墓的夏洛纳白墙中弹倒下，作者竭尽丑化之能事，喷出仇恨的硝镪水。在《三限令》里，他诬蔑建立巴黎公社的民众有遗传的"犯罪癖"："巴黎人喜欢骚乱，没什么能驱除这种癖好！这生来就在血液里,你有什么办法？让人开心的并不是政治,而是政治进展的方式。工厂关闭,群众集会,四处闲逛,还更有些我说不出来的什么。"在都德眼里,巴黎民众在普军围城形势下奋起建立自己当家做主的公社是邪恶本能的外泄,无异于乌合之众的罪戾。更有甚者,在《蘑菇房》一文中,巴黎公社成了"万恶之源","可憎之极"。他这样描述公社前夕革命者聚会的巴黎"马德里咖啡馆":"竟然是这帮人一年来在引导法国。到这儿来喝咖啡的人除了最丑的,就是最蠢的,没一个像样的……可现今却都当上了公社委员！"都德无视巴黎公社委员全部通过普选产生这一事实,竟然在赞扬"爱国者"沙文后声称:"暴乱的日子,红旗摇动,巴黎由一群黑奴执政。"在《阿赫托尔》里,他诅咒工人阶级是"一伙笨蛋",巴黎公社是"蠢举",惊呼:"我们刚看到一个没有仙女的国度会成什么样子。"他以阿赫托尔为例,描绘工人一出工厂就径直到小酒店喝光一周的工资,深夜醉醺醺回到家里打老婆,翌日醒来又夸夸其谈,揭露资本的暴虐,要求工人的权利。他归结道:"在那类低级酒吧里,还有其他一大堆是小阿赫托尔；他们一到父辈的年纪,就会挥霍完自己的工资,挥拳头打老婆……而恰是这个族群在妄图统治世界呀！"

都德善于用诙谐的语调讲故事。他嘲讽巴黎"红色俱乐部"里的一次音乐会:"人们在唱歌,音乐爱好者轮流登到场内临时搭起来的台上,披着戏装故作姿态,再现昔日的情节剧……我们先看到的是工人思想家,一位长胡子机械工来咏唱无产者的痛苦。他喉音忒重,把穷无产者唱成了'可怜的普罗……罗……罗……'表达'国际'在他心里激起的一腔愤懑。接着,又来一个睡眼蒙眬的穷光蛋,给听众唱了不起的《贱民之歌》,声调缓慢、惆怅、无精打采,简直像一首催眠曲……台上四支蜡烛摇红,鼓动这伙群众的哗众取宠之心,使他们顿生虚火。"

作者丑化无产者,矛头直指卡尔·马克思领导的"第一国际",诬蔑"国际"煽动"贱民"犯上,是作乱老巢。可见,都德针对的不是一两个工人个体,而是整个无产者的"族群",尤其是他的革命组织,总部设在英国伦敦的"国际劳动者协会",简称"国际"。

正是怀着这股对"贱民"的鄙夷和仇视,自诩为"幸福商"的都德在支持梯也尔血腥镇压巴黎公社时露出另一副狰狞面目。他在《拉雪兹神甫墓地的战斗》里描写凡尔赛分子将最后一批公社战士逼至夏洛纳墙角集体射杀时,歇斯底里地吼叫:"这是一帮曾在巴黎作恶多端的强盗!"在他眼里,敢于向旧制度挑战的公社社员是一群"匪帮",罪不容诛,死有余辜。

正因为如此,既定秩序的卫道士们视《月曜日故事集》为都德的"代表作",力促其版本广为流传,扩大影响。但是一些客观的评论者则感觉这部作品"有着其创作环境的深刻烙印",认为:"读这本故事集,人们不免看到马克思笔下那个梯也尔的某些肖像特征。"至少,如果说第一帝国时有个叫沙文的士兵狂热拥护拿破仑的对外扩张政策,那么《最后一课》的作者则酷似拿破仑三世的沙义。不同的是,后者更为极端、固执,在《月曜日故事集》里不仅煽动民族对立,而且鼓噪阶级仇恨。用"文如其人"形容,再恰切不过了。

法国著名文学史家阿尔贝·迪波岱评论都德的作品说:"他缺乏创造者的气质,没有任何建树。"这与屠格涅夫在《日记》里承认都德"低能"如出一辙。另外,都德还陷入多起抄袭诉讼,他单独署名的《磨坊信札》里有《塞甘先生的山羊》《老者》等数篇就出自保罗·阿莱纳之手,《阿尔卑斯的达尔达兰》原本是于格·勒鲁写作的,也一概列在了他的名下。法国文论普遍认为他只擅长"简单的叙述和短暂的场景","很难入现实主义的大潮,甚至永远都不能确立自己作家的地位"。他在妻子朱莉·阿拉尔的督促下写了《小弗洛蒙与老里斯勒》《罗伯尔·埃勒孟》《纳巴布》《杰克》和《努马·鲁麦斯坦》等十来部小说,都没达到老婆望夫成龙的高标,无非都是围绕家庭和既定道德的说教,其中最典型的是 1884 年发表的《萨福》。关于这部书,保尔·拉法格在《文学评论集》里指出:"小说满足了资产阶级。这个阶级要求人用精心编造的刺激性报道供他们娱乐而又无损其偏见,以迎合彼辈的本能情感和性欲。这是落在任何一个资产阶级作家肩上的任务,都德极好地最终完成了。很少有书能比《萨福》更充满资产阶级情趣。"另一位批评家则说:"都德通过几个荒唐无稽的人物,来维护既定的道德……他是统治阶级意识形态的忠实捍卫者。"

都德的父亲是一个正统保王派,仇恨一切革命运动。他无疑是继承了其父的衣钵,而他的儿子吕西安·都德和列昂·都德也不负先辈期望,是君主政体和极端民族主义的热烈吹鼓手,前者撰写了《欧也妮皇后传》,后者奉行排犹主义,还和莫拉斯一起创建了"二战"时推动法西斯思潮,支持维希伪政权的极右翼组织"法兰西行动",祖孙三代人可谓一丘之貉,共同为天真的人们上了生动的"最后一课"。

都德的《最后一课》在法国早已从学校课本中被淘汰删除。因为,普法战争结束时,阿尔萨斯 150 万居民中,说法语的只有 5 万人,仅占总人口的 1/30,是绝对的少数。这一语言历史事实现今在法国得到了尊重。而且,都德父子的沙文主义和反犹太叫嚣已被归为当今欧洲法西斯和新纳粹思潮的先声。

泰奥菲尔·戈蒂埃：
奇幻秀士的美学

沈大力

2011年，法国决定全国纪念泰奥菲尔·戈蒂埃，从3月份起，巴黎"巴尔扎克之家"就举办了一系列展览和文艺讲座，以及柏辽兹、古诺、弗雷等为戈蒂埃《死亡的戏剧》等诗歌配曲的音乐会。纪念活动中，规模最大的当数"泰奥菲尔·戈蒂埃与巴尔扎克"展览会，组织者追述戈蒂埃同巴尔扎克的密切交往，回顾前者以奇幻风格演绎巴氏《人间戏剧》，二者可谓殊途同归。

泰奥菲尔·戈蒂埃的《论怪诞》《艺术之美》《浪漫主义史》凸显他的文学创作特征。这位诗人天生具有浪漫气质，眼前的现实瞬间就会在他脑海里变为神界仙境，幻化成引人入胜的奇异故事，其《死女绝恋》和《金链》等19篇小说当年就发表在巴尔扎克主编的《巴黎纪事报》上。在巴尔扎克眼里，戈蒂埃是一位出众的讲述新

泰奥菲尔·戈蒂埃

奇怪事的人。戈蒂埃的小说也确有浓烈的志怪色彩，像《一千零二夜》《克蕾奥帕特一夜》《木乃伊的脚》《水上凉亭》《咖啡壶》《奥姆法莱女王》《双星骑士》《阿丽娅·玛切拉》《阿凡达》《妖术》和《人鬼一角色》等等，皆被视为奇幻小说名篇，引读者远游埃及、土耳其、阿尔及利亚、俄罗斯、西班牙和意大利等迷雾笼罩的异域。该展览上，"巴尔扎克之家"还特地将馆藏的戈氏《哀歌》《渔人曲》《春露微笑》等诗歌手稿展示给来自五湖四海的参观者。

入秋，笔者同"巴尔扎克之家"馆长伊沃·卡涅会面，顺便参观了馆内介绍戈蒂埃"为艺术而艺术"的美学专题展，继而前往古斯塔夫·莫罗国家博物馆，细看了戈氏为莫罗绘画艺术所写的文论和画幅品题。近日获悉，上塞纳省议会议长德沃吉昂宣布，题为"泰·戈蒂埃及其生活环境"的展览已准备就绪，将于2011年10月10日至2012年1月9日在逝者故居索城举行。据说，这是一个关于戈蒂埃文艺创作生涯的综合展，内有戈蒂埃跟雨果等浪漫派来往的文献和被列为法国文学经典的《木乃伊故事》的精美插图，一展戈氏描绘的埃及女王芳容。

中国一些观众看过芭蕾舞剧《吉赛尔》，但很少有人知道这部世界芭蕾经典的作者是泰奥菲尔·戈蒂埃。不过，真正让戈蒂埃享誉法国文坛的，还是小说《弗拉加斯上尉》。那个绰号叫"弗拉加斯上尉"的西格涅克男爵色厉内荏，却终享艳福，活脱脱一个滑稽浪人形象，今在法国家喻户晓。更广为人知的是，戈蒂埃曾是19世纪浪漫主义运动的弄潮儿，在史称"欧那尼文学战役"中起了主要作用。1830年2月21日晚，巴黎首演雨果剧作《欧那尼》，遭到古典派激烈抵制。戈蒂埃甘为雨果打冲锋，特意穿上鲜艳的樱桃红坎肩，带领一帮"青年法兰西"在观众席上大肆鼓噪，以压倒对方的掌声为演出捧场，向古典派示威，一时轰动巴黎。

但是，戈蒂埃本人是个古典气质十足的文坛秀士，渐渐远离日益占上风的浪漫思潮。他的诗集《珐琅与雕玉》实为巴纳斯山"高蹈派"的代表作,其文艺主张也变成"高蹈派"的美学纲领,声誉远远超过了其领袖勒贡特·德·李尔。作为"高蹈派"实际的领袖,戈蒂埃的全身石雕像现今竖立在"巴黎诗园"的入口,被尊为法国诗坛的荣誉。

查理·波德莱尔于1857年将自己的诗集《恶之华》题献给泰·戈蒂埃,赞颂他为"完美的诗人"和"法国文坛当之无愧的魔幻秀士"。看来,这两位诗人在美学观点上产生了共鸣。波德莱尔认为,腐败和卑污夺去了生活的崇高之美,而诗人的天职在于返璞归真,通过艺术来恢复人的尊严。他最厌恶庸俗,强调美应该"是奇特的,尤其要独立于实用",这也正是他欣赏戈蒂埃之处。

《木乃伊故事》法文版

戈蒂埃声言:"功利,丑陋也",这也是巴黎"巴尔扎克之家"举办追怀戈蒂埃展览的主题。该展览陈列了法国工艺美术学院学生从对戈氏独特美学观的领会出发创作的作品,冷眼旁观当今在艺术上唯利是图的俗世,令观众耳目一新。从这些作品看来,学生们在竭力理解戈蒂埃为何蔑视19世纪企图将美与功利挂钩的工艺美术学派。因为,这种趋向表达了人的需要,而这正是俗人劣根性的反映。乍听此言,貌似荒诞,但细读戈蒂埃为其小说《莫班小姐》写的长篇序言,就会觉得其说不无道理。

在"巴尔扎克之家"负责戈蒂埃研究的康迪丝·布鲁奈里女士是

"功利,丑陋也"展览会的主持人。她在此次活动的新闻公报里阐明今年纪念泰奥菲尔·戈蒂埃的意义,即要拂去历史的尘埃,让这位"挑战者"的美学观放出现代性的光辉。为此,要重读戈蒂埃为小说《莫班小姐》写的序言。她强调这是作者的一篇美学宣言。

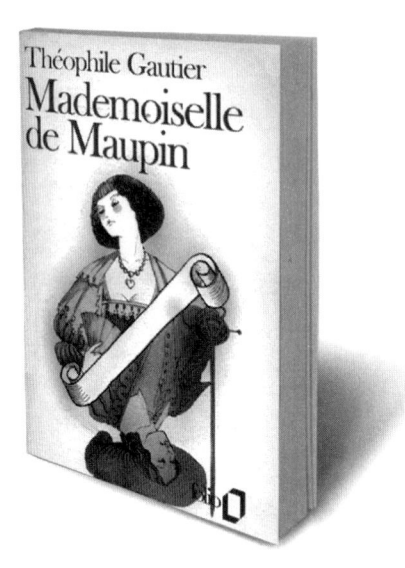

《莫班小姐》法文版

小说《莫班小姐》发表于1835年,而后一再重版,文论研究层出不穷,公认其序言是"为艺术而艺术"理论的最早文献。戈蒂埃在这篇文章里寻觅美的途径,追求艺术的永恒。正如尼采一部著作的题目所喻示的,"美超乎于善恶之上",呈现为艺术最高的理想境界、诗歌的乌托邦。

序言开篇论述文学的美德与背德,提出美德诚可贵,应予遵守,但也未必成为不可逾越的雷池。况且,他的同时代文人一个个道貌岸然,却言不由衷。每日想一套,动笔写的则是另一套。在文艺评论上,一伙懦夫毫无创见,如同隐修教士在向俗教徒的妻子献殷勤,对方却无法还治其人之身。进而,作者阐明自己的美学观:"何谓功利,此词用在什么方面?窃谓有两种功利,其词义向来都是相对而言的。于一个人有效用,对另一个人则未必有益。您是修鞋匠,可我是诗人。对我来说,求实在于两句诗押韵,因而韵书对我大有用处。您修一双旧靴子,完全不需要韵书。对我而言,写一首颂歌,根本用不上皮刀。您会由此反驳,说修鞋匠高于诗人,大众可以不要后者。不才无意贬低杰出的修鞋业,愿将之与君主立宪派媲美,予以尊敬。但敝人承认,自己宁肯穿破皮鞋,也不能让自己的诗句不叶韵,而甘愿以诗代靴。吾侪几乎深居简出,凭头脑行走比用双脚更灵巧,故很少用鞋,不像那些有德行的共和派人士,为谋求一个职位,得穿靴奔走于政府各个部门之间。为本深知,比起教堂来,有些人更倾向于去磨坊。他们相信面包能饱肚子,比精神食粮实在。对这些人嘛,在下无话可说。他们不愧为经济学家,在今朝和来世都一样横行在我们生活的尘世……人们都说每天有 25 个苏就能活下去。然而,竭力不死并不等于生活。简直看不出一座从实用角度筑造的城邦会比拉雪兹神父公墓更为宜居。没有什么美的因素是生命所必不可少的。取消鲜花,世界在物质上并不遭受什么损失,可谁愿不再有鲜花呢?我倒是宁肯放弃马铃薯,而要玫瑰花,相信世上只有功利主义者才会拔除郁金香花坛,换种上白菜。"

戈蒂埃这番通俗的表白,说明他唾弃纯物质主义,不赞成由功利心机来支配人类生活,企盼诗意栖居。谈到社会进步,他援引傅立叶的"法朗吉"预言,说倘若有朝一日蒙马特尔火山爆发将巴黎掩埋,那将只剩下艺术能追述昔日的辉煌。他确信,文论应该能够展望前景,而最美丽的书是尚未面世的作品。他不满自己眼下的光景,哀叹浪漫蜕化为淫荡,剧院变成勾栏。总之,他觉得有必要在艺术殿堂前边立一警示:"禁止在此堆放垃圾!"在序言的最后,戈蒂埃祈愿自己所讲女歌唱家玛德莱娜·德·莫班小姐的情事能够像小说《激愤的罗兰》中那位美女勃拉达芒特一样不遭人摈弃,而会在欧洲以及世界其他地方拥有众多读者。

依据小说《莫班小姐》序言里的观点,戈蒂埃凝思出"为艺术而艺术"的主张,成为 19 世纪后半叶法国最具影响的艺术评论家之一。巴黎古斯塔夫·莫罗国家博物馆举办题为"泰奥菲尔·戈蒂埃的历程"展览,出版戈氏评画集《稀奇·非凡·怪异》,显示了戈氏的美学实践。从该展览会上看,戈蒂埃早在1852年巴黎绘画沙龙里就发现了古斯塔夫·莫罗的才华,称赞他的作品《俄狄浦斯》为"希腊的哈姆莱特"。继之,他为莫罗的《美狄亚与伊阿宋》《朱庇特与欧罗巴》《普罗米修斯》和《俄狄浦斯与斯芬克司》等画幅特写评论,将莫罗比为意大利15世纪大画家曼特尼亚,认为他继承了德拉克洛瓦的画风,终成法国象征主义画派代表。显然,戈蒂埃看中莫罗,正是因为后者的绘画生涯体现了他"为艺术而艺术"的理念。

实际上,戈蒂埃的女儿朱迪特就是在父亲"为艺术而艺术"的美学观熏陶下成长为法国艺术殿堂才女的。她与雨果、巴尔扎克、纳尔华、波德莱尔、福楼拜、大小仲马和龚古尔兄弟过从甚密,尤其博得音乐家瓦格纳的热烈爱慕,当选为龚古尔文学院院士。这位巴黎沙龙才女除自己著有小说《帝龙》、跟彼埃尔·洛蒂合写剧本外,对法国文学的突出贡献是往法兰西文坛引进了中国和日本的东方文化。她将中国古典诗歌译成法文,结集为《玉书》在巴黎出版,以译文优雅获得法国文学界的广泛赞誉。朱迪特是在父亲安排下,自幼跟一位中国秀才丁顿龄专心学习汉语的。丁氏参加过太平天国起义,南京失陷后流亡到巴黎,原来聘他来法国编纂词典的主持人突然去世,他在火车站没有着落,此时恰遇戈蒂埃。法国大诗人将他收留到家里,教自己小女儿朱迪特中文多年;丁顿龄死后与戈蒂埃一家合葬。而今再追溯这段逸事,堪称中法两国民间交谊的奇闻。

笔者重温《莫班小姐》序言,细品其美学观点,觉得"为艺术而艺术"的纲领有其产生的历史背景及道理,钦佩戈氏近两个世纪前敏锐的洞察力。多年来,中国的教条文论将其归结为"布尔乔亚邪说",本是偏畸的宗派主义表现。应该承认,尽管戈蒂埃是象牙塔里孤芳自赏形式美的精神贵族,但他的美学核心"功利,丑陋也"构成对西方后工业社会功利主义的深刻揭露,更是对人类社会发展极具远见的预言。眼下全球化的文艺趋向,功利主义导致对效用和实利的一味追求,造成"娱乐圈"浓厚的商业气息和庸俗氛围,加速着人们的精神贫困。到了21世纪之初,我们却生活在一个充满浅薄粗俗、随波逐流的时代。戈蒂埃藐视的"经济主义者们"主宰着社会的命脉,让切望摆脱环境窒息的大众缺乏幻梦的空间,只得浑浑噩噩度日。当此之际,难道不该放弃政治偏见,渴饮戈蒂埃的美学清泉,从中汲取艺术的灵感吗?

维克多·雨果：
《悲惨世界》与《笑面人》

沈大力

2012年，法国纪念维克多·雨果诞辰210周年和《悲惨世界》发表150周年，同时还推崇这位大文豪的另一部小说《笑面人》，凸显他作品的社会学向度及其意涵对现代世界的持续影响。巴黎《快报》发表热洛姆·杜普依的署名文章，披露了雨果历时17年写作《悲惨世界》的漫长过程。

维克多·雨果

1845年7月，雨果因与画家彼雅尔之妻蕾奥妮的风流韵事曝光而被迫隐居现今巴黎的孚日广场家中，开始静心构思一部长河小说，起初取名《冉·特雷让》，后改称《贫困》。故事情节从1794年开始到1833年结束，其间经过滑铁卢战役和1832年巴黎民众奋战街垒，让珂赛特、芳汀、冉·阿让等数百栩栩如生的人物登上社会历史舞台。而后，他因故辍笔长达12年之久，直到1860年流亡英国格尔塞岛时才从皮箱中翻出旧稿续写,最后定名《悲惨世界》。十分出奇的是,决定这个蕴含深刻,流传至今的书名纯属偶然,并非出自作者本人。读过雨果传略的人知道,老诗人在爱女蕾奥波尔迪娜1843年溺水夭亡后,常在家中召集"心理玄学会",借此跟远在天国的女儿对话。这种近似迷信的游戏是让一面"转桌"随人从脚下踢动它的回数出现数目相当的字母,组成神奇的话语。1853年9月15日晚7点半,在一次家庭"心理玄学会"上,转桌突然显示如下话语:"伟人,你结束《悲惨世界》吧!"。"转桌"给出的题目正应和了小说里相对的一段话:"在一个去处,不幸的人与卑贱者同归于唯一的命定字眼:'悲惨世界'。这又是谁之过呢?"一些雨果研究者认为《悲惨世界》里包含着相当多作者自身的生活体验,几乎就是他的"自传",其中直接出现他两个情人朱丽叶·德鲁埃和蕾奥妮·彼雅尔的名字或笔名,如珂赛特跟冉·阿让隐蔽的波蒂-彼柯布斯修道院的僻径上遇见"天使之母德鲁埃小姐"等情节,皆有相当的真实性。

《悲惨世界》在1862年3月底完稿出版。当时,比利时出版商阿贝尔·拉克普瓦和维波柯汶从欧陆渡海到格尔塞岛取到小说手稿,将之密封进一个防水袋里带回布鲁塞尔付梓。出版社借资筹款,付足了作者声索的24万银法郎(相当于今天60万欧元)的高额稿酬,使雨果在流亡生涯里再无柴米之忧,又在所住"奥特维尔之家"房顶上加盖了一个玻璃屋当写作室兼瞭望台,朝夕居高远眺,观察六角国海岸的动静。

《悲惨世界》法文版同时还在罗马、伦敦、里斯本、莫斯科和里约热内卢等十来个大都会发行,几个月内就售出10万册,创时代纪录,且很快发现5种盗版。小说在巴黎推出之日,塞纳河街的帕涅赫书局前车水马龙,人涌如潮,纷纷争先抢购。然而,评论界反应却很冷淡,一些声名显赫的作家竟至反唇相讥。福楼拜难说不怀妒意,斥之为"写给一帮社会主义天主徒的劣作",大仲马阅后贬责说:"卷卷都是虎头蛇尾。"巴赫贝·朵勒维依挑剔道:"小说每个情节都堆满空洞的废话,倒人胃口,像滑铁卢一章里,或关于巴黎顽童的冗长独白和对波蒂-彼柯布斯修道院的细节描写,令人不堪卒读。"就连比较亲近雨果的乔治·桑,也批评其中对第涅主教反常过誉,与一部具有社会主义倾向的作品实不相容。至于圣佩韦和梅里美这两位雨果先前的挚友,他们冷漠得对之根本不屑予以置评。

《笑面人》法文版

毕竟,一部长达1500页的长河小说让出版社赚得盆满钵满,远远超过事先的预测,因而,出版者于1862年9月在布鲁塞尔大摆宴席,邀请全欧洲的记者赴会跟雨果及其子查理见面,共庆《悲惨世界》的销售佳绩。雨果乘兴发表演说,大谈新闻自由,感动了在座的《苦儿流浪记》作者埃克托·马洛和高蹈派诗人泰奥道勒·邦维尔等年轻的文坛才俊。接着,大文豪的公子查理·雨果将《悲惨世界》改编成剧本,但立即遭到第三帝国当局查禁。

这一切都没能阻止《悲惨世界》的迅速传播,尤其通过光影途径,竟达到157种之多。早在1897年发明电影之初,卢米埃兄弟就将其搬上银幕,继而法国杰出演员让·伽班、里诺·万杜拉及好莱坞明星查理·洛顿又使冉·阿让、沙威等形象在全球家喻户晓。近几十年来,加弗洛什、马利尤斯和珂赛特又出现在欧美音乐剧中,在巴黎"体育宫"吸引了50万人观看,在伦敦"望楼剧场"受到热烈喝彩,观众人数打破了音乐剧《猫》的最高纪录,于1987年辗转到纽约百老汇及世界各地,均受同样热捧,不断为原作者在海外扬名,压倒了"荒诞派"尤奈斯库之流对雨果的恶毒诅咒。

《悲惨世界》一直被视为雨果的代表作。诗人兰波在读书时就将其誉为"一部真正的奇特诗篇"。事实上,雨果在这部社会小说里描绘出真实的人类世界,其中的人物在今朝的法国社会里仍然随处可见,众多的冉·阿让去"爱心食堂"领取面包充饥,数万女大学生沦为 21 世纪的"芳汀",为交学费加入地下淫媒网卖春。另一面,金融巨头们骄奢淫逸,让人想到富人依然子孙繁茂。巴黎《快报》载文道:"《悲惨世界》无疑是规模最宏大的小说。雨果描写的众多人物,如冉·阿让、沙威、加弗洛什等都深深印在集体的潜意识中。不知多少次,听人说巴勒卡尼夫妻俩就是上塞纳省活生生的'德纳迪埃',那一对曾虐待珂赛特的恶徒。"巴黎公民都知道,巴勒卡尼是萨科奇的密友,一当上勒瓦鲁瓦市长,就赶紧将巴黎公社女英雄路易丝·米歇尔的雕像从市政厅前迁走,免得"红色圣女"在那儿碍眼。此翁至今还经常在电视上露面,一副趾高气扬的傲慢姿态,鄙视受他管辖的"悲惨世界"。确实,法国现在跻身世界八强,但贫困人口竟达 800 万,仍有雨果在 19 世纪展示过的"悲惨群落"成为"被漠视的人",此情景怎不让人追怀雨果!

在纪念雨果诞辰 210 周年之际,法国《阅读》杂志重提雨果 1869 年发表的另一部社会历史小说《笑面人》,将之列入"奥林匹欧"九部最具影响的诗文杰作之中。该小说刚发表时因"过于怪诞",并不为公众理睬,唯受左拉赏识。左氏无疑洞察到了此作品深刻的哲学内涵和现实意义,即在"悲惨世界"里,统治者要让备受摧残的贱民露出一付"笑面",以掩饰人压迫人的真相。小说的主人公葛汝普兰就是这种荒谬的具象。一伙歹徒将他面部毁形,却留下一张逗人的笑脸,跟老流浪艺人乌赫索斯在伦敦街头表演杂耍,供有钱人取乐。通过这个诡奇人物,雨果揭示了人间的"笑之异化"现象,在他看来,"笑"原是人欢悦的自由象征,却转化为麻醉民众的鸦片烟。由此,雨果代表的浪漫主义运动坚决反对将文艺变为纯粹的"娱乐",让统治阶级靠之维系不公正的既立秩序。新近,著名的雨果研究专家让－马克·奥瓦斯在接受《阅读》杂志记者采访时尖锐批评了当今娱乐圈给"笑"灌注的"负面示意"。他指出:"让人满足于现状,耽于休闲,不去正视当今的社会现实,忘却人类至今仍生活在一种'悲惨世界'里。目下,欧洲经济危机蔓延,希腊、意大利、西班牙等'民主国家'掀起'激愤派'的抗议浪潮,反映出福利国度广大群众唾弃右翼或左翼当权者以'娱乐'为宗旨的愚民政策,开拓一次克服精神贫困的新觉醒。"

你看过《第二性》吗?

郑克鲁

看过《水浒传》和《西游记》的人,也许会对《红楼梦》望而却步,因为《红楼梦》比较难看懂。同样,看过《简·爱》《包法利夫人》《安娜·卡列尼娜》的人,也会觉得西蒙娜·德·波伏瓦的《第二性》是一部难啃的理论书,既不像小说那么好看,也不好理解其中的理论奥秘。其实是误解了。有个女教授对我说:"《第二性》是女人,尤其是女青年的必读书。"因为读了以后,她便懂得女人是怎么回事,应该怎样对待自己。我觉得男人读了以后,也大有裨益,对女性会有更加深切的了解。至今,《第二性》已被看作是女性主义运动的"圣经",几乎所有的评论都援引这句话:"《第二性》是有史以来讨论妇女的最完整、最理智、最充满智慧的一本书。"

《第二性》写于20世纪40年代后期,在第二次世界大战之后。即使那时女权主义运动已经过去了100多年,但是女性仍然受到深重的压制和歧视,在大多数西方国家都没有选举权。《第二性》的出版确有振聋发聩的作用。但有些男性作家和评论家却发表了否定甚至是不堪入耳的言论。然而毕竟多数人都表示赞许。《第二性》在出版后第一周就发行了22000册,令人惊讶。1953年此书译成英文在美国出版,成为"最

西蒙娜·德·波伏瓦

抢手的畅销书",对当时在美国掀起的妇女解放运动产生了重大影响,被认为是使西方妇女女性意识觉醒的启蒙作品。由此也对其他国家产生了重大影响。例如德国的女性主义记者爱丽丝·史瓦兹说:"在黑暗的50年代和60年代,新的妇女运动尚未产生,《第二性》就像是我们正要觉醒的妇女之间彼此传递的暗语……没有它的话,妇运的基础不会如此稳固,尤其在理论方面,恐怕仍然处在一步步摸索的阶段。"可以说,妇女运动的再次高涨与《第二性》的发表有密切关系。

对《第二性》的高度评价是否言过其实呢?在波伏瓦之前,妇女运动基本上是在争取选举权和平等地位,而波伏瓦的诉求并不局限于女人的政治权利和家庭的平等,她认为女人要"摆脱至今给她们划定的范围",加入到"人类的共同存在"中。《第二性》对女性问题的深化表现在如下五个方面。

之一,是对女人的理解。波伏瓦提出了新的观点:她认为"人不是生来就是女人:是变成了女人"。这句话的意思是,女人的地位不是生来就如此的,是男人、社会使她成为第二性。社会把第一性给予了男人,女人从属于男人。这并不是说,某个女人不可能凌驾于她的丈夫或者其他男人之上,但这种情况并不能改变整个社会中女人从属于男人的状况。如同波伏瓦所说的,即便是某个国家由女皇当政,也改变不了女人总体低下的社会地位。这个女皇实行的是男性社会的意志和法律,她并没有改变女人的从属性。不过波伏瓦并没有提出要让女人成为第一性,她只是指出女人属于第二性的不合理。这是全书的出发点,由此探索女人如何变成第二性。波伏瓦所强调的他者,是与男性相对而言的,男人代表人,男性是主体,女性是相对主体而言的客体。在某种程度上,他者是被排斥于社会主体之外的,属于另类。女人对男人,类似黑人对白人。波伏瓦从哲学和理论的高度界定了女人在人类社会中的处境,"第二性"的命名充分表达了女性对自身不平等地位的抗议,是对男性社会发出抗争的呐喊。波伏瓦虽然写过多部小说,其中《名士风流》还得过龚古尔文学奖,可是她的文学贡献主要不是在小说方面,而是这部《第二性》,这是一部有世界影响的著作。

更为可贵的是,波伏瓦敢于直面女人本身存在的弱点,以现实的明智态度去对待女人问题,并不讳言女人的生理弱点,以此分析男人为何能在历史上统治女人。女人为什么不能创造各民族的历史,也没能出现与莎士比亚、托尔斯泰、陀思妥耶夫斯基比肩的大作家呢?其中有女人本身的问题,也有社会造成的缘由。波伏瓦没有拔高女人应有的作用,而是一一摆出女人在人类历史上所遭遇的悲剧命运,最鲜明而又最有说服力地展示了女人的处境。波伏瓦超出一般的女权主义者之处,体现在她辩证地理解女人的特点和应有的作用,而不是仅仅气势汹汹地发出不平之鸣。

之二,波伏瓦不是单一地提出女权问题,她一下子将妇女问题全盘地、相当彻底地摆了出来,力图囊括女性问题的方方面面。波伏瓦认为谈论女性必须了解女人的生理机能和特点,她论述生物的进化过程,低等动物与高等动物的繁殖,雌性与雄性的分别与各自的特点,进而论述女人与男人的分别与各自的特点,女人的生育过程,等等。她指出,女人由于有生物属性,要来月经,要经历妊娠和痛苦而危险的生育,女人对物种有附属性,因此,女人的命运显得更为悲苦。男女在智力之间并没有

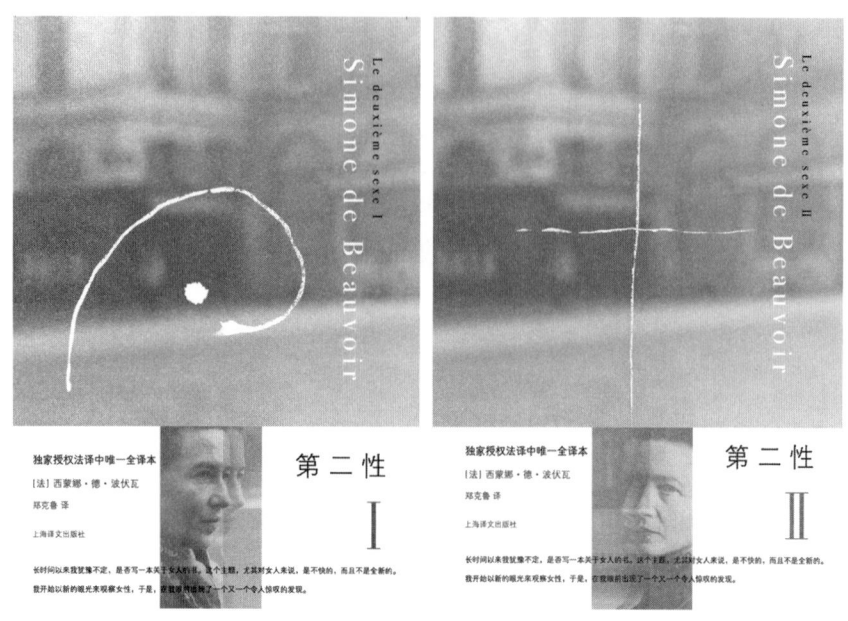

《第二性》中文版

多少差别,但女人在体力上比男人弱小,行动能力差些,她对世界的控制受到限制。当然女人对物种的屈从还取决于经济和社会状况。从生物学上来考察男女,是将女人放到物种和生存的角度去考虑,确定女人的生存位置。以往也有论者在分析女人所能起的作用时提到女人的生理属性,但往往一笔带过,而波伏瓦追根溯源,把这个问题谈得很彻底。

之三,波伏瓦描述了女人在人类史的发展长河中所处的地位。她认为自己的叙述弥补或修正了前人论述的不足。女权意识是在18世纪末,尤其是在法国大革命思潮的影响下产生的,但《拿破仑法典》(1804)仍然规定女人应当服从丈夫,连巴尔扎克也认为女人是男人的从属。随着机器的广泛使用,摧毁了土地所有制,而逐渐引发了劳动阶级和妇女的解放。各种社会主义的观点都提出妇女解放,乌托邦社会主义要求取消对女人的奴役,圣西门主义者重新掀起女权主义运动。而无政府主义者普鲁东主张把女人禁锢在家庭中。19世纪,妇女总体上缺乏争取自身权利的意识。直到19世纪下半叶,女工的休息日、产假等才有规定。至于政治权利,1867年,斯图亚特·米尔在英国议会上为妇女的选举权做了第一次辩护。1879年,社会党大会宣布性别平等。1892年,召开了女权主义代表大会。美国妇女比欧洲妇女获得更多的解放,林肯支持女权运动起了重要作用。波伏瓦指出:"女权主义本身从来不是一个自主的运动:它部分是政治家手中的一个工具,部分是反映更深刻的社会悲剧的附加现象。女人从来没有构成一个独立的阶层:事实上,她们没有力图作为女性在历史上起作用。"这个深刻论断看到了妇女本身存在的问题:女性尽管长期受奴役,却不能像奴隶一样起来反抗,也就不能争取到应有的权利。因为女人是不分阶级的,不同阶级的妇女有不同的利益。比如,资产阶级妇女未必要争取劳动权,她们宁可待在家里享受生活,屈从于丈夫。

之四,为了结合对男性制造的"女性神话"的分析,波伏瓦以五位男性作家的创作为例,探讨他们笔下的女性形象及其体现的男性思想。法国作家蒙泰朗是个大男子主义者,他的小说有自传性质,描写女人如何崇拜他,追求他,但他厌恶女人,鄙视女人,将女人当作发泄性欲的工具和男人的衬托。劳伦斯以描写性爱闻名,追求男女的完美结合,然而他的小说体现了对男性生殖器的骄傲;他相信男性至高无上,男人是引导者,女人是被引导者。法国戏剧家克洛岱尔诗意地表达变得现代化的天主教观点:女人要忠于丈夫、家庭、祖国、教会。他把女人界定为心灵姐妹,女人是用来拯救男人的工具。超现实主义领袖布勒东投入到爱情中,将女人看成一切事物,尤其是美。女人追求永恒的爱,布勒东希望她成为人类的救星。女人形象在布勒东笔下是一种理想。斯丹达尔对女性有特殊的热爱,他赞赏女人身上的自然、纯真、宽容、真诚、敏感、有激情。女人为了得到爱情,会想出种种办法,克服重重困难,显得光彩夺目。这些男性作家分别代表了从蔑视女性到赞美女性的不同倾向,但是,即便对女性持赞美态度的作家,也没有对女性表现出真正正确的态度。总之,男性作家所虚构的"女人神话"都不同程度地歪曲了女性。波伏瓦在这里进行的是女性主义的文学批评,第一次对男性作家笔下的女性形象做出深入而独到的分析,成为此后女性主义批判男性作家笔下的女性形象的滥觞。

之五,波伏瓦对女人一生各个阶段的分析,构成了《第二性》的重要部分。这是对女人的一生进行正面考察,从童年阶段开始,女孩逐渐意识到男孩的优越地位,随后她感到父亲的权威是至高无上的,她知道了是男人创造了所有国家,无论是在神话还是在生活中,英雄都是男性,而只有一个圣女贞德与之对抗。连圣父也是男人,圣母要跪着接受天使的话,《圣经》中指明女人是由男人的一根肋骨造出来的,凡此种种,都表明女人的次要地位。波伏瓦论述了女人的婚姻、家务劳动,认为达到平衡的夫妻生活只是一种乌托邦,由此得出,"婚姻制度本身一开始就是反常的",她很赞赏离婚是常事的美国,女人可以在外忙碌。波伏瓦指出,女人通过生儿育女,实现了她的生理命运。女人在妊娠期显得像个创造者,有些女人对怀孕和哺育感到极大的快乐,而婴儿一断奶她们就感到泄气,这些女人是"多产的家禽",而不是母亲。许多女人希望有儿子,梦想生下一个英雄。波伏瓦丰富多彩的论述不仅有理论高度,读来还令人兴味盎然。她虽然是从存在主义的观点出发去论述女性问题,但是,她能尊重科学和人类的发展史,而且敢于面对当代的现实情况和女人的切身问题,不少观点是符合历史唯物主义的。诚然,她的有些看法不免偏颇,如反对结婚,就是一例。

《第二性》所引用的材料丰富翔实,论证相当严密。波伏瓦博览群书,学识渊博。在书中她还大量引用了精神病科医生和精神分析学者著作中的实例,如斯特克尔的著作《性欲冷淡的女人》、埃纳尔、克拉夫特-埃宾、雅内的《困扰与精神衰弱症》、海伦·德奇的《妇女心理学》、还有索菲娅·托尔斯泰夫人的《日记》等,这些引文既能充分为论点作证,又增加了行文的趣味性,使这部学术著作不致显得枯燥乏味。

纪念《追忆似水年华》第一卷出版100周年：
普鲁斯特的"方舟"

黄 荭

> 我怀着焦急的心情，对着一个过去的时间转身走开，这过去的时间从此我是再也见不到了，向我伸出无力又多情的手臂的逝去的一切，从此也只有弃之不顾，可是，那失去的一切似乎正在向我说：让我们再活转来。
>
> ——普鲁斯特《一个上午的回忆:驳圣伯夫》

一

1913年11月，《追忆似水年华》（以下简称《追忆》）的第一卷《在斯万家那边》由格拉塞出版社出版，这是马塞尔·普鲁斯特在几家出版社碰了一通软硬钉子之后，一咬牙自己掏了腰包才办成的。《追忆》在那个走向没落骚动的"美好时代"遭此冷遇并不让人意外，因为从内容上看，普鲁斯特着意描摹铺陈的是一个行将消亡的阶层：上流社会无所事事的贵族遗老遗少和饱食终日游手好闲的富家子弟，他们奢靡浮华的沙龙和晚宴，他们病态纠结的情爱和嫉妒，他们真真假假、虚虚实实的欲望和风雅;而从形式上看,《追忆》又是一部崭新的书,它颠覆了传统意义上的写作,打开了一个向内的丰盈世界,这个世界"以无意识的回忆为发端,引起种种联想,产生想象的印象,不断拓展,延伸重叠,枝枝蔓蔓,无穷无尽"。在这个世界里,过去、现在、未来的疆界被打破了,模糊了,过去在不经意间埋下了未来的线索,而未来又沾染了提前怀旧的沧桑色彩,现在暧昧不清,像一场握在手里又正在失去的爱情。

马塞尔·普鲁斯特

《追忆》也是一部挑战阅读极限的书,如果说编辑和读者忍受不了一个作家用30页的篇幅来描写他如何在床上辗转反侧、无心睡眠,用150页描写在盖尔芒特夫人家的一次晚宴,然后再用另一卷一半的篇幅去渲染盖尔芒特王妃家的一次晚会……那么他会因为过早转身或没有退开一步而错过这幅用马赛克精心构思镶嵌出来的巨画的全景,错过一座由时间的碎片堆砌出来的记忆的大教堂。连安德烈·纪德一开始也看走了眼,他拒绝《追忆》的第一卷《在斯万家那边》在伽利玛出版社出版。纪德的理由很简单,跟他后来对普鲁斯特的解释一样:"在我看来,你不过是一个频频光顾 X、Y、Z 夫人府邸,外加专给《费加罗报》写无聊文章的人。坦率地说吧,我把你看成一个喜好风雅、趋炎附势的社交名流。"而普鲁斯特恰恰在这个以子之矛攻子之盾的游戏里,卸下了他人和自己的面具。

二

"在我孩提时代,我以为《圣经》里没有一个人物的命运像诺亚那样悲惨,因为洪水使他囚禁于方舟达 40 天之久。后来,我经常患病,在漫长的时间里,我不得不待在'方舟'上。于是,我懂得了诺亚曾经只能从方舟上才如此清楚地观察世界,尽管方舟是封闭的,大地一片漆黑。"而普鲁斯特被各种病痛(哮喘、咳嗽、消化不良、过敏、怕冷、怕老鼠、怕噪音、恐高……)困在"方舟"上的日子不是 40 天,而是几乎贯穿了他整个人生最后的 14 年:缠绵病榻,门窗紧闭,幽微的密室,光线和空气对他而言都是奢侈的、致命的。

虚弱,极度的虚弱;敏感,极度的敏感。

而立之年的普鲁斯特曾哀叹自己的生活:"没有快乐,没有目标,没有行动,也没有抱负。有的是已经到头的人生路,是父母忧心忡忡的关注,没什么幸福可言。"尽管在 1896 年他发表了《欢乐与时日》,并请到法兰西学院院士、当时的文坛泰斗阿纳托尔·法郎士作序,享誉欧洲的勒梅尔夫人作精美插图,但这本高谈音乐、绘画、纯文学的作品并没有引起注意,大家都认为这不过是风流才子的无聊消遣,文学不过是一时起兴,上流社会炫技和轻佻的习气终究会在这位社交狂的文字上烙下浮夸的印记。那些对普鲁斯特知之甚少的人还屡将普鲁斯特错当作当时名气远在他之上的另一作家马塞尔·普雷沃,让人气恼。1912 年,普鲁斯特还特别提及乌龙糗事:"我真是无名鼠辈。难得有读者读了我在《费加罗报》上的文章后给我写信,收信人的名字写的却是马塞尔·普雷沃,对这些读者而言,我的名字似乎只能是个印刷错误。"

而这个"印刷错误"竟然也暗合在中国对普鲁斯特最早的译介文字中。1923年,《小说月报》第十四卷第二号刊登了一篇小文《新死的两个法国小说家》,小文的作者是沈雁冰。

> 去年10月与11月间,法国失去了两个大文豪,一是陆蒂(Pierre Loti),一是普洛孚司忒(Marcel Proust)。
> ……
> 普洛孚司忒于1862年生于巴黎,他曾为烟草制造家;1892年《妇女通信》出版,始显名。1909年被举为法兰西学会会员。
> 他和波尔吉(Bourget)作风相同,而观察之深入,描写之精致,则胜于波尔吉。他也是属于所谓"心理的自然主义"一派;他想把心理派的心理分析的描写法和自然派的客观描写法并和为一,而使之调和。他的最好的作品是那些研究"妇人心理"的长篇。1889年出版的《茹佛姑娘》和1894年出版的《半贞女》都极有名。
> ……
> 欧战以后,他的著作更受人欢迎,前昨两年法国最广销的小说就是他的 Du côté de chez Swann,及连续者。这是一部半自传体的巨著——现代文坛上稀有的大企图——1913年第一卷 Du côté de chez Swann 出版后,1918年又出续卷 A l'ombre des jeunes filles en fleurs(此卷即得1919年之大奖者),直到去年11月18日死,又接着出了四卷,然而全部还没有完。

关于普鲁斯特前后不搭调的介绍让人看得一头雾水,其实,两位马塞尔在中国也被张冠李戴了,前半段介绍的是马塞尔·普雷沃,"欧战以后"才切回到马塞尔·普鲁斯特的正解。终于,人们承认这个曾经被当做社交狂的纨绔子弟也属于那种怀才不遇、晚了20年才被发现的严肃作家,并叹惋他的英年早逝了。

三

1923年,安德烈·纪德重读《欢乐与时日》,前后两次阅读的反差是巨大的,用"今天已富有经验"的审美眼光看,"我们从马塞尔·普鲁斯特的近期作品中能够欣赏到的东西,无一不能在这部作品中发现,诚然,原先我们对于这一点是视而不见的。是的,我们在《在斯万家那边》和《盖尔芒特那边》里所赞美不已的一切,早已以细腻而似乎狡黠的方式存在于这部作品中:孩子等待母亲道晚安,断断续续的追忆,悔恨之情的淡漠,地名引发的联想力,嫉妒的困扰,令人心悦诚服的景色描绘——甚至维尔迪兰家的晚餐,宾客们的故弄风雅,言谈间流露的自负——或者我顺便记下的这类洞察人微的描写,这种艺术上的用心对马塞尔·普鲁斯特是分外珍贵的,而且常常滋润他的思想……"

我们不否认,普鲁斯特的处女作的确在风格上为日后的《追忆》定好了调子,虽然有时候太抽象的词汇、太纯粹的形容让象征手法显得有些扭捏作态。但毋庸置疑,《欢乐与时日》在某种意义上是《追忆》的史前史,让我们可以回溯到作家的青年时代,看到秋后的果子在初春的枝头含苞待放的样子。那时的马塞尔身体还没有完全败坏,他依然沉迷于上流社会那些优雅又轻佻的假面舞会,要放弃"欢乐",他还需要假以"时日"。或者说,在退居斗室离群索居开始创作《追忆》之前,他还没能放下这浮世的繁华,没能看穿"欢乐"背后掩藏的虚幻和炎凉,也难怪中国学者涂卫群会在《追忆》的结构里读出曹雪芹的机心。

如果说《欢乐与时日》在风格上为《追忆》定了个妆,那么《一个上午的回忆:驳圣伯夫》就在理论上为《追忆》扫清了结构上的障碍。这本集论述、自传、小说为一体的难以归类的作品无疑是《追忆》的一个构想和练笔。在《驳圣伯夫》的前言中,普鲁斯特打破了智力的魔咒:"我对智力的评价与日俱减,而与日俱明的则是,作家只有超越智力方能重新抓住我们印象中的某些东西,就是说触及他自身的某些东西,也就是说触及艺术唯一的素材。智力以过去为名向我们反馈的东西,已不是这个东西的本身。事实上,恰如某些民间传说的亡灵所经历的那样,我们生命的每个时辰一经消亡,立刻灵魂转生,隐藏在某个物质的客体中。消亡的生命时辰被囚于客体,永远被囚禁,除非我们碰到这个客体。通过该客体,我们认出它,呼唤它,这才把它释放。它所藏身的客体,或称感觉,因为一切客体对我们来说都是感觉。"它在呼唤一种基于印象和感觉上的写作,去寻找失去的时间。

由此,"纸上的生活"替代了"日常的生活",作品的时间似乎在改变时间真实的流逝,它像达利布上油画里的时钟一样,变柔软了,煎饼似的摊在桌上可以随意折叠、扭曲,时间不再一直向前,我们所体会到的时间在某一种光线、某一个味道下会拐一个弯,于是时间有了褶皱,过去不宣而至,未来提前到来。细节被放大,动作被放慢,我们都承认,普鲁斯特的句子有一种神奇的延缓效果,我们从来没有那么清晰地看到那一个曾经被忽略的"感觉"。

四

阿兰·德波顿在《拥抱逝水年华》(我更喜欢原版那个直白却又令

人玩味的书名：*How Proust Can Change Your Life：Not a Novel*《普鲁斯特如何改变你的人生：并非小说》）一书中提到过这样一则趣事：英国某海滨度假村搞了个"全英普鲁斯特小说梗概大赛"，要求参赛者在15秒内概述《追忆》的内容。这个立意本身就很讽刺：普鲁斯特用不屈不挠、百转千回的长句，用闪烁不定、含蓄婉约的修辞，用他标志性的极其考验读者耐心、缓慢如爬行的蜿蜒文字，把哀悼之情渗透在对失去事物的幡然猛醒之中。而梗概式或传略式的人生正是普鲁斯特所摈弃的，因为在他那里，细节决定一切。

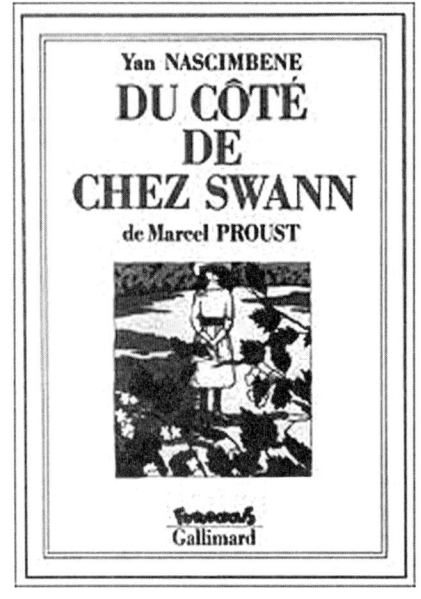

《追忆似水年华》第一卷《在斯万家那边》

由此，也可以看出普鲁斯特对待时间的态度，它更多的是心灵对流年的一种感悟。时间是《追忆》的第一个词，也是最后一个词。当追寻回到原点，我们在离题万里的地方找到了人之初的悲伤和欢喜，于是我们明白了此生。

所以德波顿说："如果当真对普鲁斯特有倾慕之情，我们的当务之急便不是到伊利耶－贡布雷一游，我们应该学会用他的眼光来看我们，不是用我们的眼光去看他。"而当你学会用普鲁斯特的眼光重新看待你的生活，你就会发现，普鲁斯特已然改变了你的人生，此言非虚。

如果你真的没有勇气读七卷本的《追忆》，亨利·希金斯说那也不是什么大不了的事情，只要方法得当，谁都可以从从容容地去谈论一本自己没有读过的书籍。他对《追忆》做了这样的归纳：

  爱聊自己的事没什么关系。
  历史的真相飘忽不定,but……
  过往从未真的离我们远去。
  避免陈词滥调。
  任何事物都有所关联。

  "人生天地之间,若白驹过隙,忽然而已。"在我,今天阅(重)读普鲁斯特的意义在于,当我们没有时间做自己想做的事情,在无谓的奔忙中消耗着青春和激情,有否想过：

  我们正在跟我们的生活失之交臂。

法国当代文学异象——新小说派之我见

沈大力

法国当代文学现状与西方文明的异化及由之而来的文化危机密不可分,哲学家埃德加·莫兰指出:"我们知道,自己并非处于黄金纪元的黎明,而是近乎铁器时代。不是启蒙时世,而尚停留在思想的史前阶段。"他感叹今人陷入"内心的荒蛮",法国文化、价值、家庭、城市生活乃至整个国家都面临着存在危机,表现在"任何文明都没能降服人类的野蛮,而这种野蛮又在文明的核心,在人际关系中存在一种伦理祸患,即心理上严重的自我中心主义倾向"。

显然,法国当代文学正是处于这种西方文化危机的阴霾笼罩之中。对此,文论家托多洛夫敲响了警钟。在《文学的危殆》一书中,他声言"21世纪伊始,为数众多的作者都在表现文学的形式主义观念……他们的书中展示了一种自满的境遇,与外部世界无甚联系。这样,人们就很容易陷进虚无主义……琐碎地描述那些个人微不足道的情绪和毫无意义的性欲体验","让文学萎缩到了荒唐的地步"。托多洛夫还说:"另一种倾向是唯我独尊,原本始于唯有自己存在的哲学假设,最新的现象为'自体杜撰',意指作者不受任何拘牵,只顾宣泄个人情绪,在随意叙事中自我陶醉。"他认定,虚无和唯我两种世界观促成了形式主义的抉择,造成一种狭窄贫乏的理念。

《文学的危殆》一书里,作者分章节阐述"现代美学的开端"、"启蒙纪元美学"、"从浪漫主义到先锋派"和"文学的能力"等论题,并在此基础上,纵观今昔,得出结论:从20世纪到21世纪初,形式主义、虚无主义和唯我主义在法国形成了占统治地位的意识形态,从而导致一场空前的文学危殆。谈及这种危殆的原因,托多洛夫毫不犹豫地将之归咎于结构主义,认为正是这种形式主义的专制造成当今法国

法国新小说作品《童年·这里》中文版

文学极度缺乏活力,在寂寥的死胡同里徘徊。他抱怨一伙所谓前卫的年轻作家无视文学与世情的关系,放弃在叙事中描写人生的传统,将文学创作贬低为一种简单的文字游戏。这里,他指的主要是新小说派作家。在他看来,新小说纯系形式主义,扼杀情节、人物、激情乃至作者,坠入唯我独尊和写作的恶性膨胀,切断跟文学人文主义相联结的桥梁,窒息了法国文学。

所谓"新小说",是与巴尔扎克模式的传统小说,或者莫里亚克式的心理分析小说相对而言,其雄心是与所有的文学经典模式彻底决裂。正如其理论创导者阿兰·罗伯-格里耶所宣称的,"在新小说与传统小说之间,任何对话或折中似乎都是不大可能的"。1963年,阿兰·罗伯-格里耶抛出题为《为了新小说》的宣言,与新批评家罗兰·巴特的《零度写作》相呼应,决意祛除小说叙述的人体及心理意义,仅留一具干瘪的

骨架,作为一个细琐而又无意识的物质载体、一种随心所欲的话语线图,依此模式,作家按照有序与无序的辩证结构,在同一地盘上连续发掘,因而秩序的"移位"就成了文学创作的决定性动机,从而将传统小说的线性情节、编年史叙述和人物的心理深度等特征一扫而光。

新小说另一理论家罗伯特·班热受贝克特影响,持续进行一种无结果的寻觅。通过浅显的原生态对话,采取冷幽默,让一切最终消失在一片絮乱之中,也是重形式轻内容的典型。他只描写"局面",而将故事情节压缩到最低限度,更不涉及人物的心理状态,机械而不厌其烦地重复自己的"询问",像是引导读者去解密"执达吏的笔录"或"宪兵的报告"。作者本人却弃之而去,力图"言人所未言",一鸣惊人,却似乎患上了失语症,令读者不知其所云。

俄罗斯血统的娜塔莉·萨罗特于1949年发表《无名氏肖像》,被替该书作序的萨特称为"反小说"。1956年萨罗特将自己关于新小说基础理论的一些文章结集出版,题为《怀疑的时代》。她提出从根本上更新作品的心理分析,坚称文学写作不是要找到心理冲突,而必须透过临床症候,反映猥琐的日常生活里隐藏的"潜谈吐",即所谓"秘密的微光"。在她眼里,艺术只不过是物质的细微摹仿,在最简单的局面里用最普通的话语素描出复杂的物质基础。这一点上,她的观点跟阿兰·罗伯-格里耶如出一辙,也认定人物的性格是达此目的之最大障碍,只有"谋杀人物",才能避免小说的贫瘠化。

真正靠"新小说"出名的,当属阿兰·罗伯-格里耶。他欣然接受了新小说"教父"的尊号,并引为荣耀。在法国当代作家中,他倒确实是一个相当奇特的人物。头一次见面,他就对笔者坦言:"我是以丑闻出名的。"他还谈起自己在第一部小说《弑君者》被伽里玛尔出版社拒绝后还是笔耕不辍,虽然仍然多年遭遇退稿。一次,他跟阿伦·雷乃在波西米亚一座古堡里炮制了一部影片,无人理睬,一气之下将拷贝扔进了垃圾箱。这时,一位客人来访,问及他有何近作,他苦笑着指了指垃圾箱,没想到那人竟将拷贝从垃圾里捡出拿去放映,立马产生轰动效应。虽然观众无不申斥,都认为那片子糟透了,但"恶名一经传扬,好奇者都想看看此片究竟糟到了什么程度,接着演了一场又一场"。罗伯-格里耶自嘲:"场场骂声不绝,结果反倒在威尼斯电影节获了'金狮奖'!"这部片子就是现今被人称道的经典《去年在马里安巴德》。

2008年2月8日,阿兰·罗伯-格里耶在法国冈城去世,不仅葬礼冷落凄清,而且报界嘲讽四起,都说他终于被自己的"橡皮"擦掉了。无疑,阿兰·罗伯-格里耶是一位最会制造文学恐龙效应的作家。1953年,他写出《橡皮》,得到午夜出版社老板热罗姆·兰峒青睐印行,为新小说打响了第一炮。《橡皮》貌似侦探小说,表面上有一个侦探,一个死者,一个凶手,从枪响到人死总共24小时,但情节令人费解。《世界报》和《费加

法国新小说作品《天象仪》中文版

罗报》连续发表讽刺文章,痛骂作者"玩世不恭"、"神经错乱","蓄意以丑闻哗众"。著名批评家阿迈特在《方位》杂志撰文,称罗伯-格里耶一生的文学革命是"从理论上将丑闻进行到底"。84岁时,罗伯-格里耶再曝丑闻,于2007年11月推出了用玻璃纸包装的小说《情感浪漫》。照阿迈特看来,罗伯-格里耶的写作一味追逐情色,既无厚度,亦无深度。

当年2月23日,《费加罗》杂志的一篇评论写道:"《嫉妒》的作者最善于为自己做广告。他深谙两个重要窍门,其一,要挂钩大学,得到学者们的赏识;其二,绝对要无穷尽地惹起评议、辩论和笔战。这样,数以千计的文章、论文、刊物、报告会和研讨会等就会使新小说成为一种智力赌注,远远越出法国国界。"无疑,罗伯-格里耶是美国最知名的法国当代作家,20世纪60年代,他曾在大洋彼岸施展自我推销术,直到临近去世也没消停。他也曾到北京的大学做报告,开场白即为:"我是全世界最著名的法国作家。"

法国新小说作品《橡皮》中文版

早在罗伯-格里耶"新小说"出笼时,就受到老作家弗朗索瓦·莫里亚克和吕西安·格拉克等人的严厉贬责,他在法国成了众矢之的,根本没有地盘。因此他去了美国,在纽约大学、华盛顿大学等地传授新小说"玄秘术",一时成了美国学人的偶像。当他穿上美制教皇新衣重返法国,虽然名气大多了,赶时髦的追星族也都说看到了他时尚的新装,但真正读他作品的人其实屈指可数,连一些文学水平很高的作家也弄不懂他书中究竟说的是什么。到20世纪80年代,他的创作捉襟见肘,在《幻影自传》里徘徊,周而复始地描绘同一个主题。贬低他的人认定罗伯-格里耶已"黔驴技穷","新小说"的神话业已破灭。一向标榜"坦率"的罗伯-格里耶本人也自嘲道:"人们毫不迟疑地向我承认,他们没读过我写的任何一本书,我拍的任何一部电影……我是一头尚未制成标本的恐龙。"

应该说,在法国一度时髦的新批评与新小说是有血缘关系的。新批评伴随20世纪诸如"新小说"、"新戏剧"等文学动向产生,而后者又是靠前者在文坛确立了自己的地位。但令人奇怪的是,像托多洛夫这样的新批评元老突然斥责起他的盟友新小说派来了。这一切,只能说是现实的文学情势使然。

想当年托多洛夫跟新批评另一理论家热奈特一道推翻"作家－批评家"的传统模式,代之以"作家－批评家－学者"三合汇,弃置文本内容思想研究,只专注于呈现创作的结构规律。但是,文学作品的结构一般是离不开作者的思想与艺术观的。天花散尽,起始托氏的"三合汇",随时间流逝蜕变为形式主义、虚无主义和唯我独尊的"三合一",在法国文学批评和教育界泛滥成灾。而今,他舍虚就实,用阿迈特的话说,"居然揭竿起义"了。我想,这至少不乏敢于自我否定的勇气。

德国

汉娜·阿伦特：
生命作为爱的叙事

高继海

汉娜·阿伦特作为 20 世纪西方重要的政治理论家，其影响与日俱增，她的主要著作，如《极权主义的起源》《人的境况》《论革命》《精神生活》等已经被译成中文并受到广泛关注。作为生活在德国的犹太裔女性，她亲历了希特勒上台后对犹太人的迫害和大屠杀，她本人曾经被盖世太保讯问和关押，后来逃离并流亡到纽约。她的生平与思想之所以引起批评界的广泛重视，还因为她与 20 世纪两位德国思想家——马丁·海德格尔和卡尔·雅斯贝尔斯有着特殊的关系。阿伦特是一位睿智、深刻、热爱生命与生活的杰出女性，她的生命本身就是一首爱的叙事诗。

为爱而生

阿伦特自幼丧父，母亲改嫁，虽然母亲把她视为掌上明珠，继父也十分钟爱她，千方百计讨她欢心，她仍然感到孤独、不快乐。她异常聪慧早熟，还在少女时代就显示出特立独行、不受约束的叛逆性格。她对事件的看法和反应也不同寻常，例如祖父和父亲在同一年相继去世，7 岁的

汉娜·阿伦特

她似乎无动于衷,还规劝母亲说,"一个人应该尽可能少地思考悲伤的事情,因此而情绪低落毫无意义"。

1924年阿伦特来到马堡大学读书,与年轻的哲学家海德格尔一见钟情。海德格尔讲课极具魅力,阿伦特听后惊叹:"思想又复活了,过去时代的、相信早已死亡的思想财富又进入了言说,如此这般言说出来的东西与人们在怀疑中猜测的东西大不相同。"

阿伦特被海德格尔迷住了。1924年11月她在海德格尔的约谈日名单上填写了自己的名字,而此前他们已经多次交换过会心的眼神,读出了彼此内心的倾慕。他们的爱情在秘密之中迅速发展,双方都是情不自禁。海德格尔此时35岁,有妻子和两个儿子,而18岁的阿伦特则没有任何恋爱经验。他们的关系也不平等,阿伦特完全按照海德格尔的游戏规则与他交往,在他需要的时候招之即来,在他忙碌的时候耐心等待。

阿伦特在雅斯贝尔斯的指导下完成了论文并通过答辩获得博士学位,她在论文《论奥古斯丁爱的观念》中坚信爱情,认为爱与生命的外延是相同的,生命本身的特性就在于爱。

1933年对于阿伦特、雅斯贝尔斯和海德格尔都是决定性的。希特勒以国会纵火案为借口,实行恐怖的独裁统治,大批犹太人被逮捕、关押、审讯、处死。阿伦特的爱情被冻结,她的学术生涯也因其犹太人身份戛然而止,就连她的生命都岌岌可危。雅斯贝尔斯也因为其妻子的犹太人身份受到歧视和迫害。而海德格尔则被选为弗莱堡大学校长,并且加入纳粹,在就职演说中热情洋溢地发表支持纳粹的言论。

阿伦特对雅斯贝尔斯尊敬有加,爱他就像爱父亲一样。尤其是"二战"时期的共同遭遇、战后对犹太人命运的共同关注,使他们的关系更加密切。而她与海德格尔的关系却是更深层次的感情与思想纠葛。战后安顿下来之后,阿伦特首先想到看望自己敬爱的老师。她先去拜访了雅斯贝尔斯,向老师和盘托出了当年与海德格尔的恋情,雅斯贝尔斯惊讶不已。

1950年2月,阿伦特来到弗莱堡与海德格尔会面。他们各自的处境与1933年时相比,已经大相径庭,形成鲜明对照,发生了戏剧性的变化。阿伦特此时已经成为研究政治哲学的名人,在美国的名牌大学搞讲座,做演讲,还经常出现在镁光灯前接受记者采访,就时局发表见解,她的言论在知识界具有举足轻重的影响。而海德格尔因为"二战"期间的亲纳粹表现受到审查,被停止了教课,终日郁郁寡欢。

两年后阿伦特再次到弗莱堡看望海德格尔。他们恢复了恋爱时期那样频繁的通信,而且从1967年直到1975年她去世,阿伦特每年都前往德国拜见海德格尔。海德格尔的遗存信件表明他很感动。1966年10月,阿伦特60岁生日收到海德格尔的贺信,喜不自禁。"你的秋日来信给我带来极大的喜悦,最大的喜悦。这封信陪伴着我——还有那首诗和那张可以看见你黑森林书房外的景致,特别是那漂亮的充满活力的山泉的照片——并将长久地陪伴我。在春天里破碎的心,在秋日里得到了愈合。"

1969年9月,阿伦特专门为海德格尔80寿辰在广播电台发表演讲,盛赞他对哲学的贡献。关于海德格尔"二战"期间为纳粹效力,阿伦特辩解道,几乎所有伟大的思想家身上都存在暴君倾向,都患有职业畸形病。当他们认为可以把自己的哲学转化为一种教育纲领时,就是这种畸形病的发作。阿伦特最后说:"如同柏拉图的著作在千年之后仍向我们劲吹不息一样,海德格尔的思想掀起的风暴来自远古,臻于完成,此一完成如同所有的完成一样,又归于远古。"

从思想的深刻性与影响力来看,尽管雅斯贝尔斯不失为20世纪一位大哲学家,与海德格尔相比却相差很远。阿伦特虽然在雅斯贝尔斯的指导下完成了博士论文,但是她的思想受海德格尔影响远远大于雅斯贝尔斯。阿伦特奔走于二人之间,希望他们能像20年代反抗传统哲学那样和好如初,并肩战斗,但是她的努力终告无效。

《拉赫尔·瓦伦哈根》

阿伦特在与海德格尔的恋爱陷入僵局时,偶然读到拉赫尔·瓦伦哈根的资料,深陷其中,后来写出传记小说《拉赫尔·瓦伦哈根——一位犹太女人的生活》。阿伦特说,她写书的目的不是要表现拉赫尔这个人的个性、影响,或者她与浪漫主义、与歌德的关系等等,而是"要讲述拉赫尔的生平故事,就像拉赫尔本人可能讲述的那样"。阿伦特认为拉赫尔的全部努力就是"畅快淋漓地坦露生命,就像不打雨伞站在暴雨中那样"。

拉赫尔自视为艺术家,认为通过努力,可以把自己的生命经验转化为一件艺术品。而通过讲述拉赫尔的故事,阿伦特从深重的精神危机中拯救了自己。阿伦特认为,哲学家的任务就是讲述生命的故事。"我一向认为,不管理论多么抽象,也不管论证多么严密,它们后面都有事件和故事,这些事件和故事包含了我们能够表述的全部意义。思想本身就来自于事件,来自于活生生的生命体验。"

拉赫尔·瓦伦哈根是犹太中产阶级珠宝商的女儿。她聪慧过人,具有独立的人格和不羁的行为方式,但是犹太血统使她受到种种歧视。她历经初恋失意、婚姻破裂、经济拮据等磨难,最后变得成熟坚强。在拉赫尔的书信和日记里,阿伦特体会到一种强烈的认同。拉赫尔与冯·福克斯坦伯爵那一段惊心动魄,最终却无结果的爱情,在阿伦特心中激起了强烈的共鸣。从拉赫尔身上,阿伦特看到了自己的影子,虽然相隔一个世纪,二人的经历却如出一辙。

讲述生命的故事是赋予生命意义的行为。拉赫尔与众多名人保持着密切的信件往来和频繁的个人接触,在日记中详细记录自己与这些人的交往言谈和生活的点滴感受,目的只有一个,就是希望在历史上留下自己曾经活过的踪迹。阿伦特讲述拉赫尔的生命,从拉赫尔的生命中汲取了经验和力量,懂得了该如何应对生活的磨难,以介入历史的方式拯救了自己"微不足道的生命"。

值得注意的是,阿伦特在讲述拉赫尔故事的时候,往往不加引号,自由引用拉赫尔私人信件和日记中记录的细节,将其混入女人的情感生活,混入身为犹太人,特别是犹太女人所感受的难处,包括精神使命、社会与政治的限制与选择的哲学思考等等。阿伦特在拉赫尔身上发现的最可贵的品质,是后者对生命、对尘世、对人类的爱。

《积极生活》

《积极生活》是阿伦特继《极权主义的起源》之后的又一部力作,也是她试图回答在《极权主义的起源》一书中未能充分展开论述的一些问题。阿伦特通过探究亚里士多德一些关键概念的多重含义以及后人对这些概念的误解,试图从源头上厘清一些基本概念,提出自己对人类生存境况的思考。

所谓积极生活,是对应于沉思生活而言。阿伦特指出,在亚里士多德那里,这个词被翻译成了"政治生活",在奥古斯丁那里被翻译成"交谈或实践的生活"。与亚里士多德的"政治生活"相对应的"理论生活"被翻译成了"沉思生活"。亚里士多德区分了自由人选择的三种生活方式:享乐生活、政治生活和思辨生活,认为三种生活方式的价值与意义依次递增。之所以如此,是因为人的"有死性"使他感到恐惧,进而促使他追求不朽。

阿伦特多次说到她之所以那么需要爱,就是因为爱可以驱走对死亡的恐惧。她期望在爱中忘却恐惧,希望通过一种积极的、行动的生活排除恐惧。

阿伦特指出艺术品是所有有形事物中最具世界性的东西,因为它们的持存不受自然过程的侵蚀,可以跨越时代而至永恒。但是艺术品直接来源于人思想的能力,而思想只有在对象化和物化之后才能变成有形之物,对象化和物化的代价就是生命本身。阿伦特写道:"活的精神必须存在于死的文字中,只有在死的文字再一次跟一个愿意复活它的生命发生联系时,活的精神才能从死亡(所有活的生命都逃避不了的结局)中被拯救出来,虽然这个活的生命会再次死亡。"

《艾希曼在耶路撒冷》

阿道夫·艾希曼曾是希特勒屠杀犹太人计划的主要组织者和执行者,有三百多万犹太人根据他的命令被处死。1960年艾希曼被捕并被引渡到以色列,对他的诉讼在耶路撒冷被提起。阿伦特向《纽约客》建议对此事进行报道,意在"面对面地清偿过去的债"。1963年由《纽约客》刊登的5篇文章以《艾希曼在耶路撒冷》的书名问世,立即引起轩然大波。她被批评为诋毁犹太人的纳粹分子,对大屠杀中遇难的同胞缺乏同情心,等等。严厉的批评和苛责持续了三年之久。

在阿伦特不得不面对的诸多责难与攻击中,艾希曼被具体化为"平庸恶"的化身可能是最有争议的。康德提出了根本恶的概念,认为它根源于一种邪恶的动机、作恶的意图、人的邪恶心肠。阿伦特在早期著作中采用了康德的这一概念来指纳粹集中营的犯罪。在旁听了耶路撒冷的审判,尤其是见到艾希曼本人说着他怪异的德国官方话语之后,阿伦特断定他是一个肤浅的人,缺乏独立的思考和责任感,他的全部动力仅仅源于渴望在纳粹层级中得到晋升。

阿伦特指出:"我们听到的越多,我们就越明确地了解,表达上的无能是与思考——尤其是对别人观点的思考——的无能紧密联系的。与他交流是不可能的,不是因为他说谎,而是因为他将自己置身于机械论的极端有效防护之中从而攻击他人的言语、他人的存在,甚至是反对现实。"阿伦特认为艾希曼有一种可悲的天赋,就是用一些口头禅自我安慰,直到临死前,仍然满足于发表一些僵化的言论。比如他自称军人,军人以服从命令为天职,引用康德"服从是一种美德"为自己辩护。

阿伦特在《极权主义的起源》中曾经分析这样一种令人不安的现象:人类思想的消除,人类自身对思想的放弃,以及对上级权威的绝对服从。艾希曼的审判给了她证明

《艾希曼在耶路撒冷》英文版

的良机:实现了纳粹主义的绝大多数人,在没有成为暴虐的怪物和疾恶如仇的拷问人的情况下,共同分享了这种平庸,即将个人判断权利的放弃视为无足轻重的事被广泛接受。阿伦特以"平庸恶"来概括这样一种罪恶,它出自像艾希曼这样的人所固有的停止思考的能力,唯上是从,这种人的无思又因周围所有人都毫无异议地支持希特勒的种族灭绝命令及其千年帝国的辉煌前景而得到加强。

阿伦特批评那些不懂政治、不关心时局的人。这些人认为仅仅献身于私人友谊或者独自的追求,就能够逃脱黑暗时代的浩劫。他们不懂得,如果忽略了人类社会中他人的存在,对自身利益和人身自由的追求会成为镜花水月。阿伦特不相信有某一类型的人能够抵御平庸恶的黑暗侵蚀,但是她相信,"即使在最黑暗的时代,我们仍有理由期待某种启明。这启明或许较少地源于理论、概念,更多地来自难以确知、稍纵即逝又时常微弱的光芒,一些男人女人在他们生活和工作中的种种情形下将其点燃,这光芒会穿越时空,照亮人世"。

阿伦特没有把希望寄托在社会精英、知识分子、当权者、科学家身上,而是寄托在"被爱训练过的"普通人身上。阿伦特认为只有爱才能拯救人类,只有受到爱的教育和熏陶的人,那些真正爱这个世界、爱人类的人,才会自觉地试图维护公共世界或公共领域的和谐与安全。他们具有独立的思考与判断能力,不随波逐流,不受"平庸恶"的侵蚀,是反抗极权主义、维护世界和平的中坚力量。阿伦特以自己的生命叙述的,正是一条抵御黑暗、照亮人世的道路。

《浮士德博士》：
一个德国的譬喻

罗　炜

小说《浮士德博士——一位朋友讲述的德国作曲家阿德里安·莱韦屈恩的生平》为诺贝尔文学奖获得者、德国大文豪托马斯·曼流亡美国时期创作的一部长篇小说，也是作家晚年最令人揪心和震撼的鸿篇巨制。托马斯·曼本人更是对其青睐有加，视其为"一生的忏悔"，称之为"最大胆和最阴森的作品"。在生前最后几年接受的一次采访中，托马斯·曼非常明确地表示这本关于艺术家的小说是他的最爱："这部浮士德小说于我珍贵至极……它花费了我最多的心血……没有哪一部作品像它那样令我依恋。谁不喜欢它，我立刻就不喜欢谁。谁对它承受的精神高压有所理解，谁就赢得我的由衷感谢。"

作品的形成

《浮士德博士》的构思最早可以追溯到1905年前后托马斯·曼记在笔记本上的一个简短计划："梅毒艺术家形象；作为浮士德博士和把灵魂出卖给魔鬼的人。这种毒药具有迷醉、刺激、激发灵感的作用；允许他在欣喜若狂的状态下创作天才般的、神奇的作品,魔鬼向他伸出援手。但他最终还是去见了鬼:脑软化。"不过,这个计划一搁便是 37 年。直到 1942 年,托马斯·曼才又重新开始考虑它。1943 年初,时值第二次世界大战开始发生不利于纳粹德国的重大转折,德军在斯大林格勒遭受失败,盟军在非洲展开反攻,托马斯·曼脑海里再度浮现创作《浮士德博士》的念头。

托马斯·曼

《浮士德博士》的写作开始于 1943 年 5 月 23 日,结束于 1947 年 1 月 29 日,总共历时三年零八个月。其间,托马斯·曼勤学好问,博览群书,大量涉猎了欧洲中世纪以来直至 20 世纪的思想史、文化史、哲学史、音乐史、文学史等相关文献和资料。如音乐方面,托马斯·曼不仅熟读了有关莫扎特、贝多芬、赫克托尔·柏辽兹、胡戈·沃尔夫等音乐家的专论和传记,同时结交了同时代著名音乐家如伊戈尔·斯特拉文斯基、阿诺尔德·勋伯格、汉斯·艾斯勒等人,并向他们认真讨教。又如神学、哲学、文学和历史学方面,托马斯·曼对马丁·路德时代的文献、三十年战争时期的史料、传统浮士德题材的多种文本、中世纪文学作品和成语集录以及尼采著作,乃至几乎所有关于尼采的传记作品基本上全都了如指掌,运用裕如。

音乐和浮士德

正如小说副标题所显示的那样,《浮士德博士》主要讲述了一个浮士德式的和魔鬼结盟的艺术家的故事。全书以作曲家莱韦屈恩的一位老朋友的回忆为线索,沉重而神秘地记录了这位德国艺术家天才而冷漠的一生,是作家自20世纪初以来艺术家与市民对立主题的一个延续和升华。

阿德里安·莱韦屈恩1885年出生在德国一个普通农家。他的父亲虽然是农民,却喜欢探究自然。田园般的乡村风光、古老的德意志家庭传统以及爱好冥想的父亲为他日后的孤僻和非理性倾向埋下了伏笔。阿德里安天资聪颖,小学毕业后来到中世纪氛围浓厚的凯泽斯阿舍恩上中学,并寄居在经营乐器的伯父家。也是在这段时间,阿德里安开始对音乐,尤其是对音乐的数学严密性和神秘多义性发生了浓厚兴趣。不过,阿德里安却出人意料地选择到曾经为路德宗教改革中心的哈勒大学学习神学。很快,阿德里安便放弃神学,于1905年转到莱比锡学习音乐。阿德里安深知自己的音乐天分有限,也深知自己所处时代艺术发展穷途末路的窘况,但骄傲的他不甘失败,为了能够超越自身局限,取得惊天动地的成就,他故意让自己染上梅毒。1910年,他又动身前往意大利的帕莱斯特里纳,在那里小住期间,他于半梦半醒中与魔鬼相遇。这次和魔鬼的谈话实际上是对他4年前以感染梅毒方式与魔鬼结盟的最终确认。魔鬼许诺他源源不断的艺术灵感和划时代突破,条件是24年期满之后他的灵魂归其所有,而且在这24年当中他不可以有爱。从意大利返回后,阿德里安开始了长达19年的隐居生活。其间,他才思如泉涌,创作出多部惊世骇俗之作,充斥"地狱狂笑"的交响合唱作品《人物启示录》和决意"否定""贝多芬《第九交响曲》"的交响康塔塔《浮士德博士哀歌》更是把他推向事业的巅峰。然而,就在他艺术上步步高升的同时,他周围的环境却不断出现道德堕落的危机,他本人也开始违背不许爱人的禁令,他的身边开始不断有人死亡。阿德里安悲愤欲绝,突然猛醒,他要对一生进行忏悔。1930年,在写完《浮士德博士哀歌》之后,他也跟民间故事书中的浮士德博士一样把朋友召集到家中,向他们承认了自己和魔鬼的结盟。最终,阿德里安在经历了10年疯癫之后,于1940年辞世。

《浮士德博士》中文版

小说的标题为《浮士德博士》,与此相呼应,小说在其主干结构——误入颓废和罪责歧途的艺术家莱韦屈恩的传记中糅进传统的浮士德题材。中世纪的超凡学者和魔术师格奥尔格·浮士德同魔鬼结盟的传说在1587年首次以《浮士德民间故事书》的形式成为文学文本,此后不断有人对其进行创作加工,如马洛的悲剧《浮士德》、克林格尔的小说《浮士德博士的生活、壮举及下地狱》和歌德的悲剧《浮士德》第一部和第二部等。在整个以浮士德为题材的西方文艺创作中,以歌德的悲剧《浮士德》最为著名。

如果说歌德的《浮士德》呈现的是资产阶级上升时期努力不懈的巨

人形象并以救赎结尾,那么,托马斯·曼的《浮士德博士》呈现的则是资产阶级没落时期的病人形象并以解体告终。托马斯·曼笔下的浮士德可被看作是对1587年古老的《浮士德民间故事书》的某种回归,托马斯·曼在创作时主要是以其为蓝本:主人公阿德里安和老浮士德都是农家子弟,都上了大学,都是先学神学,而后才改学所谓不大正经的专业。两人都把灵魂出卖给魔鬼,约定的期限都为24年,而在这一期限内所发生的重大事件及其先后顺序也都彼此吻合。除此之外,《浮士德民间故事书》中的一些专有名词也被原封不动地移植到小说里,至于直接引用和文体风格上的借用就更不胜枚举。这些素材和其他来源的素材一道,通过作者的巧妙穿插与组合,共同行使着建立关系、制造暗示、激发联想和营造氛围的功能。

一个德国的譬喻

托马斯·曼如此精心布局,自有其深刻意图,正如他在《浮士德博士》创作过程中于1945年所完成的政论文章,同时也是解读小说的最重要文献《德国和德国人》中所特别强调的那样:"浮士德的魔鬼在我看来是一个很德意志的形象,和它结盟,卖身投靠魔鬼,用牺牲灵魂得救去换来一个期限以获取全部宝藏和世界大权,在我看来,这都是同德意志天性特别接近的一些东西。一个孤独的思想家和研究者,一个坐在自己陋室里的神学家和哲学家,他出于享受世界和统治世界的渴望而把灵魂出卖给魔鬼——就在今天,看到德国以这种面目示人,就在德国名副其实地去见了鬼的今天,可不全然就是正当时吗?"在文章中,托马斯·曼还认为有必要纠正浮士德传说中的一个"错误",即有必要把浮士德和音乐联系起来,因为"音乐是具有魔性的领域"。由此,一个同浮士德的魔鬼结盟的音乐家的生平故事便超越了其个体的意义范畴,被赋予了能够代表一个民族和一个国家发展成长历程的示范性。在这个意义上,《浮士德博士》就成为一个德国的譬喻。

从小说的形式和结构来看,《浮士德博士》从同魔鬼结盟的艺术家小说跃升为具有普遍示范意义的德国小说,具体是通过一个名叫塞雷奴斯·蔡特布罗姆的叙述者来实现的。正是他在1943年5月到1945年5月,也就是纳粹德国走向覆亡的最后两年,提笔写下并完成了音乐家莱韦屈恩的生平故事。通过这位叙述者以第一人称"我"的方式所进行的讲述,莱韦屈恩的一生和纳粹德国的崩溃之间发生了多重错综复杂的关联。

全书由47章组成,其间叙述者蔡特布罗姆的思绪时不时地便会从正在讲述的朋友的过去飘回自己身临其境的当下。尤其是当叙述过半,也就是在主人公于幻觉中和魔鬼相遇并进行长谈之后,阿德里安过去的生活开始越来越多地穿插进充斥着"时代的恐怖"的当代和险象环生的时局。小说后半部几乎章章都穿插了有关第三帝国一步步走向灭亡的时事报道。更耐人寻味的是,艺术家小说和德国小说之间始终是平行展开,只是到了全书末尾莱韦屈恩葬礼的最后一段,藏而不露的作者才第一次意味深长地将二者的内在关联挑明:"德国,它的面颊现出肺病患者的潮红,它那时正陶醉在放荡的凯旋的巅峰,正准备借助一个条约的力量去赢得全世界,它以为它可以守约,它于是用它的鲜血签署了这个条约。今天,它正在倾覆,它已经被恶魔缠身,它的一只眼睛被它的一只手蒙住,它的另一只眼睛在盯着恐怖发呆,它每况愈下,从绝望走向绝望。它会在什么时候抵达那深渊的底部呢?什么时候才会否极泰来,从最后的绝望中生发出一个超越信仰、承载希望之光的奇迹呢?一个孤独的男人正在这里双手合十地祈祷:愿上帝宽恕你们可怜的灵魂吧,我的朋友,我的祖国。"

专门安排一个人讲述阿德里安的生平是托马斯·曼在小说形式方面所坚持的一个基本思想。托马斯·曼希望通过这样一个较为健康明朗的叙事者来平抑小说内容过于阴森的病态。事实上,蔡特布罗姆不仅是叙述者,同时也是重要的男二号。他青年时代持民族主义思想,认为德国"突破"成为世界大国是值得追求的宏伟目标。一战结束后,民主的、人道主义的基本信仰才开始逐渐在蔡特布罗姆身上占据上风。前法西斯的慕尼黑克利德威斯圈子的反共和思想及其讨论,蔡特布罗姆也是以一种摇摆模糊的态度参加。在第三帝国,他的自由主义虽使他免受反犹主义干扰,却并不能完全令他和沙文主义的各种变种划清界限。托马斯·曼在对蔡特布罗姆这个人物进行塑造时,虽然也融入自身思想发展的相关成分,但更多的还是尝试把他塑造为一种人道主义的代表。不过,正如有评论家所指出的那样,这仅是一种局限于被动反抗的人道主义,并不具备旗帜鲜明的道德使命感,一个典型特征就是叙述者放弃在政治上明确表态。通过这个人物,德国有教养的文化市民和所谓知识精英在政治上的软弱和道德上的无助显露无遗。

德国历史灾难的心理学解释

托马斯·曼认为德国的命运是一种受到诅咒的命运。在1945年完成的《德国和德国人》中,托马斯·曼大谈"德意志'内心性'的历史",大谈德意志民族的特殊性,试图对德意志精神的堕落与纳粹主义兴起之间的联系给予以文化批评为出发点的心理学解释。托马斯·曼在文中同时还以德国的"辩护士"形象出现。托马斯·曼对于自己不顾当时严峻时局仍然为德国说话的后果是很清楚的,在《德国与德国人》的开篇他便直言不讳地这样点明道:"鉴于这个不幸的民族对世界干下的难以启齿的伤害,纯粹从心理学的角度来处理这个对象,这恐怕会给人造成几乎是不道德的印象。"尽管如此,他还是服从了内心的召唤,选择了为自己的出身辩护。

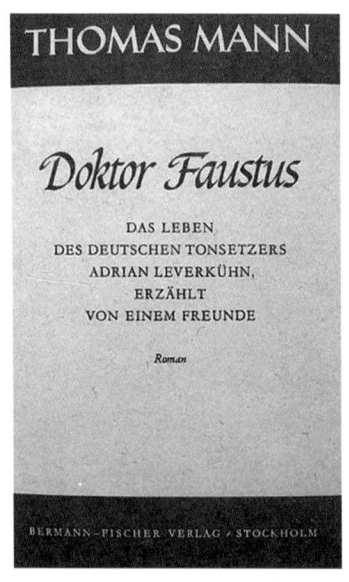

《浮士德博士》德文版

《浮士德博士》借助浮士德和音乐这两个最能象征德意志的形象来探讨导致德国历史灾难的原因,可以说是上述心理学解释模式的文学翻版。小说中两个重要人物蔡特布罗姆和莱韦屈恩都是对德国的拟人化,前者代表陈腐而软弱的文化庸人,后者则代表天才而冷酷的艺术家,两者均象征着同一个遭遇了魔鬼的德国。

托马斯·曼的这种心理学解释模式尽管不无洞见,不乏许多具有启发意义的认识,却也不免会导致重重矛盾,甚至是错误。最早对此提出批评的评论家凯特·汉姆布格尔就认为,托马斯·曼从音乐的魔性力量中,从德国人不问政治的内心性中推导出莱韦屈恩的命运,在《浮士德博士》中对魔鬼的沉迷超过一切理性,这势必给人造成一种政治理性面对纳粹政权毫无办法、乐观向上的人道主义并不能抗衡恶毒和野蛮世界的印象,因此,就政治目光的敏锐而言,托马斯·曼不如他的哥哥亨利希·曼,因为后者看到了前者所忽视的东西:"广大的没有受到人文思想文化熏陶的群众的存在才是法西斯主义的温床。"

从《浮士德博士》发表以来至今,不断有研究者在持续关注隐藏于小说的心理学解释模式后面的宿命论色彩以及与之相应的政治冷漠态度。日耳曼语言文学专家阿尔特认为,《浮士德博士》通过叙述者在政治上所表现出来的漠不关心的冷淡态度强化了那种"仿佛历史是不可掌控的,是被黑暗势力所控制着的"宿命论思想。不仅如此,阿尔特更进一步尖锐指出:"《浮士德博士》里虽然谈到德国人的命运,但却没有谈到大屠杀。犹太人物只是以讽刺漫画和扭曲变形的方式被表现为阴险地代表着前法西斯思想的狂热主义分子布赖萨赫尔,以及必然服务于那种犹太人都是善于做生意的暴发户和吹牛皮的空谈家俗套的音乐经纪人菲特尔贝格。对于犹太民族的苦难,这个多声部的文本没有给出一个声部,也没有给出一个音区。提请注意这一点,倒并不是要暗示那种'反犹主义指责',当年托马斯·曼一听到这种指责就立马予以了反击,而是要考虑到一个空白,这个空白似乎比叙述者蔡特布罗姆那带有《圣经》色彩的热烈比喻更加意味深长。"

蒙太奇技法及其副作用

文学蒙太奇是指把语言上、文体上和内容上来源完全不同,甚至是风格迥异的文本或文本部分并列、拼合在一起。作家凭此技巧可以强化艺术的整体性意识,取得美学意义上的刺激与挑衅,让读者感到震惊,让不同领域的真实同时得到体验并通过连接各种不同的行为和意识层面来激发联想。在《浮士德博士的形成》中,托马斯·曼特别指出自己在《浮士德博士》中运用了"蒙太奇技术",并强调这种艺术手法的运用是他文学创作中的新东西。而根据相关研究,托马斯·曼的蒙太奇其实就是两大类:把真人、真事和真实的环境植入小说和大量征引各类文献,同严格意义上的文学蒙太奇技法及其作用存在一定出入,但从较为宽泛的意义上来讲则又并非不可。

  主人公阿德里安·莱韦屈恩这个人物的组装或合成性质就非常明显,他主要由浮士德、勋伯格、尼采、多位梅毒艺术家乃至托马斯·曼本人的生平经历及其与之相关的事件或作品组合而成,可被视为托马斯·曼式蒙太奇手法运用在人物塑造方面的一个典型案例。阿德里安人生旅途上的重要几站就同托马斯·曼自身的经历相符。其次,莱韦屈恩的故事中糅进了大量与尼采相关的生平故事和著作,尼采的绝大部分思想和观念也都渗透到了小说的字里行间。另外,莱韦屈恩身上也融入了发生在贝多芬、胡戈·沃尔夫、罗伯特·舒曼等音乐家身上关于天才与疾病的故事。

  除小说主人公外,小说中的其他人物也几乎全都能够从托马斯·曼个人和社会生活圈子中找到原型。首当其冲的自然是托马斯·曼的亲人。如市政议员夫人罗德身上就能找到一些托马斯·曼生母尤莉娅·曼的音容笑貌。他妹妹尤莉娅和卡拉的悲剧性人生则被托马斯·曼公然安在了罗德夫人的女儿克拉丽莎和伊涅丝身上。自己家里人总归好办,倘若涉及的是朋友和熟人,情况就会变得复杂起来。如果纯是正面或中性塑造,倒也无妨。然而,如果是负面的塑造,麻烦自然难以避免,如莱韦屈恩的朋友、英语语言文学专家和作家席尔德克纳普,其原型为自1906年起就和作者交好的诗人与翻译家汉斯·莱西格尔,作者也是相当忠实于生活地把人家直接植入小说当中,充当一个虽则幽默、讨人喜欢,但却耽于幻想、毫无责任感的人物。为此,托马斯·曼直到多年以后才得到原谅。

  总之,把真人真事直接嫁接到小说的情节和人物身上,固然可以引发为作家所期盼的那种"真假难辨"、虚实不分的奇妙功效,但也很容易导致误会,例如《浮士德博士》至今仍被一部分人当作"影射(真人真事的)小说"来解读便是明证,尽管它其实更应该被誉为"旁征博引的艺术杰作"才是。

赫尔曼·黑塞：
谱写心灵的朝圣者之歌

谢莹莹

赫尔曼·黑塞的作品，无论是小说、诗歌还是散文，都可说是他的心灵自传。黑塞的小说之所以能够引起读者的同感，很大原因是他的写作全是来自切身的经历和体验。黑塞在描绘和阐释自己的生命时，因着能够生动地把握住其特殊性，能够将特殊性转化为普适性，故而能够超越时空的距离、超越文化的距离，直接与不同时代、不同社会、不同阶层、不同年龄的读者群交谈，特别是青少年，他们总是能够从他那儿得到一点信息、一点启发、一点感应。就如曾经写信给黑塞的日本少年，他觉得远在瑞士的黑塞在同他说话，并且比之任何人都更理解他的苦恼。还如一位德国作家，他说，如果他在学校读书时就读到黑塞的书，那么当时的许多无助和困惑对他的伤害就可能减少，至少不会让他那样地绝望。

黑塞的主要作品是小说，他以小说闻名于世，不过，他同时也是出色的诗人和散文家。他的诗歌主要记录了他个人成长过程中的挣扎和洞见，散文则更多记录了他对历史和社会的观察和思考。

诗歌对黑塞而言，"是灵魂对经历的反应……诗最先只对诗人自己说话，是他的呼吸、他的呐喊、他的梦、他的微笑、他的挣扎"，也就是主体性极强的一种文学形式。写诗的第一要义是真：生活经历之真、感情感觉之真、思想之真,还有就是真正的内心需要,所以绝不能以形害意。但这不是说,他不重视形式,相反,在对待诗的形式上,他的态度极为认真,总要在各方面不断推敲,直到一首诗全无雕琢的痕迹。浑然天成,大概是黑塞诗作的理想,而他的诗的确具备了优美而简单、自然而真切的特性。黑塞诗的另一特点就是节奏性和音乐性强,这对他是不可或缺的。

举凡时序变化、晨昏交替、湖光山色、花草树木皆是黑塞诗歌的题材,生老与病死、童稚与耄耋、内在的困惑、外在的苦难、对精神的追求、对生命的感悟也是题材。当然,爱情诗和讽刺之作更不会少。无论什么题材,他的写法都是以主体感受和思考为着眼点,咏物抒情写人无不将"我"置于其间,诗人的个性品格、生活态度、生活理想、对存在的理解和认识了然于诗中。

赫尔曼·黑塞

他的诗和散文小说的内涵一致,讲述社会用同一模型塑造人,人和树木一样,被修剪成四平八稳,整齐一律。诗人以《被修剪的橡树》道出了渴望发展个性的心声:"我与你何殊,屡屡遭剪的/满是磨难的生活并没把我折断",然而,柔弱的生命虽然困顿,却能"从千磨万劫中/我日日朝外探首依然",因为"但不可摧毁是我本性,我无怨也无尤,从被斫伐的枝丫中千百遍,我耐心地把新叶儿吐,千种苦,万种痛,怎经得我对这浊世情深如故"。这首诗以树喻人,表现出诗人不受摧残和束缚的天性。"吐新叶"既是本性的需要、自然的过程,也是为人间做出的贡献;既有主观的价值,也有客观的价值,因为诗人热爱生命和人类,所以能够不屈不挠做自己该做、想做的事。《盛开的花》一诗中诗人从满树的桃花联想到人的思想。思想像花一样,会开出千万朵,正如不是每一朵花都为了结成果子而开,思想也不必每一个都符合功利的需要。诗人说:"愿任花开物自适/莫问收获几许";又说:"人间正自有赖/嬉戏、无邪与过剩的花朵/否则世界就太小/生趣就太枯涸。"诗所蕴含的是一种十分宽容自在、十分非功利的思想:自然界有它本身的价值,人不要以自己过分实际的价值观去看待自然,人的精神与自然是相通的。诗人呼吁不要将"有用"、"无用"这类观念套进生命的每个角落去,短期的以及狭隘的价值观会扼杀人的精神发展。看来"无用"的有时反而更具有价值,因为它能给生命留一些余地、一些生机。身处功利至上社会的我们,读这样一首小诗是否有如醍醐灌顶呢?

　　黑塞的诗既是个体灵魂的呐喊,那么生命危机时期的苦难黑暗与混乱状态、内心的冲突与沟通整合自然也就入诗了。诗《荒原狼》出现在小说《荒原狼》中,描写了荒原狼处于灵与肉、精神追求与本能冲动时的状态。诗中出现的字眼如鲜红的血、孤独的号叫、热乎乎的肉、花白的头发、不济的眼神、死去的女人、冬夜的大风、覆盖着大雪的大地、燃烧的喉咙、魔鬼、可怜的灵魂等等,读来惊心动魄,与那些写景状物感时抒情的诗大异其趣。另一首类似的诗《给印度诗人巴特里哈里》中,作家称这位印度诗人为先人与兄弟,描写了人在神与魔鬼之间的一切挣扎。诗人虽受尽民间的奚落,却知有神的气息在相伴着,"不知这一切的意义何在,却只能如此地走下去"。这类诗,在黑塞诗作中所占比例不大,但也是不可忽视的部分。可以看出,即使在最混乱的状态中,诗人内心最深处也仍然感受到一种神圣,他最终可以找到统一整合的道路。黑塞晚年的诗中,灵与肉总是和谐的,精神与自然最终融为一体。

黑塞的散文和书信内容较之诗歌侧重点则有所不同,除了湖光山色、花草树木、生老病死,还有对亲情友情的追忆,对时代和社会诸多现象的思考和批评,对文学艺术的看法,不少是自传性文字。黑塞的散文简洁优美,时而心平气和,时而充满幽默,时而奋笔直指时代弊病。从中我们看出黑塞服膺的是个体良知,捍卫的是个性、精神与艺术文化,他所走的是通向内在的道路,目标是对人类有普遍意义的符合人性的人道主义精神。从散文和书信中能更直接地认识作为人的黑塞,见到他终生不渝的为人与为文一致。

黑塞一生蛰居乡间,不管是在德国还是在瑞士,他都尽力避开尘世,但他绝不是如同批评者所说的象牙塔里的文人,他不躲避时代的问题,对国家和世界大事了如指掌。1914年第一次世界大战开始时,整个德国处于狂热之中,知识分子们也都鼓起响亮的掌声,而他写了一系列的文章反对战争。他的评论文章《朋友,换个调子唱吧!》呼吁各民族不要对立,虽然是战争,但可以不敌视对方的文化。人类的精神文明是为全人类服务的,音乐、文学、艺术,一夜之间就被迫不能互相交流,那么,战争过后又该怎么办呢?谁来促使民族之间再次相互理解呢?用笔工作的人不应该也跟着摇旗呐喊,应该对人类充满信心,应该维护和平、架起桥梁、寻找道路。他还认为德国对于发动战争应该负起自己的那部分责任。最后,他终于和德国当局的立场完全决裂,他成了"卖国贼",老朋友也视他为毒蛇猛兽。他的文章引起罗曼·罗兰的同感,罗曼·罗兰特地去拜访他,他们从此成为至交。两人看法一致,反对毫无意义的流血和战争,反对任何一种狂热的民族主义。

战后,帝国被推翻了,魏玛共和国却无所作为,希特勒和纳粹终于掌权,将德国一步步推向新的世界大战。预见到德国终将再次发动战争,再杰出的个人也影响不了这种趋势,黑塞终于在1923年下定决心放弃德国国籍,入了瑞士籍。从德国到瑞士,国籍改变了,不过德语仍然是通用语言,环境也是他熟悉的,黑塞的流亡不是远离故国的流亡,更多的是内心的、精神上的流亡。流亡期间他写了一些政论文章,这些文章出自个体良知,也诉诸个体良知。文章所想达到的不是引领人们去碰政治问题,而是进入自己的内心,审视完全是个体性的良知。他说:"马克思和我之差异除了他涉及的维度大大超过我之外,就在于他想改变世界,我则想改变个人;他直面群众,我直面个人。"他深信,人的最内在有某些区域,是一切源于政治和带着政治印记的因素达不到的地方,他想做的,就是引导读者进入自己的内心,听从自己的良知,保持独立人格,不要人云亦云,不要盲从。

从第一次世界大战开始,黑塞就没有停止过批评德国,因而也备受同胞的毁谤和讥讽,然而,是他,而不是那些高喊"德国万岁"的文人,为德国语言和德国文化做出了贡献。在1946年的诺贝尔文学奖答谢词中他认为,把文学奖颁发给他,意味着国际上承认德语和德国在文化上的贡献。托马斯·曼说过,黑塞代表了一个古老的、真正的、纯粹的、精神上的德国。黑塞也把他的获奖视为各民族和解的象征。这样,我们就看到什么叫爱国,诗人黑塞毕生同群体的狂热和偏见斗争,批评狭隘的民族主义,要求德国同胞自省,主张民族间精神的合作,他就这样在同胞的咒骂中实际完成了伪爱国主义者不能完成的爱国行为。

在散文中,黑塞也提出许多相反相成的概念,诸如个体与集体、特殊与一般、精神与自然、虔诚与理性、大与小、上与下、老与少、质与量、光明与黑暗、善与恶、内与外、自我与无我、传统与创新、节制与放任等。他以简单质朴而又优美的文字谈这些理性的概念,谈人生、宗教、文化、艺术、写作,描写人性和人的无意识这些复杂问题。他以无比的细腻和爱心描写天地造化,山和水、云和月、花和草在他的笔下显得那么真实,那么活泼,他描写的小城风光或乡间小径读来让人犹如身临其境。他以冷峻的笔调挞伐一切戕害个体心灵的事物与行为,挞伐不负责任的偏见,挞伐人的残酷与麻木,以自嘲和讥讽的语气剖析自己和别人的弱点。黑塞是个看似矛盾的人物,一生来回摇摆在精神与自然、节制与放任、定居与漂泊之间。他有非常清晰的政治意识,却是纯粹非政治性的人物;他批评社会,却对人类充满爱心;经历黑暗,受尽同辈的奚落,却对生命满怀希望和信心。他的冷峻与温柔,其实缘由一致,都是出于对自然规则的尊重,对个体心灵以及精神、文化的尊重。

黑塞的诗文中,无论是充满西方式的激情与反叛,或是充满东方式的宁静与淡泊,都贯穿着悲天悯人的人道主义精神以及作者对生命真诚的信念。他谱写的生命之歌,是爱之歌,也是一首朝圣者之歌。在一个物欲横流趋势有增无减的时代,在人们感情麻木、思想混乱的社会,与黑塞做伴,或许能够唤醒我们对精神追求的渴望,寻回被重重魔障掩蔽着的本性,变得比较宽容、比较有同情心,或许还能多一点分辨是非的能力和怀疑的勇气。

君特·格拉斯《盒式相机》：
回忆、记忆与虚构

余 扬

格拉斯的第一部自传《剥洋葱》于 2005 年 8 月出版,旋即引起德国乃至世界媒体对其长达数月的高度关注。讨论的起因源于格氏在书中披露自己曾于"二战"时短暂为武装党卫军效力。对这一事实长达近 60 年的隐瞒,导致了公众对素有"民族良心"之称的格氏本人道德诚信的质疑,从而进一步引发了德国政坛、文、史学界关于如何再度反思"二战"历史的一场大论争。《剥洋葱》完全被当成真实史料来阅读,其核心主题被关于"政治正确性"的讨论所彻底湮没。

2008 年 8 月,格拉斯的第二部自传《盒式相机》问世,这次他显然吸取了教训,在书中,政治与社会问题被最大限度地加以淡化,并以已往作品不曾有过的温和笔触,讲述了一个看似只关乎家庭纷扰纠葛的、私人化的故事。全书共分 9 章,严格依照时间顺序,主要展示了格拉斯自 1959 年《铁皮鼓》出版后,一直到 20 世纪 90 年代初期的情感与家庭生活。书一开篇,叙述者"我",即作为父亲的格拉斯,召集了他的所有儿女,要求他们从各自的角度,来描述与点评他们心目中父亲的形象。前 8 章中,每一章由一位子女来主讲父亲某一时期的生活,其他人可以随时打断他(她),进行补充、纠正乃至否定。最后一章,父亲与众子女一起讨论适合全书的结尾。串起全书、或者说赋予其整体感的元素有二：一是每章开头必大费笔墨渲染的聚餐。"吃"不仅是儿女们聚会讨论必不可少的环节，也展现了人类丰沛恣肆的"物质－肉体"形象，是格氏笔下拉伯雷式的狂欢化世界中

君特·格拉斯

不可或缺的要素，就这一点而论，《盒》与格拉斯另一部代表作《比目鱼》的结构可谓如出一辙；其二，也是贯穿全书更为重要的红线，乃玛丽·莱玛这一人物。在现实生活中，她作为格拉斯多年深交的密友，目睹了他家庭的起伏与分合，见证了孩子们的成长。作为他的私人摄影师，玛丽用一部爱克发牌盒式相机（书名由此得来），不仅为他的艺术创作拍摄了各类素材，还为其家人拍摄了大量照片，记录了这个家庭几十年间幸与不幸的时刻。正是对这些照片所记载故事的回忆，成为孩子们唤起往昔的出发点与讨论的依据。而"盒式相机"这一隐喻，则集记忆与回忆、现实与想象之功能于一体，多方位地折射出叙述与写作的本质与意义。

这部盒式相机有着不同寻常的经历。据玛丽回忆，"二战"行将结束时，柏林城被盟军炸成一片废墟，她的影楼也不例外，"唯独幸免的只有这部相机，没法解释是由于何种原因。它仅是烧焦了一点点而已"。它和玛丽一样，都是战争的"遗留物"或"幸存者"。这似乎注定它在日后为格拉斯工作时，镜头也总是聚焦在残留物或残缺物上，例如"鱼刺、被啃过的骨头"、"烧过的火柴"、"乃至橡皮擦擦过后的屑末"。无论在格氏的文学、绘画或雕塑作品中，这些不再完整的、即阿多诺意义上的"受损的此在"，一直是其艺术表达的主要对象。与此相应，他小说中的

主人公也从来不是所谓"历史的创造与主宰者",而是必须"承受与遭遇历史"的小人物,他要"从下往上来看历史"。换言之,文学的职责与功能恰恰在于,记住这些所谓"历史的代价与牺牲品",让历史的伤口永远保持新鲜,写作是对试图冲淡一切的、不断流逝的时间的反抗。因此,在孩子们的眼中,父亲格拉斯"纯粹是关乎过去地活着,无法摆脱(过去),总要一次次重新""揭示、发掘和暴露(过去)"。这里的"过去"对格拉斯而言,尤指"二战"的历史。这段历史不仅是他个人的、也是德意志民族难以愈合的精神创伤。格氏曾一再强调,每个作家都有命定的"终身主题",而他的则是对"二战"历史的反思与清算,为此他需借助文学独有的书写与记载历史之功能。在《盒》中,象征着文学多重含义的盒式相机因而具有非凡的记忆往事功能,"甚至在还没有硬盘与磁盘的时代",它就已"能像计算机一样储存过去发生的一切了",这似乎与《剥洋葱》中的琥珀(象征记忆)所具有的功能有异曲同工之妙。

  盒式相机对过去的事物远非只是原样拍摄封存,它还会整理、编撰这些素材,并使其以文学的形式再现,由此相机被赋予了不同寻常的虚构与想象功能,这些正是文学构成不可或缺的要素。玛丽回忆道:"我的相机可以拍出不存在的东西,可以看到先前不在场的事物,或者会展现你们连做梦也想不到的事。我的相机洞察一切。"它拍摄的神奇照片能再现已逝往昔的、作为作家的叙述者"我"想要了解的每个细节,譬如在30年代战争时期,"瑞典的舰队升了多少张帆,丹麦的船只配备了多少门大炮"来德国参战;或者"二战"后,在"一所原本破败而阴暗的住宅内",它拍摄出来的照片能清晰地重现出各个房间在战前的旧貌,当时"窗户大开着,阳光透过白色的窗帘漫进屋来"。叙述者称这些照片为"历史抓拍照",其最大的特点是能从"无"中生"有",无论镜头锁定哪里,洗出的照片就能生动再现出这里过去的点点滴滴,这与文学创作借助想象力,重构个体化的、形象的历史如出一辙。书中的作家"我"也是擅长"虚构、想象,直到(想法)成形、并变得活灵活现"。文学的叙述对象绝非仅是过去,它也必然指涉现在与未来,并具有"卡桑德拉"式的预言与警世功能;因此盒式相机还可以凭空拍出关于未来的预言照,它们不仅预言并印证了格拉斯私人感情生活的数度危机,预见了世界政治的重大事件,如柏林墙的建立与拆毁,而且还预示出人类的未来,像在《比目鱼》《母老鼠》与《伸舌》中一样,它以反乌托邦的末世情形呈现出来:"最后一批的未来抓拍照看上去如此悲惨;只有水,水无处不在","或者更糟,没有水,因而一片干涸,荒原化了,沙漠,只有沙漠"。象征文学的盒式相机自由地同时在三个时间层面——过去、现在与未来——之间游走着,这首先实践了作者独特的时间观念:格拉斯素来否定时间是呈线型的历时结构,而强调不同时间层面密织交错、互为因果的共时特征,并创新词,将他的时间定义为包括所有时间层面的"第四时间"——"过(去)现(在)未(来)"。

另外,打破常规的线型时间结构,也与格氏对"现实"与"人"的理解密不可分。格拉斯曾指出,人类"想要消解时间,想要能在所谓过去、所谓未来的任意一个时间段在场","这些听上去如此狂妄的渴望并非不真实,逸于现实之外,而恰是在白日梦与夜梦中、在日常的、不假思索的语言使用中,决定着我们的现实","因为我是这样来理解童话和神话的:它们是我们现实的组成部分,更确切地说,是我们现实的双层底基"。在童话与神话这样一个充满"图像、象征与意义的世界中",人类想象力、无意识与深层的渴望以一种合理的方式得以释放与表达。正是在这个意义上,格氏认为,"我们在童话中重新认识了自己,自人类记事以来,便在神话中找到了自己的栖身之所"。因此,自《铁皮鼓》开始,对童话风格的运用、对童话题材的改编、对童话式的、个性鲜明的动物的赋予新的意义,几乎贯穿了格氏的所有作品,《盒》书也不例外。全书以童话风格开篇来讲述格拉斯的家庭史:"从前有一位父亲,因为年纪大了,于是就将他的儿女——四、五、六,一共是八个,召集起来……"而在书的末尾,所叙述的一切,又被归诸于童话:"儿女们都大声叫嚷着:'这些都只是童话、童话……''没错',他(父亲)小声反抗着,'但这是我让你们讲述的、关于你们自己的童话'。"还有书中的核心人物玛丽与核心隐喻"盒式相机",作者也是以童话风格来引入的:"我来谈谈小玛丽吧。一开始就像个童话,大概是这样的:从前有位女摄影师……从最初起就是我们这个拼凑起来的家庭的一员。"

《盒式相机》德文版

盒式相机不仅有着童话般历劫幸存的经历,它更具备童话的心理功用,它可以帮助孩子们表达内心的恐惧,满足深层的渴望,宣泄非理性的冲动,因此又被他们称为"许愿盒!魔术盒!宝盒!"当周遭的一切都在按理性运行,只是让人觉得辛苦时,盒式相机却能在相片上轻松地实现他们的各种愿望:譬如当女儿劳拉小时候盼望有只小狗做伴时,玛丽给她拍摄的相片上就会出现她与小狗的亲昵合影;当她与朋友们长到青春期,对各种社会角色都充满了好奇时,照片上便会出现与她们身份迥异的造型;当1968年的学生运动席卷全德国时,儿子帕特与约尔什也渴望能参与其中,"正是在这种情形下,正在许愿之际,老玛丽用她的爱克发相机捕捉住了我们(帕特与约尔什),所以后来我们可以(在洗出的照片上)看到,我们如何……手挽手地穿过库当大街(游行)。我们当然是反战的"。

童话的另一特征,即原本靠口头流传来得以传播,从而在内容与诠释上具有很大的不确定性——"每次讲述的都会不一样",更是直指现代性文本的要素——意义的"开放性"。从这个角度来解读,《盒》书无疑也是对叙述行为与过程进行"反身指涉"的"元小说",处处指向故事本质的虚构性以及叙述的不可靠性。小说一开篇,叙述者"父亲"就明确指出,所有子女名字"与现实中都不一样",他们都是由他"杜撰"出来的人物,他们自己也意识到了这一点:"也许就连坐在这里谈话的我们,也不过是被凭空捏造出来的","然后一切都还要跟着爸爸的指挥棒转,他就任意这样编排我们"。像所有元小说的叙述者一样,《盒》的叙述者也常会为讨论某一事情的真相,向读者提供不同的版本,却决不会提供确定的答案,以此来凸显与传统叙事之间的差异以及叙述行为本身的不可靠性。为此,《盒》在叙述层面上采取了多声部结构,由 8 个儿女不同的视角,来对同一事件进行点评,他们一直在"互相打岔、反驳"、莫衷一是,而全书结尾他们对玛丽之死的讨论,更是将这种"不可靠"的、提供多种可能性的叙述方式推向了高潮:有的子女说她死于一家天主教的医院,在死前还由于信仰问题与护士嬷嬷发生了激烈争执;有的说她死于自家的床上,走得平静而安详;而儿子保罗的叙述更是离奇,他声称在一个刮飓风的周日,玛丽执意要到易北河的河堤上去拍照,结果就像《圣经》中的玛丽亚升天一样,她也"飞了起来,直接从堤上升起,陡然地、几乎是笔直地上去了,变成了一根线、一个圆点,直至完全消失,被天空吞没"。玛丽随身携带的盒式相机,更是从头至尾都是一个谜,充满了不确定的因素:首先是相机的式样以及型号一直无法确定,有子女声称那根本就不是爱克发牌的,而是柯达相机,更有甚者断言那是一台廉价无比的傻瓜相机;玛丽死后,相机便神秘失踪了,有儿女认为是保罗藏起来了,有的认为在父亲手中,有的怀疑它已流落到了跳蚤市场。它所拍摄的那些记载着孩子们梦想的"神奇照片",更是"很快地变得愈来愈白,底片也愈来愈模糊,直至什么都看不清了"。若想要还原照片的内容,只有倚助儿女们的回忆,而回忆是有选择性的建构,因而是不可靠的。换言之,"真相"也好、"历史现实"也罢,也都只是一种"建构",它与小说的"虚构实质"是同源的。唯一的真相,正如绝对的真理一样,是不存在的,它只能以复数的,即多种可能性的形式存在。就像作为全书核心隐喻的盒式相机,它的寓意一直在游移与"延异",却始终不能被限制或确定。它的意义,就像是《盒》的副标题所暗示的那样,是属于"暗室的故事",人们永远无法借助白昼之光,将其分辨得一清二楚。

《盒式相机》中文版

《盒》作为"元小说"对叙述成规的反思,也体现在它对传统传记叙事的戏仿上。在这本传记中,"诗与真"、虚构与现实相互交织,并行不悖,尤其在细节的处理上,真真假假、虚虚实实,真伪难辨。叙述者"我"既是小说家格拉斯,又是故事中的人物,他们之间的界限是模糊的:作为叙述者的"我"既可以随时进入叙述层,与人物展开对话与讨论,又可以随时抛却参与者身份,回到元叙述层,与其他人物保持距离,书中的某些观点究竟出自哪个叙述层的"我",经常难以区分。然而,在《盒》作为"元小说"而对叙述行为的"自我意识"进行反思的同时,格拉斯却陷入了新的悖论,因为他为了与读者讨论故事发展的多种可能性而精心设计的"多声部",

即8个儿女的不同角度,并没有实现真正意义上的"多元视角"。他们不过是小说家"我"的传声筒,他们所有的谈话只是为了串起格拉斯的生平与作品,他是在借他们之口表达自己的政治与文艺观。正如儿子泰德说的:"他把那些话强加在我口中,那绝对不是我说的话",但子女们的"抵制"总是被判无效,因为父亲才是掌控一切的"导演",并在每章结尾处以权威的口吻对事件作评;儿女们甚至在语言风格上都毫无区别——清一色的青年口语,他们之间年龄、性别的巨大差距似乎对他们的用词与语气并没有产生影响。如果说在《剥洋葱》中,还可见作者在世界观与创作观上的反思、困惑、痛苦与挣扎,那么《盒式相机》则刻意追求"和谐",一切的观点都已尘埃落定,避免任何可能会引起争议的话题,甚至连语调都是格氏作品中难得一见的温和与淡定,所有的痛苦纷争都仅仅用"乱糟糟"一词轻描淡写地带过了。很显然,《盒》书是不愿重蹈《剥洋葱》的覆辙,而欲将读者的注意力集中在对小说艺术价值本身,而非政治观点的探讨上。如果说《剥洋葱》的主题与歌德的《诗与真》一样,探究的是时代对个人的影响,那么《盒式相机》则是以更明显的方式在表明,它是在以自传体小说为例,探讨文学的职责、功能、特性与本质所在。

歌德与卡夫卡：
他们如此不同，却都塑造时代的灵魂

曾艳兵

　　歌德是德国伟大的文学家和思想家，卡夫卡深受歌德的影响，这一点不言而喻。卡夫卡在日记中曾写道："我在阅读有关歌德的著作，浑身都在激动，任何写作都止住了。""歌德，由于他的作品的力量，可能在阻止着德意志语言的发展。"这说明，歌德不仅影响了卡夫卡的思想和创作，而且这种影响业已形成一种焦虑，以至于卡夫卡得奋力摆脱这种焦虑，时刻提防着歌德过于强大的影响，否则他也就不可能取得任何写作方面的进展和成就了。据说，卡夫卡暗地里梦想写一本论述"歌德的可怕的要旨"的书，并描绘他使后代受到的消极影响。意味深长的是，韩国当代作家李承雨深受卡夫卡的影响，他说："阅读卡夫卡犹如放弃宽阔的大道而走进一处没有道路的陌生树林，邀请幻象融入现实，创造出自己独特、奇妙的世界。卡夫卡通过这种高超的技艺，向我们展示了提出疑难问题的价值。如果有人能够不借鉴卡夫卡而成为作家，那么他一定非常伟大。"对于卡夫卡来说，他所面对的严峻问题是：如果能够不借鉴歌德而成为作家，那么就一定会成为一个伟大的作家。歌德和卡夫卡看上去是那样不同，但他们的内在联系是那样紧密而不可分割。

　　正如魏玛是歌德的象征一样，布拉格是卡夫卡的象征。魏玛是德国著名小城,距离布拉格300多公里,位于德国中部的埃特斯山山脚、伊尔姆河的河畔。魏玛举世闻名,很大原因是因为歌德。1775年,年仅26岁的歌德应卡尔·奥古斯特公爵的邀请来到魏玛,这中间除去意大利访问的一年零九个月外,他在这里一直生活到1832年逝世。歌德的绝大部分作品都是在这里创作的,他的巨著《浮士德》也完成于魏玛。席勒也曾两度在魏玛生活,并与歌德结下了深厚的友谊。另外,爱克曼与歌德在魏玛有长达10年的友谊,他们在魏玛完成了《歌德谈话录》。总之,由于歌德的非凡才华,他为魏玛开创了第一个文化上的黄金时代;而魏玛,也成了歌德真正的故乡。

歌德

在歌德去世半个世纪之后,1883年卡夫卡降生于布拉格。卡夫卡的母语是德语,他对歌德的崇拜与敬仰由来已久,作为歌德故居的魏玛在卡夫

卡夫卡

卡心中几乎成为圣地,寻访魏玛是卡夫卡的心愿,学习、借鉴并超越歌德就是卡夫卡内心深处的志向。

卡夫卡对歌德的关注和阅读可以追溯到很早的时候。早在上中学的时候,卡夫卡在德语课的演讲练习中就选择了题目:"我们应该怎样理解歌德《塔索》的结尾?"卡夫卡上中学时,德文老师费迪南·德莫尔通常选用的范文就是歌德的作品。卡夫卡这时已经开始阅读《歌德全集》。卡夫卡中学毕业时的德文演讲题目就是有关歌德的。卡夫卡上大学时阅读过歌德的传记、书信和《谈话录》。1911年他又潜心研读歌德。1916年为了弥补妹妹奥特拉受教育的不足,卡夫卡"尽自己的最大能力向她讲解和介绍歌德、叔本华、汉姆生、柏拉图和陀思妥耶夫斯基"。歌德,周期性地反复吸引卡夫卡,既是卡夫卡模仿学习的榜样,又几乎成为他无法逾越的障碍。

歌德对卡夫卡的影响自然也包括所谓"影响的焦虑"。卡夫卡对歌德在魏玛的故居心仪已久,这终于促成了卡夫卡在1912年的魏玛之行。1912年6月,卡夫卡与布罗德结伴赴魏玛参观了歌德故居。布罗德后来回忆道:"为了筹划第二年,即1912年前往魏玛的旅游,我们出于对歌德的爱,出于进行了多年的歌德研究而有的特殊充分的准备。听卡夫卡出神地谈歌德,给人一种非常特别的感觉:这就仿佛是一个孩子在谈他的一位祖先,这位祖先生活在比今日更幸福、更纯洁的年代,与神性有着直接的接触。"1912年6月29日,卡夫卡"夜间步行去歌德故居,一眼便认出来了"。在随后的几天里,卡夫卡几乎天天去参观歌德故居,并与歌德故居看门人漂亮的小女儿格蕾特·奥廷根有过一段短暂的恋情。这位小姑娘有着与歌德《浮士德》中女主人公玛格丽特一样的名字,但卡夫卡在日记中称她为"格蕾特"。他仔细参观了歌德故居,几乎对有关歌德的一切都感兴趣。

歌德对卡夫卡的影响是多方面的。卡夫卡有关"变形"的观念也许得益于歌德。我们知道,歌德在魏玛时期曾潜心研究过植物学、昆虫学、解剖学、光学和颜色学。歌德从生物学的研究中形成了自己的自然观,即变形,原来是植物的变形,后来是可以看到的所有有机体的各个部分互相生长的过程。当然,有关"变形"的主题原是欧洲文学的传统之一,卡夫卡所受的影响不只歌德一方面。

歌德对待女性,尤其恋人的态度也许对卡夫卡也有影响。歌德可能借格蕾琴这一形象来怀念被他抛弃的弗里德莉克·布里翁,还有夏绿蒂·布甫和莉莉·逊内曼等,她们都在与歌德热恋后横遭遗弃。西方学者曾经指出:"歌德完全应该在女性面前深感负疚。《浮士德》第一部实际上是以文学创作的方式所进行的忏悔……歌德一直是位伟大的情圣,但在全心全意付出爱情的同时他又总是小心翼翼地有所保留。在以最初的暴风骤雨般的狂放激情博得佳人芳心之后,他常常选择退却,留下心绪纷乱、心灵破碎的姑娘黯然神伤。他对女性爱慕有加,可一旦发现,他生活中最根本的任务即文学创作会因此受到不良影响时,他便立刻全身而退。"在恋爱、婚姻与写作之间,如果只能选择其一的话,卡夫卡也像歌德一样,总是选择后者。

就文学创作而言,歌德对于卡夫卡的影响主要体现在小说创作方面,这种影响既体现在小说的主旨立意方面,也体现在情节故事方面,还体现在人物形象、语言风格等方面。歌德对卡夫卡的影响最为集中地体现在卡夫卡的长篇小说《美国》和《城堡》上,歌德对中国文化的推崇和赞扬自然也影响到了卡夫卡的文化选择。

《威廉·迈斯特》是与《浮士德》相提并论的长篇小说。作者创作这部小说花了50年时间,小说分为《威廉·迈斯特的学习时代》和《威廉·迈斯特的漫游时代》两部。这两部小说是德国文学中所谓的成长小说或发展小说,也就是教育小说。在文学史上,《威廉·迈斯特的漫游时代》也是"德国第一部写移民的小说,到美国去发展是这部小说的一个重要主题",仅此一点,我们就可以看出它与卡夫卡的小说《美国》的联系,尽管这种联系可能是反其意而用之。

《美国》(又译《失踪者》)是卡夫卡第一部未完成的长篇小说,也是一部成长小说,而这部小说显然受到了歌德成长小说的影响或启发。但是,如果说《威廉·迈斯特》是成长小说,《美国》则毋宁说是一部"被成长小说"。威廉·麦斯特是主动接受教育,卡尔·罗斯曼是被迫接受教育;威廉渴望成长,卡尔被迫成长。威廉在成长过程中总有贵人指点;卡尔在成长过程中则常遭恶人阻拦。威廉成长最后找到了自己的幸福;卡尔成长最后却前途渺茫,不知所终。至于说,在歌德的小说里穿插有《一个美的心灵的自述》这样优美的道德故事,这在卡夫卡那里却是不可想象的。

《威廉·迈斯特的漫游年代》德文版

美国当代著名文学理论家、批评家哈罗德·布鲁姆在论及歌德的《浮士德》时说:"在德国,歌德没有任何与自己实力相当的诗坛前辈;从紧随其后的荷尔德林以降,歌德没有文坛上的对手。"20世纪用德语写作的犹太作家卡夫卡显然是歌德的对手,不过,卡夫卡主要写作小说而不是诗歌。歌德的《浮士德》与卡夫卡的《城堡》,既有一种渊源关系,也是一种对手关系。

歌德的《浮士德》取材于德国16世纪关于浮士德博士的传说。歌德将民间传说故事加工改造,将浮士德提升为一个在人间不断追求最丰富知识、最美好事物、最崇高理想的人物。浮士德经历了人生中 5 个阶段的悲剧:知识悲剧、爱情悲剧、政治悲剧、美的悲剧、事业悲剧。最后,他在改造自然的事业中得到了智慧的结论,却又在这一瞬间死去。歌德使浮士德的追求内在化,实际上把浮士德变成了一个自己时代的人物。《城堡》则是卡夫卡最重要的长篇小说,这部小说最能体现卡夫卡的创作风格和特征。小说的故事非常简单:像《浮士德》一样,那也是个夜晚,但是个积雪覆盖的冬夜。自称为土地测量员的 K 开始了他试图进入城堡的悲剧。他深夜来到城堡附近的村庄,城堡近在咫尺,可是无论他怎样努力,也无法进入城堡。他在城堡附近的村子里转悠了一辈子,在生命弥留之际,有人告诉他:"虽然不能给予你在村中的合法居住权,但是考虑到某些其他情况,准许你在村里居住和工作。"K 没有自己的身份,他试图追求自己的身份,确证自己的身份,但最后也未能成功。他一出场就是悲剧,因为没有人能够证明他是谁,之后的一切不过是这一悲剧的继续和深化而已。

两部作品都涉及主人公追求、奋斗的主题。浮士德精神就是永远进取、永不满足。在 K 的身上洋溢着这种精神,但指向一个具体的目标——城堡。但城堡里究竟有什么,或究竟是什么,我们却不得而知。浮士德性格最重要的特征之一就是永不满足——是对无限的追求,也是哲学的最高追求,但这必定会导致最大悲剧的发生。浮士德所迷恋的狂放生活不可避免地要成为他的精神地狱。最后,浮士德经历了地狱的考验,超越了自我,并从中得到了满足,但与此同时也宣告了他有限的肉体的死亡。对于《城堡》中的 K 来说,除非进入城堡,否则他不可能得到满足。为了进入城堡,K 想尽了他能够想到的一切办法,不放过任何一次可能的机会。他生命中最重要的事就是进入城堡,对此他意志坚定,百折不挠,虽然最后失败了。

浮士德形象的现代版就是卡夫卡笔下的 K,或者说,K 这一形象的

《美国》德文版

精神渊源就是浮士德。不过歌德笔下的浮士德上天入地，无所不能；卡夫卡笔下的 K 则视野狭隘，无所作为。浮士德始终有魔鬼的相伴相助，得心应手；K 则孤身一人，独自奋斗，他那两个突如其来的助手不如说是两个"障碍"。浮士德找到了自己的幸福，他对正在逝去的瞬间说："逗留一下吧，你是那样美！"K 什么也没有找到，他还将继续寻找。启蒙时代的英雄浮士德终于在卡夫卡笔下变成了一个时代的弱者形象 K。1922 年 7 月 5 日卡夫卡在致马克斯·布罗德的长信中将写作称作"为魔鬼效劳的报酬"："报偿这种不惜屈尊与黑暗势力为伍的行为，报偿这种给被缚精灵松绑以还其本性的举动，报偿这种很成问题的与魔鬼拥抱和一切在底下还正在发生，而如果你在上面的光天化日之下写小说时，对此却一无所知的事情。"看来，不仅《城堡》中 K 这一形象部分地来源于浮士德，即便是卡夫卡本人，也是一个获得了魔鬼报酬的"写作的浮士德"。

最后，无论是歌德还是卡夫卡都非常向往中国、憧憬中国，都阅读并研究过中国文化典籍，都创作过有关中国的文学作品。歌德创作过组诗《中德四季晨昏杂咏》，卡夫卡不仅创作过《万里长城建造时》等一系列有关中国的作品，甚至声称自己"是一个中国人"。歌德是卡夫卡最崇敬，也阅读最多的德国作家之一，也许卡夫卡正是从歌德那里获得了

"逃往中国"的灵感。卡夫卡"逃离"的情结较之一般欧洲人更为沉重，他一辈子都在努力逃离布拉格。他把布拉格比作是"小母亲的爪子"，这爪子似乎具有某种魔法，无论你怎样挣扎，也无法摆脱她的控制。卡夫卡希望逃离布拉格，然而，逃离布拉格后又去哪里呢？遥远的东方古国无疑令卡夫卡心醉神迷，那里的人民过着与欧洲人完全不同的生活，作为欧洲"陌生人"的卡夫卡，在东方陌生的土地上反倒不再感到陌生，因为他"就是一个中国人"，而这正是卡夫卡所希冀和憧憬的。

据说歌德生前说的最后一句话是："亮些！再亮些！"歌德的一生都在思考，探索，追求，就像他笔下从不满足的浮士德。歌德一生向往光亮，就像浮士德临死前所说"黑夜似乎步步进逼，可我内心还亮着光"，歌德也将自己思想的光亮永远地献给了世界。卡夫卡在生命的最后几年重病缠身，他临终前要求医生继续大剂量地给他使用吗啡，据说他最后对医生说了这样一句话："杀了我吧，不然，你就是凶手。"卡夫卡在生命之光即将熄灭时留给世界的是他的悖论，他的悖论使自己痛苦不堪，使医生左右为难，使读者困惑不解，使评论家过度阐释，然而，悖论并不只属于他自己，还属于我们的时代。歌德与卡夫卡如此不同，但他们都塑造了时代的灵魂。

奥地利

再读卡夫卡：
《卡夫卡全集》校勘本面世

叶廷芳

弗兰茨·卡夫卡(1883—1924)的名字自"二战"后开始轰动世界，20世纪70年代末以来亦为我国读者广为所知。他是20世纪西方现代主义文学运动中涌现的最具影响力的文豪，与爱尔兰的乔伊斯、法国的普鲁斯特、英国的伍尔夫和美国的福克纳等作家代表了现代主义在小说创作领域的最高成就。

卡夫卡属于犹太民族，生长在捷克首都布拉格。由于布拉格当年属于"奥匈帝国"的版图，一部分人，包括卡夫卡的家庭在内，接受的是日耳曼文字和文化，故卡夫卡与同时代的同乡诗人里尔克一样，均属于奥地利作家。

奥匈帝国解体后的奥地利在地理上诚然是个小国(仅720万人口)，但在20世纪的世界文学乃至艺术版图上却是个大国。在现代主义的文学星

卡夫卡

空中,除了小说家卡夫卡和诗人里尔克,还有几乎与卡夫卡旗鼓相当的小说家罗伯特·穆齐尔以及小说家古斯塔夫·梅林克、弗兰茨·韦尔弗(兼德奥表现主义运动领袖)、阿瑟·施尼茨勒(兼戏剧家)、卡奈蒂(后加入英国籍,诺奖得主);诗人胡果·封·霍夫曼斯塔尔、保尔·策兰和英革伯格·巴赫曼以及三位所谓"后现代"的双栖作家托马斯·伯恩哈特、彼得·汉德克和前些年的诺奖得主艾尔弗里德·耶利内克;此外西格弗里德·弗洛伊德和古斯塔夫·荣格堪称他们的精神领袖。这样一个强大的现代主义作家阵容,可以说20世纪以来的任何文学大国都是不能望其项背的。还需要指出的是,这时期的奥地利现代主义文学,除了维也纳,布拉格是它的另一个中心。因此布拉格在现代日耳曼文学史中成了"布拉格现象"。

　　作为欧洲现代主义思潮中的一个重要现象,要认清卡夫卡,除了必须对当时欧洲的状况,特别是奥匈帝国的现实有所熟悉以外,还必须对这一思潮的某种哲学语境有所了解。20世纪的现代主义思潮是欧洲人文精神发展的结果,也是欧洲专制王朝普遍解体后人类在这个地域的一次思想大解放,涌现了各种社会思潮和哲学流派。它们剧烈地颠覆了传统的价值法则和话语方式,用德国著名文学史家和文学批评家汉·马耶尔的话说,卡夫卡"改变了德意志语言"。这里的语言当然不是属于语言学概念,而是指思维方式,一种观察事物的角度。总的看来,卡夫卡的思维方式跟一个新的现代哲学流派即存在主义有关。这个哲学流派自19世纪中叶丹麦哲学家克尔恺郭尔创始起至20世纪中期法国哲学家萨特的崛起,形成一股相当大的思潮,并深深浸润了文学,主要是非社会主义文学。存在主义对世界有一种陌生感或荒诞感,从而形成一种"异化"意识,认为人类社会正在不以人的意志为转移地朝着与人的自由本性相反的方向离异或发展,因而那依赖种种文明条规维系的此在生存是令人"恶心"的,因而构成对人的生存的一种威胁。所以存在主义笔下的人要么不接受世界,要么世界不接受他。存在主义文学很关注人在特定境遇下的生存境况,注重那种刻骨铭心的生存体验,这赋予文学以更具"人学"的本质。卡夫卡本人没有谈论过存在主义或"异化"理论,甚至在他的所有文字中唯一出现过的"异化"这个词在具体语境下也不当"异化"解。但他第一次读到克尔恺郭尔的著作时就产生了强烈的共鸣,称"像朋友般交谈"。卡夫卡的写作不是单纯的审美需要,而是一种真实的生命体验,一种对现实梦魇经历的独特内心感受。他笔下的人物与其环境极不协调,二者之间往往是"野兔与猎狗"的关系:一种强大威权威慑下的走投无路的灵魂磨难;是脉脉温情掩盖下的真实的冷漠;是"目标虽有,道路却无"的荒诞;是"为你而开"的"法的大门",你却等到老死也进不了的悖谬;是你自以为跑了多远,最后发现不过是在一个圆周上循环的徒劳……这种黑色幽默式的滑稽与荒诞,明显是对传统世界观的颠覆,而这正是存在主义文学的特征。无怪乎卡夫卡在生前发表的那些作品尽管都是杰作,却并未产生多大反响,而当以萨特为代表的"无神论存在主义"在40年代盛行以后,卡夫卡的名字很快越出德语国家的疆界,在世界传播,以至成为萨特笔下其名字出现得最多的作家。当然卡夫卡具有多重解释性,光有存在主义的观照显然是不够的。社会学、阐释学、现象学、民族学、现代心理学、接受美学等都是重要的参照。

　　文艺作品内容的改变必然引起形式和风格的相应变化,这就决定了现代主义运动带有美学革命的性质。难怪有人说:"卡夫卡是从文学外走来的。"就是说,他那种书写方式是不符合文学固有的创作规范的,故"反传统"成了现代主义文学的使命。它带着新的面孔和装束出现,一时难免冲击人们的审美习惯,让"文学内"的人感到陌生,不予承认。因此在新的时代审美信息在读者中普遍觉醒之前,这些时代文学的先驱者

《城堡》中文版

们注定要经历一段孤独时期。因此虽然卡夫卡的创作旺盛期(1912—1922)处于德、奥表现主义运动的高潮时期(1910—1920),但卡夫卡并没有成为这个运动的中坚人物,甚至也没有引起同仁们的普遍注意。这是因为表现主义概括不了卡夫卡的所有特征,事实上他除了跟表现主义,还跟象征主义、超现实主义、存在主义、荒诞派、黑色幽默甚至拉美的魔幻现实主义等流派都有不同程度的亲缘关系。可以说在所有现代主义代表性作家中,找不出第二个具有他这样的美学多样性与丰富性。因此卡夫卡不只是属于某一个流派的,他是属于20世纪的,是属于整个现代主义运动的,因而是当之无愧的"现代文学之父"。

卡夫卡的作品大致分为三类:想象型、思考型和抒情型。想象型指的是创作。这方面的主要成就无疑是小说——长、短篇小说,这是他文学事业的核心,约占他全部创作的三分之一篇幅。短篇中有一种篇幅极小的类型,我们称之为"逸事",类似现在流行的"小小说"或"微型小说",其最短的篇幅只有61个字。这种"逸事"可是卡夫卡的天才见证之一。方家们公认其堪与德国文学史上两大逸事高手克莱斯特和黑贝尔相媲美。思考型的著作包括箴言、杂感、随笔和日记。卡夫卡的日记亦别具特点,即它不是日常生活的流水账,而是对日常见闻或所接触事物的思考。抒情型主要指他的大多数书信。他的书信的篇幅超过了小说,约占全集五分之二的分量,其中约三分之二都是写给他的前后两位情人即菲利斯和密伦娜的情书。值得一提的是,卡夫卡是个思想家型的作家,哲学思考渗透着他的各种类型的书写。可以说,思想是他著作的灵魂。这使他的著作不仅具有重要的文学价值,而且具有深邃的人文和文献价值。卡夫卡文学事业的这一特点,纵向上与日耳曼文学的精髓一脉相承,横向上亦与现代主义的精神完全相通。

严格说来,卡夫卡不过是个业余作家,他的全部文学业绩都是8小时以外的得获。同时他又是一个早夭的作家,在他仅有的41个天年中,从接受缪斯造访的那年,即写出成名作的1912年算起,可用来创作的岁月不过12年。而在这样严酷的境遇中,命运又派出那个不治之症的邪恶的病魔去折磨了他7年。就在这样恶劣的条件下,他以"一个男子生之欢乐"的代价换来了人类的精神瑰宝,但这也许原本就是上苍的设计,让他前进的每一步都变成惊心动魄的生命冲刺。

今天我们能读到卡夫卡的作品,除了首先应该感谢并怀念作者本人以外,显然还必须感谢那些卡夫卡生前和身后帮助和成全过他,使他的稿件得以保存和问世的人们。首先无疑是卡夫卡的那位终身挚友马克斯·勃罗德。这位犹太同胞和大学同窗慧眼识珠,在卡夫卡本人还羞于发表自己作品的时候,就动员、说服,甚至"强求硬讨",使作者一篇篇拿出稿子去发表。尤其在卡夫卡死后他断然否定了作者晚年的毁稿之嘱,不惜耗费自己大量的时间和精力,把卡夫卡留下的大量散乱的遗稿一一整理出版,须知他自己也是个大忙人啊(他是作家兼艺术批评家,而且在当时比卡夫卡还著名)。我们还应该感谢那两位先后与卡夫卡恋爱过的女性。一位是菲利斯·鲍威尔,卡夫卡5年内与她先后订了两次婚,两次都解除。卡夫卡曾自责他给这位姑娘带来了不幸,但菲利斯依然珍惜这段不寻常的感情,一一保存了5年来卡夫卡写给她的517封信件,虽然她并不爱好文学。另一位是密伦娜·耶辛斯卡,两人有过半年的热恋,失败后她也完好地保留了卡夫卡写给她的不下18万字的大量信件。尤其是在纳粹把她投入集中营并把她杀害之前,她想方设法托友人及时转移了这些信件,这就是广受读者喜爱的《卡夫卡致密伦娜情书》。这两位女性不仅让我们看到了人性,还让我们看到了崇高。

卡夫卡生前我国读者对其尚一无所知。但他逝世后不久,即在他的几部长篇小说出版后不久的1930年初,卡夫卡的名字亦开始为我国文坛所知晓。当时已知名的赵景深先生在《小说月报》上用了五六百个字首次介绍了他。此后近20年亦可在国内报刊上零星地见到他的名字。但在1956年前的斯大林主义盛期,西方现代主义文学在整个社会主义阵营是被视为"颓废派"而加以禁止的。1957年,趁着"解冻"的微风,来自卡夫卡故乡的捷克权威文学批评家保尔·雷曼首先从社会学角度肯定卡夫卡的正面价值。两年后前苏联文学界也跟着对卡夫卡"解冻"。1964年扎东斯基院士甚至写了3万余字的长文对卡夫卡做了"一分为二"的分析。然而这时候的中国"反修"正甚嚣尘上,像卡夫卡这类比"资产阶级文学"还要坏的所谓"现代派文学"更被视为"帝国主义颓废派",成了"反帝反修"的重要对象。"幸亏"作家出版社奉命出版一个系列的代表作,作为"反面教材"供"内部参考",于是《〈审判〉及其他》一书才与中国"内部"读者见面。改革开放后,卡夫卡在中国终于以正面形象出现,受到礼遇。

卡夫卡逝世以后,人们就开始为一部理想的《卡夫卡全集》相继努力。首先迈步的自然是他的金石之友马克斯·勃罗德了,他于1925年至1927年相继出版了卡夫卡的三部长篇小说以后,继续收集、整理卡夫卡的其他作品,并与海因茨·波里策合作,于1936年出版了首部《卡夫卡文集》6卷本。身为犹太人,在逃离法西斯专政的流亡年代,他仍不懈致力于卡夫卡著作的编纂,于20世纪40年代末至50年代前期出版了9部卡夫卡著作的单行本(其中一部委托他人所编)。笔者在20世纪90年代中期与河北教育出版社合作出版的《卡夫卡全集》10卷本(后压缩为九卷)就是以法兰克福费歇尔简装书出版社出版的勃罗德这一套书为蓝本加上雅诺施的《卡夫卡谈话录》编纂而成的。

  自20世纪60年代中期起,包括勃罗德在内的卡夫卡研究界就准备出版一部最完整的、权威性的《卡夫卡全集》,即后来的"校勘本"。随着1968年勃罗德的去世,卡夫卡的手稿除小部分控制在勃罗德夫人手里外,大部分由卡夫卡的一位侄女(妹妹的女儿)带到英国,由牛津大学收藏。后来德国的四位卡夫卡研究专家、教授即格哈尔特·诺伊曼、尤尔根·波尔恩、约斯特·施勒迈特、沃尔夫·吉特勒联合英国的麦考尔姆·帕斯莱教授决定利用卡夫卡的原始材料,重新校核卡夫卡的所有作品,由拥有卡夫卡版权特许权(固有版权在美国纽约的薛肯出版社)的法兰克福费歇尔出版社负责出版。工作室设在以J.波尔恩为首任所长的武帕尔大学布拉格文学研究所卡夫卡研究室,该室的卡夫卡专家汉斯-盖尔德·考赫先生做了大量的具体校勘工作。1982年《城堡》首先出版。此后,长、短篇小说、日记、随笔、箴言等一共编纂了12个不太厚的单行本。1994年7月3日为卡夫卡逝世70周年,正值作者版权法定到期日(德国的作家版权法定为70年)。翌日,费歇尔出版社立即将事先准备好的12卷卡夫卡著作校勘稿付梓,于同年11月正式出版。但书信部分暂付阙如。书信拟出5卷,校勘、编辑的进度十分缓慢。我曾于2002年、2005年先后两次亲自去该研究、编辑室访问,第二次去时他们才出版了前3卷。慢的原因主要有三,一是新发现的书信数量较多,而书信的字迹一般都比较潦草,辨疑难度较大;二是时过境迁,许多涉及的人和事已不易查考,有关人物也几乎都不在世,查证有一定困难;三是德国人做事严格、认真,一丝不苟:每一封信都有一个文件夹。不过,作为权威性的最后定稿本,这样的严肃态度是必需的。当时仅在的唯一编辑桑德尔博士表示:2007年有望全部完成。但2006年突然接到桑德尔女士来信,称书信编纂工程尚未最后完成,而她已经离开卡夫卡编辑室了。直至2011年我去德国,第4、第5卷依然未见出版。何时完成,尚难肯定。

  校勘本弥补了勃罗德编纂的流行版本中某些内容上的遗漏甚或有意删略的地方(如一些跟"性"有关的内容);某些语法现象的误改,比如标点符号,卡夫卡常常为了一气呵成,一整页逗号到底,而勃罗德却往往主观地从语法规范出发用句号将其断开;爱好朗诵的卡夫卡经常从朗诵的效果出发有意带点布拉格的地方口音,却被勃罗德改成"标准德语";有的地方还有时态被误改的"冤案",等等。诸如此类的地方,经过校勘都还其本来面目。

托马斯·伯恩哈德及其剧作：
批判者的遗产

李亦男

爱骂人的剧作家

托马斯·伯恩哈德（1931—1989）是奥地利人，但他似乎痛恨奥地利。他终其一生痛骂他的祖国及其一切："奥地利是个低劣、糟糕的国家，无论朝哪儿看都是一粪坑的可笑。所谓和蔼可亲的奥地利人其实是阴险、奸诈、实施卑鄙伎俩的大师。一个原本美丽的国家如今深陷进道德泥潭，变成了残暴的、自我毁灭的社会。"伯恩哈德生前就成为了奥地利剧坛无人可比的文豪，得奖无数——他没有放过颁奖典礼，在接受奖金后痛骂颁奖者是他的拿手好戏；他也没有放过戏剧，把上演他作品的萨尔茨堡艺术节和维也纳城堡剧院骂了个狗血喷头。而在他死后，他的名声更是如日中天，让他曾痛骂过的祖国为之骄傲。萨尔茨堡市用他的名字命名了一条街道。他的纪念牌在萨尔茨堡国家剧院门前熠熠生辉。

这个现象让人不禁感慨：奥地利与奥地利人为何对一名痛骂自己的人如此善待呢？

托马斯·伯恩哈德

爱骂人者大都是些边缘人。伯恩哈德从一出生就注定成为边缘人。他是非婚生子,并且生长于保守的天主教奥地利。他一生都受到童年阴影的折磨,感觉不该来到这世界,加上从小患病,他从很年轻起就感到死亡近在咫尺。这样一个从小被排斥在主流之外的人,无所求于人生,也就无所顾忌于社会,才可以成为痛骂者。"我痛恨你们所有的人!"他借剧中人之口对我们这些"蠢笨的俗夫"说,而大家也并不太生气。至于他在孤独、病痛中的自怜与自恋,善良的读者、观众们也多少能够原谅。并且,或许一个机构、一个国家有时候都需要被骂,骂者可以为治者当一面明镜。

而伯恩哈德之永垂话剧青史,也并不仅仅因为其敢骂,他对语言有着超乎常人的敏锐感觉,善于将德语的复杂套句结构运用到极致,也充满了机智、幽默与自嘲。他的剧本大多采取一种独白的模式:一个所谓的"知识分子"在一种日常情形下,面对一个通常沉默的被动听者开始长篇大论的、骂骂咧咧的独白。伯恩哈德不想当布莱希特,他才不想跟聪明的观众理性地探讨什么问题,"我想说什么就说什么"。跟笔下的主人公一样,他以略带自嘲的蛮横姿态君临一切之上。

以痛骂者姿态出现在萨尔茨堡

伯恩哈德因戏剧跟萨尔茨堡结下了爱恨情仇,这些恩怨成为了他愤世嫉俗人生观的代表。他一生写了18部剧作,其中6部是在萨尔茨堡艺术节首演或上演的。这样大批量上演一位还在世的剧作家的新戏,足见这个城市待他不薄。然而,伯恩哈德却在艺术节上制造了不少轰动一时的新闻。

要理解这些恩怨,需先了解萨尔茨堡艺术节的历史。1917年,著名戏剧及电影导演马克斯·莱茵哈德在维也纳提出倡议,建议开办萨尔茨堡艺术节。1920年,在萨尔茨堡古城中心的大教堂广场上演了由莱茵哈德导演的戏剧作品《某人》。后来,陆续增加了音乐会和歌剧作品的演出。纳粹当政时期,萨尔茨堡艺术节成为纳粹德国的宣传工具。战后在美国占领军的支持下,这个城市重新举办艺术节。之后的很长一段时间,著名指挥家卡拉扬一度成为艺术节"至高无上的统治者",直到他1989年去世为止。在卡拉扬的领导和影响下,萨尔茨堡艺术节以歌剧著称,并走上了国际化、明星化的道路,成为了世界歌剧明星会集的地方。而国际化的演出又吸引了更多的外国观众,为奥地利带来了巨大的经济效益。毫无疑问,萨尔茨堡艺术节是一个属于欧洲权贵的节日。在巴洛克式的古城萨尔茨堡,所谓的"上流"阶级通过欣赏莫扎特式优雅的"高尚"艺术炫耀着自己的财富与地位,温习着贵族的旧梦。理所当然,艺术节的策划安排不可能排除这些观众的口味与期待。

因此,伯恩哈德对萨尔茨堡艺术节自相矛盾的态度就不难理解了。一方面,剧作家热切期盼参加这一国际盛会。在与当年艺术节主席约瑟夫·考特的通信中,他将萨尔茨堡国家剧院誉为"对我来说是世界上最美的剧院"。他要与艺术节进行一种建立在"非常明确的信任"基础上的"百分之百的"合作。然而,这场合作却以伯恩哈德的受挫开始,继之以一场又一场轰动全国的丑闻、麻烦甚至官司。

1965年,萨尔茨堡艺术节主席约瑟夫·考特盛情向伯恩哈德约稿。

当时,伯恩哈德已经凭借小说获得了毕希纳文学奖,是德语文学界有名的作家。考特和伯恩哈德早年也有过交往,当伯恩哈德在萨尔茨堡《民主人民报》任外聘记者时,考特正是这份报纸的主编。伯恩哈德欣然提笔,为老上司和世界著名的艺术盛会创作了生平第一部话剧作品:《鲍里斯的生日》。这部分明带有荒诞派影响的剧本由两个序幕与主要的一场组成。作品的主人公是一位富婆。根据第一序幕中的交代,这个女人在一次事故中失去了双腿,也失去了丈夫,但继承了丈夫留下的大笔遗产。她的第二任丈夫鲍里斯也是一个没有双腿的残疾人,是她为了"不再孤独",从福利院中"娶"出来的。富婆给这个专收无腿者的残疾人福利院捐了一大笔钱,并由此得到了"女善人"的美称。在她的家中,"女善人"俨然是作威作福的女王。她颐指气使地差遣女仆约翰娜做这做那。第二序幕发生在一次化装舞会中。"女善人"扮演女王,而约翰娜则必须要戴上猪的面具。"女善人"的丈夫鲍里斯似乎并不能满足她"不再孤独"的愿望——他从不和女善人交流,却总和约翰娜讲话。"女善人"为鲍里斯举办的生日宴会是剧本的主要一场。她邀请的客人全部是鲍里斯"难民营"中没有腿的弟兄们。当大家乱哄哄地抱怨福利院时,没有人注意到鲍里斯跌倒在地,死去了。最后,客人们纷纷散去,只剩下"女善人"一人守着鲍里斯的尸体,并止不住哈哈大笑起来。

《英雄广场》剧照

伯恩哈德后来承认:在创作这个剧本时,他受到了热内《女仆》一剧的影响。伯恩哈德确实也在用这样一个剧本抨击着上流阶级。但是,在伯恩哈德的剧本处女作中,批判现实主义的成分却比《女仆》还要少很多,而尤内斯库、贝克特等作家更为典型的荒诞派剧本的痕迹却更加鲜明。

伯恩哈德的"落伍"让人觉得有点不可思议。在西方,荒诞派只在20世纪50年代有过昙花一现的辉煌,很快就湮没在风起云涌的政治戏剧与1968年学运浪潮之中。在他的同龄人热衷于激烈、直接地议论政事的时代,伯恩哈德却显然没有"跟上形势"。他生平第一部剧作模仿的确是老掉牙的荒诞派,也带有弗里施、迪伦马特等50年代作家寓意剧的影子。事实上,伯恩哈德一生从未赶上过时髦,也从不屑于赶时髦。除了他1988年的作品《英雄广场》,他似乎并不喜欢在作品中直接议论政事。然而,就是这样一部明显不如当时盛行的政治戏剧激进、犀利的剧作却遭到了萨尔茨堡艺术节组委会的拒绝。考特的理由是:对于萨尔茨堡艺术节这样一种"夏季节日演出"来说,伯恩哈德的剧本内容"太过阴暗"了。后来,考特观看了1970年《鲍里斯的生日》在汉堡的演出,承认剧本"本身是出色的,但是我们在艺术节方面必须考虑我们敏感观众的神经"。考特明显道出了萨尔茨堡艺术节的"宗旨":为有产阶级观众提供内容轻松、无伤大雅的"高尚"娱乐。

正是这种浅薄而虚伪的宗旨让伯恩哈德决心把萨尔茨堡艺术节当成自己愤世嫉俗的靶子。在他眼中,萨尔茨堡恰是奥地利所谓"上流社会"的代表:表面光鲜,实则庸俗、市侩、腐朽而糜烂。他看到,如果他登上艺术节这个平台,便可最大程度上发挥出作品对虚伪的达官贵人世界的攻击威力。于是,他最终以制造麻烦的痛骂者姿态出现在戏剧节上。

与"高雅艺术节"决裂

　　1972年,伯恩哈德的《傻子与疯子》得以在萨尔茨堡艺术节上首演。这是他为艺术节"量身定做"的,描写的内容正是艺术节观众所熟悉和热爱的"歌剧艺术事业"。剧本的女主人公是一位著名的花腔女高音歌唱家,在莫扎特的歌剧《魔笛》中扮演夜女王一角。剧本分为两幕。第一幕发生在女高音的化妆间。女高音的父亲(即"傻子")和一位医生朋友(即"疯子")在化妆间等待着女高音。医生没完没了地高谈阔论,说着报纸上的评论、艺术与生活,还时不时谈到解剖尸体的详细细节。女高音的父亲是一个双目近乎失明的酗酒者。他像傻子一样,仿佛听不懂医生的话,只在医生提到一些医学术语时,机械地重复这些莫名其妙的单词。第二幕发生在女高音的歌剧演出之后。三人在饭馆共同进餐。医生仍像疯子一般地唠叨,中间不断插入解剖尸体的细节;女高音一直对歌剧事业感觉疲惫不堪,与父亲的紧张关系更让她濒于精神崩溃的边缘;而父亲则感觉女儿对他缺乏尊重与关爱,心中也充满抱怨。剧本最后,女高音提出罢演,不愿再登上舞台演出。

　　这一剧本没有传统意义上的故事情节与舞台外部动作,却以伯恩哈德擅长的语言艺术揭示了上流人士与艺术家光鲜背后的凄凉生活,具有更直接的批判意义。执导该戏的是德国新锐导演克劳斯·派曼。根据派曼的要求,在该剧结尾处剧场内需要完全黑光,连紧急出口的指示灯也要熄灭两分钟。尽管这不符合消防规定,艺术节技术部门一开始还是同意了这种出于艺术考虑的要求。然而,在首演当晚,紧急出口指示灯没有熄灭。第二天,因为导演、剧作家、演员坚持全部黑光的要求,该剧在艺术节上的全部演出被迫取消。这在当时引发了轩然大波。伯恩哈德和报界打起了笔墨官司,最后甚至闹到了舞台法庭上。事后,伯恩哈德发电报给艺术节主席考

《里特、丹内、佛斯》剧照

特,放言道:"一个不能忍受两分钟黑暗的社会,没有我的戏也能过得挺好。"就此,伯恩哈德与萨尔茨堡艺术节决裂。

这场决裂实际上源于伯恩哈德本人的挑衅姿态。可以说:这是他故意制造的。在这个优雅的城市,在这个高雅的聚会上,他导演出一场闹剧,将艺术节的平庸市侩气昭示于天下。通过制造丑闻,他把奥地利上流社会的"傻子与疯子"呈现出来,把"高雅艺术"背后的庸俗与腐朽呈现出来。尽管他没有在剧本中直接议论政治,但他的行为本身还是和当年左派的激进作风保持了一致。

两年之后,伯恩哈德与考特和解。他的剧本《习惯势力》于1974年再次在萨尔茨堡艺术节首演。剧本的主人公是马戏团团长卡里巴尔蒂,他热爱音乐,正在组织马戏团团员排练舒伯特的《鳟鱼五重奏》,准备在奥古斯堡登台演出。演奏者包括胳膊受伤的酒鬼老驯兽师、帽子总是掉下来的小丑、走钢丝的团长孙女、多愁善感的杂耍演员等。剧本仍保留了伯恩哈德惯常的独白形式,是一部充满自嘲意味,并略带温暖感伤的寓言,展现了追求艺术完美的不可能与无意义,世俗世界的平庸与琐屑以及艺术家因此不可避免的孤独。

但是,伯恩哈德并不满足于用内敛的自嘲将尖锐的批判包裹起来。不久,他与萨尔茨堡又起纷争。他的剧本《名流》本定于1976年在萨尔

茨堡艺术节首演。在剧本创作过程中,因为传说剧作家会在剧本中让一大群社会名流(甚至包括萨尔茨堡的"君主"卡拉扬)登台出丑,吓坏了的艺术节主席表示想要先审查一下剧本。这个要求遭到了剧作家的断然拒绝:"戏剧史早就已决定,究竟谁对谁来说更为重要,是伯恩哈德对于艺术节,还是艺术节对于伯恩哈德……我才不需要艺术节呢!"这种狂傲、激烈的姿态使得合作再次破裂。

挑衅"令人舒服"、"引人发笑"

直到 1981 年,伯恩哈德才以《到达目的地》一剧回到了萨尔茨堡艺术节。1985 年,萨尔茨堡艺术节再次首演了伯恩哈德 1984 年的剧作《做戏人》。这次,剧中的"暴君"形象更加接近了伯恩哈德本人:演员布鲁克森。这个自诩为"伟大的国家级演员"的艺术家因巡演来到了小村庄乌兹巴赫,准备上演他的《历史的车轮》一剧。有趣的是:伯恩哈德在戏中明显影射了萨尔茨堡艺术节。乌兹巴赫村演剧广场的"黑鹿旅馆"说的就是萨尔茨堡艺术节剧场附近的"金鹿旅馆"。戏剧一开始,布鲁克森就在跟旅馆老板长篇大论地抱怨,说根据村里的消防规定,紧急出口的指示灯不能熄灭,可是"我的喜剧结尾必须完全黑灯……要是我的喜剧结尾没有完全的黑暗,我的《历史的车轮》就全毁了"。这直接影射了 1972 年《傻子与疯子》一剧造成的丑闻。伯恩哈德带着自嘲,描写布鲁克森怎样对周围的一切人狂妄无礼。戏的最后,黑鹿旅馆旁边的房子遭到雷击,观众纷纷离席,只有布鲁克森留在漏雨的剧场中。

这个剧本直接把萨尔茨堡讽刺为一个土里土气、保守封闭的小村。导演派曼也添油加醋,再次提出了熄灭紧急出口指示灯的要求,并且提出,为了更加现实主义地表现乌兹巴赫村的臭气熏天,他要让800只真苍蝇登台,也就是说,每位尊贵的观众脑袋上都可能会落上一只苍蝇!这种公然的讽刺与挑衅使一些没有幽默感的政客指责艺术家拿着纳税人的钱反对自己的国家。但是,大部分人则只是对这种幽默的挑衅报以一笑。毕竟,20世纪80年代的社会中,对国家机器和意识形态的反抗、对资产者的反讽、对艺术自由的追求早已不是大多数人关心的话题。如后来曾导演过伯恩哈德《到达目的地》一剧的德国导演朗霍夫所言:"伯恩哈德时代的挑衅已经变得几乎让人舒服、觉得可爱。"

  1986年,萨尔茨堡艺术节继续上演了伯恩哈德的剧本《里特、丹内、佛斯》,仍由派曼导演。这部剧作以首演时担纲主演的三位演员的名字命名,描写哲学家路德维希·沃林格(以维特根斯坦为原型)和他姐妹之间的复杂关系。名曰疯癫却无比清醒的路德维希在大段独白中痛骂着世界、医学、艺术、哲学,这些观点当然都是伯恩哈德的。这一回,专业制造丑闻的伯恩哈德-派曼组合却成了批评界的宠儿。演出非常成功,受到一致赞美。这出戏后来在维也纳城堡剧院演出了100场之多,2004年又重演。派曼转到柏林剧团担任院长之后,又把该戏作为保留剧目带到了柏林——当然还是原剧的原班人马。2009年伯恩哈德逝世20周年之际,巴伐利亚国家剧院又在慕尼黑王宫内的居维耶剧院重排该戏。这一次,上流社会用金边镜框把伯恩哈德供在了墙上,让他剧本的批评性消失殆尽,2009年的演出带给慕尼黑观众的只是无尽的欢笑。

晚年仍将尖锐矛头指向祖国

  但是,在伯恩哈德离世的前一年,这位战士似乎仍要全力一搏,这回他在剧本中直接谈到了政治,把尖锐的矛头指向了祖国奥地利。1988年,维也纳城堡剧院举行了100周年院庆。11月4日,城堡剧院首演了伯恩哈德的剧作《英雄广场》。英雄广场位于维也纳的市中心。1938年11月4日,希特勒的部队开进维也纳时,曾在英雄广场受到奥地利民众的热烈欢迎。伯恩哈德的剧本正是为这个日子的50周年"庆典"而作。剧本情节就发生在奥地利的当下:1988年。维也纳大学数学教授约瑟夫·舒斯特自杀。他从家中跳窗,摔死在英雄广场。教授是犹太人,也拥有与伯恩哈德其他剧中人类似的愤世嫉俗个性。他在纳粹时期曾经流亡国外,在牛津教书。在维也纳市长的盛情邀请下,教授归国,却最终自杀。这次在剧本中长篇大论的是教授的弟弟罗伯特,他抱怨现在的奥地利和1938年没什么两样,要么是纳粹主义,要么是天主教,其余都不被保守的奥地利人接受。在剧中最后一场,教授遗孀出现,她一直有幻听,听见英雄广场传来响亮的"胜利!万岁!"的喊声,这正是50年前奥地利人欢迎希特勒的欢呼。这声音越来越响,让人难以忍受,剧情在此达到了高潮。

这个剧本的上演引发了一场真正的轩然大波。在首演前4周,剧本的片段被一些报章私自发表,遭到了奥地利保守势力的强烈抗议。维也纳市长,奥地利前总理、副总理等人提出取消演出,但也有少数政治家和记者支持演出。剧本上演时,很多人跑到城堡剧院门口示威,也有极右分子试图中断演出。奥地利很多作家和艺术家站在了伯恩哈德一边。在警察的保护下,该戏坚持上演。

伯恩哈德1989年因病去世。他一生都在骂奥地利,甚至在遗嘱中写道:"我与奥地利国家之间毫无关系。我反对今后任何将我本人和我的作品与这个国家相联系的行为。"他规定自己的剧作不能在奥地利境内演出,文字也不得出版。然而,这种禁令很快被热爱作家的人们想尽方法打破。随着时间流逝,人们可以把伯恩哈德和他的时代归入历史,把自己和"伯恩哈德时代的奥地利人"区分开来,这位自我边缘化的批评者最终成为经典,进入主流。

很明显,如果要保持伯恩哈德的批判力量,就不能容许新的舞台演出把他作为经典名正言顺地归入历史,就必须通过布莱希特式的戏剧构作对他的剧本进行当下化改造,就必须找到这种批判在我们时代的意义。德国政治性民族剧种卡巴雷的演员胡施和施拉姆正是这样做的。他们把伯恩哈德充满幽默自嘲意味的社会批判加以发展,和时事相联系。在他们身上,伯恩哈德似乎依旧活着。

加拿大

2013年诺贝尔文学奖得主艾丽丝·门罗：
如此艺术，如此小说

陈晓明

2013年10月10日，诺贝尔文学奖授给了已经82岁高龄的加拿大籍作家艾丽丝·门罗，这让一直偏爱以"政治"来说道诺贝尔文学奖的人们，颇有些失望。艾丽丝·门罗可谓是比较纯粹的小说家，虽然她出名的年份是1968年，那一年她37岁，也参加拿大女权主义运动，出版短篇小说集《快乐影子之舞》，开始引人注目。她的小说如果说有什么政治性的话，那就是她始终关切女性的命运，尤其是女性弱者的生活情状，算是有点女权主义。当然，如果还要硬抠政治的话，她作为苏格兰后裔的族群身份，也会时常在小说中或隐或显地表现出来，但这种身份政治，也只能算是一种小政治，并不能压倒她小说的艺术性笔法。

因此，我还是更愿意用小说艺术的纯粹性来理解门罗的作品，她早年在厨房里、在熨衣板上写作。中年出名，但也未见大红大紫，写短篇小说只是在《纽约客》上博得好名声，要多么畅销并不可能。她一直按照自己的方式写作，一生写了十余部短篇小说集，加上一部类似长篇小说的作品，这日子就在写作中熬到了82岁。"熬"可能是中国人的想法，对于门罗这样的小说家来说，她/他们对文学有一种纯粹的态度，那个语境也没有那么多花样，她的写作又何尝不是自己的追求、自己的快乐呢？

艾丽丝·门罗

门罗夺得文学奖项无数,其中有多次加拿大总督奖、布克国际文学奖,并两次获得吉勒奖,2004年即是以短篇集《逃离》第二次获奖。当时评委评价说:"故事令人难忘,语言精确而有独到之处,朴实而优美,读后令人回味无穷。"《逃离》可以说是其小说艺术炉火纯青的结果。这一年她已经73岁,真正是宝刀不老,虽是精雕细刻,全无痕迹,但更见纯朴自然的风格。这部由8个短篇小说构成的小说集,于2009年出版中文版,十月文艺出版社出版,翻译出自李文俊的手笔,译笔相当精湛。

小说集开篇的短篇小说就是同题《逃离》,小说讲述一个叫作卡拉的年轻女性想要逃离极其不协调的同居男友,走到半路却又折回家中的故事。这当然是一个失败的逃离的故事。小说的叙述非常缓慢而有心理层次感。开始的叙述视角就是卡拉的视角,她站在马厩房门的后面,听到汽车声音响,她想,那是邻居贾米森太太从希腊度假回来了。"但愿那不是她呀。"小说第一段就是如此微妙的心理活动的描写。每个动作、人物所处的位置、人物的心理,都有层次地一步步展开。

这篇小说叙述细腻微妙,构思精巧而又自然,那种心理刻画一点点透示出人物的矛盾心境,并且引向困境,尤其是女性无力自拔的心理特征。卡拉想逃离克拉克,但她又欲罢不能,无法决断,犹豫再三,还是回到这种生活状态。矛盾无法解决,一切源自内心的纠结,这才是问题所在。小说回到内心之微妙还嫌不够极致,结尾处卡拉总到树林里,看那些头盖骨,可能是小羊奥尔弗的头盖骨,那么在克拉克与贾米森太太对话时,带着雾气出现的小羊就只是一个幻觉了。小说在心理的微妙感之外,还要加上一些魔幻的色彩。外部世界存在的真实性已经不那么重要了,重要的是人物的心理感受。小说非常讲究构思,时间紧凑,心理的微妙感受伴随着空间的略微变异,生活的困窘与人性的善恶相纠缠,生命在无助中才透出一点坚韧。细致微妙是其特点,一切都不过火、不过度。门罗有意淡化人物的主动意识,始终能保持一种冷静、朴素的叙述,一点点透进骨子里。

当然,门罗的小说并非散淡,实际上内在关节非常精巧,只是不细心看不出来而已。像她的小说《机缘》,写一个学习古希腊文的年轻女子,在火车上邂逅两个男人的故事。前者想和她说话,但她想回避,她把回避看成是自我意识坚持的一种证明,不想没说两句话,那个男人途中卧轨自杀。她在火车上同时邂逅的另一个男人与她一起看星星,后来她知道他的妻子在一次回家途中遇车祸,瘫痪在床,而他身边总有女人,其中一个女人竟然是和她在同一所学校任教的同事。某天她接到一封同事的信,透露出要她去看她的意思,这样她就去了。这就是6个月后,小说在开始的时间叙述这个叫朱丽叶的女子,来到鲸鱼湾那个男子家中,见到了她昔日的同事。朱丽叶不由自主地也要留下来。小说中藏着诸多机缘,十分自然,随意遗留,最终在这个关节点汇集起来,显出精巧的魅力。门罗的编辑曾说,在编辑中删去门罗小说中的某个段落,等读到后面几页,

《逃离》中英文版

才发现原先认为不重要的段落句子,却至关重要。这些关节、机缘,都要做到自然朴素,一旦刻意、雕琢、过度,就弄巧成拙。如此精细巧妙,可以见出门罗笔法精湛、炉火纯青。

总之,门罗的小说篇篇写得精细微妙而自然灵巧,无疑极其出色,令人击节而叹。《逃离》收入的8篇小说更是精彩,都各有独到之处,小说集中的8篇小说,都是在这种心理经验中,去表现当今北美社会,或者说西方世界中,一些处于生活边缘的女性,她们内心与社会的疏离感,她们顽强的自我意识与命运构成的抗争,这些疏离和抗争,都极其微妙,富有层次感。

总之,从门罗的小说可以看出当今西方短篇小说所抵达的艺术境界,这算是比较单纯和文艺的一次诺奖。如果说这样的奖项在回避什么也算是一种政治的话,那它就是了。

艾丽丝·门罗：
"碎片故事"中的大千世界

郭英剑

2013年10月10日,在加拿大温哥华的一个小镇上。美国东部时间早上7点,当地时间则是凌晨4点,有位老人正在梦乡之中,来自大洋彼岸的电话铃声,未能惊醒熟睡中的她。于是,瑞典文学院常任秘书彼得·恩隆德只好在电话录音上留了言:恭喜您,获得了2013年的诺贝尔文学奖!

夜半电话留言,喜讯从天而降。正是这个留言,让整个世界聚焦在了这个小镇,也让整个加拿大为之欣喜若狂:新晋诺贝尔文学奖得主,在这个国家诞生了。

如今已经82岁高龄的艾丽丝·门罗,就此成为加拿大自1976年(加拿大出生、后来移居美国的作家索尔·贝娄获得诺贝尔文学奖)以来的首位获奖者,也是加拿大历史上首位获此大奖的女性作家。

被女儿叫醒的门罗在听到这个消息后向记者坦陈,虽然

艾丽丝·门罗

知道自己是在候选之列,但从来没有想到过自己真的能够入选,甚至把它称为是"白日梦"。等消息传来,门罗感到非常惊讶,但也兴奋之极。

恩隆德在评价门罗时称,短篇小说一直掩映在长篇小说的光芒中,而门罗使这一艺术形式达到了近乎完美的境地。且在其精致的故事叙述中,透露出了简洁明快与心理现实主义的特征。

疯狂写作的"家庭主妇"

门罗生于1931年,在青少年时期,就开始迷恋创作。1949年,她入西安大略大学攻读英语专业。第二年,发表了第一个短篇小说《阴影的大小》。在校期间,她曾经到餐馆打工,到图书馆当管理员。由于大学的奖学金只有两年时间,于是在1951年,她退了学,嫁给了詹姆斯·门罗,从此有了自己的家。他们婚后有了三个孩子,但第二个孩子出生后不久即不幸去世。

1963年,门罗夫妇搬到英属哥伦比亚的省府所在地维多利亚,开办了一家"门罗书店"——该书店至今还在。1966年,他们的又一个孩子出生。

门罗一直否认自己是知识分子,而总把自己当作家庭主妇。她曾说:"我只是一位还说得过去的家庭主妇,但也做得一般。"而作为家庭主妇,写作并不容易。第一个孩子诞生时,她才开始写作第二个短篇。那时,门罗拼命写作,即便在怀孕时也不例外,因为她担心从此就不能写作了。她甚至把每次怀孕都视为自我鞭策的机会,抱有更大的写作野心。她的写作时间就是孩子中午1点到3点的午睡时分,孩子稍大一些,就是他们上学之后。门罗承认,那些年,自己写作非常辛苦,她不仅要带孩子,做家务,还要和丈夫一起打理书店。门罗常常为了写作,熬夜到凌晨1点,而早晨6点就开始新的一天。她说,自己当时还不到40岁,甚至以为自己会得心脏病死掉。但即便如此,她还是坚持每天要写几页才罢休。门罗回忆说,她清晰地记得一个星期天,丈夫应承了要做晚饭,她把自己锁在书店内,拥有了一整个下午的时间来写作。"我记得,当时我环顾左右,看着周围那些伟大的文学作品,我在想,你这个傻瓜!你这是在干什么?但接着我就到办公室继续写作了……"

虽然门罗早在19岁时就发表了第一个短篇小说,但她的第一部短篇小说集《快乐影子之舞》是在1968年出版的,那时,门罗已37岁。这部小说集把门罗送上了加拿大最高文学奖——总督奖的领奖台。这个奖项相当于美国的普利策奖,从此,门罗也正式步入了职业作家的行列。

门罗夫妇于1972年离婚。第二年,门罗返回安大略省,一度在西安大略大学担任驻校作家。1976年,她与地理学家杰拉德·弗莱姆林结婚,但保留了前任丈夫的姓。

1978年,门罗因其《你以为你是谁?》而再度荣膺总督奖。1981年六七月间,门罗与其他6位加拿大作家一道访问中国。在7位作家1982年出版的《加华大:七人帮中国印象》中,记载有门罗所写的中国游记《透过玉帘》。1980年,门罗曾经在英属哥伦比亚大学和昆士兰大学担任驻校作家,此后的20年中,她几乎每隔4年就会出版一部短篇小说集。

门罗的小说主要刊登在《纽约客》《大西洋月刊》《巴黎评论》等著名文学刊物上,并结集出版。自1960年以来,她出版有15种短篇小说集(包括一本作品选集)。其作品曾经荣获美国书评家协会奖、三度荣获加拿大总督奖(1968,1978,1986)。2009年,门罗荣获国际布克奖。她的多部短篇小说还曾经被改编成影视剧。门罗的作品经常入选《美国

《亲爱的生活》英文版

最佳短篇小说选》,在美国也具有相当的知名度。她也是美国艺术与人文学院的外籍荣誉院士。

门罗曾说,正是由于只把自己当作"一个女人、一名家庭主妇、一位母亲",所以才有足够的时间写作。即便成名后,门罗仍每天写作,她认为,写作就像散步一样,是每天都要做的事情。

2012年,门罗的最新短篇小说集《亲爱的生活》出版。她曾说,这是最后一部作品,她即将封笔。早在2009年时,门罗就对外宣布自己身患癌症,心脏也有问题,不常在公共场合露面。此次荣膺诺贝尔文学奖,将这位偏于一隅的作家推到了世界中心的位置,也奠定了其在世界文学中的历史地位。

通向文学巅峰的5部杰作

虽然对作品可以见仁见智,但通常人们认为,有5部作品集是门罗进入国际知名作家之列,摘取世界文学桂冠的代表作。

短篇小说集《快乐影子之舞》(1968年)共收录14个短篇,是门罗的成名作。作品集的写作时间跨度很大,从作者21岁开始直到30多岁,大约15年之久。该作品集以作者的生长地安大略省的小镇为背景,细致描写了少女成长中的困惑、女子生活中的爱恨情仇等,故事背景多以20世纪四五十年代为主。虽说如此,故事也有其普世之处,作品中的小镇也可能是世界上的任何地方。需要注意的是,小说集出版于1968年,而60年代正是欧美风云突变的时代,在加拿大,很多文化艺术新人都在涌现之中。这些在门罗的作品中却几乎没有体现。换句话说,喧嚣的20世纪60年代,似乎对门罗未有影响,其人物似乎也与时代脱节。

第二部《少女和女人的生活》(1971年)共有8个短篇。这是一部有着内在联系的短篇小说集,主要围绕着主人公黛儿·乔丹来展开,因此,常常被人当作长篇小说来看待。该小说集可以看作黛儿的成长史,她最开始居于南安大略省的小镇边缘,后来居于中心。黛儿最初也是一位"局外人",对小镇的生活极为不满,为此,她甚至拒绝承认自己与母亲的相似,实际上也是一种对地方认同感的拒绝。

第三部是《你以为你是谁?》(1978年),该书在国外出版时,以《乞丐女郎》为题,共有10个短篇。故事主要围绕着两位女性——弗洛和继女罗斯展开。小说围绕着两个人物,探讨了女性与其所养育的子女之间的关系,少女与对自己生活深有影响的女人之间的关系。在作品中,读者可以明显看到罗斯的成长历程。

第四部是《一个善良女子的爱》(1988年),共有8个短篇。这是一部深受批评家喜欢的作品集,主要探讨了诸如秘密、爱情、背叛以及日常生活中的是非等主题。爱的幻想、激情导向意想不到的结局、事情总呈现出混乱的局面,世俗人心总是带有奇怪而又好笑的欲望这类主题交替出现,这些都构成了这部作品的独特之处。

第五部是《亲爱的生活》(2012年),包括14个短篇。所谓"宝贵"有两层意思,一为珍贵,表达了作者对生活的珍惜之意;二为昂贵,既说明生活的高额支出,也表明生活有时候需要付出巨大的代价。在作品中,门罗再度向读者呈现了家乡的田园风光、对普通人生活以及人性的深度挖掘。应该说,《亲爱的生活》中,作者的创作有别于其早期作品,如一些女性摆脱了生活的枷锁,做出了反传统的举动,为此,她们也付出了代价,不是被丈夫抛弃,就是遭到丈夫背叛。但特别值得关注的是,门罗自己说,"在《亲爱的生活》中,有4个短篇并非故事……而是带有自传色彩,但事实上也不完全是这样"。同题的《亲爱的生活》最初发表在《纽约客》时,就写明为"回忆录"而非短篇小说。这几个带有自传色彩的短篇都是片段,时而以回忆的口吻,时而又以理解的态度,谈论着作者早年的生活。

门罗的写作与其个人生活密切相关,但她以完整地反映人类精神、不断探讨人类的困境著称。若简单按照作品反映的时间,门罗的创作可以以20世纪60年代的社会变革为分界线。她的创作思想及作品主题在这一时期前后表现出巨大变化,其作品也展现出青年时期的门罗与社会变革之后的生活间的巨大差异。2003年,门罗接受采访时曾说,20世纪60年代社会环境的那种随性和宽容,真是"太好了"。她说:"我出生于1931年,60年代的时候,我有点老了,但还没那么老,而像我这样的女人就可以身着超短裙在大街上昂首阔步。"

在门罗看来,主题无大小之分,其创作主要就是挖掘人性的复杂性,其高明的艺术手法被批评家认为是看不出雕琢痕迹的一种创作风格。门罗的笔触指向极为明确,就是普通人的普通生活。因此,其创作主题有前后衔接、首尾相依的地方。值得关注的是,门罗作品的主题始终与女性所面临的困境有关,且着力刻画了安大略省小镇居民中的女性形象及其生活状态。从大的方面讲,无非是爱情与生活的主题,且往往是两者的失落乃至于失败;小而言之则主要有:爱与性、家庭关系、责任与自由、阶级冲突、成长与变老等主题,相互交织,反复呈现。

女性形象　地域特色　全知叙事

简单说,门罗的创作有三大特征:

第一,突出的女性形象。从一开始展现少女在成长中处于进退两难的境地,描写她们如何与家人相处,如何设法逃离所居住的小镇或者在其中寻找自己的位置,到后来书写中年女性生活的艰辛、养育子女的困苦,再到后来描写女性人到老年的孤独与悲伤。可以说,从门罗的作品中,我们大体可以归纳出一个女性一生成长的轨迹,也能隐约体会到作者对女性从青年到老年成长过程的深度思考。

门罗的女性形象,又可以分为少女形象和女人形象。门罗曾经以自己的亲身经历写作了众多的少女形象。她们都经历了从少女时代到恋爱结婚,再到为人妻和为人母的经历,总是在生活中四处寻找意义。而每当她们意识到性的力量以及巨大的潜在混乱时,意识到性别角色的复杂性时,意识到自己身处的社会关系时,往往是其走到人生关键时刻之际。而这一时刻,又往往与作者无情地解剖家庭关系融会在一起。像在《少男少女》中,用第一人称讲述故事的少女从小就把自己看作是父亲的帮手,帮着他干农活。但随着她进入青春期,女性意识在觉醒,过去对自己的男性角色定位也受到了家庭和社会的质疑,她最终意识到自己"就是一个少女啊"。

《你以为你是谁?》英文版

门罗还将多个母亲形象写入到作品中,这些形象给人极为真实的感觉。其实,在作品中,门罗总是以自己作为母亲的形象,以此作为中心题材。在《亲爱的生活》中带有自传色彩的4部短篇中,门罗的母亲形象更为突出。她的个人生活令人悲伤,命运对她来说也很不公平,而她敢于去面对命运。门罗曾把自己的外婆乃至叔祖母等形象写入作品,因为这些人物在其少女时期,比母亲对自己起了更大的作用。

在作者对男性与女性的认识中,《太多的欢乐》中有一段话或许可以代表作者对男女之别的认识:"要牢牢记住,男人走出房门的时候,他就把一切都丢到了脑后……而女人走出去的时候,却把房间中所发生的一切都带在了身边。"我想,这形象地说明了女性在生活中,特别是在婚姻中的挣扎与困境。

第二,鲜明的地域特色。门罗的创作背景就是其所生长的安大略省,具体而言是其下辖的休伦县中的小镇。在门罗80多年的生活中,除了有十多年生活在温哥华等地之外,其余绝大部分时间都居住在安大略省西部的小镇上。而她写作的一大特征,就是作品总是围绕着小镇及小镇上的人物而展开。这一点,与中国作家莫言的写作围绕山东高密如出一辙。门罗认为,这里的地方文化对自己有着巨大的影响。一个人一旦在一个小镇中居住久了,就会听到各种各样的故事,也会见识各色人等。需要注意的是,门罗正如福克纳一样,虽然作品的人物局限于小镇,但这不仅没有限制,反而激发了作者的想象力。我们既能看到其精彩的现实书写,也能在那些安静而平凡的描写中,不时地发现一些新鲜的意象或者新式的人物、耀眼的物体、闪光的思想,照亮了整个场景。如在《海边旅行》中有这样一段描写:"天空泛白、凉爽,亮光横扫过来,照亮了天际,仿佛就在一个贝壳之中。"像这样对人物、场景和人的状态的细致入微的描写,在作品中比比皆是。

第三,全知的叙事模式。门罗作品中的主人公基本上属于全知全能型的人物,她/他们似乎了解一切。有批评家经常把门罗的这一创作特色与美国南方作家相提并论,这不无道理,但就其人物而言,门罗笔下的主人公似乎更加复杂多变一些,也有人将其创作风格归结为"南安大略的哥特小说"。门罗写作喜欢使用第一人称的叙述方式,故事发展与契诃夫的作品有类似之处,情节居于次位,甚至有时并没有大的事件发生。但正如有些批评家所指出的那样,由于其简洁明快、细致入微的细节描写,总会促使读者有幡然领悟的一刻,或者在恍惚之间得到一种启示。

总体而言,门罗的创作可以说是一种历史性与纪实性的写作。她的作品既可以从作家个人生活中找到发展脉络,也可以看到作者生活中的人和事的影子。门罗曾说,自己从来不会为写作素材担心,因为,家乡就是自己取之不尽用之不竭的文学源泉。

当代短篇小说大师

2013年的诺贝尔文学奖可以说开创了一个先例,即第一次把桂冠授予一个专事短篇小说创作而较少创作其他文学形式的作家。

在文学世界中,长篇小说一直都是文学最重要的表现形式,也几乎是众多作家首选的文学表达方式。而短篇小说则往往难以被看重,一般被认为是杂志所青睐的文学形式,甚至被有些作家看作业余消遣时的副产品,即便是结集出版的小说集,往往也很难受到批评家和大众的重视。那么,门罗为什么要选择短篇小说的表现形式呢?

门罗对自己的认识与定位极其清楚。她认为自己生长于边缘地带,同时,也很高兴自己处于一种非主流的写作状态。如果不是边缘化,自己或许没有这样的信心,也难以取得今天的成就。再比如,作为诺贝尔文学奖历史上第13位获奖的女性作家,其创作内容以女性为主,加上某些创作特征,门罗难免会被看成是女权主义者,或者是有女权倾向的作家,但门罗对此持否定态度。她说,自己从来没有想过要当一名女权主义作家,因为自己并不以那样的方式去看问题。

因此,就其文学创作形式而言,短篇小说无疑是一个正确的选择。当然,她也曾在接受采访时很谦虚地表示,自己所以能在短篇小说创作中取得成功,也许是因为没有其他方面的才能。同时,她也坦承曾尝试写作长篇小说,但后来感到自己的文学思维并不适用于长篇,因此很快放弃了。

但门罗确曾写过一些内容连贯的故事,除了上文提到的两部短篇小说集外,还有《公开的秘密》,主人公也是反复出现,也被人当作是长篇小说来看待。门罗承认,她喜欢这样的写作方式。她引用凯瑟琳·曼斯菲尔德的话说:"哦,我多希望自己写一本长篇小说啊,我可不希望自己死后留下的都是些碎片而已。"门罗也说,自己很难断了"身后留下的只是一些碎片般的故事"这样的念想,"即使人们夸你是契诃夫",但自己也还是会有那种感觉:不过是创作了一些零零碎碎的故事罢了。

虽说如此,门罗将表达形式锁定在短篇小说,并将这一文学形式发扬光大,使其同样完美地表达了作者的心声,足以显示出其对短篇小说创作并以这种形式反映个人思想的信心。她把每次写作视为是一次恋爱,可见其感情之投入。

门罗被人称为短篇小说大师,更被批评家称为"当代契诃夫",这个称呼究竟意味着什么呢?

这当然是对门罗短篇小说创作的高度评价,认为她已经进入到了世界一流短篇小说家的行列之中。其次,门罗以其家乡为背景的创作如此精彩,她笔下的那片土地完全可以像"契诃夫的村庄"、福克纳的"约克纳帕塔法县"、莫言的"高密县"那样,成为"门罗之镇"。再次,门罗对作品的人物毫无先入之见,同时,更主要的是,其作品既不穿插意识形态,也无太多政治因素的考量,仅是平实地反映小镇中的女性形象、讲述那里所发生的甚至并不惊心动魄的日常故事,同样使其作品具有了文学之美。

门罗的作品富有洞见,具有怜悯之心,虽然深入探讨了众多人物的日常生活及特性,但很少把自己的评价加诸于人物身上,而是留待读者去思考。就艺术创作手法而言,门罗的故事不重故事情节,但引人思考。在小说的开始部分,作者也并不暗示未来的故事会向何处发展。为此,有批评家认为,这样一种叙述方式在缓慢的行进中突然就转了向,给读者留下了思考的余地。而有时,作者则通过一个奇怪的字眼结束全文,让读者回味无穷。《海边旅行》讲述了11岁的梅与外婆的故事。当外婆在最后死去的时候,作者用了一个词"victorious"(胜利、凯旋之意)。这就不能不引发读者去深思,为什么作者要以这个词来结尾。是想说明她就此解脱了,还是说梅的生活到头了,抑或有别的原因?这些,都值得读者深入思考。

门罗的创作给人以启示。身为作家,出身和身处的环境并不重要,关键在于是否有敏锐的观察力和矢志不渝坚持写作的恒心。门罗的父母亲都不是作家,也无法对其进行指导,而且在现实生活中,父母对她的很多影响甚至相当负面。门罗所身处的小镇也并非文学小镇,不过是世俗的大众社会之一角罢了。她曾经谈到写作时说,只要大家努力工作,都可以做得到。

其次,文学创作的形式并不是最重要的,就连主题也不必非宏大不可,完全可以是些凡人琐事,重要的在于文学能否反映人世间那份普遍的情感,能否去思考人生的莫测所带给人的种种困惑。正如有的批评家所认为的那样,门罗写不写长篇小说并无太大意义,因为,从她的短篇小说中,我们可以读到长篇小说中可以想要的一切。

再次,文学可以关乎政治,也可以关乎民族,这些都可以使文学走向世界;同样,文学单纯表现个人,单纯反映一隅,单纯描写人性,同样也可以堂而皇之地进入世界文学的最高殿堂。在评论门罗时,有人称之为心理现实主义,有人说是家庭现实主义,也有人说魔幻现实主义,但无论何种主义,无论何种研究方法,文学就是文学。即便是在一个多元化、全球化、网络化的时代,文学依旧应该保持其反映人性这一最基本的特征。

阅读门罗,我们大体上可以感触到人生之不确定与世事之变幻莫测。有批评家说,我们从门罗的作品中看到的无不是逼真的人和事,这不是模仿,它就是现实,就是我们人类本身。或许,这正是门罗作品的意义所在。

日本

樋口一叶：
古日本最后的女性

林文月

提及日本的明治时代，即使对于日本的文化、国情不甚了然的人，大概都会知道"明治维新"一词。政治上，德川将军的政权返归于朝廷，而封建制逐渐转为资本制；也带动了文化的变动。知识阶级勃兴，伴随而起的是主张自由主义、个人主义的自我觉醒。文人取典范于西欧文学，遂发生了写实主义、浪漫主义、自然主义、反自然主义等诸多流派之交替；乃至成为大正时期以近代市民社会为基轴的文学。同时，以报纸、杂志为中心的文学作品发表机构亦渐形扩大。小说普及，近代诗诞生，短歌、俳句等古典文学也起了革新运动。

明治时代的文坛，也是女性作家崛起、备受瞩目的时代。其中，致力于西洋小说翻译的若松贱子（1864—1896）、以小说《比肩》《十三夜》等扬名的樋口一叶（1872—1896），以及翻译《源氏物语》为口语体的与谢野晶子（1878—1942）三人，生存时间先后略同，而各有卓越的成就，鼎足而立；与平安时代的另外三名女性作者紫式部、清少纳言、和泉式部，在日本文学史上古今互辉，相映成趣。而明治三才媛中，樋口一叶最为短寿，以24岁之英年夭折，为近代日本文坛上之彗星，也是众人所最遗憾之事。

樋口一叶

樋口一叶,本名夏子。明治五年(1872)五月二日诞生于东京千代田区。其父樋口则义与母亲滝子原为农家出身,因恋爱受阻而私奔上京,二人勤俭储蓄成家。则义因投靠幕府武家,渐升为小康士族。则义因为青年时期深受贫穷之苦,中年后颇汲营于蓄财,年少的一叶对父亲重利的生活态度似有不满。

一叶诞生时,樋口家已俨然士族,故难免于多感的少女时代,有这样的怨怼。一叶的正规学历仅有小学程度。她11岁时以小学高等科毕业后,进入当时名噪一时的前卫女性中岛歌子所主持的私塾"萩舍塾",勤学古典文学如《源氏物语》《枕草子》及和歌等。

明治二十年(1887年),父亲则义自警政厅退职。同年年底,长兄以肺结核病殁,家道中落,居无定所。明治二十二年(1889年),则义忧心致死,当时一叶年仅17岁,孤儿寡妇陷于严厉而残酷的贫困境遇。一叶与母亲、妹妹邦子不得不另外租屋,代人洗濯、缝纫衣裳维持生计。一叶因为患有近视、不适宜缝纫,且在"萩舍塾"接受文艺教养,与文人作家亦有认识,遂决计专事小说写作。促使一叶投入文学世界的原因,固然是来自母亲与妹妹的支持以及她个人的才华,但是"萩舍塾"的同门学姊田边龙子(笔名花圃)以刊行其小说《薮中莺》而一举成名,也多少鼓励了一叶。

一叶既以写作为志,遂自我策励,时时赴上野的东京图书馆自修小说,并大量尝试习作。"一叶"的笔名,便是在她19岁之年所取的。当时,又经由其妹邦子的友人介绍而认识《朝日新闻》小说记者半井桃水,并请其指导小说写作技巧。

一叶曾经在"萩舍塾"接受古典文学作品的教育,下笔之际,难免拘泥于传统文学的格调,桃水劝她要改用合乎时下的轻妙语气,以迎合读者的趣味。自尊心颇强的一叶闭门自修,4个月后再访时所携的作品《暗樱》,果然令人刮目相看。在桃水推荐之下,《暗樱》便在其所主持的同人杂志《武藏野》创刊号刊出。发表这篇处女作时,樋口一叶正值双十年华。

自发表《暗樱》以来,一年之间,一叶公开发表的短篇小说共有8篇。她写作的动机固然出于对文学的偏好,更不容忽略的是来自现实生活的需要。这一段时间里,以一个多产的新进女作家而言,稿费的收入虽于现实生活不无小补,但一家三口的生计,仍不得不依赖母亲和妹妹代人缝纫、洗衣,甚至借贷、典当衣物维持。一叶在明治二十六年(1893年)六月二十一日的日记写着:"著作尚未完成,这个月又将无一文收入。"内心的焦虑可以想见。这年夏季,母女三人决计搬家,并且开始经营小杂货店。

新租的房屋为十足下层阶级的庶民居所。对于年华双十、充满文学理想与梦幻的年轻女性而言,这种现实生活每况愈下的变迁所带来的打击,不可谓不大。樋口一叶日记的字里行间所透露的是一种对于依赖文学维生的失望而决计务实从事商业营利的思想;但未尝不可看作因否定为金钱而写作,而选择商业经营;至于执笔为文,则随心所欲,一本兴之所至而为。

其后,樋口一叶个人虽未辍止小说创作,但只能在经营的空当执笔,看尽东京都市的小民百态。生活的体验愈加丰富了写作的内涵,反而滋润扩大其文学生命。与早期比较倾向于古典的物语式写作笔调相对,一叶其后的小说逐渐具有都市写实趣味,尤其是庶民生活之特色——"流言"的巧妙织入小说之中,更为其创作带来虚实笔锋交错的新鲜技巧。后期作品中的《比肩》,以大人的流言,为孩童们的游戏世界烘托出独特的远近笔法,从而造成注解批判式的效果。另一代表作《浊江》的结尾处,妓女阿力与源七殉情后,两具棺材被草草抬出之际,以街上众人的冷言冷语取代正面的叙写,遂有无可言喻的凄凉讽刺意味。

此后,一叶对于浮奢的"萩舍塾"艺文社交圈有意疏远,但闻风来访的出版界人士倒也不少。穷巷陋屋每有《甲阳新报》的野尻理作、《文学界》的平田秃木等人造访求稿。当时小说写作的风气颇为盛行,文坛之新旧作家率以报纸副刊或文学杂志为作品之发表处。《武藏野》停刊后,一叶断续完成的小说曾在《甲阳新报》《都之花》《文学界》等报刊登出。

对于一个从事写作的年轻女性而言,虚构的世界里尽管布满爱情的繁丽色彩,但现实生活则恒常是贫苦灰暗,这个时期的一叶,可谓物质上与精神上皆陷于最低潮。事实上,穷巷陋屋挡不住文艺青年对这位才华出众的女性的爱慕。《文学界》的同人以及当时文坛之士如幸田露伴、斋藤绿雨、横山源之助等人经常来往谈说,俨然形成小型的文艺沙龙,有人更以《咆哮山庄》的作者艾米莉·勃朗特相似呼之。而在与众多文坛之士交往议论之间,一叶的创作意欲更加炽烈,产量也愈为增加。从明治二十七年(1894)夏至次年(1895)底,大约一年半之间,先后刊出《暗夜》《大年夜》《比肩》《檐月》《经桌》《空蝉》及《十三夜》等 7 篇短篇与中篇小说,此外又有《雨夜》《月夜》《雁钟》《虫音》等 4 篇随笔刊载于《读卖新闻》。其中,《比肩》连载完后,获得文坛前辈森鸥外等人的激赏,而一叶的声望也达到了最高点。

然而,正当她的创作事业在质与量皆登空前高峰之际,可怕的结核病也正侵蚀着一叶年轻的肉体。明治二十九年（1896）春季,肺结核的症状明显地恶化,但一叶仍在高烧与咯血之间勉强执笔,并且还在《文艺俱乐部》发表了《里紫》《割壳》及一些随笔。推崇她和敬爱她的来访者亦络绎不绝。

十一月二十三日,一代才媛樋口一叶终告不治,享年仅24岁。

樋口一叶仅有24年的短暂生命中,实际的写作时间大约仅为期数年。身后遗留22篇中、短篇小说、70余册日记,以及超过四千首的和歌咏草。就创作量而言相当惊人。其写作对象多取材于生前所接触的东京半下层社会,笔致则颇为细腻绵密。一叶的眼光犀利、观察入微,把她所熟悉的世态百相尽纳笔底,复以欢愁多感之情隐约贯穿虚设的男女众生间。作品中的忧国之思、男女之情、民俗风尚,在在都反映着明治时代的日本文化思想与民众生活实像。

除了小说、随笔创作外,一叶所留下的大量日记,无论对于研究其个人,或当时文坛现象,都极具价值。她记日记的习惯,更先于文学创作,最早约可溯至十五六岁时,而且持续记述到24岁病逝之年。日记的笔法,长短不一。其间最可珍视者,有她个人对于创作的心得,评论之再评等,与文艺相关之文字,可供研究一叶文学的旁证,至于记述当时文人作家们的言行部分,则可视为日本近世文学史的第一手资料。

樋口一叶可能是日本文学史上最短寿的知名作家,她寄居东京都市的一隅,冷眼看尽世态,将众生的欢愁化为笔底的人物言行,撰述唯恐不及似的与生命竞走。在明治那个代表日本由古维新的时代,一叶兼具传统文学的修养与近代文学的表现,倾生命之力完成的篇章虽不比他家为多,但终于在近代文学史上占有了一席之地。评论家称她为:"古日本最后的女性",确实是有其道理的。

江户川乱步作品：
欧美知性风与日本江户风格

[日]岛田庄司

在日本,上至老叟下至儿童,只要会阅读文字的就没有不认识他的,江户川乱步——日本推理小说的开山鼻祖。

日本现在可说是当之无愧的"本格推理"王国,不仅仅在亚洲,同时也获得欧美推理界的认可。细想起来,有一点不可思议的地方,把推理逻辑的趣味作为作品的主轴,再和小说的可读性紧密结合,这不是随便哪个国家的推理作家都具备的能力,即使是曾经创造了这种题材的盎格鲁-撒克逊世界。为什么呢,因为日本有把这个题材培育出来的土壤。

孕育并培养出这种文学题材的美国,不论是地理、思想、语言都和日本不太一样,甚至可以用南辕北辙来形容。尽管如此,日本还是有一些特别的地方,比如说,日本有一个叫江户川乱步的作家。

不过,乱步的小说和那种追求"本格类推理"的精致和框架设计、或者逻辑严密的作品稍微有所出入,江户川乱步可以说是日本甚至亚洲推理文坛的启明星。那时候,所谓的"本格"概念并未出现,他的小说乍看之下就像当时的普通小说,尽管十分独特,说到底只不过脉络清晰的故事。

日本的侦探小说,始于黑岩泪香的《是人是鬼》。这是一个翻案小说,原型是埃米尔·加博里奥的《勒鲁菊事件》,带着欧美文学的气息,受到当时读者极大的欢迎。

第二年,黑岩泪香发表了自己的原创作品《无惨》,好评如潮。两个侦探通过科学的逻辑思考,分析捏在尸体手里的三根头发,由此找出犯人。日后"本格"推理中所强调的逻辑推理,在这部小说中有所体现。不可思议的是,日本人竟然能在需要数学逻辑的推理中找到阴森森的尸体营造出来的恐怖感,将这二者之间的相通点很好地糅合在一起。

江户川乱步

30年后,也就是大正十二年(1923年),江户川乱步正式登上日本推理文坛。江户川乱步,本名平井太郎,出生于日本的三重县。江户川乱步这个笔名,取自于推理小说开山鼻祖埃德加·爱伦·坡的日文发音。

乱步出道之时,离爱伦·坡发表第一部推理小说《莫格街凶杀案》已经过了将近一个世纪,也是英国推理小说家柯南·道尔的"歇洛克·福尔摩斯"系列得到世人公认之时。那时候,侦探小说作为一种全新的文学体裁,已经在世界文坛取得了不可撼动的地位。当时科学要求新民众们具备冷静的逻辑思考方式,这和侦探职业必须具备的素质不谋而合。从这一层面来说,推理小说具有一定的社会意义。

乱步吸收了其中的科学思维和逻辑思考,带着欧美推理理性创作的特点登上日本文坛。这种思想凝结在他的短篇集中,这个时期的作品,除了出道作品《两分铜币》之外,还包括直到今天为止名气依旧不减的

《D坂杀人事件》《心理测验》《天花板上的散步者》《湖畔亭事件》《月亮和手套》和《石榴》等以逻辑推理思考为中心的短篇小说。

这些小说很好地表达了当时进步知识阶层的感性诉求,也博得巨大好评,吸引了当时不少有天赋的人才参与其中。但带给乱步不可撼动名作家地位的,显然还不是这些短篇作品集。

江户川乱步的作品,大致有三种不同的风格。初期以理性的逻辑推理见长的短篇集,中期以恐怖、刺激感官为主要特点的作品集,后期则转变成面向儿童的冒险侦探小说。

这三种不同的风格,在时间上并没有一个泾渭分明的界限,而是交叉混合在一起,缓缓往前推移,作品的面世也基本上沿袭这样的顺序。乱步成为日本国民作家,也就是江户川乱步的名字作为作家被广为人知的时候,能唤起日本人某种特殊、强烈情感的,显然就是中期给读者带来异常体验的故事。

一听到乱步的名字,大部分日本人背后都会升起一股冷飕飕的感觉,偶尔还会在大脑里重复描绘能够刺激感官的画面。所谓的感官,如果转化成文字,就是虐待、被虐待、男同性恋、乱交、偷窥、夫妇交换等等,果断地踏过性禁忌的樊篱,还有种种五彩斑斓的冒险等等。

但是,乱步作品中的怪谈倾向,在他最初的作品中,就已经混迹在以理性的侦探推理为主旨的作品中了。比如他的早期杰作——《两分铜币》面世的第二年——发表于1924年的《二废人》,主人公是一位梦游症患者,他怀疑自己在无意识中杀了一个人,被这种疑念纠缠了大半辈子,这是一个恐怖故事。1925年的《人间椅子》,主人公藏身在自己中意的女人喜爱的椅子内部,隔着一层皮革感受肉体接触的快乐。1926年的《跳舞的一寸法师》,马戏团的奇异箱里,装进一个半裸的美女,另一个表演者把她的头斩落,而后这位美女再完好无缺地在观众面前复活。

原以为是这种趣旨的小说,但当表演接近高潮、表演者手起刀落斩下头颅之际,讲故事的人亲眼看到一个手里拿着不断滴落不明液体的一寸法师,在马戏团帐篷附近的小山丘上跳舞。

这种对于性禁忌的挑战以及对于各种残暴行为的崇尚,是以日本江户时期所特有的刑罚和故事为原型的。江户幕府将那些久经时日的腐烂尸体暴露于民众面前,是想通过此种恐怖政策,来控制民众毫无限制的享乐之心。

享乐主要是指以吉原为代表的花街柳巷。江户这样的城市,直到中期仍然是女性罕至的荒蛮地带,私娼和官娼的存在是有客观需要的。而且,那个时代老百姓不用上税,不用交房租、教育费,生活安定,因此一有闲钱就会跑到花街柳巷去消费。此外,要是有哪个富家子弟到吉原一夜荡尽钱财,这种话题更是当时百姓所热衷的。

当时的幕府执行死刑后,总是会把犯人头颅吊起来,在通往花街柳巷的街边示众三天。诸如此类的公共政策,慢慢导致了江户百姓对尸体现象的娱乐化倾向,甚至孕育出了江户时期特有的恐怖趣味奇异小屋。在如此江户风格的背景下,将侦探小说添油加醋成日本风格作品的人——江户川乱步出现了。

这与当时日本社会仍然没有产生科学的、冷静的、客观的生活态度是密切相关的。读者很难想象,即便让有新式民风的侦探登场,并将其推至风口浪尖,也还不能引起社会变革。针对日本的特点,这种单纯的娱乐较之科学态度,更能吸引读者关注,这对于侦探小说作为一种新兴体裁在文坛上立足

《人间椅子》中文版

是非常必要的。

然而另一方面,江户时期曾一度在民众间兴起了数学热。"谜图"这种百姓所喜爱的特有谜题体裁,在其他国家尚未有此先例。江户时期的这种知性风,就这样一直存在着,直到乱步时代的到来。

如此看来,乱步的构思混杂了欧美的知性风,同时又融入了江户人的爱好,将不同的口味呈现给大众。这种不同的口味中掺杂了大量的禁忌感和不断而来的犯罪感,抓住了大众的心理。然而,在最初的形态中,这种通俗的江户风格仍被抑制,而数学的知性风格则更自由蓬勃。

应大众进一步的要求,同时也苦于灵感的枯竭,乱步不停地妥协。初期这种理性、逻辑的想象,被感官和恐怖心理的欲动所湮没,如同春之残雪一般逐渐消失了。随后,乱步转而描绘单纯的恐怖内容以及感官类的通俗内容。

1926年的《帕诺拉马岛奇谈》就是此中典型。小说讲述了一个富豪在M县买了座小岛,并招来大量裸女把这里打造成了一个梦幻般的游乐园,最后这个富豪像打到天空中的烟花一样,被打上半空,浑身粉碎,身上的血如雨注般落在自己建造的岛上。而这个故事的原型就是从吉原花街柳巷借来的,当时有个叫作十边舍一九的人,传说他将烟花藏在随身的衣服里,并留下遗言称希望入棺后有人能点燃导火线。

《幻影城主》中文版

同一年发表的《镜地狱》,倾斜的镜子里映照出人自己的躯干,恐怖的同时还能获得不少乐趣,如果在一个球形的容器里贴上镜子,并且做成一个镜球,而且让一个人进入到这样的一个空间,那这个人到底能看到怎样的景象呢?被这样诡异的好奇心纠缠上的主人公,进入到自制的球体镜内部,他到底看到什么了?最后,他疯了!

另外,连载于《新青年》的《恶灵》(1933年)是一个没有结局的故事,为此,乱步还向读者表达了歉意。小说一开头,就有一具美丽的女性尸体被发现了,尸体上有无数的伤痕,从伤口汩汩流出的鲜血往四面八方蔓延而去,在雪白的肌肤上绘出奇妙的图景。说到中途放弃的原因,乱步认为再这么写下去就变成一部彻底的刺激感官的小说了,和普通小说没任何差别,这不是乱步愿意看到的结果。

从这个角度来看,这位日本侦探小说之父的遗世之作,实际上并没有太多的"本格"要素,更多的是通俗和刺激感官的特征。作为擅长驾驭恐怖要素的写手,与其说乱步是一位推理小说家,还不如说他给感官小说的写手带来无数的影响,也许同时也给他们提供了大量的素材。

战前,乱步的作品一度风靡日本,这让推理小说在日本生根发芽的同时,也奠定了日本推理文学的基调。没想到这成了侦探小说被日本文坛歧视的根本原因。为了改变这种印象,日本的后世推理小说家付出了极大的心力。

乱步的创作大部分集中在战前,战后他的作品不断再版,连全集都被再版了4次。在日本推理史上,具有这种成就的作家也只有江户川乱步一个。他拿的版税多得让人嫉妒,推理小说的特点是理性逻辑,尽管现在推理饱受落入俗套的批评,但乱步的作品并不随时间的流逝而褪色,依旧鲜明,在日本推理文坛上占据着重要的一角。

另外,他发起了现在"推理作家协会"前身的"侦探作家俱乐部",自掏腰包设置了日本最大的新人推理奖——"乱步"奖。另外,他还大力挖掘有天赋的作家,不仅仅限于推理体裁的作家,还推及至冷酷文学及科幻小说。

　　战后,乱步写了大量面向孩子的"少年侦探团"系列,通过这个系列,培养了很多作家感性的一面,包括我自己。乱步的笔触清新脱俗,大大震撼了日本大众感性的一面,如今,这种震撼还在持续着。

西班牙

路易斯·塞尔努达：
孤独的掌灯塔者

汪天艾

路易斯·塞尔努达(1902—1963)是西班牙"27年代"代表诗人之一,1938年因西班牙内战流亡,此后25年辗转英、美、墨西哥直至去世,一生未再回国。虽然在所处时代的西班牙诗坛,塞尔努达并未得到应有的重视,他的诗歌却对西班牙战后诗坛产生了重要影响,而今他几乎被公认为20世纪西班牙最伟大的诗人之一。布罗茨基在《如何阅读一本书》中推荐母语为西班牙语的读者阅读塞尔努达的作品;哈罗德·布鲁姆在《天才:创造性心灵的100位典范》中为他撰写单章,盛赞他为"诗歌艺术的圣人",并将他列入《西方正典》附录;法国《读书》杂志编纂的《理想藏书》"西班牙文学"篇中,塞尔努达的散文诗集《奥克诺斯》位列第二,主编贝·皮沃皮·蓬塞纳评价他是"西班牙语诗人中最伟大的一个,也是最神秘、最不为人知的一个"。纵观塞

路易斯·塞尔努达

尔努达的创作生涯,可以看到他对欧洲诗歌财富的缓慢攻克和继承。他为了阅读诗歌原著学习了法语、德语和英语,从法国超现实主义、德国浪漫主义以及英美现代诗歌中汲取创作的养料,成为西班牙诗坛罕见的"欧洲诗人"。50年前的11月5日,这位被奥克塔维奥·帕斯称为"最不西班牙"的西班牙诗人在墨西哥城与世长辞,然而浩瀚诗海之上他曾独守的灯塔,半个世纪之后的今天依旧指引和注视着往来的世人。

塞尔努达最初的两本诗集《空气的侧影》和《牧歌,哀歌,颂歌》创作于1927年前后,尚没有展现出明显风格。1928年在法国图卢兹担任西班牙语助教期间,塞尔努达开始创作第三本诗集《一条河,一种爱》,法国超现实主义的影响初见端倪。塞尔努达在那场声势浩大的完全颠覆中发现了反叛的现代精神,并将之为己所用。在他眼中,超现实主义不仅是文学风尚,更代表了一个时代青春洋溢的精神流派。《一条河,一种爱》可谓"梦境之书",诗人在光与影、梦与醒的交织中看见现实与欲望之间不可填补的鸿沟,现实是疲倦却睡不着的失眠,欲望则是沉睡的人在梦中的大海徜徉。现实与欲望的对立成为贯穿塞尔努达毕生诗作的精髓,他为自己的诗歌全集所取书名正是《现实与欲望》。塞尔努达在诗中表达现实与欲望的不可调和带来的痛苦、斗争与思考,这是一种自发的反思,一条不断自我探索的道路。而对读者而言,他的作品是"一条通向我们自己的路"(帕斯语)。

创作于1931年的第四本诗集《被禁止的欢愉》延续超现实主义风格,更加注重对欲望的表达,其中对年轻男性身体的描写体现了塞尔努达对"身体"意象的痴迷。他将身体视为宇宙力量的化身,尤其是年轻身体的美丽是最具决定性的特质,是激发灵感的核心,拥有无可比拟的力量和魅惑。一个年轻的身体就是一个太阳系,是所有物理上和精神射线的核心。早年对纪德的阅读让塞尔努达自然地将自己的同性取向视为"活在世上的另一种方式",以全然真诚坦白的态度对待。他是最早公开触及同性情欲主题的西班牙诗人,情诗中对爱之真理的诉求令人震撼。那是甘愿"被囚禁在另一人那里的自由",是任何荣耀、财富、野心都比不上的"全然交托的爱",是人之存在意义的明证——"你证明我的存在:/如果我不认识你,我没活过;/如果至死不认识你,我没死,因为我没活过"。《被禁止的欢愉》完成后,塞尔努达不再继续超现实主义创作,但仍在此后的创作中保留了源自这一时期的"生活即艺术"的思想和对自身精神世界的探索。在向贝克尔诗风致敬的第五本诗集《在遗忘住的地方》之后,塞尔努达与荷尔德林的诗歌相遇,他学习德语并翻译了一系列荷尔德林的诗。日后他回忆,自己很少以那样的热情和愉悦工作过,通过逐字逐句探索荷尔德林的文本,他开始用全新的目光看待世界,在此期间,塞尔努达创作了第六本诗集《祈祷》。

1938年流亡英国后,塞尔努达对英美现代诗歌的阅读和研究日渐深入,他的诗歌创作也正式进入成熟阶段。语言韵律注重简洁,力求节制而恰如其分。第七本诗集《云》对流亡经历的记述克制而细腻,少有战争群像或是呐喊控诉,更专注于战争和流亡中特定的人在特定场景下的个体心理体验,语调平淡冷静,却尖锐真实。在《流亡印象》一诗中,伦敦午后嘈杂的交谈有人吐出一个单词"西班牙"——"稠密如落下的一滴泪",流亡者起身离开,诗末却听到"'西班牙?'他说:'一个名字而已。/西班牙死了。'/街巷突然一个转角"。

"二战"结束后,塞尔努达选择了继续流亡,此后创作的三本诗集《好像等待黎明的人》《活而不活着》和《时日无多》格外注重对凡间力量的观察和对人类造物的冥想。战争让死亡变得具体,这引发了塞尔努达对"时间"和"永生"的思考。他回想起童年时代对无限时间的恐惧,重新思考和解读凡世的死亡。他在死鸟的翅膀下看见"生命一种更高的

《塞尔努达全集》西语版 1962 年版

形式",而比起永生的神明,自己更愿独守"我这些不会持久的凡人作品:/在短命之物里装满永恒/值过你的全知全能",易逝的凡世生命带来的短暂美丽与尖锐痛苦让他"感觉到自己活着",这远比"在金质大门后面/待在自己的灵泊里更加高贵而值得"。在生命最后十年的创作中,精确而反思的目光、真实而苦涩的语言成为主角,在他最后一本诗集《客迈拉的悲伤》中体现得尤为明显。在与诗集同名的诗作末节,塞尔努达写道:"阴影里沉默的,客迈拉仿佛退隐进/第一混沌洪荒的夜晚;/然而无论是神,人,还是人的作品,/一旦存在就无法自我废止:必须存在/到苦涩的最后,消散成灰。/一动不动,悲伤的,没有鼻子的客迈拉闻着/初生黎明的清凉,又一天的黎明/死亡不会带来怜悯,/她悲伤的存在还将延续。"

帕斯在塞尔努达逝世一周年的纪念文章中说:"很少有这样的现代诗人,无论何种语言,能给我们带来这样不寒而栗的体验,当我们知道自己面对的是一个说出真理的人。他击中了我们每个个体的内心,那是属于我们自己的真理。"塞尔努达本人则将自己的创作过程解读为:"我只是像所有其他人一样,努力寻找属于自己的真理,我的真理,也许不比别人的更好或更糟,只是与他们的都不同。"这种与众不同的真理让他的诗歌成为精神传记,记录下所经历的瞬间和对重要体验的反思。而追寻真理的过程,不仅体现在他的诗歌创作本身,也体现在他对何为诗歌,何为诗人的诗学思想中。

塞尔努达认为诗歌是出神的诗人与神圣本质之间突如其来的爱,一方面忠实记录他所认识的世界;另一方面书写世界上那些与众不同、神秘而深邃的东西。诗歌是一种"异象"——另一种现实,不仅不同于平日所见,更有某种长着翅膀的神圣存在与它相伴环绕,如同颤抖的光晕围绕一个发光的点。塞尔努达发现诗歌拥有"能够抚慰生命的魔力",于是"我就这样看着它飘浮在我眼前:我在黑暗里看着那道慵懒的光划过,拍打着颤动的翅膀"。要想看见诗歌的异象,就必须投以诗人的目光,塞尔努达为诗人的目光赋予极为重要的意义。在他看来,诗人依赖文字,更依赖目光,世间万物都因诗人的目光而重获意义。那些未曾被人留意的神秘与神圣,都能在诗人平静的目光里找到自己,而在被诗人捕捉并描摹之前,"造物都是盲目的"。对塞尔努达而言,诗人并非超脱于世,而是与周围现实联系最紧密、感知最深刻的一群人。诗人拥有可以看见隐秘之美的天赋,生出非写不可的表达渴望,却也必须承受世间大美不可言说、无法沟通的宿命。在散文诗《隐秘的美》中,塞尔努达回忆了平生第一次察觉到自己眼前的美,"一种彼时尚不认识的孤独感尖锐地滑过灵魂,扎了进去",他想与别人沟通来化解分担,却有一种奇怪的羞耻感抓住他,封上了他的嘴。诗末塞尔努达感叹:"仿佛那种天赋的代价就是……命定要在静默中享受和承担这苦涩而神圣的陶醉,无法沟通又不可言说,窒息了胸腔,阴云蒙上含泪的眼。"

如果说荷尔德林眼中的诗人是"在神圣的黑夜走遍大地"的身影,那么塞尔努达心中的诗人就是暗沉海面上的掌灯塔者,独自一人守着灯塔彻夜不眠,是暗中指引更是遥遥注视。那是记录日出日落、斗转星移的目光,拥抱着孤独,却又饱含一种普世的爱。在《掌灯塔者的独白》一诗中，塞尔努达自述是为灯塔下往来不息的人们而活，"就这样，在远离他们的地方，/已经忘记他们的名字，/我在苍茫人潮里爱着他们"。如此熙攘人群中的独自伫立，塞尔努达在去世前5年撰写的诗歌回忆录中坦言依靠的是"一个荒唐的信念"——"这么多年来，尽管始终被孤立，尽管发表自己的作品实在不易，我居然一直依靠着一个荒唐的信念坚持写作。诗歌和以诗人自居是我全部的力量，就算这个信念是错误的，也已经不再重要，因为正是这个错误让我收获了那么多美妙的时刻"。

对塞尔努达而言，写作诗歌是坚守孤独的方式。他所经历的精神流亡远比25年的实体流亡更为长久。那是一种在任何地方都是"他者"的孤独。帕斯曾经感叹道："塞尔努达在五大洲流浪，始终只是活在自己的房间，和同样的人说话，这样的流亡是我们所有人的流亡。这一点塞尔努达并不知道——他太过内倾，太过沉浸在自己的独特里——但是他的作品其实是对现代人确实独一无二的处境最令人印象深刻的证词：我们注定要活在一种混居的孤独之中，我们的监狱和整个星球一样大。没有出口也没有入口。我们从同样的地方走向同样的地方。"除了这种"人类的孤独"，作品的不被理解、认可所带来的孤独几乎从第一本诗集问世以来就与塞尔努达如影相随。在晚年的书信中，他时常谈及无法发表或出版的诗稿，而在1952年出版的散文诗集《墨西哥主题变奏》中他坦言早已认清生命中的一切都不过是"少数人的

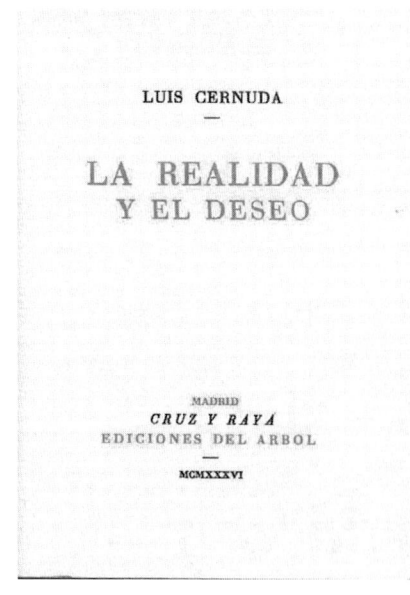

《塞尔努达全集》西语版第1版

作品,面对另一些人的敌意,和大多数人的漠不关心"。去世前两年他甚至在信中对朋友说:"40年的写作生涯,我从未想过有一天别人会注意到我和我的作品。"然而身为诗人的天职让他在无可指望的年月里仍然尝试用文字诉说自己的欲望,在创作中寻找一条认识自己的道路。尽管曾经感受到诗歌对诗人的背叛——"诗歌对我而言是坐在我爱的人身边。词语只够表达那些非我所想的或不想说出的",却也在这种背叛的过程中不断发现自己,形成一种内化而凝聚的精神力量。与此同时,写作诗歌也是塞尔努达对分享孤独的渴望。在《致一位未来的诗人》一诗中,塞尔努达平直地陈述了一种跨越时间的渴望。尽管他早已接受在同代人中不被理解的命运,却依旧希望有一天自己双眼看到的东西能被另一双眼睛看见,希望当耳边的喧嚣尘埃落定,会有一双未来的手从书架上抽出他被遗忘的诗行,希望自己的声音不至随他死去,而能被人铭记。

也许,这正是《致一只精灵的谐谑曲》一诗中所写"在死亡里实现自己"的方式,虽然他"像凡间的美那样死",时间却静止在他诗作的字里行间。

爱尔兰

《为芬尼根守灵》：
寓言与交响的复合

陈 恕

  《为芬尼根守灵》是乔伊斯的最后一部小说。乔伊斯1922年开始着笔，到1939年搁笔，整整耗费了他人生的第三阶段。这部小说被看成他创作的顶峰和终结，是对他其他文学作品中众多题材的最后总结，也是一幅展现现在和过去人类生存的栩栩如生的画卷。简而言之，它是有关所有事情的一切，它是对人类摔倒和重生的一种讽喻。坎贝尔和鲁滨逊对这部作品的错综复杂有如下的总结："这是一部奇书，寓言与交响乐的复合，也是一场噩梦——一件骇人听闻、令人费解的人和事，它从阴暗的睡眠深坑中射出一束亮光。它采用的手法就和一场睡梦如出一辙，梦幻把作者从普通逻辑所必须的条件的束缚中解脱出来，并使他能把历史的所有阶段，个人和种族发展的所有阶段浓缩进一个循环的设计中，在此设计中，每一部分都是开端、中部和结尾。"

  该书的主人公H.C.E（汉弗来·钦普顿·伊尔威克）以开一个名为"布里斯托尔"的小酒店为生。同时，他也生活在不少古代的英雄人物和文学作品中。故事讲述的是伊尔威克在一个晚上梦见这个世界已经发生过的一切事情。

  根据弗洛伊德的理论和荣格的学说，梦中自由浮现出来的记忆均来

《为芬尼根守灵》英文版

源于潜意识。由于白天各种道德规范的约束使人在意识清醒时不能反映出其真实思想,只有在睡梦中,当人不再受意识主宰时才能表现出自己最真实的思想,在每个人的潜意识中都隐藏着整个民族或整个人类最隐秘、最真实的东西。因此,《为芬尼根守灵》中的若干情节和一系列令人迷惑的事情,超出了个人的体验,表现了一种存在的状态。这一存在状态在心理学上被称为集体的种族意识。

乔伊斯试图通过伊尔威克梦幻中一家人的活动来表现整个人类的历史活动,表达作者所认为的所有人、所有地方和所有时间都相互雷同和相似的主题,因此,伊尔威克就成了"每一个人"的代表。伊尔威克名字的缩写 H. C. E 这个缩略词在英语中就是"所有的人都来了"。不难看出,乔伊斯把伊尔威克当作整个人性代表的用心。

小说讲述,在一个星期六的夜晚,酒店里酒徒们发生了争吵和斗殴,伊尔威克也喝了不少酒,看到这种骚乱的情景,不禁回忆起他早年的困境,也激起了他的犯罪感。当晚伊尔威克上床睡觉时,脑子还是昏昏沉沉的,睡也睡不安稳。他的犯罪感被他梦中的乱伦再度唤起。在梦中,女儿伊莎贝尔变成艾斯尤特·拉·贝莉,伊尔威克自己也变成了特里斯特拉姆,这也就打破了父女之间的界限。梦里其他人物几乎也都经过类似变形过程,改变了原有身份。伊尔威克的妻子安变成了安娜·莉维亚·普卢拉比莉,她代表"女性原则",作为妇女和河流的代表、利菲河的化身,她拥有乔伊斯所有早期作品中妇女的特质。

关于安娜·莉维亚·普卢拉比莉的故事是这部小说中最成功的部分,体现了乔伊斯那诗歌般散文的绝妙之笔。在这部分,安娜是一个都柏林女孩,也代表利菲河。小说中的一个情节是,两个洗衣妇女在河边洗衣,议论起安娜:"挽起你的袖子,打开你的话匣子。"直至夜幕降临,水流声湮没了她们的谈话声。

小说的结尾是天将破晓,孪生兄弟中的杰里大声呼唤,母亲于是跑到另一个房间去安抚孩子。伊尔威克朦胧地感到妻子的动静,后来又睡着了,但最终他们都将醒来。

根据乔范尼·巴蒂斯达·维柯《新科学》的循环理论,乔伊斯认为个人的沉浮、生与死、日月星辰升降与潮汐涨退、大自然的变迁都是不断循环的。同样,该书涉及的每一个人也经历了这个过程。小说不仅在内容上,同时也试图在文字形式和风格上表现这一循环论的主题。小说从一个句子的中间部分开头,以句子的开头结束,句子的内容也表达了这样一个主题:"河水在奔腾,流过夏娃和亚当教堂,从海滩流向海湾,通过伟大的循环又把我们带到霍斯城堡和城郊。"在语言上,作者使用大量的双关谐音、杜撰的英语词汇、多种外语(有 18 种之多)并糅进古代神话、宗教、历史典故,使本来就含糊难懂的作品更加晦涩混乱,不好理解。

乔伊斯曾说过,《尤利西斯》是关于白昼的书,《为芬尼根守灵》是关于黑夜的书。关于《为芬尼根守灵》,他说:"我在写黑夜时实在没有办法,我感到自己无法按平常的意义来使用词汇,如果这样做,这些词汇并没有能力表现事物在夜晚、在意识的不同阶段——清醒、半清醒、无知觉——的情况。我发现,要表现这些,就无法按词在平时习惯的搭配关系和意义使用它们。当黎明到来时,当然一切都会重新明确起来……那时我将把他们的英语还给他们。我并不想要永远破坏英语。"

乔伊斯在《为芬尼根守灵》一书中所做的对小说技巧和语言上的创

新实验,几乎已到了难以为继的程度。戴维·戴希斯曾说:"《为芬尼根守灵》是欧洲美学理论与实践史上最不寻常的篇章之一的一个最不寻常的终结。它代表了追求文字技巧所能达到的极限。"

《为芬尼根守灵》印象点滴

傅 浩

乔伊斯认为,喜剧高于悲剧,是艺术的最高形式。他在《巴黎笔记》中如是表述:"悲剧是不完美的艺术风格,喜剧才是完美的艺术风格。"如果说,《尤利西斯》主要是悲剧的话,那么,乔伊斯自然不会满足,故而才有《为芬尼根守灵》之作。

《为芬尼根守灵》被公认难读,更被国人捧为"天书"。乔伊斯曾夸口说,他要让大学教授们忙活几百年,对他作品里的谜团猜来猜去,对他的意图争论不休。其实,一般读者只是不习惯作者的说话方式,难以有会于心,就像一干小众用网络黑话聊得热火朝天,捧腹不已,而局外人却莫名其妙一样。一旦熟悉了他的解码密钥,也就不难领略其中奥妙。

读《为芬尼根守灵》,不免令人想到自文艺复兴以来的一路欧洲文学传统。这路传统洋溢着人本主义精神,破坏偶像,亵渎神圣,把昔日理想化的帝王将相牛鬼蛇神拉下神坛,代之以市井小民流氓无产者的狂欢式想象,极尽调侃戏谑之能事,把原本严肃崇高的题材演化成一场闹剧。其中代表作有拉伯雷的《巨人传》、薄伽丘的《十日谈》、塞万提斯的《堂吉诃德》、莎士比亚的某些喜剧、斯威夫特的《格列佛游记》等。在技术方面,该书则与英语民间故事和童谣中的"胡言乱语"传统以及文人之作,如劳伦斯·斯特恩的《项狄传》、刘易斯·卡罗尔的《爱丽丝漫游奇境记》《爱丽丝镜中奇遇记》等所用文字游戏手法一脉相承。故此,与其说《为芬尼根守灵》是创新之作,不如说是某种类型的集大成之作,不过,这种类型在其中被发挥到了极致,以至于令人生厌,不忍卒读。试想,如果有人用无厘头的网络黑话写一部长篇小说,几乎每个词都有双关或多关的联想意义,不明所以的读者是不是会火冒三丈呢。乔伊斯就是这么一个喜欢恶搞的顽童,他的这种低级趣味说明他秉性中孩子气十足。而与他同时代的评论家阿瑟·赛蒙斯曾说:艺术家与众不同之处即在于孩子气多些。

《为芬尼根守灵》之所以难读,就在于其中为营造谐音双关而生造的大量不合常规的怪异拼写。看起来怪异的拼写读出来却往往更契合方言或外语的发音。此书就是为朗读而非默读设计的。笔者曾在爱尔兰驻华使馆听过爱尔兰人用爱尔兰英语腔调朗读《为芬尼根守灵》片段,在场的爱尔兰人无不捧腹,乐不可支,就像我们听单口相声或海派清口的效果似的。乔伊斯出身于都柏林大学现代语言系(相当于我们的

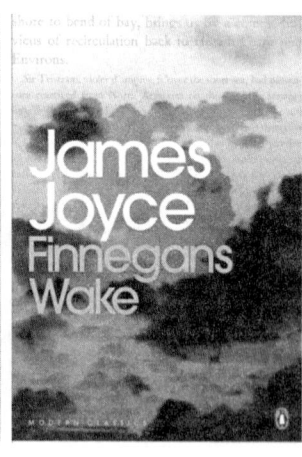

《为芬尼根守灵》英文版不同版本

外国语学院),对多种语言有所涉猎,在该书中就运用了50多种语言来制造暧昧。由于发音往往偶合而意义各不相同,外语词更易于与英语词形成谐音双关语。其效果就仿佛我们模仿韩语的"喝啥哟",恶搞日语的"土豆哪里去挖",为方便记忆英语的"三克油买来卖去"、俄语的"杀鸡切鸡"之类。问题在于,基于声音联想的双关语是无法翻译的,而读者需要像作者那样懂多种语言才能透彻领略其巧语之妙。更何况乔伊斯在《为芬尼根守灵》中与拉伯雷在《巨人传》中一样,表现出惊人的杂家式博学,所涉知识既偏又广,令人难以捉摸。好在大学教授们的确听话,居然勤勤恳恳孜孜矻矻编出一部又一部专门针对《为芬尼根守灵》的工具书,志在挖掘出这部超级游戏之作谜语大全的全部谜底,就好像乔伊斯的前辈同胞叶芝在《学究》一诗中所写:"年迈、博学、可敬的秃头们,/他们编辑注释的那些诗歌/不过是爱情失意的年轻人/为奉承美人儿无知的耳朵/在床上辗转反侧时的杰作。"冥寿已过百岁的老顽童乔伊斯此时也许正在坟墓里辗转反侧,乐不可支呢。

尤利西斯的隐喻

李宏伟

文学史上,从来没有一个作家像詹姆斯·乔伊斯这样,被谈论得如此之多,被阅读得如此之少。对于乔伊斯作品的价值、乔伊斯本人地位的评论,争议与差别之大,也是前所未有的。不少作家和评论家认为,乔伊斯对现代小说、现代文学乃至对现代艺术都产生了决定性的影响,甚至可以从小说技法的创新与探索、人物意识的深度与层次、处理经验世界的角度与力度等向度出发,把文学分为"前乔伊斯时代"与"后乔伊斯时代"。在他们看来,与同时代的卡夫卡、普鲁斯特、穆齐尔,稍后的福克纳、马尔克斯等为数极少的作家相比,乔伊斯即使不能被视为更伟大,至少也能和他们一起,毫无疑问地跨入与但丁、莎士比亚、托尔斯泰、陀思妥耶夫斯基等人并列的层次,成为永远被人类阅读与崇敬的光辉圣徒。

但另一些作家和评论家在谈论乔伊斯时却犹豫得多。他们认为,阅读者每说出一句关于乔伊斯作品的话,都会像强迫症患者一样自问:"他是这个意思吗?"也必然会面对别人的疑问:"你读懂了吗?"读不懂,是乔伊斯面临的最大指责。晦涩不是乔伊斯的特质,但只有乔伊斯的晦涩,会让人恼怒。更何况,迄今对于乔伊斯的评价与争议,都还只是建立在几乎不触及他最后一部作品《芬尼根守灵》的基础上。这部被博尔赫斯称为"没有生气的同形异义文字游戏的编织物"的作品,其意义与价值早在写作过程中,就受到庞德等乔伊斯同代人的怀疑,他们曾对作者进行规劝,认为他不应该不负责任地浪费自己的天赋与才华。乔伊斯的妻子诺拉则干脆恼火地斥责道:"你就不能写一点别人看得懂的东西?"

詹姆斯·乔伊斯

不过,那些指责乔伊斯的人也知道,仅仅因为晦涩指责他总有点儿不那么理直气壮,所以,他们又从另一个角度来反对对乔伊斯的"高估"。他们同意乔伊斯是20世纪、或许是人类有史以来最伟大的散文家之一,但他是否可以被称为"小说家"却是个问题。有人说,乔伊斯笔下的一切都来自他的生活,他所有让人们惊叹的地方都是原封不动照搬他本人或身边人的经历,这只能证明乔伊斯有着非凡的整理能力,不能证明他的创造力,尤其是作为小说家所必需的想象力。发生在乔伊斯身上的不少逸事似乎也能对此提供佐证,经常被提到的就有两个。其一,诺拉写信不爱区分大小写字母,也不使用标点符号,乔伊斯把这一点视为"女人的特征",并把它搬进了《尤利西斯》,写成了莫莉那没有标点、一气呵成的独白,从而被视为小说史上标志性的创新;其二,乔伊斯创作《芬尼根守灵》的时候,更为经常和直接地从生活中拿东西进来。有一次他向贝克特口述时,有人敲门,贝克特没有听到敲门声,乔伊斯说"进来",贝克特就写了下来。后来贝克特把所作的记录读给乔伊斯听,乔伊斯说:"那个'进来'是怎么回事?"贝克特说:"是您说的。"乔伊斯想了一会儿说:"就这样吧,不用改了。"

对于这两种指责,乔伊斯非常清楚。他根本没有把"晦涩"当一回事,认为自己只是使用了小说需要的技巧,有的时候,他更是故意制造阅读障碍,以让读者陷入语词迷宫为乐。对于第二种指责,乔伊斯也很少给出针对性的回答,更别提为自己辩解了。他最常见的反应,也只是给出似乎在应和这一说法的自嘲、自贬性的评论。1921年6月24日,在给维弗小姐的信中,他就称脑子里的《尤利西斯》素材为"从各处捡来的鹅卵石、垃圾、折断的火柴以及玻璃碎片"。在和尤金·乔拉斯谈到《芬尼根守灵》时,他也说:"这本书,是我遇见的人、我认识的人写成的。"似乎他的小说完全是现实世界中的可见之物,他做的不过是把它们捡起来,拼装好而已。

乔伊斯的自评无意间掩盖了他作为一名小说家最杰出的贡献:如何从自身的经验世界创造出全新的世界。看起来,这是一个毫无意义,或者说同语反复的问题,因为绝大多数小说家处理的都是经验世界,至少也是以经验世界为根基的。但乔伊斯的创举在于,身边的一切都被纳入了他的经验世界,前面所说的"鹅卵石、垃圾、折断的火柴以及玻璃碎片"既有引申层面的意义,更有实际层面的意义。乔伊斯仿佛有着强大的磁化能力,身边所有的东西都被他看到,都被他磁化。他构思小说,就像在制作一个个特别的、有着不同甄选标准的筛

《尤利西斯自述——詹姆斯·乔伊斯书信辑》中文版

子,这些磁化的经验倒在筛子上,一一筛过,通过的就是需要的。乔伊斯再以看似随意、实则胸有成竹的方式把它们放到应该去的地方。经验世界的扩大是乔伊斯的基础,他最根本的创造在于,还世界以经验的本来面貌。这并不是说乔伊斯与其作品不关注超越性的东西,不关注超越个人经验之外的普遍性。没有多少作家对人类的命运与处境的关注达到乔伊斯的深度。但是,乔伊斯的关注采取了一条相反的道路。他不是要从自身经验中提炼出普遍原则,而是把文学中常见的戏剧性处理、超越性观照、普遍原则通通化解,把这一切编织进人物,或者说他本人的经验里。他对经验的处理,有些像亨利·摩尔雕塑作品对物体表面的处理。那些雕塑身上有很多个孔洞、缝隙、入口,但是所有这些从表面进去的通道,依旧从表面出来,并且自身也成了表面。呈现出来的、看得到的,永远只是表面。经验这件皮袄在乔伊斯手里,翻过来还是一件皮袄。他固执地在个人经验上堆垒一切迎面碰上的东西,直到这个经验的世界庞杂无比、深不可测,成为世界与人本身的象征和缩影。

我们看到的一切,是一面无边无际的镜子,我们身在其中。我们的看,正是我们漂泊的一种方式。当乔伊斯第一次想到"尤利西斯"这个小说题目的时候,没有想到这部小说会花费自己9年的时光。他同样没有想到的是,"尤利西斯"这样一个漂泊的形象,经过他的处理之后,成为了一个绝佳的隐喻。这个形象身上,有着太多的东西可以被当成现代小说家(现代艺术家)本人。

其一,他是经验层面的永恒漂泊者。这种漂泊是自足的。现代艺术家已经被逐出乐园,他再也不能心安理得地讲述着一代代传承下来的神话和故事,仅仅根据自己的口味添加少许调料就心满意足。那些简单的悲欢离合、爱恨情仇的情节,也已经不能成为他们的依靠,因为他们再也不能用这面镜子照出自己的样子。他们要做的和感兴趣的,就是获得经验,拓展经验世界的边界。有时候,这仅仅取决于他们是否换取了一个新的角度。他们似乎不深入这些经验,当人们感叹从这些经验上看不出深度的时候,他们会严肃地说,本来就没有深度,或者说,你看到的就是深度。在他们看来,传统意义上的深度早已经被令人绝望地证明是虚假的,而他们发现、提供的经验才是这个世界真正的深度。他们相信,他们的漂泊本身就是这种深度的体现。

他的漂泊也是寻找读者的过程。现代主义之前的艺术家们不需要寻找读者,他们是广义上的说书人,所有的听众都入场了,他们才开说。他们说的一切,或许与听众的经验层面没有直接的关系,但听众都理解他们所说的内容。现代艺术家不然,舞台早已垮塌,人群早已散去,他们需要大声吆喝才有可能把人们聚到自己身边,但围过来的人未必听得懂他在说什么。能做的,就是不停地流浪,希望有一天能碰到称心的听众,他能支持自己把故事说完。最好的情况下,这个读者还能是一个对话者,激励作者的创造力。乔伊斯的一生,也是在寻找这样的读者。几部作品带来的信心,让他能够在自己身边摹拟出读者来,自己能够分身出读者来,以自说自话的方式,坚持完成《芬尼根守灵》的创作。否则,他要么疯掉,要么像卡夫卡一样,要把自己的作品烧掉。

荷马笔下,尤利西斯(奥德赛)在海上漂泊,与阻止他回家的一切东西抗争。然而,他的心里充满着希望和甜蜜,因为他知道目的地在哪儿,他也完全想象得出,那个目的地的样子,那儿会有什么不变的东西在等着他。一路上,他有痛苦、有眼泪、有拼搏、有危险,但是希望不变。乔伊斯笔下,尤利西斯(布卢姆)没有目的地,也可以说,他就是在目的地漂泊。他不知道该与什么东西抗争。但是如果我们循他的漂泊之路而去,我们能看到这一路上的风景。

谢默斯·希尼的注视

戴从容

第一次见到爱尔兰诗人谢默斯·希尼是在2004年,他出席第19届詹姆斯·乔伊斯国际研讨会的开幕式。作为压轴戏,他在简短的致辞后朗诵了自己的一首诗。那次有两件事打动了我,让我决心回国后好好读他的作品:一是虽然希尼当时已名满世界,却一点儿也没有所谓的明星气场,满头的白发和儒雅的笑容处处流露出对生命的从容和洞察;二是全场数百观众自然流露出的对希尼的尊重和爱戴。这次会议有近900位与会者,并且不都是学者,还有艺术家、作家、中学教师、学生和各种文化人,但是所有人都对希尼表示出由衷的敬意,都柏林本地人更把他视为自己民族的灵魂。什么样的诗人能够赢得这么多人的爱,征服自己的民族?这让我对面前这位轻声细语的诗人产生了好奇。

读了希尼的诗歌和文章,才意识到感动我的地方也正是希尼诗歌的魅力所在。希尼1995年获得诺贝尔文学奖的时候,瑞典文学院的颁奖词是:"他的诗作既有优美的抒情,又有伦理思考的深度,能从日常生活中提炼出神奇的想象,并使历史复活",这几句话可以说准确而全面地概括了希尼诗歌的主要特征。前半句点出了希尼诗歌在内容上不仅有一般诗歌中常见的对自然和自我的抒情性描写,而且也有对爱尔兰的民

谢默斯·希尼

族矛盾、对诗歌在当代社会中的责任等伦理问题的认真思考,并且这些思考绝非随声附和的道德说教或者蜻蜓点水似的道德姿态,从希尼的诗中可以清楚地感受到他内心的迷茫、挣扎、探索和顿悟。希尼用大半生思索着这些世人认为已经被解构了的、过时了的伦理问题,坚持诗歌不仅是生活的点缀,而且是生命的见证和纠正,这让他的诗歌格外掷地有声。

"能从日常生活中提炼出神奇的想象,并使历史复活"指希尼诗歌的艺术特点,点出了他如何在平凡的日常生活中发现神奇,如何在当代人的生活中看出历史的延续。希尼的诗歌大多从一个极其平常的事物入手,但是希尼独特的目光总能让他看到日常事物中包含的生命内涵,看到今天在我们身边出现的普通事物其实是几千年人类历史和传统的积淀。通过揭示当下和平凡中深邃的历史和宇宙内涵,希尼的诗歌实现了莎士比亚所说的"点石成金"的作用,使看似浅薄局促的俗事俗物展现出诗的永恒和自由。

希尼对伦理问题的关注一定程度上源于他特殊的生活环境。作为1939年出生于北爱德里郡乡村、在贝尔法斯特长大的天主教徒,他不可能不面对20世纪北爱所爆发的一系列民族冲突。不过,矛盾的社会环境未必就能造就深刻的思想,希尼自己早期也写过立场性大于思想性的作品。比如1968年北爱冲突升级后,希尼在《恫吓》一诗中直接骂那些庆祝威廉三世取得博因河胜利的新教徒是"一窝蚂蚁"、"贫民窟的老鼠",说他们的行为不过是"仲夏的疯狂",是"搅动过去来品尝灰烬"。

这些鼓动性诗歌后来在1972年出版《在外过冬》时都被希尼自己删掉了,希尼后来也对这种用"我们"和"他们"来为北爱社会划分界线,传递"派系冲突和暴力"的诗歌感到后悔。

在当时的北爱冲突中,做出简单的派系选择远比坚持个人的独立立场容易。由于渴望拥有自己的艺术空间,希尼在周围社会强烈的政治要求中不可能不感到沉重的道德压力。从性格上说,希尼是那种具有高度道德感的人,这决定了他一生都不会离开爱尔兰,离开自己的同胞,但与此同时,作为一名优秀的诗人,他很快就对那种简单的政治选择产生了怀疑,并希望拥有自己独立的艺术世界,而这带给了他巨大的内心冲突,最终外化为半夜站在他身后的鬼魂。这些在派系冲突中被射杀的鬼魂满身是血,厉声指责他逃避自己的责任。同样的幻象折磨了希尼整整12年,直到1996年的《酒精水准仪》中希尼才最终坚定地说出了自己的想法。在诺贝尔文学奖的颁奖典礼上,希尼讲了一个真实的故事:一队工人被蒙面武装分子拦下,蒙面分子让天主教徒站出来。队中唯一的天主教徒在犹豫之后还是站了出去,但最后他并没有像大家预想的那样被

谢默斯·希尼部分诗集英文版

杀死,被杀的反而是他的新教工友。希尼讲这个故事时强调的不是最后的屠杀,而是天主教徒站出来时,他的新教工友悄悄拉住他的手。在相似的历史事件中把目光转向不同的细节,显示出希尼后来更关注的是"生灵之间的同情和保护这一现实"。不过希尼诗歌更大的魅力在于他通过一系列诗歌准确记录下了个人在历史变化中情感和思想的挣扎与改变。从他的诗歌中可以看到个体命运与群体命运之间的关联,以及个人在群体中对自身信念的探索和坚持。如果一个伟大的诗人也应该是自己民族的诗人,那么希尼就既属于爱尔兰,也属于这个世界。他在坚持关注自己民族命运的同时,也看到了这一命运中包含的人类共同的命运。

希尼的视野来自他独特的"注视"方式。在诗人希尼的眼中,各种事物既有其独特之处,也是人类历史、精神、习性、传统的积淀。因此从父亲挖掘马铃薯这一日常行为中,希尼看到的是祖父挖掘泥炭、自己挖掘文化等不同时代行为之间的延续性。当下的行为既是过去的延续,也将在未来重现。这样,有如时空隧道被希尼的目光打开,历史和当下交织在一起,我们生活在历史之中,历史也鲜活地存在于当下。

事物身后的深邃内涵总能让希尼深深感动。《来自冰岛的明信片》描写了"我"用手去试温泉的水温,当身后的向导告诉"我"英语"微温"(lukewarm)一词中的"luk"就是古冰岛词语中的"手"后,"我"在一瞬间感觉到水的手掌压在了"我"的手掌上。此时希尼感到的不仅是"我"的手掌与水的接触,还有数千年来无数人的手掌与水的接触。在这几千年中,人与自然一起生息繁衍,就像法国诗人拉马丁所希望的"愿这些苍松翠柏、笑容可掬的山丘/都有那良宵的回忆存在",不变的自然看似与人类无关,却镌刻着人类古老而漫长的活动。湖水将古人与今人联系在了一起,历史在具有共性的人类行为中复现。

正是这种诗人的目光让希尼随意描写着身边普通的事物,描写削萝卜刀、钉耙上掉下的齿、救火员送给他的头盔,描写滑冰、劈柴、坐地铁,早期作为乡村诗人的时候,希尼还刻意与传统的田园诗歌相反,描写乡村生活潜在的危险和死亡,到了后期,希尼已经能够游刃有余地从容解读身边的常物琐事,从容地描写普通的日常生活,赋予它们人性的或文化的深度。希尼称这种审视事物的方式为"上帝看生活的方式"。此时的希尼已经不必刻意去寻找那些戏剧性的事件,他有了自己的目光,也有了自己的深度。

1981年后,希尼开始在哈佛大学、纽约的福特汉姆大学等美国大学访学和执教,1989年又成为牛津大学的教授,在大西洋两岸和爱尔兰海两岸不断往来。在这期间,希尼撰写了一系列评论文章,探讨诗歌在当代社会的作用,这些文章显示出希尼在这个诗歌日益被边缘化的时代对诗歌的社会功用的坚信。

希尼拒绝诗人追逐时尚,迎合社会,坚信"那些有意识地拒绝顺着公众看法随波逐流的诗人,缪斯女神就会奖赏他们,让他们生出潜在的力量,做出对共同苦难的真正诗性的表达"。但同时,希尼又坚持诗人必须介入社会,用诗歌对社会做出纠正。这种纠正并不是简单的道德宣传,对此希尼有非常巧妙的比喻。他把社会比喻为一架天平,社会中的各种力量使这架天平左右摇摆,而诗歌的作用就是在轻的那端加上分量,使天平保持"某种超验的平衡",用通俗的话说,就是诗歌要为弱势群体说话。

之所以要为弱势群体说话,因为希尼坚信诗歌的作用就是避免"意见一致这个保护伞",避免社会只被一种声音主宰。诗歌所由生的现实社会是复杂的,包含着众多的力量,一种声音和力量的专制显然会把其他可能性排斥在外,甚至牺牲弱小者。因此希尼提出,诗歌应该代表一种与复杂现实相对应的"包容广阔的意识",帮助人们在所谓正义的力量中看到可能包含的压迫,在所谓邪恶的力量中看到可能有的人性,以此对抗公共生活中不断出现的不宽容。诗歌是"被瞥见的另一种可能性",是把被掩盖了的东西揭示出来。因此即便在爱尔兰民族冲突中,希尼要讲述的也不是冲突双方的对与错,而是在冲突中那个不顾宵禁去酒吧喝酒、被自己人炸死的邻居。

2006年中风后希尼减少了外出,但这没有妨碍他在2010年出版了新诗集《手挽手》,强调弱者的互助和对社会正义的要求。2013年8月30日,谢默斯·希尼在都柏林去世,但如果人有灵魂的话,这位心怀社会的诗人不会离开。就像他把去世的父亲描写为"从远处孤独地(向此世)遥望",相信希尼也会从远处注视着他所爱的人们。

俄罗斯

陀思妥耶夫斯基与今天的我们

张变革

陀思妥耶夫斯基是中国读者既熟悉又陌生的作家,从最初接触他的作品到今天已经有近一个世纪了。我们熟悉他很多作品的故事情节,了解一点他不同寻常的生平。然而,我们是否就此走进他的精神世界和作品深处了呢?从我们接触到的传记和零星的回忆材料可以勾勒出伟人的轮廓,但是否就能全面了解他的人格,领悟他精神的魅力?对表面情节下深厚的思想和繁复的文本结构,我们常常望而生畏,或者浅尝辄止。他丰富的精神资源有待我们去开发,可以说目前所有研究揭示出的也仅是冰山的一角。他的文本永远是未完成的,需要我们以自己当今的体验去补充、去展开。陀思妥耶夫斯基是一座高山,等待我们去攀登。同时,我们又不得不承认茨威格的表述:"陀思妥耶夫斯基是火山性的",是我们有待向自己阐释清楚的激情和深渊。

进入陀思妥耶夫斯基文本的世界,意味着遭遇种种激情,体验各种紧张和困惑,这让人疯狂也逼人清醒。这里,有淋漓酣畅、在两极中撕扯的情感,有错综复杂的情节和旋风般集聚而出的事件,有挑战人类理解极限的深邃思想,有种种独白、对话、争辩汇合而成的声音喧嚣,在众声喧哗中回旋着信仰的主旋律,总是将人带进生命本质、带到存在的深渊

陀思妥耶夫斯基

面前,让人在这里遭遇上帝的存在……说到这里,不得不承认诸多研究者的感喟:任何想穷尽陀思妥耶夫斯基世界的努力都归枉然。还是慢慢梳理一下他给予我们的启发,以及在当今时代语境下他话语的力量。

从最直观的说起,作家带给我们的是强烈的情感体验。早在1845年,刚刚写完的处女作《穷人》就让当时的大作家和评论家涅克拉索夫和别林斯基感动得泪流满面,年轻的陀思妥耶夫斯基一进入文坛就以苍凉的情感和悲悯的叙事征服了读者。可以说,作家笔下的情感力量得益于他对人生思考的深度和广度:《穷人》中不仅有不幸的人、无法言说的爱情,还有彼此听不到心声的隔绝。情感张力和悲怆基调贯穿于此后他所有作品中,或隐或显地持续展开这种情感力量。如作家流放前完成的中篇小说《涅朵奇卡·涅兹瓦诺娃》,以孩童的视角将孤苦无助抒写得酣畅淋漓。此后一系列作品中,他对悲苦的描写是如此感人至深,以致成为了"被侮辱与被损害者"的代言人。

然而,作家并不是单纯地描写悲伤,而是探索情感的复杂;或者说,借助情感话语,探索人性问题,实践他18岁时发出的人生感悟:"人是个奥秘,我要探索这一奥秘,因为我想成为人。"在父亲复杂的性格中,他初次窥到了人性的复杂:为什么对孩子慈爱有加的父亲对农奴却是暴戾的无耻之徒,犯下了不可饶恕的罪孽?他父亲性格暴躁多疑,曾经在妻子去世后与农奴少女同居,后被农奴打死。这在少年陀思妥耶夫斯基心中激起的不仅是悲伤、痛苦和困惑,还有常人难以理解的对复杂人性的清醒认识。这也是为什么作家笔下从一开始就没有对人的田园诗般的美化,而总是看到人性的双重特点。紧随《穷人》后的《双重人格》(另译《同貌人》)就开始了这种形而上的探索。作家对人性双重特点的思考不仅来自对现实生活中人的观察,还源自自幼接受的基督教信仰,在基督教中非常清晰地描述了善与恶同时存在于人身上的事实。

从早期创作开始,作家就憧憬并质疑乌托邦式的情感。如在《白夜》中,看似浪漫的爱情故事中包含着人内心分裂的主题——娜斯坚卡爱着两个人,又为这种爱不可同时共存而受到痛苦的煎熬,这更像是对乌托邦情感的质疑。更确切地说,作家在这里开始了对爱的不同层面的探寻,尝试以宽恕的爱超越男女之爱的局限。《女主人》(中文译本为《女房东》)中则进一步以情感故事为契机,展开了爱与欲、自由与奴役的话语,这些主题在后期诸多作品——《白痴》《少年》《卡拉马佐夫兄弟》——中得到充分展现。

西伯利亚近10年的苦役和流放生活对作家后期创作有至关重要的意义,作家从人民身上看到真实的信仰,也使他早期对信仰的思考找到了自己的言说方式。应该说,信仰始终没有离开过作家,即使在激进小组,迷恋傅立叶的空想社会主义时,作家在其中看到的也是基督教式的社会主义,是"自由、平等、博爱",没有流血和暴力。在流放后的反思中,他看到了激进与狂热的改造社会的运动必然走向人道主义的反面,即举着人道的旗帜,蔑视人的自由,实践对人的奴役。他从极端的激进走向了极端的"保守",对任何以暴力流血方式重塑社会正义的乌托邦进行质疑和抨击,为回归俄罗斯传统的东正教信仰做了不懈的努力。

阅读中对我们构成最强烈情感震撼的莫过于作家对忏悔的描写。从早期的《诚实的小偷》到后期的《罪与罚》中马尔美拉多夫在小酒馆中的忏悔,再到《卡拉马佐夫兄弟》中米佳的忏悔,都是堕落的人面对良心、因自己的罪恶而体验到极度羞耻和懊悔,他们在罪恶的深渊中、在走投无路时都转向上帝,以最卑微的身份说出了最庄严的话语。作家在这里不仅要打动读者,唤起悲悯,还将读者的关注转向人的神性;这些卑微的人身上也有上帝的形象,即使声名狼藉,依然有着高贵的人性。作家笔下还有另一类真正卑鄙的人,被欲望控制、以欲望操纵他人的人,他们信奉享乐至上的原则,对他人冷酷无情,恶贯满盈,如《罪与罚》中的斯维德里加伊洛夫,《群魔》中的斯塔夫罗金。他们没有前面那类人的忏悔,但在他们身上也有良心复苏的时刻,他们虽然没有经历精神重生,但精神复苏的波动也在他们身上发生震颤,虽然是以否定的形式——自杀——表现出来,但毕竟显露了人身上富有庄严感的神性特征。这样,陀思妥耶夫斯基将对人的尊严的捍卫从社会层面上升到人性层面,将这一主题推到前所未有的高度。

陀思妥耶夫斯基因其思想的深刻而被称为哲学家和思想家。这些思想是通过一系列创作主题展现的。作家每部作品的名称都带有形而上的特点,都是对人类精神历程的高度凝结和概括。《被侮辱与被损害的》不仅是诸多人物爱恨交加的故事,更是人内心生活的写照,是人因为离弃信仰、追求虚幻的自我肯定而蒙羞受辱的现实命运;《罪与罚》不仅是大学生杀死放高利贷老妇人的故事,更是逾越良心界限后的内心痛苦和折磨;《白痴》是完美的人在充满罪恶的世间的命运,也深刻反映了人道主义的危机;《群魔》不仅是虚无主义君临一切时发生的一桩桩惨剧,也是人离弃信仰、崇拜狂热的重塑正义学说,最终被以高尚面目出现的卑劣、卑鄙所控制的精神状态;《卡拉马佐夫兄弟》不仅是现实中兄弟围绕弑父事件展开的故事和对话,更是对污秽(卡拉马佐夫的词根有污秽的意思)的人们在经历精神复苏后可以成为兄弟的颂歌。

陀思妥耶夫斯基在深陷罪恶的人身上看到的不仅是精神危机,也看到精神复苏、灵魂不死的可能,作家的这种信念常常被正统的东正教人士称为"玫瑰色的基督教",即对人性过于乐观。但陀思妥耶夫斯基是光明向上的作家,他的乐观绝不盲目,他看到了人迷失于种种虚幻的现实悲剧。作家从信仰视角洞悉人的奥秘,勾勒出另一幅世界图景,即人身上神性的遮蔽与显露。在他看来,人在世界的命运富有悲剧性:人天性的盲目使人陷入诱惑,金钱、情欲甚至以高尚面目出现的幻想都可以构成对人的奴役,使人难逃被侮辱与被损害的命运。人必须历经苦难才能获得精神的重生。

对于今天的我们,作家丰富的创作主题并非在短时间内就全部展开,这经过了一个世纪的过程,每个时代都选择并突出了一些主题,而封闭和压抑了另一些主题;每个时代又都为我们认识作家做了铺垫,使很多主题在今天的语境中才得以立体地呈现。

陀思妥耶夫斯基是怎么走入我们的历史、对我们的时代构成意义和启迪呢?可以说,作家在一个多世纪前就写出了我们的历史,以超越的视角和深刻的洞见撰写了我们的精神历史;在进入"时代—发展"的日历年代时,已过的一个世纪中,我们的历史不幸被他言中了,灾难频繁、动荡不安的20世纪不幸成为作家文本的图解和注释。

《穷人》俄文版

从某种意义上讲,我们的时代也是随着对陀思妥耶夫斯基笔下主题的挖掘而发展和成长的。

陀思妥耶夫斯基最初译介到中国,正是呼吁人的尊严的五四时期,作家笔下对普通人命运的关注迎合了时代的呼声;在社会问题成为主旋律的时代,对人格尊严的捍卫和对平等的呼吁是此时被读懂的主题,作家也因为对"被侮辱与被损害的人"的命运的关注而受到推崇。而关于人性复杂的话语则很长时间内都没有被广泛认同。作家笔下的"罪与罚"、"精神复苏"等基督教话语对于广大中国读者更是有很深的隔膜感。从这点来说,相对于屠格涅夫、托尔斯泰等其他俄罗斯作家,陀思妥耶夫斯基是离中国读者最远的作家。在新中国建设时期,单纯、乐观的时代情绪悬置了陀思妥耶夫斯基笔下人性复杂的话语。作家的作品再次得到广泛阅读是"文革"后的80年代。经历了人性的洗礼后,人们对人性的认识成熟了。当人们以孩童般的天真投身于狂热的政治运动时,展露的是罪恶的渊薮、对权力的恐惧以及对人性恶的无知将人推向两难的选择:以恶的方式跨越良心的界限,或以善的方式承受自身利益乃至性命的损害。这种对良心的拷问与作家笔下的危机情境遥相呼应,剥离了"中庸"的文化外衣后,显露出人性深处是上帝与魔鬼争战的战场。此后,我们理解了善与恶同时存在于人身上,对"高尚的话语背后卑鄙的动机"不再陌生。对于作家笔下"孩童性"、"人性奴役"、"人格扭曲"等话语有了切身的理解。

进入21世纪,乌托邦理想幻灭后,我们感慨于自己的盲目和冲动,历经苦难和内心折磨后,初步理解了作家笔下忏悔的主题;还没来得及痛定思痛,就遭遇到充满魅惑的时代,我们被推入了欲望的深渊。我们所处的社会正在趋于成熟,远离了天真粗陋的社会历史和政治环境,人们也在趋于世故,所有的"真理"都呈现出来,寻找不再是这个时代的主旋律；而铺天盖地、被精确计算过、完美呈现出的选择让人炫目而迷失，在不自由时代没有选择的、被强制的痛苦被另一种更深的痛苦所取代，这就是选择的过剩以及自由的沉重。只要对我们今天的生活稍加留意，就不难理解。随便打开一个网页，就会有无数选择跳到你眼前，以喧嚣的快乐"强迫"你选择；走到哪里，都有远超过你所需要的信息扑面而来……此时我们可以理解《宗教大法官》中所讲：人们最想做的就是交出自由。自由正成为难以承受的负荷。如俄国

《罪与罚》俄文版

评论所说："陀思妥耶夫斯基正以排山倒海之势向人们扑面而来：自由不是廉价的意识形态偶像，而是成熟的个体所体验到的灵魂重负。"沉重的自由最终要将人带到自由意志的深处，在那里面对生命的本真存在。

　　遭遇自由的同时，我们又遭受了新的奴役，这是由技术进步和物质发达造成的。人们正在因物质而整齐划一，社会正在成为单向度的社会，物质膨胀正在成为新的偶像奴役人。同时，自我奴役的问题也从没有像现今这样被放大地突显出来。陀思妥耶夫斯基笔下反复出现的主题就是反对形形色色对人的奴役。作家竭力捍卫的是人的自由意志：自由意志不能堕落为恣意妄为，但更不能被奴役。而这也正在成为我们时代的主题。

再回到老生常谈的社会问题上,我们的社会也远没有安泰平稳,今天的情形从某种意义上讲,正如1998年诺贝尔文学奖获奖作家萨拉马戈所言:"不公正在增加,不平等在恶化,物质在成长,悲惨在扩大。"只要看看我们身边的"蜗居"生活和"胶囊公寓",再看看不断增长的豪华别墅,就知道这绝不是危言耸听;与此同时,当今媒体又不断向我们发出"心想事成"的诱惑,只要你愿意,你可以瞬间成为电视明星、网络名人……我们被提供了无限的可能,我们的欲望被无限地鼓动,"自我"得到无数倍的放大。如果我们正视这样的现实,就会回到陀思妥耶夫斯基笔下主人公的境地,遭遇《罪与罚》中拉斯科尔尼科夫所面对的选择。每天报纸、网络上都在报道无数"犯罪"的事实;置身于瞬息万变的社会情境,我们难免受到各种难以预料的伤害,陀思妥耶夫斯基笔下"以宽恕和爱超越仇恨和怨怼"的主题正在被呼唤出来。只有以超越的视角和悲悯的情怀面对时下的负面情境,才会有真正的和谐社会的建构。

伟大的作家也始终伴随着我们个人的生活,他的文本向我们揭示了我们自己的情感、思考和困惑,也让我们窥视人性。阅读陀氏文本,我们在体味自己内心世界的同时,也和作家一同诧异于它如何在相反的两极间穿梭往返,爱与恨、痛苦与幸福、绝望与希望、悲伤与快乐不仅同时存在,还神秘莫测地相互渗透、相互转化。陀思妥耶夫斯基瓦解了我们对人简单明晰的表述,立体地呈现了多维世界中人和人的多维世界。在这里,罪与罚、善与恶、高傲与受辱、冷酷与温柔、拒绝与同情、伤害与怜悯同生共栖,动态地呈现出人生的真实和人性的复杂。

陀思妥耶夫斯基不仅是发出振聋发聩的警示名言的思想家,更是以爱和同情抚慰我们伤痛的朋友,带领我们走出盲目和诱惑,以明察洞悉自己内心深处的奥秘,唤醒在种种虚幻中挣扎的良知,阅读其文本可以为我们心灵的成长提供必要的滋养。然而,还是有人不适合阅读陀思妥耶夫斯基的,这就是执迷于虚幻、拒绝心灵成长的人。作家曾说过让喜爱物质享受的人不舒服的话:"享乐中没有幸福"、"幸福的获得需要以苦难为代价"。

　　陀思妥耶夫斯基今天依然屹立在我们的精神之巅,透视我们当下的内心生活。这样的精神巅峰唤起我们想要攀登的激情;为了认识我们自己,也需要我们去努力攀登。

在邪恶旁边还有孱弱的良善
——陀思妥耶夫斯基的"残酷结构"

刘亚丁

2011年9月,利用到肖洛霍夫故乡参加国际学术会议的机会,我特地再一次盘桓在莫斯科国立列宁图书馆前的陀思妥耶夫斯基塑像前。地上黑压压几大群鸽子顾自觅食,陀思妥耶夫斯基面容沉静,仿佛在看着鸽子,低头沉思。此情此景让我不免想起了作家本人1880年关于普希金演说中的一句名言:"顺从吧,骄傲的人,首先摧毁你的傲气。"19世纪60年代,从流放和服兵役的西伯利亚回到彼得堡后,陀思妥耶夫斯基似乎顺从了,正如这塑像所刻画的,也正如作家在《罪与罚》等作品中对先前自己和同时代人的造反举动所做的自我忏悔。但这只是陀氏的一个方面。另一方面,陀思妥耶夫斯基对当时普遍存在的邪恶、庸俗洞若观火;更重要的是,他的内心依然躁动不安,甚至满腔愤懑,不安和愤懑积郁甚久、甚多。外邪内恶交相攻心,转而发泄成为所

陀思妥耶夫斯基

谓"残酷天才"。在陀思妥耶夫斯基发表著名的普希金演讲后的第三年,在陀氏本人去世后,1882年米哈伊洛夫斯基发表了一篇长文《残酷的天才》,准确地捕捉到了陀思妥耶夫斯基的恶毒与残酷:"一如先前,我们每一步都会发现陀思妥耶夫斯基主人公们身上的狼的本能:恶毒、折磨,普普通通的恶毒、技巧甚高的恶毒、与爱和友谊相纠缠的恶毒。"

微观的残酷结构

我们不妨将"残酷的天才"坐实在小说结构中。在陀思妥耶夫斯基后期(即19世纪60年代直至作家去世)创作中包含了大量微观的残酷结构,同时还应该看到,某些长篇小说可以被看成是一个大型的残酷结构。

宣泄恶毒的残酷微观结构在陀氏后期的作品中可谓俯拾即是。有逐渐加码型,如在《罪与罚》第一部第五章拉斯科尔尼科夫的噩梦里,本应由几匹大马拉的大货车由一匹栗色小马拉着,折磨小马的东西不断加码:车夫米珂里加上去了,他不断地吆喝着让大家上车,六个人上去了,他们又拉了个胖女人上车,后来又加了一个小伙子。抽打小马的"工具"也不断加码:开始是用鞭子抽,后来又用木杠打它,最后甚至用铁橇猛打。终于车夫和几个青年活活打死了可怜的小马。加捷里娜·伊凡诺芙娜在丈夫的丧宴后在街头逼孩子卖唱直至自己倒地而死的情节,也算逐渐加码型的残酷结构。在这种结构中,陀氏穷尽了残酷的最大张力,其结果是被折磨对象或折磨者自身的暴死。

也有中间逆转型,此型还可以分出两类,即顺转型和逆转型。前者如《白痴》第一部第五章中梅希金公爵讲述失贞女玛丽的遭遇。少女玛丽被一个推销员诱奸后被抛弃,她回到村子后,母亲责骂她,乡邻唾弃她,同村的孩子们则追赶着戏弄、辱骂她。后来由于梅希金公爵的说服和垂范,孩子们改变了态度,开始向玛丽问好。在《卡拉马佐夫兄弟》中,《白痴》中的故事"原型"被极大地放大了,那是分别出现在第二部的《折磨》、第四部的《男孩子们》和尾声中的《伊留莎的殡葬》和《石头旁的演词》等顺转型的大故事,核心是六七个男孩子欺负穷病交困的男同学伊留莎,蔑称他父亲和他是"树皮擦子",扔石头打他。而伊留莎也勇敢、"残酷"地还击,或用刀子扎同学的腰,或咬伤阿辽沙的指头。后来当伊留莎一病不起时,他们在他的病榻前表达了真诚的道歉和爱心,直到把他送到教堂的墓地。这里不光有孩子的残酷与和解,还掺杂进成人世界的贫困与尊严等复杂的权力关系。

再看逆转型。《卡拉马佐夫兄弟》第一部第三卷第十章,格鲁申卡来到叶卡捷琳娜·伊凡诺芙娜家,她们都爱着德米特里·卡拉马佐夫。但前者似乎是公认的荡妇,后者则确系身世高贵的淑女。叶卡捷琳娜·伊凡诺芙娜对格鲁申卡大加欢迎,因为她以为格鲁申卡已放弃了德米特里。叶卡捷琳娜·伊凡诺芙娜好几次欢欣地吻着她的嘴唇。格鲁申卡脸上一直带着可爱、喜悦的微笑。可是当叶卡捷琳娜·伊凡诺芙娜将自己的手送给格鲁申卡吻的时候,"格鲁申卡仿佛陶醉那只可爱的小手似的,慢慢地把它举近自己的嘴边,但刚要到唇边的时候,她忽然捏着那只手停了两三秒钟,似乎在思索着什么。'您猜怎么着,天使小姐,'她突然用最温柔、甜蜜的声音拉长着调子说,'您猜怎么着,我偏不来吻您的小手。'她异常快乐地轻轻笑了起来。"这引起叶卡捷琳娜·伊凡诺芙娜的激烈反应,并让她粗口连连,大失名媛的贤淑。格鲁申卡所为,实在是米哈伊洛夫斯基所说的"技巧甚高的恶毒"。

更值得注意的则是八面聚焦型,这种类型中最典型的是《白痴》中纳斯塔西娅·菲利波芙娜生日晚会的场景。这是这出悲剧的高潮、小说情节的转折点。用当事人的话说,"即使方才发生的一切是转瞬即逝的、富有浪漫色彩的和不登大雅之堂的,但却是绚丽多彩、有声有色、新颖别致的"。生日晚会上几乎所有的来宾——叶潘钦将军、纳斯塔西娅·菲利波芙娜的前主人托茨基,都希望纳斯塔西娅·菲利波芙娜宣布自己愿意嫁给叶潘钦的秘书加尼亚。加尼亚也同样如此。因为托茨基为了娶叶潘

《群魔》中文版

钦的千金,已经许诺如果纳斯塔西娅·菲利波芙娜嫁给加尼亚,就有七万五千卢布的陪嫁相赠。叶潘钦将军对她也另有企图,赠给了她珍贵的珍珠项链。在大家玩了自暴其丑的游戏后,纳斯塔西娅·菲利波芙娜对叶潘钦将军说:"觊觎七万五千卢布吗,是不是……阿法纳西·伊万诺维奇,我还忘了加一句,这七万五千卢布您可以收回,我实话告诉您,我让您自由,一文钱不要,白给……将军,您把你这串珍珠也拿回去送给您夫人吧,给,拿着;从明天起,我就从这套房子里搬出去……"此言一出,四座皆惊。突然登徒子罗戈任带着一帮喽啰闯了进来,他带来了刚凑够的十万卢布。纳斯塔西娅·菲利波芙娜继续着"残酷":"'诸位,这是十万卢布',纳斯塔西娅·菲利波芙娜以一种热切的、挑战的口吻向大家说道,'……他出价把我买了:先出一万八,后来又突然涨到了四万,后来又变成了现在的十万。'"叶潘钦将军插话后,纳斯塔西娅·菲利波芙

娜继续说:"怎么回事,将军? 不成体统,是不是……过去五年,我曾经像野人似地逃避所有追求我的人,似乎很高傲,很贞洁,其实是冒傻气,假正经! 可是现在,你们瞧,我过了五年守身如玉的生活以后,突然有人跑来……他给我开的是十万! 加涅奇卡(即加尼亚)……你当真要把我娶过门去吗? 娶我,娶一个卖给罗戈任的女人!"经过一番嬉笑怒骂后,纳斯塔西娅·菲利波芙娜发出了撕心裂肺的吼叫:"加尼亚,我想最后一次看看你的灵魂,你折磨了我整整三个月;现在轮到我了。你看见这包钱了吗,里面有十万卢布! 我就把它扔进壁炉,扔到火里,而且当着大伙的面,大家都是见证! 只要火把它燎着了,你就把手伸进壁炉,而且不许戴手套……把纸包从火里拽出来。它就是你的,十万卢布统统归你!"贪婪无耻的加尼亚没有拿钱,向门外走去,晕倒在地。纳斯塔西娅·菲利波芙娜跟着罗戈任一走了之。

这几乎就是俄国版的《杜十娘怒沉百宝箱》。《白痴》甫一问世,诗人 A. H. 迈科夫在致陀氏的信中赞叹这一场景:"印象如此,众多力量令人惊讶地积聚,天才般的雷电……在小说中具有庞贝城最后几天的光亮,真是妙不可言,极为有趣(有趣到了令人称奇的地步)——简直就是奇迹。"

邪恶与良善的纠缠

对陀思妥耶夫斯基的残酷天才式的描写,俄罗斯和西方的学者不乏分析。白银时代的诗人、批评家梅列日科夫斯基指出:"他把自己的人物投放在多么无法忍受、没有出路,难以置信的状态中啊! 对于他们,他戏弄得真是无以复加了。他令这些人物通过道德堕落深渊,其恐惧程度不亚于伊凡·伊里肉体折磨的精神折磨,把他们推向罪恶、自杀、低能、震颤、瞻望、疯狂。在人类灵魂的这些可怕而低劣的处境中,陀思妥耶夫斯基那里是否流露出同样的玩世不恭、幸灾乐祸态度呢,像在人类肉体可怕而低劣的环境中,在托尔斯泰那里所流露出来的……陀思妥耶夫斯基折磨自己的'小牺牲品'没有任何目的,只不过是要享受他们痛苦吗?是的,这确实是刽子手、虐待狂、人类灵魂的大法官——'残酷的天才'。"陀氏研究家弗连德利杰尔在某种程度上认可梅氏的概括。他指出,在陀思妥耶夫斯基的小说中有一种精致的、近乎科学的心理分析方法。并认为,尽管陀氏不赞同自然科学,但他的心理描写在某种程度上又受到其影响。A.维亚利采夫指出:"人们常用残酷的天才来称呼陀思妥耶夫斯基(米哈伊洛维奇曾这样称呼他),为什么是残酷的?因为他随时都在考验我们:用罪恶的美丽、信仰泯灭、折磨儿童……"当然还有更辩证的分析,英国学者罗伯特·贝尔纳普概括出陀氏作品中的"残酷与欲望的平行结构",他详尽分析了都丽娅在斯维特里喀罗夫起居室与其搏斗的场景,指出存在着"弱者变为胜利者"的可能性。

但我禁不住要斗胆陈言:研究陀氏的衮衮诸公似乎都当了回"睁眼瞎",他们居然没有看到,在陀思妥耶夫斯基那里,残酷的恶旁往往也有孱弱的善良在场,而且善良总是试图发挥作用。在拉斯科尔尼科夫的梦里,在人们残酷地折磨小马的时候,"他"是个7岁的小孩,他在呐喊,在打死马后,"那个可怜男孩发狂了,号叫着从人群中挤到那匹栗色小马跟前,搂着那流血的马头吻着,吻头,吻眼,又吻嘴唇……然后他跳了起来,一阵狂怒……"然而面对那折磨马的群氓,他是弱小无力的。

在《白痴》中,将小孩们由恶待玛丽一变而为善待甚至爱戴她的,恰恰就是梅希金公爵。在孩子追着打骂玛丽的时候,梅希金公爵"开始跟他们说明情况……我告诉他们,玛丽是多么不幸;他们很快也就不再骂

《卡拉马佐夫兄弟》中文版

她了,开始默默地走开……有的孩子在路上遇到她,开始亲热地向她问好……"

在格鲁申卡戏弄叶卡捷琳娜·伊凡诺芙娜的整个过程中,天使般的修士阿辽沙一直在场,或者阻拦狂怒的叶卡捷琳娜·伊凡诺芙娜,或者恳求格鲁申卡赶快离开,但确乎无能为力。一天后,阿辽沙居然隔空发挥了"调解者"的作用:在第三部第一卷第三章中,阿辽沙被拉基金带到格鲁申卡家,他这样谈论格鲁申卡:"你最好看一看她,你没有看见她是怎样宽恕我的?我到这里来原想遇到一个邪恶的心灵……开始我却遇到一个诚恳的姐妹、一个无价之宝——一个充满着爱的心灵……阿格拉菲娜·亚历山德罗芙娜(即格鲁申卡),我说的是你。你现在使我的心灵复原了。"这番话让格鲁申卡深受感动,她在激动地述说其他事情时,说出了这样一句话:"阿辽沙,请你对那位小姐说,请她不要为前天的事情生气。"

《白痴》中,在纳斯塔西娅·菲利波芙娜的生日晚会上,梅希金公爵几度试图改变女主人的不幸结局。可是,尽管纳斯塔西娅·菲利波芙娜感到梅希金公爵是唯一真诚爱自己的人,尽管梅希金公爵可能要继承一笔遗产,但他还是不能挽救即将毁掉的纳斯塔西娅·菲利波芙娜。她跟着色鬼罗戈任走了,最终死在了他手下。

在伊留莎所遭遇的残酷折磨中,阿辽沙几乎始终在场,孩子们由残酷变得仁爱,与其说是阿辽沙的启发,不如说是他们的自醒。阿辽沙在和孩子们一起葬了伊留莎后的一番陈词就是对残酷结构的"孱弱"的理性反思:"你们无论如何不要忘记,我们曾经在这里感到如何美好,我们大家同心协力,由一种美好善良的感情联系在一起。"他认为,这种善良的感情会在他们成人之后发挥作用,"会阻止他做最大的坏事"。即使在这里阿辽沙也是非常不自信的,他非常担心大家长大后都会成为"坏人",良善竟是如此的稚嫩与脆弱。

如果把《罪与罚》看成是裸露拉斯科尔尼科夫内心挣扎的残酷宏观结构的话,那么作品的后半部分,有孱弱的索尼亚所体现的良善在抚慰他的忧煎;如果把《白痴》看成是透露纳斯塔西娅·菲利波芙娜内心煎熬的残酷宏观结构的话,那么整部作品都有病弱的梅希金公爵所体现的良善在慰藉她的悲辛;如果把整个《卡拉马佐夫兄弟》看成是展示德米特里和伊凡内心拷问的残酷宏观结构的话,那么整部作品都有弱小的阿辽沙所体现的良善在平缓他们的躁动。

人心凉薄,谊德衰微,曝光于敏感的陀思妥耶夫斯基的心灵。陀氏的情志又遭遇了分裂,他的理智已然摧毁了"傲气",但世界对他的残酷暴虐,又使他的情感时时要发泄为残酷的戾气。一如他自己早期的作品《孪生兄弟》,善良、老实、尽人可欺的小戈利亚德金,分裂出了邪恶放肆的大戈利亚德金。由于外邪内毒交相攻击,陀氏打开了人心的潘多拉魔盒,于是有了恶淋漓尽致的宣泄,那简直就是滔天而来的浊流,所有的人被席卷而入,反过来又会加强它的淫威。展示恶人的邪恶时时发作,并非陀氏的贡献。与同时代的俄罗斯作家相比,陀氏的独特洞见或许在于,他揭示了这样的秘密:生性善良的弱者在特殊的机缘中可能被残酷的邪恶所俘虏,成为邪恶的残酷的宣泄者。折磨小马的众人中,最卖力的就是马的主人米珂里加;折磨丈夫和孩子最残忍的就是深爱着他们的、天性善良的弱者加迭里娜·伊凡诺芙娜;辱骂玛丽的,一度有众多孩童;残酷戏弄诸多体面贤达的,恰恰是任人买卖的弱者纳斯塔西娅·菲利波芙娜。似乎陀思妥耶夫斯基已经彻底绝望,他在作品中不厌其烦地援引上帝焚烧所多玛城的寓言,好像他赞同将那个被邪恶统治的世界付之一炬。然而,跟同时代,甚至跟其他时代的俄罗斯作家一样,陀氏也相信在恶的世界终究还有些许善的微光。哪怕7岁的"他"弱小无力,哪怕索尼娅是人皆轻蔑的娼妇,哪怕梅希金是身智不健全的弱者,哪怕阿辽沙是非僧非俗的青年,但他们毕竟以赤诚和良善,在恶的狂热中吹来几许清凉,在邪的残酷中播下一片仁爱。可是他们病态的职业和身心,又让人不由得怀疑这善的真实性和"可行性"。这乃是陀氏作品的悲剧性之所在。

相信邪恶天地毕竟有良善存焉,但良善的力量可否胜任与邪恶的较量,乃是俄罗斯文学的一大信念、一大追问。在上下的讨伐声中,帕斯捷尔纳克于1959年写下了《诺贝尔奖》一诗,将自己比喻为落进陷阱的困兽,孤立无援,毫无出路,但诗末有云:"我坚信,那个时刻毕竟会来临,/善的精神必定/战胜庸俗和邪恶的力量。"次年诗人便抑郁而亡。果戈理在《死魂灵》第一部中淋漓尽致地刻画了由地主、官僚、商人乌合而成的邪恶世界,在《死魂灵》第二部中他竭尽全力去塑造集所有良善于一身的"新人",手稿尚未杀青,作家已觉得"新人"过于矫情,于是一把火烧了它。

呜呼,良善与邪恶就这样纠缠于俄罗斯文学中。

曼杰什坦姆：
为时代写下诚实证言

汪剑钊

奥西普·艾米利耶维奇·曼杰什坦姆是20世纪最具世界性影响的俄罗斯诗人之一,曾被同时代的安德烈·别雷称之为"诗人中的诗人"。1891年1月3日,曼杰什坦姆在波兰华沙出生于一个皮毛商人家庭,童年和少年在彼得堡近郊的巴甫洛夫斯克度过。1907年,曼杰什坦姆赴欧洲留学,在欧洲初步掌握了高古法语、法语、德语和英语,非常迷醉于法国象征派文学,模仿保罗·魏尔伦和索洛古勃的风格进行写作。1910年,曼杰什坦姆在《阿波罗》杂志上发表了五首诗,这是他公开发表的处女作。当时,他迷恋象征主义诗歌,是维雅·伊万诺夫"塔楼星期三"沙龙的常客。1911年,他与古米廖夫、阿赫玛托娃、库兹明等组建了"诗人车间",共同提出阿克梅主义的理论,宣称:"存在,就是一个艺术家最高的自尊心。除存在之外,他不想要任何的

曼杰什坦姆

天堂。"1913年,第一本诗集《石头集》以石头般坚硬的质地帮助曼杰什坦姆很快进入到了著名诗人的行列。

在天空舞蹈的"黄金"

十月革命给俄罗斯知识分子以强烈冲击,令他们面对文化和现实时有意识地调整自己的位置和心态。与高尔基、马雅可夫斯基、梅列日科夫斯基、吉皮乌斯等有明确政治理想的文人不同,曼杰什坦姆在骨子里只是一个"为艺术而艺术"的诗人,他只是在人道主义的立场上来释放自己的道德与政治诉求。因此,他在20世纪20年代对左右翼各方都表现出了结交的姿态。1933年11月,曼杰什坦姆写了一首无题诗,诗中说道:"我们活着,感觉不到脚下的国家/十步之外就听不到我们的话语。"该诗对苏联30年代的现实进行了讽刺,在描述领袖形象的言辞上也不太恭敬。次年5月,曼杰什坦姆遭到逮捕。1938年春天,他再次被内务部人员秘密逮捕,随后被判决流放到远东的海参崴(符拉迪沃斯托克),数月后神秘死去,死因迄今不详。

尽管身处流放的逆境,诗人却仍然觉得自己生活在世纪的心脏,恪守着知识分子的良知。在《人道主义与当代》一文中,曼杰什坦姆分析了人道主义在各个时代的命运:在有的时代,它们"像利用砖石、水泥一样利用人来建设,而不是为着人。社会的建筑是以人的规模为度量的。有时,它也会与人相敌对,用人的屈辱和渺小来滋养它们的伟大"。可是,也有另外的"社会建筑","其规模、其度量同样是人,但它不是用人建造的,而是为人建造的;它的伟大不是建立在个性的渺小上,而是建立在与个性的需求相适应的更高层次的目的上"。在他看来,人道主义精神就像一种黄金储备,为当代欧洲的一切思潮提供保障。支持着曼杰什坦姆在困境中继续写作的,就是这"为人"的目标,人的尊严、人性的自由的体验与实现。

曼杰什坦姆在艺术追求上也有独特的创造。他善于运用隐喻和比喻,展示了磅礴的想象力。在《我冻得浑身颤抖》一诗中,诗人写到:"我冻得浑身颤抖/我多想从此沉默/而黄金在天空舞蹈/命令我放声高歌"。这里,让人冻得浑身颤抖的天气,更多的是针对恶劣的生存环境,曼杰什坦姆体会到20世纪初俄罗斯社会在"喧哗与骚动"下潜伏着的寒意。作为表现手段,诗人以更为深邃的隐喻方式拈出了"黄金"一词,以陈述的句式出现,让喻体和喻象之间拥有了现实的质感。当然,"黄金"在这里也可以得到多重的理解:太阳或者阳光、麦子,高贵的人性、一切贵重的物品、精神等等。

这首诗的渊源可以推溯到别雷的诗集《蔚蓝色天空的黄金》和巴尔蒙特的《舞蹈的世界》。前者有一句诗曰"抛向下一代之手的球",它意味着对艺术的膜拜和对人性的呼唤。正是这种精神激发着曼杰什坦姆和白银时代的诗人在日常生活中捕捉诗意。与别雷、巴尔蒙特相似,曼杰什坦姆同样对太阳怀有特殊的情感,所不同的是,他感到了阳光闪烁中的"锈迹",这自然有赖于他对世纪性悲剧的预感。

新古典主义写作

作为"文明之子",曼杰什坦姆在一生的艺术实践中表现出了强大的综合能力。诗人自己认为,诗歌就像一把尖锐的犁铧,它翻耕时间的深层,让时间的黑土仰面朝上,不断翻新。在曼杰什坦姆的心目中,艺术

《曼杰什坦姆诗全集》中译本

的革命不可避免会带来古典主义。但他所谓的古典与其说指向昨天,毋宁说是面对未来,因为"昨天并不曾真正地存在"。诗人的沉思域很广,其思想的触须伸向整个文化史的各个时期,通过对文化的审视,他将时间的灵性铸进了诗歌的语言。

作为倡导新古典主义的诗人,曼杰什坦姆骨子里有着极强的贵族意识,他心目中最高的艺术典范仍是古希腊。诗人在《论词的天性》中认为,希腊文化的活力最终投进了俄国口头语言的怀抱,同时将希腊世界观的秘密、自由表现的秘密,也赋予了俄罗斯语言,使俄语"变成了发声的、说话的肉体"。

在具体的艺术实践中,曼杰什坦姆力图证明,诗人不应该害怕重复曾经说过的东西,相反,"重复"会带给自己一种认识的"深刻快乐","推陈出新"的手段可以唤起人们的共鸣。在《失眠》一诗中,曼杰什坦姆向古希腊著名的盲诗人荷马发出了文化漂流瓶式的应和:"失眠。荷马。高张的帆/我把船只的名单读到一半/这长长的一串,鹤群似的战船/曾经聚集在希腊的海面。"对于曼杰什坦姆而言,历史是动态的,有血有肉的,它是由一个个生动、具体的细节组成的,洋溢着现实生命的芳香。历史与往事进入诗歌后,便体现在主题与题材的重新分类、思想与形象的自由联结上:"……爱推动一切/我该听谁说? 荷马沉默无言/黑色的海发出沉重的轰鸣/滔滔不绝,来到我的枕畔"。

这里,诗人有意识地构置了一组对立:荷马的"沉默"与大海的"轰鸣"。这种对立既是现实的,又是隐喻性的:荷马已在千年前死去,自是不可能回答设问;另一种可能是,诗歌的智慧也不会让他进行笨拙的答复。至于大海,原本便是喧嚣的、轰鸣的,在此作为一个喻象,它又可能是众多意见的一个总和。如此,为抒情主人公的"听"拓出了一个开阔的空间,也为"爱"的力量之强大作出了验证。

曼杰什坦姆的新古典主义立场,实际是对当时流行的自我中心主义和文化虚无主义的反拨。他标举古老的、为许多世纪遵循的古典主义的艺术标准,其目的是为了新艺术目标而对旧标准的改造。为此,他写道:"我希望更新奥维德、普希金、卡图卢斯,而不会满足历史上的奥维德、普希金、卡图卢斯。"曼杰什坦姆渴望创造自己的希腊、自己的罗马、自己的黄金时代,而并不准备反对现代意识。恰恰相反,他在经典诗人和作品中看到了表现时代精神的艺术手段,这就是说,触动他的不是表面形式,而是精神。在他看来,"古典主义诗歌——就是革命的诗歌",而时代的复杂则引导着他对复杂的艺术的回归。

事实上,曼杰什坦姆也并不严格遵循经典的诗歌形式,而是对俄罗斯诗歌传统的韵律、音步、抒情的结构部分地进行了独特的改造,他在诗歌语义学范围内放手大胆地实验,追求语言的意义关系的尖锐革新,有时甚至更改某些词的原意。有意味的是,曼杰什坦姆的这种尝试恰好与他所反对的未来主义者一致,构成了他风格最鲜明、最独到的外貌,他本人也在无意中成了超现实主义的先驱者,其坚硬如石的词句和雷电般的节奏与韵脚突破了美学与伦理的囿限,为一个诗与政治相互纠缠的世纪写下了一份最诚实、最具个性的证言。

从普希金到契诃夫:
俄罗斯民族戏剧的世纪转型

王树福

诚如当代戏剧家科恩所言:"所有的戏剧都处在一定的戏剧历史和戏剧传统范围之内",俄罗斯民族戏剧的滥觞勃兴、发展确立、蔚为大观以及现代转型,无不是在民族因素与外来资源、传统品性与先锋特色、认同回应与拒绝反抗的巨大张力中渐次实现的,显示出鲜明的民族特色和民族诉求。在现实主义确立主流地位的过程中,俄罗斯戏剧一方面大胆而充分地借鉴西欧戏剧成就,另一方面以民族语言书写社会现实场景,形成浓厚的民族特色、人民性特征和民主化特质。

普希金之前:
俄罗斯民族戏剧的滥觞

虽然早在8世纪至9世纪俄罗斯就有了祭祀剧和木偶剧等早期戏剧样式,在16世纪就有了教会剧、宫廷剧等戏剧类型,但俄罗斯人创作的剧本却迟至18世纪初才出现。1749年,彼得堡陆军学校业余剧院上演了苏马罗科夫的首部悲剧《霍列夫》,该剧虽然艺术水平和戏剧质量尚不成熟,但其情节内容却取材于俄罗斯历史,让戏剧以前所未有的面貌和形态出现在观众面前。在欧洲戏剧尤其是在法国戏剧的影响下,俄罗斯戏剧得到长足的发展。1787年出版的《戏剧字典》记录了许多在俄罗斯剧场上演的诸如伏尔泰、博默歇、贺柏格、歌德、戈多尼、克列斯特、高乃依、莱辛、拉辛、莎士比亚、莫里哀等人的剧作,形成一个戏剧译介、排演、模仿、创作的高潮。叶卡捷琳娜时期,俄罗斯上层社会初步形成一个接受西欧剧作的浓厚氛围和上演高潮。俄罗斯

普希金

戏剧文化终于建构起以苏马罗科夫、冯维辛、格里鲍耶陀夫和普希金为代表的民族戏剧。

正是在模仿和借鉴西欧戏剧的基础上,18世纪下半期俄罗斯戏剧开始摆脱浮华的宫廷模式,逐渐走出"三一律"原则,开始反映社会生活,直面现实人生;批判力度和讽刺倾向日益突出。1782年,冯维辛的新作《纨绔少年》在舞台上演获得成功,开创了社会讽刺喜剧,俄罗斯戏剧的民族化之路也由此开始。总体说来,"19世纪前25年,俄罗斯戏剧舞台上上演的基本上还是一些翻译的剧作和俄罗斯剧作家模仿西欧戏剧、追求舞台场面所造成的强烈印象等一些不成熟的作品,虽然这些作品为日后的戏剧发展做了很多方面的准备,但真正具有民族特色的戏剧创作则刚刚起步"。真正完成俄罗斯戏剧民族化进程的则是普希金的戏剧创作。

普希金之后：
俄罗斯民族戏剧的确立

作为"俄罗斯文学之父"，普希金于1825年创作出诗体历史悲剧《鲍里斯·戈都诺夫》，但该剧直到1830年才得以首次发表。该剧不分幕，共23场，取材于1598年至1605年的历史史实，留里克王朝末代皇帝死后，鲍里斯·戈都诺夫登上王位，后来伪德米特里借波兰人之手推翻了戈都诺夫。该剧时间跨度长达数年；空间从波兰到俄罗斯；两条线索（鲍里斯和伪德米特里）平行展开；审美形态突破悲喜独立的戏剧模式，悲中有喜，喜中有悲。普希金在剧中借剧情和人物之口，表达了民众是历史主人的历史观，彰显了背叛民族和国家必将遭到唾弃和惩罚的价值观。值得注意的是，普希金后又创作出《吝啬的骑士》《莫扎特与沙莱里》《石客》以及《瘟疫流行期间的宴会》四部小悲剧，将思考对象从群体命运转到个体命运，把思考深度从历史规律转换到个体心理，集中探讨了贪婪、嫉妒、欲望、恐惧、死亡等抽象主题。《鲍里斯·戈都诺夫》和四部小悲剧一起承上启下，为俄罗斯现实主义戏剧的发展奠定了基础。

《鲍里斯·戈都诺夫》剧照

1930年至1940年间，莱蒙托夫的《假面舞会》和果戈理的《钦差大臣》《婚事》《赌徒》，先后问世上演，给充满西欧风情的俄罗斯舞台带来了一股鲜明的民族空气，洋溢着浓厚的民族特色和现实气息。1836

年,果戈理写成五幕讽刺喜剧《钦差大臣》。该剧上承《智慧的痛苦》,下启《大雷雨》,在俄罗斯戏剧民族化之路上迈出重要一步。从果戈理的戏剧创作开始,俄罗斯戏剧"已经有了现实的基础,已经走上了正路",一如别林斯基所憧憬的美好未来:"我们将有自己的民族戏剧,这种戏剧不再飨我们以洋气十足的勉强扮鬼脸、借来的机智、丑恶的改作,而将是我们社会生活的艺术表现……"这种充满民族特色的"社会生活的艺术表现",则主要是由"俄罗斯民族戏剧之父"亚·奥斯特洛夫斯基完成的。

作为19世纪俄罗斯民族戏剧创作的核心人物,奥斯特洛夫斯基先后创作出《贫非罪》《肥缺》《大雷雨》《森林》《狼和羊》等一系列佳作,使俄罗斯戏剧沿着现实主义传统和民族特色之路进入新的发展阶段。其突出特点是戏剧的人民性和民主化得到前所未有的加强,讽刺现实和批判丑恶的力度得到强化。其代表剧作《大雷雨》将商人生活搬上舞台,以普通女子为悲剧主角,体现出现实主义戏剧的民主化趋向;将外部的人际矛盾与感情冲突内化为内心自然力与自我道德律的矛盾,"使戏剧转向普通人的内心情感世界,转向日常生活"。

19世纪中后期,整个俄罗斯社会逐渐充满沉闷乏味的气氛和分化合流的趋向,戏剧必然带有鲜明的时代烙印。伴随着社会发展和形势转化,俄罗斯戏剧发展迅猛,成就显著,先后涌现出屠格涅夫、萨尔蒂科夫-谢德林、皮谢姆斯基、苏霍沃-柯贝林、陀思妥耶夫斯基、托尔斯泰、契诃夫等著名戏剧家。他们以审美特质不同、戏剧体式不一、戏剧理念有别的创作,共同将19世纪俄罗斯戏剧推向世界戏剧之巅。他们的戏剧创作,促进了俄罗斯民族戏剧的艺术风格探索和美学范式的确立。伴随着浪漫主义的抬头、自然主义的试验、现代主义的兴起,新的艺术手法和美学理念也在戏剧中应运而生。

契诃夫前后：
俄罗斯戏剧的现代转型

从奥斯特洛夫斯基逝世到19世纪末的十几年间，俄罗斯戏剧创作一度陷入低落，探讨社会问题的严肃剧作乏善可陈，戏剧创作受到严格的思想审查；与此形成对照的是，消遣娱乐剧兴盛一时，剧作模式陈腐老旧，舞台表演虚假庸俗，戏剧趣味低级媚俗。契诃夫以医生般的冷静客观与严谨精确，经由小说创作进入戏剧革新，创作出寓意深刻、结构新颖、风格独特、语言精练的剧作。他在俄罗斯传统戏剧基础上推陈出新，以精确的艺术表现和细腻的生活观察，探讨人的孤独、无奈、落寞等现代主题和反映日常生活的静态戏剧，对19、20世纪之交的俄罗斯现代戏剧的发展做出杰出贡献。他先后创作出《海鸥》《万尼亚舅舅》和《樱桃园》等现代静态剧，并由涅米罗维奇－丹钦科和斯坦尼斯拉夫斯基改编，在莫斯科艺术剧院上演，轰动俄罗斯戏剧界。

契诃夫

契诃夫的戏剧创作经历了若干发展阶段，《伊凡诺夫》是从传统戏剧走向新式戏剧的过渡和实验之作，《海鸥》是20世纪现代戏剧体系的践行和倡导之作，而《樱桃园》则是契诃夫超越19世纪"新戏剧"，引领20世纪上半叶世界戏剧探索趋向之作。契诃夫主要通过理念更新建构外在形式，经由戏剧内核之原动力来推动戏剧情节的发展。他和挪威剧作家易卜生、英国剧作家萧伯纳、瑞典剧作家斯特林堡等人一起形成20世纪初的"新戏剧"潮流,深刻影响着20世纪乃至当下俄罗斯和世界戏剧的发展走向。

至此,19世纪俄罗斯民族戏剧历经百年发展,以鲜明的思想性、精湛的艺术性、宏大的史诗性和较高的观赏性自成一体、卓然而立,并深深影响着20世纪俄苏戏剧和后苏联时期俄罗斯戏剧的承传与发展。俄罗斯民族戏剧的百年流变和现代转型,先后经历了从

《万尼亚舅舅》剧照

古典主义向感伤主义,从浪漫主义向现实主义的快速过渡,实现了戏剧现代性和民族性的急行军,也完成了从僵硬的帝国主义到汹涌的民族主义再到鲜活的个人主义的话语转换,放射出灼灼的热量和熠熠的光芒,照耀着芸芸众生的百态之相和人道理念的前行之路。

以赛亚·伯林：
诗人们的知音

汪剑钊

英国思想家以赛亚·伯林于 1909 年 6 月 6 日出生在俄罗斯的里加。他的父亲曼德尔·伯林是犹太裔的木材商人，也是一名狂热崇英的自由主义者，在他父亲看来，英国化就是所谓的文明。十月革命后，曼德尔的这种倾向自然决定了伯林一家的去向选择，1921 年 2 月，伯林随父母迁居英国。这种特殊的身份和经历成就了伯林的敏感与观察力，无疑为他打量苏联时期的俄罗斯文化提供了一个极佳的视角，让他既能"出乎其外"，又能"入乎其中"。前者使他站在旁观者的立场上，冷静、客观、理性地面对一个强大的帝国在文化断裂后的巨大变化；后者让他对记忆中的祖国饱含深情，始终以文化参与和道德介入的姿态从事自己的写作活动。这种得天独厚的优势帮助他看到了常人看不到的俄罗斯文化特征。

20 世纪相当长一个时期内，苏联处在一种绝对封闭的状态里。对此，伯林以自己的睿智给出了合理的解

以赛亚·伯林

释,他认为,这种状态并非苏联的主动选择。实际上,苏联非常乐于参与国际政治,但不希望其他国家来干预自己的内部事务。她骨子里并不愿意被"孤立",但同时又必须与世界其他国家相"隔离"。另外,从俄罗斯的传统来说,经济上的落后多少加强了民族的自卑感,而既非东方也非西方的尴尬地理也造成了她归属上的混乱,令她产生了莫名的恐惧。俄罗斯歧视东方,但对西方国家也存在强烈的不信任感。这一点,也体现在俄罗斯的文学中,几乎所有的俄罗斯作家都抱有一种爱恨交织的情绪,时而渴望融入到欧洲生活的主流并表现出永不餍足的饥渴,时而又流露出"西徐亚式"(野蛮)的对西方价值带有怨恨的轻蔑。据说,普希金如此,果戈理如此,赫尔岑如此,托尔斯泰如此,陀思妥耶夫斯基如此,契诃夫也如此(或许,伯林也是如此)。这种情绪在抵御外来影响时有时会上升为强烈的感情,进而形成复杂的谜团。

众所周知,俄罗斯民族的价值摇摆对领导人的决策起着明显的负面影响,并给这个国家带来了极大的灾难。20世纪30年代的大清洗便是这种影响所产生的一个严重后果。在此之后,"俄罗斯文学、艺术和思想所表现出的境况就像一个刚刚遭受过轰炸的地区,只有几座像样的建筑还相对完好,孤零零地站立在已经荒无人烟、满目疮痍的街道上"。

我们知道,在人们的心目中,伯林通常是以一名睿智的文化学者或一位精干的外交官形象出现的。可是,从气质上讲,他更是一名诗人。这令他在梳理俄罗斯文化时,本能地亲近那些被当局排斥在主流视线以外的诗人——曼杰什坦姆、帕斯捷尔纳克和阿赫玛托娃,对他们的命运投以知音式的同情与敬重。在伯林为数不多的几篇关于文学的文章中,他以杰出的洞察力和感受力为其评骘的诗人提供了极具专业性的理解,呈现了诗意的同情。因此,这些文章堪称"心灵"中的"心灵"。如在《一位伟大的俄罗斯作家》一文中,他指出,曼杰什坦姆的诗歌有一种俄罗

曼杰什坦姆

斯文学再也不曾达到的"纯粹与完美的形式"。他的作品始终透显着诗性的特质。在伯林眼里,曼杰什坦姆就像一名出色的驭手,控制着自由的想象,纵横驰骋于词语的旷野,对时代做出了恰切的回应,却从来不曾有单纯的技术卖弄。那些奔涌的意象彼此激荡,相互辉映,并以怪异的方式构成各种色彩、声音、味道、形状之间的关联,造成事物与事物之间的呼应。而且,他不仅是一名出色的诗人,在散文领域也坚持着诗的书写方式,亦即他自称的"疯狂的抛物线"进行写作。

曼杰什坦姆创作的散文是典型的诗人散文,它们携带着诗的一切优点,甚至也包括诗进入散文后的缺点。在这一点上,他甚至与普希金这位俄语现代文学的开拓者迥然有异。后者不写诗的时候,就不再是一位诗人。而对于曼杰什坦姆来说,"诗歌是他生活的全部,是他的整个世界。离开诗歌他几乎就无法生活"。正是这种特质使他在一个有着强大的"忏悔文学"传统、十分强调艺术家的社会责任和道德责任的国家,树立了非常独特的、多少显得有些西化的形象。令人扼腕叹息的是,曼杰什坦姆"为了坚持自己做人的尊严,付出了常人几乎无法想象的代价"。作为一名"国内流亡者",最终被湮没在了"时间的喧嚣"中。

相对于他对苏联文艺政策的理解和对文化概况的描述,伯林与20世纪俄罗斯诗歌的两位旗帜般的人物——帕斯捷尔纳克和阿赫玛托娃之间的交往记录更加感人。

在西方,帕斯捷尔纳克一度被渲染成"圣徒"和"殉道者"。同时,苏联的批评家则一直指责他的作品晦涩、烦琐,远离当代的现实。为此,伯林辩护道,"他从未退缩进任何个人的小堡垒或试图逃避任何意义上的现实"。帕斯捷尔纳克并不是一个与世隔绝的作家,只会说私人的语言,人们之所以会产生上述误解,其原因在于,他在履行自己的道德追求时,从来不曾放弃艺术家的使命感,而他的艺术"本质上是为了变形而不是为了记录"。在此,伯林与帕斯捷尔纳克是那样的心意相通:"一个作家无论要说什么都必须通过他的艺术作品来表现,而不是以一种额外的艺术附加物的形式加诸他的艺术作品,或在艺术家创造的世界之外添加一些说教。"而在陈述他的艺术个性时,伯林尖锐地指出,"帕斯捷尔纳克与其他苏联作家(除了某些令人尊敬者)的不同之处不在于他不关心政治,相反他们都经历了他们祖国和他们信仰的种种遭遇;而是在于他们的天赋不济,他们的技艺粗糙,他们塑造的人物从一开始就毫无生气。"

作为知音读者,伯林告诉我们,帕斯捷尔纳克的创作营造了一个神秘的意境。在这个意境中,作家把"独特的生动性"带给了书中的人物,带给这些人物居住的房屋,以及他们走过的街道,让石头、树木、泥土和水拥有新的生命。"艺术家不是牧师,也不是美好物品的提供者,而只是公开说一个直接基于他们切身经历的真理;面对这个真理,他只不过更有感触,更有反响,只不过是一个比普通人更有洞察力和表达能力的评论者和阐释者。"伯林认为,在此意义上,帕斯捷尔纳克比追求"纯艺术"的诗人们

帕斯捷尔纳克

更接近古典的社会现实,"艺术家是他所处时代和社会的最高表现形式"。他受惠于作为画家的父亲的人道精神与想象力的熏陶,同时父亲与托尔斯泰的友谊也在无形中产生了深刻的影响,正如作家自述,他似乎一直生活在托尔斯泰的影子中。

在列宁格勒,伯林见到了一直存活在传说中的女诗人阿赫玛托娃,并且与之进行了两次秘密的、令人兴奋的长时间交谈。他们谈到了文学,一起议论着那些经典作家,他们的癖好和个人习性,共同怀念同时代已逝的诗人。诚然,在更多时候,伯林是一名忠实的聆听者,聆听这位似乎从神话里走出来的"萨福"讲述自己的生活和工作、她的孤独和悲剧性的遭遇,为他朗诵组诗《安魂曲》的一些片段。根据伯林的复述,阿赫玛托娃对20世纪初的岁月有着深切的眷恋,将它看作是俄罗斯的文艺复兴,其中存在着某种普世的文化,那些已经成为艺术和思想的东西:"本能、爱情、死亡、绝望和牺牲。"这是一种不受历史限制,没有任何例外的(放之五湖四海而皆准的)真实。伯林如是描述阿赫玛托娃说话时的神情:"声音平静而又镇定,俨然像一位遭到放逐的冷漠的女王,高傲、郁郁寡欢、难以接近,说的话往往难以置疑。"

在谈话中,阿赫玛托娃告诉伯林她对于诗歌的看法。她认为,唯有"过去"对诗人才有意义,那是他们渴望重生、渴望复活的情结。为此,她反对预言,反对面向未来的颂歌,认为那是一种慷慨激昂的浮华。她看不起这种装腔作势。或许正是出于这个原

阿赫玛托娃

因,她拒绝了伯林提出的为正在创作中的长诗《没有主人公的叙事诗》作注的建议,因为它并非写给未来,甚至不是写给所谓的"永恒的未来"。如果诗歌所描述的这个世界消失,它的生命也就走到了尽头。这证明诗人并不是一个停留于幻想的人,而是一个充满了现实感的人,她在诗歌中所运用的生动细节为人们带来了冷静的现实主义眼光,它们既反映了她个人的生活与命运,同时也折射了民族的生活与命运。显然,阿赫玛托娃也非常看重两人之间的谈话,她后来在修订《没有主人公的叙事诗》时,添加了与伯林有关的章节,将他称作"来自未来的客人"。

伯林在介绍曼杰什坦姆的那篇文章中有这样一段话:"在那段饥渴而荒芜的年代里,还曾经存在过一个怎样丰富而不可思议的世界;而且它没有自生自灭,而是仍然在渴望着充实和完成,从而不让自己湮没在某一段不可挽回的历史之中。"

社会主义现实主义在当代俄罗斯

林精华

在2006年夏天,上海成功举办了苏联社会主义现实主义艺术展,同年,赫尔辛基举办了题为《回到苏联》的苏维埃绘画展,以明朗色调、正面形象、乐观向上的意蕴震撼了观众。在国际艺术市场上,苏联社会主义现实主义艺术品竞拍价格屡创新高。与此同时,苏联时代拍摄的许多影片,如《保尔·柯察金》《静静的顿河》等,在后苏联却是作为经典常出现在电视中,流行在音像市场上。苏联马克思主义美学家鲍列夫认为,"社会主义现实主义是一种艺术思想类型","就影响读者、听众和观众的力度和广度而言,社会主义现实主义是20世纪最重要的文学艺术流派"。和苏联马克思主义文艺追求真理、英雄主义、集体主义、各民族友谊、宏大叙事风格等相比,后苏联影视追求财富,痴迷于男欢女爱和暴力,艺术生产和消费活动围绕"钱"而展开……这些现象正是马雅可夫斯基等人在新经济政策时期的创作中所极力嘲讽的。如此对比显示出苏联社会主义现实主义艺术品作为马克思主义美学在苏俄实践的成果具有不可替代的价值。遗憾的是,后苏联时代马克思主义美学受到三方面冲击:市场经济潮流把社会主义现实主义所反对的对象合法化——市场经济推崇资本主义竞争,这是社会主义现实主义所无法挑战的;反对社会不公正的左翼思潮变得日趋激进,这种情形抵消了社会主义现实主义所拥有的现实价值;后现代主义在俄罗斯合法化和普及化以后,各种非现实主义潮流汇成巨大的颠覆社会主义现实主义的思潮。

否定多于分析,批判大于理解

苏联解体之初,莫斯科大学教授格鲁巴科夫说:"不考虑社会主义现实主义流派,就不可能有完整的20世纪艺术发展图景。"这实乃微弱之音。从20世纪50年代末以来,质疑马克思主义美学苏联化——社会主义现实主义体系的声音就在苏俄境内外兴起,且反对之声的社会影响力急剧增加。其中,侨居德国的苏联批评家格罗伊斯20世纪80年代末在法兰克福组织苏联主流艺术展,把社会主义现实主义讽刺模拟成社会艺术,把苏联马克思主义美学正面描写的对象变成了恐惧、幽默、伤痛、报复的内容,从而使苏联官方艺术作品展变成了持不同政见者颠覆社会主义现实主义的艺术活动。这种把"社会艺术"和"社会主义现实主义艺术"放在一个展厅同时展出产生的效果,启发作家维克多·叶罗菲耶夫在苏联存续时就发表《追悼苏联文

1988年被授予"功勋艺术家"称号的风景画家加拉霍夫的《伏尔加河沿岸的缤纷草地》

学》,预言社会主义现实主义会随着苏联文学体制的瓦解而终止,反对苏联体制的批判文学也会随着苏联马克思主义美学体系的终结而消亡。

这种否定之声,使后苏联在最初10年对苏俄马克思主义美学思想和实践的讨论是否定多于分析、批判大于理解。典型者乃后苏联时代国际苏联文化研究专家杜波连科主编的重要论文集《拯救出海市蜃楼:今日社会主义现实主义》,收录了不同时期对社会主义现实主义激烈批判的言论。作家莫罗佐夫引证说,20世纪20年代至30年代的苏联现代主义文学艺术作品,如舍甫琴科的油画《带着玩具的少女》(阴暗画面暗示苏联少女并不幸福)、尼科利金的油画《人民法庭》(一个个法官只有人的轮廓而没有人的面孔)等等,已显示出苏俄社会主义现实主义艺术品是没有前景的乌托邦。这些表述和关于社会主义现实主义的经典论述相去甚远。并且,俄罗斯本土这样的否定之声,和侨民学者、欧美斯拉夫学者的讨论常遥相呼应。德国比勒菲尔德大学和跨学科研究中心1994年至1998年曾举办5次研讨会,杜波连科和北欧斯拉夫学者汉斯·古藤、杜克大学副教授托马斯·拉胡森据此选编论文集《社会主义现实主义经典》,讨论社会主义现实主义在苏联的建筑、造型艺术、电影、历史小说等不同领域的表现,以及它和日常生活、人类学、审美、乌托邦思想、宗教意识、20世纪初各种先锋主义、艺术

1987年被授予"人民艺术家"称号的恩格里斯·科兹洛夫(1926—2006)的《矿工》(1962年)

各流派和团体等各方面的关系,有不少深刻思想,但叙述中多充满着否定色彩。这些论述没有顾及现实主义在俄罗斯的深厚传统及其变化,如1922年前后苏联美术家协会先后提出"英雄现实主义"、"社会现实主义"、"浪漫主义现实主义"等,因而社会主义现实主义在1934年最终确立是这种变化的结果。

重新反思

后苏联社会发展到20世纪90年代末,俄罗斯人对苏联态度发生了转变,马克思主义美学的思想苏俄化及其成果重新得到了反思。

在后苏联致力于研究社会主义现实主义问题的契戈达耶娃,其《社会主义现实主义:神话与现实》一书按编年史方式叙述了1929年至1953年社会主义现实主义文学艺术的进展,显示出马克思主义美学体系苏俄化发生学的意识形态神话性,却没有妨碍其发展过程出现积极成果,"吸取人民性的社会主义现实主义,不是简单的来自上层指使的需求,而是大众强大意愿的自动转换,是大众经验和权力话语相遇的文化空间"。谢尔盖·伊凡诺夫的《鲜为人知的社会主义现实主义:列宁格勒流派》有效重建了苏联时代一个地区的绘画史:按编年史方式展示20世纪20年代至80年代苏俄105位画家的337幅不同题材的社会主义现实主义绘画,包括施密特的《坐在窗户边的少女》、柳彼莫夫的《两个少先队员》、巴斯卡科夫的《列宁在克里姆林宫》等。这些普通画家的重要作品积极描写那个时代列宁格勒人在社会主义现实主义理论影响下的美学追求。而文化学教授Л.布拉夫卡认为,社会主义现实主义之存在并非意外,也非独立现象,"而是俄国和世界历史长期发展的逻辑结果"。

正是在这种反思潮流中,叶甫盖尼·杜波连科的《社会主义现实主义经济学》成为后苏联反思苏俄马克思主义美学的力作,杜波连科从经济学角度深刻分析了马克思主义美学苏俄化及其成果,"社会主义现实主义的基本功能并没有简化到宣传状态,而是把文学艺术缩减成经由其美学的现实性生产;社会主义现实主义是最卓越的激进的美学实践……美化,意味着再造世界,按美与和谐的规律改变世界。这就是为何社会主义现实主义最终应该视为是一种独特的美学现象"。从政治经济学角度认识社会主义现实主义,避免了感情化因素的介入,从而使对苏俄马克思主义美学的认知有了学术理据。

褒贬皆难以冷静客观

在对马克思主义文艺思想苏俄化的矛盾性论争中,苏联主流美学家鲍列夫在后苏联的论述需引起特别关注。鲍列夫是少数极力维护社会主义现实主义的学者。在他看来,"在社会主义现实主义框架里,并不妨碍那些我们已存在的艺术","在社会主义现实主义理论和艺术实践中,许多人盲从地去粉饰现实,许多来自阴间的天堂被搬到美妙的未来"。这种病征从20世纪20年代至30年代就开始了,如拉普的辨证历史唯物主义的艺术方法、库里克的革命社会主义现实主义方法等,这种情形在苏维埃文学第一阶段(1917—1932)就存在,甚至影响到第二阶段(1932—1956)苏联文学的多元化,此后苏联文学在社会主义现实主义思想体系下转向人文主义。

后来推出的重建苏俄社会主义现实主义美学理论和实践发展史的巨著《社会主义现实主义:当代人的视点和当代视点》按编年史方式,论述20世纪俄国的语言艺术(文学)、影视艺术(电影和电视)、造型艺术(绘画、雕塑、建筑和舞蹈)、音乐等在马克思主义美学影响下所取得的巨大成就。"社会主义现实主义在俄国占据70余年统治地位……社会主义现实主义作为20世纪主流思潮之一,无论怎样地令人想起极权主义和不公正的三驾马车,都不可能把它从历史中删除掉。正如古典主义不能从法国被不公正地勾掉一样。作为新艺术的唯一方法,被阿·托尔斯泰、卡塔耶夫和法捷耶夫等不同类型作者所热情接纳"。

1967年被授予"功勋艺术家"称号的亚历山大·萨莫赫瓦洛夫(1894—1971)的《阳光下》(1953年)

在广泛论述社会主义现实主义在苏俄发展和传播的基础上,该书叙述了它作为马克思主义文艺思想体系在中国的发展情况。"在中国艺术中,社会主义现实主义的苏联艺术文化的美学原则产生了显而易见的直接影响。"毫无疑问,这种叙述是缺乏对苏俄马克思主义反思的,仍然把社会主义现实主义视为马克思主义,而不是看作马克思主义苏俄化的版本。

可以说,鲍列夫对苏联马克思主义文艺思想问题的认识,仍难以摆脱苏联情怀,使之把社会主义现实主义这种马克思主义苏俄化的结果,视为普遍的马克思主义,并未顾及国际性的马克思主义研究思潮变化。因而,对马克思主义文艺思想中国化的论述,除了重复中国学界对五四新文化运动以来的一般性意见之外,少有对马克思主义文艺思想中国化复杂过程的深入分析。更为严重的是,把现代中国文学发展中马克思主义美学中国化的积极结果,大多归结于苏联社会主义现实主义影响,并对这种影响持赞赏态度,不仅出现了许多知识性错误,而且排除了20世纪以来中国文学发展中的许多重要现象,如钱锺书的《围城》、沈从文的小说和大众小说等。

总之,随着历史的延伸,俄罗斯人越来越认识到,那种以为摧毁苏式制度、资本主义会比社会主义更能解决俄罗斯问题的改革,正如十月革命中断西化历程而转向布尔什维克政治一样,都是理想主义的,从而使20世纪90年代末以来的俄罗斯人对苏联由批判、否定和颠覆,转变为怀旧对象;他们进而也认识到,作为一种历史遗产,马克思主义美学苏俄化及其成果是难以否认的。人们对苏俄马克思主义美学有了新认识,即若社会主义现实主义作为一种美学体系,何以终究是国家意识形态的表达?若社会主义现实主义是意识形态的延伸,何以能产生世界性影响并涌现出许多至今还保留其意义之作(如斯大林建筑成为前苏联地区许多城市的标志性艺术),甚至在俄罗斯联邦和当代中国多次举办的大型国家艺术活动中仍有鲜明体现。当然,正因为苏俄马克思主义美学体系及其实践和意识形态关系的复杂,后苏联俄罗斯人带着情绪或感情反思社会主义现实主义,褒贬皆难以冷静客观,影响到他们对马克思主义美学中国化历程的深刻辨析。

瑞典

2011年诺贝尔文学奖得主特朗斯特罗姆：
属于诗人的诗人

石琴娥

瑞典皇家科学院2011年10月6日宣布,将诺贝尔文学奖颁发给80岁的瑞典诗人托马斯·特朗斯特罗姆,因为其作品"以凝练而清晰透彻的文字意象给我们提供了洞悉现实的新途径"。

自1909年瑞典女作家塞尔玛·拉格洛夫第一次获诺贝尔文学奖以来,特朗斯特罗姆是第8位获此奖项的瑞典作家。上一次瑞典作家获诺贝尔文学奖是在1974年,由两位瑞典作家埃温德·雍松和哈里·马丁松分享。时隔将近40年,又有一位瑞典作家荣获此奖,作为一名长期研究北欧文学的学者,我当然感到十分高兴。

6日晚上,特朗斯特罗姆获奖的消息一经传出,立即就有媒体不断向我询问这位瑞典诗人,有的还向我表示说:"似乎近年来诺贝尔文学奖几乎都授给人们不太熟悉的作家,但在他们获奖之后,大都成为人们新的文学偶像。"还有从事瑞典语工作的同行们也向我表示对这位诗人不甚了解。实际情况是:特朗斯特罗姆其实是一位具有一定跨国知名度的诗人,在欧洲文坛上声望很高。在我国,也许一般读者对他了解不多,不过他在我国诗人中还是颇为著名、很受推崇的。他的诗作对我国20世纪70年代末80年代初的"朦胧诗"还产生过一定影响。正如我国一

托马斯·特朗斯特罗姆

位诗人所说:"有一些诗人,属于大众;有一些诗人,只属于诗人。特朗斯特罗姆,就是属于诗人的诗人。"

托马斯·特朗斯特罗姆1931年4月15日出生于瑞典首都斯德哥尔摩,并在那里长大。父亲是编辑,母亲是教师。他1956年毕业于斯德哥尔摩大学心理学专业,并曾在该校的心理学系任教,后来又在一家少年管教所担任心理医生。他13岁开始写诗,23岁出版处女诗集《17首诗》(1954年),轰动了当时的瑞典文坛。之后,他又陆续发表了《路上的秘密》(1958年)、《半完成的天空》(1962年)、《看见黑暗》(1970年)、《真实障碍》(1978年)、《野蛮的广场》(1983年)、《为死者和生者》(1989年)、《悲哀贡多拉》(1996年)、《监狱》(2001年)和《巨大的谜语》(2004年)等10余部诗集,此外他还发表了自传《记忆看见我》(1993年)以及和美国诗人罗伯特·布莱之间的《书信1964—1990》(2001年)等作品。

1990年托马斯·特朗斯特罗姆突患中风,半身瘫痪,并失去语言表达能力,只能用最简单的话,如"对"、"很好"等来表达,但是他仍然睿智,一直没有停止写作,只不过由于身体状况,写作速度更慢了,作品也更短小了,常常写些日本式的"俳句"。

同别的多产的瑞典作家比起来,特朗斯特罗姆的诗作数量不多,自第一部诗集发表以来的半个多世纪里,他总共只有100多首诗作,他夫人莫尼卡说,"他写诗确实很慢"。他自己也说过:"如果我在中国生活三年,也许会写一首诗。"文不在于多而在于精,我国有的诗人把他比作"炼金术士",称他的诗作"首首精彩,堪称奇迹"。他的诗作虽然不多,却被译成60余种文字在世界各地出版,这位以文笔紧凑简练而闻名遐迩的诗人,在国际上,尤其在英语国家里的知名度还是非常高的。早在20世纪80年代初,美国诗人罗伯特·布莱曾将特朗斯特罗姆的诗比喻为"有如一个火车站,千里迢迢,南来北往的火车都在同一建筑物里做短暂停留,也许有一列火车的底架上仍然沾有俄国的残雪,另一辆上地中海的鲜花正在车厢里怒放,还有一辆车的顶棚上布满了鲁尔的煤灰"。

特朗斯特罗姆曾荣获过瑞典国内和国际上很多重要奖项,如瑞典贝尔曼诗歌奖(1966年),两次获德国诗歌奖(1981年、1992年),还曾获美国国际文学奖(1990年)、瑞典学院北欧奖(1991年)、瑞典奥古斯特文学奖(1996年)和加拿大终身成就奖(2007年)等。特朗斯特罗姆自1993年第一次被诺贝尔文学奖提名以来,此后年年榜上有名。他被誉为当代欧洲诗坛最杰出的象征主义和超现实主义大师。他酷爱音乐和绘画,能弹得一手好钢琴,即使半身行动不便,仍能用左手弹琴。他的诗作讲究音韵,给人以欣赏绘画的享受。在创作风格上,我认为他受纪德影响较深。或许因为他是一位心理学家,早期作品注重精神与内心的分析,探索人类灵魂的奥秘。其诗作的特点是短小、精练,寥寥数行,用意象和隐喻塑造出人的内心世界。他还善于从日常生活着手,运用隐喻手法去捕捉瞬间感受到的人的内在含义,使人浮想联翩。也许刚阅读他的诗篇时会感到不易理解,但一经琢磨、沉思,读者就会被他丰富而新颖的意象所折服。正如他自己所说,他的诗作"凝练"和"言简而意繁"。比如《乘地铁》这首诗,就同他很多诗作一样短小精练,篇幅不长,也从日常生活入手,以"在地铁车站上"这样简单通俗的词语开始写诗,自己以第三者的身份去客观地观察世界,用瞬息间产生的灵感去记录历史与人类生活中隐藏着的内在含义。我最初读到时特别喜欢这首诗,便将它翻译成了中文。

在地铁车站上。
在呆滞的死一般的光线下,
在广告牌中间,一群熙熙攘攘的人群。
火车来了,带走了
脸和公文包。
接着是黑暗。我们坐着
像雕塑一样在车厢里
在山洞里滑行。
挤压,梦幻,挤压。
在海平线以下的车站上,
人们出售着黑暗的新闻。
在哀伤、寂静的表盘下,
人民活动着。
带着外衣和灵魂,
火车开动着。
……

  诗人在这首诗中努力地在现实生活中去捕捉看似平常的细微感觉,并加以提炼而营造出自己独特的意象世界。如"像雕塑一样在车厢里",这意象究竟意味着什么?它暗示了人与人之间的冷漠,还是揭示了在充满压力的社会里,人像雕塑一样失去灵魂,变得麻木不仁了呢——这可以引起人们种种不同的联想。在词语的运用上,诗人以跳跃式的词语给人们留下足够的空白,把意象的丰富性和多义性也留给了读者。

  1984年,应深圳《特区文学》要求,我选编了一组《瑞典文学特辑》,

请社科院外国文学研究所老所长冯至先生为专辑作序,介绍了特朗斯特罗姆、哈里·马丁松和瑞典学院院士谢尔·埃斯普马克等13位瑞典作家、诗人的作品,其中就有特朗斯特罗姆的《乘地铁》。该特辑在《特区文学》1984年第4期隆重推出,这应该算是国内较早介绍这位瑞典诗人的文字,与北岛在《世界文学》1984年第4期以"石默"为名发表的特朗斯特罗姆的译诗《诗六首》同步。之后我还翻译了他的《波罗的海》等诗作,发表在不同的文学刊物上。

1988年我在《外国文学动态》上发表了一篇题为《瑞典现代诗歌》的论文,里面除了对瑞典现代主义作家、诗人,如1951年诺贝尔文学奖得主帕尔·拉格克维斯特、1974年诺贝尔文学奖得主哈里·马丁松等作家作了评述外,在"战后瑞典诗坛"中对特朗斯特罗姆这位当代重要诗人的诗作风格也有简短评述。在2005年出版的《北欧文学史》中,我没有遗漏这位重要诗人,也有一小段评论。北岛、李笠和董继平等译者在他们的译序中对诗人均有简介及对其诗作风格的简单阐释;在一些刊物上有时也能阅读到读者的一些随感或者诗人的读诗札记等形式的评介文字。这无疑对推广特朗斯特罗姆诗歌的阅读、朗诵以及研究有促进作用。但总体看来,国内还没有出现过对特朗斯特罗姆的诗歌进行全面系统评价和研究的论文。令人欣慰的是,我国有好几位诗人都翻译了特朗斯特罗姆的作品,有的还翻译了特朗斯特罗姆诗歌的全集,他们对诗人作品的把

特朗斯特罗姆诗集

握,体现了他们不同的个性和创造,为我国读者阅读和研究诗人作品做出了很好的贡献。

特朗斯特罗姆曾于1985年和2001年两次访问中国,并获得中国国内举办的"新诗界国际诗歌奖"(2004年)、"诗歌与人·诗人奖"(2011年)。他在我们这个诗的国度所受到的隆重礼遇,正说明了中国的眼光。

南非

J. M. 库切：
见证耶稣的童年

李 晖

小说的标题,可能是作者提供给阅读者的醒目路标,也可能是精心预设的语言圈套。对于库切的新作《耶稣的童年》来说,它的标题似乎只是点明了小说与《圣经》叙事之间存在的寓喻关系,并提醒读者留心由此而形成的基本反讽,却未予解答这种反讽所代表的意义悬疑。

小说里的"童年耶稣"显然是指 5 岁的大卫。他的言行举止以及围绕他发生的众多事件,都不难在《圣经》文本里找到寓喻式的对应。然而库切在这条粗略的对应线索上,又串联起庞杂的哲学与社会伦理讨论以及非基督教的宗教话语。这些漫无边际的讨论以及各种相互异质的话语,使得小说寓意非但没有随着整体叙事的发展而渐趋明朗,反而还逐步突显为一个难以化解的疑问。

何谓"耶稣的童年"?基督教的四部福音书详细叙述过圣婴的隆重诞生,青年耶稣在旷野里经受魔鬼的考验、他在布道时施行的奇迹以及在殉难时承受的苦痛。但关于童年耶稣的成长,却只有《路加福音》里的寥寥几笔:"孩子渐渐长大,强健起来,充满智慧,又有神的恩在他身上。"当 12 岁的耶稣在耶路撒冷圣殿突然失踪 3 天,并当众宣告"我应当以我父的事为念"时,则意味着他与世俗切断瓜葛以及童年的迅速终

J.M.库切

结。"耶稣的童年"在《圣经》里基本上是一个巨大的叙事空白。

小说里出现大卫这个名字,容易让人联想到:"经上岂不是说,基督是大卫的后裔,从大卫本乡伯利恒出来的吗?"这位身世成谜、智力超常、言行怪诞的5岁孩童,表现出与年龄不相符的先知气质和自我牺牲精神。例如,他固执地想要成为童话里剜心救母的三儿子,还渴盼为他人"献出血来";他试图给死去的母马"吹气"并让它复活,这显然是对上帝用尘土造人并赋予其生命的动作模拟;他在黑板上将"我必须说出真相"的听写内容偷换成"我就是真理",最终激怒老师,被送往阿雷纳斯角学校接受"特殊教育";他也像耶稣一样自称"没有父亲,也没有母亲,我就是我"。这个故事里另一主角西蒙的名字,恰好对应那位著名的基督门徒。不同的是,小说里的西蒙不仅要以某种特殊形式成为"童年耶稣"的追随者,还必须担当起后者监护人和教育者的角色。他历尽周折,完全依靠直觉而找到大卫的处女"母亲"伊妮丝;又试图改变这对母子的奇思怪想和偏颇行为;最终却因为自己对现有体制蓄积已久的不满,而成为他们流亡道路上的同行者。

值得注意的是,这一老一少的名字,是他们被正式纳入"诺维拉"这个乌托邦式的新世界之前获取的新身份。这个新身份所意味的最大转折,不仅要改用西班牙语这门新世界里的语言,而且要接受迥异于以往的思维与生活模式。这种转折并不是两人自觉自愿的选择。即使是自觉盼望成为"新人"的西蒙,也在这个新世界里清楚意识到历史记忆与当下存在之间的根本对立。在周遭人群里,欧根尼奥坚信"历史没有在场的证明。历史只是我们看待以往的一种形式,它没有力量抵达当下"。埃琳娜也提醒西蒙:记忆是负累,他应当向孩子学习,因为"孩子们活在当下,而不是过去"。然而,无论是西蒙还是大卫,其实都无法顺应这个乏味、刻板和缺乏想象力的"当下"。"这里没有聪明机灵的地盘,只有事情本身"。任何代表着复杂思维形式的反讽都难以存身。当西蒙以色情眼光来看待人体绘画课时,有一位青年却郑重其事地说:"大家都想熟悉人体。"西蒙试图"在这句话里找出反讽,但却找不到,因为它没有任何调侃的意味"(He searches for the irony, but there is none, as there is no salt)。原文里的 salt 既有"盐"的意思,也有"俏皮、打趣、辛辣"的意思。库切精心挑拣出这个多义词汇,应该是为呼应"世上的光"与"世上的盐"这一对常见的基督教譬喻。从小说的角度来看,没有反讽,也就缺少了"盐",或西蒙所说的"质感";而"我生命的光"则是西蒙对大卫使用最多的比喻。现有中译本将 as there is no salt 译为"就像这里没有盐一样",意思并不准确。不过,翻译造成的意义丢失与误解,本是语言转换时的常见现象。原文里"西蒙"是西班牙语的 Simón,而不是英语的 Simon,译为中文却只能是同一个词。这样就丢失了它原本喻示的"语言转换"及"身份转换"的重要信息。库切本人会蓄意利用语言隔阂引发误解。例如大卫学唱歌德作词的《魔王》,却声称这是首"英语歌曲"。这个细节表明大卫与西蒙的母语并非英语,但他们作为小说里的角色,却一直使用英语作为对话语言。在这两个分属于情节内容和语言文字层面的"事实"之间,库切再次制造出一道深刻的反讽。

大卫并不喜欢这个新名字,他认为这不是自己真正的名字。西蒙"除非万不得已",否则也习惯称他为"这孩子"。然而当埃琳娜提醒说"换个名字挺容易"时,西蒙却并未采取行动。既然一切为事物赋予意义的语言行动都始于命名,那么,究竟是命名预先决定了角色的行动方向和意义,还是他们在本质上便已具备自身姓名所包含的某种属性?抑或每个角色都需通过行动来发掘证明被赋予名称里的深层含义,并在实质上而非表面形式上彻底地改变既定的名称?更关键的是,如果一个名字囊括了众多分歧含义,又将如何解决意义的确定性问题?在小说里,所有新来者在漂洋过海后都首先抵达贝尔斯塔营地。它可以理解为"美丽的星"(bel star),这让人想起"伯利恒之星"。但西班牙语里与bel发音相近的belén,则既有"耶稣诞生模型",也有"混乱、杂乱"之意。甚至有论者认为,这个名字可能是在影射犹太人遭受浩劫的贝尔森集中营(Belsen)。同样,"诺维拉"(Novilla)在西班牙语里可能意味着"新城镇"(nova villa),在英语里可能意味着"无家"或"乌有之镇"(no villa)。在这些矛盾、分歧甚至毫不相关的语词含义之间,人们无法做出合适的界定和选择,因为每样选择可能都仅仅具备部分合理性。小说里有一个情节,是西蒙在La Residencia(意即:居所)寻找伊妮丝时,进入了一个门上写着Una的房间。Una的字面意思是"一",它正是斯宾塞在《仙后》里寓示着"恒一真理"的女主角名称。反讽的是,"从未生育"的伊妮丝在收留大卫作为儿子后,却离开了条件相对优越的稳定"居所",同时也离开了因某位"全职园丁"疏于照料而"荒草杂乱"的花园。"荒草杂乱",意味着语义秩序上不可避免的混乱;离开"恒一",则象征着人物不再执着于意义的唯一性和确定性。

但对于意义的寻求者来说,不确定性永远是一种莫大的威胁。大卫在走路时,会小心避开道路上的裂缝,因为他觉得"每个人都会掉进去"。他在书页与书页之间发现"有一个洞洞";还认为"数字会死,它们会从天空里掉下来"。诚然,在同一语词的不同义蕴之间、在同一事件的不同记述之间、在同一时间序列的不同发展阶段之间,始终会产生难以弥合的裂痕。《圣经》文本里与小说相对应的"耶稣的童年",就是圣婴与青年耶稣之间的一大段时间空隙。这种时间、语言与叙事的空隙，这种意义的不确定性，就是大卫看到的道路裂缝，或是他认为堂·吉诃德"掉落"其中的洞穴。

新世界的居民们意识不到这种危险，他们习惯于认为，"没有什么隐而不见的东西"，或不存在所谓的"可能世界"，因为"这是唯一的世界"。但西蒙却深深意识到，在无数的可能世界之中，我们只能选择其一。更重要的是，"我们的童年只有一次"。作为成年人，既然无法回归童年，也无法洞察世界和语言的终极意义，他唯一的选择，就是顺从自己的情感与信任，去追随尚处于童年阶段、自称"我就是真理"并自创语言的大卫，以及作为大卫母亲的伊妮丝。至少他还能够相信，"孩子和母亲之间的联系是神圣的"。即使大卫去了来世，伊妮丝也会与之偕往。在坚信与追随的过程中，西蒙的眼光逐步接近于大卫的眼光，他与这对母子也形成了更加密切的关联。三个人最后选择像《圣经》里的神圣家庭一样，听从"更高的律令"，而躲避现世的法律。尽管西蒙本人并不能理解这最高的律令，尽管他意识到孩童们"做逃亡者不会太久，迟早长大成人，与社会妥协"，从而获得枯燥平淡的表面确定性。

小说结尾，男孩对西蒙说："别叫我大卫"，"你得叫我真正的名字"。当西蒙反问"真正的名字"是什么时，他却沉默不语。这清晰呼应着大卫先前的判断：

《耶稣的童年》中英文版

堂·吉诃德真正的名字是一个"秘密"。西蒙出于心灵的本能,追随着"童年的耶稣"大卫;但他对"事情背后的秘密动机"始终保持怀疑。如果大卫是终极秘密的探求者、察觉者和召唤者,那么西蒙便只是"耶稣童年"的见证人。

或许,每一位无法回归童真状态的成年人,在某种愿望驱使下,在"找一个住的地方,开始我们的新生活"的过程中,都可能碰巧成为"童年耶稣"的见证人。

黎巴嫩

哈利勒·纪伯伦：
阿拉伯裔美国文学的奠基者

马 征

在中西方大多数读者的心目中，纪伯伦是一位与泰戈尔齐名的"东方智者"，或是一位来自"神秘的"东方黎巴嫩的先知。他的不朽名作《先知》被翻译成20多种语言，是20世纪以来读者最多的作品之一，在中国有十余种汉译本。纪伯伦在中国有长达89年的译介历史，20世纪20年代至今，在中国大陆、台湾和香港，经过了三次译介高潮。纪伯伦文学的早期汉语译介者多为茅盾、张闻天、刘廷芳、冰心等名家，包括冰心、施蛰存、林锡嘉、席慕蓉、傅佩荣、林清玄、艾青、舒婷等大陆和台港的众多中国现当代作家，或者声称自己热爱纪伯伦文学，或者其作品中或隐或显地表现出受纪伯伦影响的痕迹。然而，鲜为人知的是，纪伯伦这位中西方读者心目中的"东方作家"，同时也是以纽约格林尼治村为中心的美国现代主义作家的一分子，他的英语文学创作同时也是美国现代主义文学的一部分，是美国文学遗产的一部分。他的英语文学创作不仅直接造就了纪伯伦文学的世界性传播，而且奠定了百年阿拉伯裔美国文学的基础。

纪伯伦的全名是纪伯伦·哈利勒·纪伯伦，1883年1月出生于黎巴嫩北部小山村贝什里。当时的黎巴嫩属于奥斯曼土耳其帝国的叙利

哈利勒·纪伯伦

亚行省,是马龙派基督徒的聚居区。

纪伯伦8岁时,其父因涉嫌小镇上的一宗欺诈案被捕,家被查抄,为了摆脱这种不光彩和贫穷的境地,其母卡米拉像当时许多通过移民脱离困境的叙利亚人一样,于1895年6月携子女远赴美国,随后定居在位于波士顿种族混杂的南端区边上的叙利亚移民聚居区奥利佛。纪伯伦一家生活艰难,靠卡米拉沿街兜售物品为生,一年后他们开了一家小干货店维持生计。

1895年9月,12岁的纪伯伦进入奥利佛附近的一所移民学校奎西中学学习,在这里他接触了西方文化,他的名字也被"美国化"为更简略的哈利勒·纪伯伦。在校期间,纪伯伦表现出的绘画天赋受到弗劳伦斯·皮尔斯的注意,在她的推荐下,纪伯伦被"孩童资助社团"的社会工作者杰西·弗莱蒙·比尔介绍给波士顿先锋派艺术的支持者、摄影艺术家、出版商弗雷德·霍兰德·戴伊。在1896年11月25日比尔小姐写给戴伊的推荐信中,我们可以看到少年纪伯伦的生活窘境以及这次引荐在纪伯伦人生中的重要意义:

"……这叙利亚小男孩儿纪伯伦……表现出的才能,使皮尔斯小姐相信,如果有人愿意帮助他获得艺术教育,有一天他有能力以更好的方式谋生,而不是在大街上卖火柴盒或报纸。"

两周后,在比尔小姐的引荐下,纪伯伦见到了对他一生产生重要影响的第一位美国人弗雷德·霍兰德·戴伊。纪伯伦被介绍给戴伊时,戴伊正沉迷于彩色摄影艺术中,他寻找黑人、白人、黄种人等不同肤色、种族的人作模特,以创造出"最奇异、不寻常和具有震撼力"的艺术效果。在这种情况下,拥有一双忧郁的黑眼睛和橄榄色皮肤的"叙利亚小男孩儿"纪伯伦,自然会得到戴伊的青睐。

在纪伯伦的艺术生涯中,戴伊是最初的"庇护者"和"领路人"。在他的引导下,纪伯伦接触到了梅特林克、威廉·布莱克、比尔兹利等欧洲作家的作品。

《沙与沫》英文版

1898年9月至1902年4月,纪伯伦返回黎巴嫩的贝鲁特学习阿拉伯语言文化知识。1903年返回美国后,纪伯伦开始以每周2美元的报酬在纽约阿拉伯文报纸《侨民报》上陆续发表一系列短篇散文,这些文章不仅给生活困顿的纪伯伦带来了实际的物质帮助,而且使他开始在美国的阿拉伯移民读者中赢得声誉。1905年《音乐短章》的出版和1906年短篇小说集《草原新娘》的出版,进一步扩大了纪伯伦在美国阿拉伯移民读者中的影响。

1908年7月1日,在挚友玛丽的资助下,纪伯伦前往巴黎学习绘画艺术(1908年7月—1910年10月)。当时的巴黎是西方现代艺术的中心,各种各样的"先锋"艺术层出不穷,产生和吸引了众多世界级的艺术家。纪伯伦曾居住在巴黎著名的先锋派艺术家聚居地蒙马特高地,亲身感受了先锋艺术狂放自由的精神。纪伯伦从威廉·布莱克、尼采、卢梭、伏尔泰的作品中汲取营养,为后期的文学创作作了思想储备。其中尤为重要的是布莱克和尼采的影响,在读了布莱克的作品后,纪伯伦感到他找到了"自己灵魂的姐妹"。而在纪伯伦看来,尼采的《查拉图斯特拉如是说》是"所有时代中最伟大的作品之一"。

巴黎的学习生活使纪伯伦在艺术和生活上达到了新境界。无论是在绘画还是文学创作上,他都在比照学习欧洲文化精粹的基础上,开始探索并形成自己的风格。这一时期他继续与美国的阿拉伯文学界保持密切联系。第二部短篇小说集《叛逆的灵魂》的批判色彩更为浓厚,该作的出版"激起了整整一代阿拉伯作家的创作灵感",并进一步巩固了纪伯伦在美国阿拉伯移民作家中的地位。

1910年10月,纪伯伦回到波士顿,在经过了与玛丽的情感纠葛,并共同决定放弃婚姻以后,两人成为一生的恋人和挚友。二人延续一生的通信,不仅是研究纪伯伦创作和生活的重要文献,而且早已成为书写爱情、友谊的名篇,被翻译成多种语言并广为流传。1911年5月,纪伯伦出于事业发展的考虑,迁居当时美国的新兴文化中心纽约,并居住在纽约的艺术家聚居区格林尼治村。这年冬天,他的阿拉伯语小说代表作《折断的翅膀》出版,并被誉为"阿拉伯文学新运动的开端"。

《先知》英文版

"一战"爆发后,纪伯伦将自己的艺术创作当作为祖国战斗的"最好形式",参与和组织了一系列具有政治色彩的文学活动。1920年4月,著名的阿拉伯旅美作家团体"笔会"成立,纪伯伦任会长。"笔会"致力于发展阿拉伯现代文学,使阿拉伯文学走出停滞不前和模仿守旧的困境,为阿拉伯文学注入新的生命活力。在这一时期,纪伯伦开始进行英语文学创作,也由此叩开了美国乃至西方文学界的大门。《疯人》和《先行者》是他最早的两部英文作品。1918年11月《疯人》一书的出版,使纪伯伦在美国先锋文学界声名鹊起。纽约《呼喊报》《邮报晚报》《太阳报》《诗刊》杂志纷纷撰文评论,有评论者甚至认为纪伯伦是比泰戈尔更伟大的东方诗人。而开始创作于1919年8月、出版于1920年10月的《先行者》随后也在美国先锋文学界获得成功。1921年后,纪伯伦开始主要用英语进行文学创作,同时也进入了他文学创作的高潮期。

1923年9月底,克诺夫出版社出版《先知》,《先知》的出版标志着纪伯伦文学创作高潮期的到来。《先知》迅速赢得了广泛的读者群,第一版的1300本在一个月内被全部售空,至1957年,《先知》售出了100万本,并被翻译成20种语言,成为20世纪读者最多的书籍之一。《先知》的成功在使纪伯伦拥有大量读者的同时,也给他带来了极大声誉。美国记者和崇拜者们对纪伯伦身世的好奇,无形中促成了"纪伯伦神话"的流传:他生于东方富裕的家庭,在爱和美的环境中长大,而他弥漫着"东方"韵味的工作室,更使拜访者认为他是一位富有神秘色彩的"隐士"。1925年,纪伯伦应邀出任纽约著名的《新东方》杂志的编委,该杂志具有国际化特点,致力于"沟通东西方文化,使它们各自的灵感和渴望都服务于不可分割的人类共同利益"。它吸收了很多来自不同文化的著名作家、思想家和东方学家为编委,奉行"不抵抗主义"的甘地就是其中的一员。该杂志这样介绍纪伯伦:"今天,没有比纪伯伦更真诚、权威或富有天才的东方人,在西方起着如此大的作用。"

在纪伯伦的设想中,《先知》只是"三部曲"中的第一部,他还要创作《先知园》以探讨人与自然的关系,创作《先知之死》来探讨人与上帝的关系。生前他已经开始创作《先知园》,但最终没有完成,1933年,该书由其晚年私人秘书芭芭拉·杨续写并出版。1988年,美国作家杰森·林模仿《先知》,完成并出版了《先知之死》。

1926年,在沉寂了3年以后,纪伯伦将创作的谚语和格言(一部分已用阿拉伯语或英语发表)汇编成英文作品集《沙与沫》,由克诺夫出版社出版。1928年5月,纪伯伦忍受身体的病痛在波士顿幽居中完成他篇幅最长的作品《人子耶稣》。10月,该书出版并获得批评界的普遍好评。1931年3月,《大地之神》出版,在他生命的最后三周,纪伯伦仍然在对《流浪者》进行最后修订工作。1931年4月10日夜间10:50,在被送入工作室附近的一家医院12个小时后,纪伯伦病逝。

大体上讲,纪伯伦英语文学的体裁可以分为两种类型:散文诗和智慧文学。在《疯人》《先行者》《沙与沫》和《流浪者》中,篇幅短小、哲理深刻的寓言、谚语、格言等智慧文学占了大部分篇幅。而《先知》《人子耶稣》和《大地之神》则属于不同形式的散文诗创作。纪伯伦的作品有意识地模仿《圣经》中的天启体、智慧文学、福音书等形式,常借助于"人与万物和谐统一"的通感手法,来表达具有泛神论色彩的神秘主义意蕴,因而,纪伯伦文学传递出宗教的神圣感。不仅如此,纪伯伦之模仿圣经文学,暗合了阿拉伯文学善用比喻、寓言、格言等智慧文学形式来言明道理的文学传统,继承了西方自翻译《柔巴依集》开始的神秘主义译介传统,并与美国新诗运动中的"东方风"和唯灵主义氛围相合。直至今日,神秘主义特征和以智慧文学的方式来表达深刻的哲理,仍然是阿拉伯裔美国文学,乃至阿拉伯流散文学的重要特征。

《哈立德之书》：
你看到哈立德的身影了吗？

石 英

《哈立德之书》是第一部阿拉伯裔美国小说作品，奠定了后世阿拉伯裔美国小说创作的基础。1911年，该书由美国托德·米德公司首次出版。这部小说不仅生动记录了作者埃敏·雷哈尼（1876—1940）早年移民美国的生活经历，更表现了他作为一位置身于阿拉伯传统文化、西方经典文化与西方现代科技与物质文明中的叙利亚知识分子，对东西方关系、民族、政治、宗教、文化以及现代社会中人的自由与解放的审视与思考。

整部小说以解读"我"——小说的讲述者——偶然在开罗科第维亚图书馆发现的署名作者"哈立德"的手稿为主要内容，除去作为全书缘起和铺垫的序言部分，依照哈立德的手稿，共由三部分组成："致我的兄弟——人类"、"致我的母亲——自然"、"致我的创造者——上帝"。这三部分历时性地记叙了移民美国前、移民途中、在美国以及重返故里叙利亚后哈立德的经历与思想。小说叙述结构清晰，一条是哈立德的手稿，一条是萨克伯（小说主要人物，同时也是哈立德的挚友）的回忆性口述和他的《个人史》，而作为旁观者与记录者的"我"不时插以评论，三者或平行或交叉，将哈立德的人生经历与心路历程，以大大小小的"片段

埃敏·雷哈尼

拼贴"方式,呈现在读者面前。

小说带有浓郁的传记色彩,完整讲述和记录了哈立德的一生。哈立德的家乡在黎巴嫩附近的一座普通小城巴尔贝克,那里有着纯净静谧的自然美景,但却笼罩着奥斯曼土耳其帝国的政治高压与沉闷严苛的宗教约束。哈立德出生在一个马龙派基督教家庭,父母都是虔诚本分的信徒,而他本人却特立独行,桀骜不驯,向往自由,与古朴沉闷的黎巴嫩小城格格不入。不过,他即使因此伤痕累累,也始终毫不妥协。从一头驴子起步,哈立德用短短的几年实现了人生的第一个理想——拥有巴尔贝克最好的马,意气风发的他很快就不再满足于此,而将目光转向更远的方向:"他从没满足于可见的地平线,无论它多宽广多美丽。他的灵魂总是渴望远在视野外的,看不见的远方。"不久,哈立德将自己的马卖给了一个旅行者,得到100个英国金币,用这笔钱他和朋友萨克伯一起去了美国。移民之旅让两个天真的年轻人吃足了苦头,几经波折后,带着被榨干的钱包和满身的疲惫以及对人性丑恶的更真切了解,他们终于到达美国,落脚在纽约一个叙利亚人社区。最初的日子极其艰苦,他们租住在一个终日积水的阴暗破败的地下室,像那一时期大多数来自叙利亚的移民一样,以兜售所谓来自"圣地"的宗教小饰品为生。好在在他们的精打细算与用心经营下,日子一天天好起来。随着生活的逐渐稳定与经济压力的减轻,哈立德渐渐不满意自己的生活,一直盘踞在他内心的声音越来越清晰,少年时代就执着的对生命意义的探索,对伟大、崇高与神圣的人生的追求,再一次令他心绪难宁。往日令他开心满足的买卖行当,此时在他眼中成了无耻的欺骗。他不再和萨克伯一起卖货,甚至最终当众烧掉自己的货品与货担。

同时,他带着盲目的狂热,懵懂地探寻实现伟大、崇高与神圣人生的途径。他苦学英语,希望能从西方文明中找到答案。他彻底荒废了生意,日日流连于二手书店,将积蓄花于买书、读书、听演讲,直到一次因无钱付费而被自己崇拜的偶像冷酷地拒之门外,他才幡然醒悟:

"这些人根本不是自由思想家,而是厚颜卑鄙之徒,他们大肆宣讲精神的洁净之道,其实他们自己的心灵与灵魂才最该好好清洗净化。"

偶像的不一言行,使他借助文化拯救灵魂、实现神圣人生的期望破灭。失望之余,他转而迷信自己的直觉。一把火烧掉自己的所有西方典籍后,他一头扎入醉生梦死的波希米亚生活。遗憾的是,从那里他仍然没有找到满意的答案。失望的哈立德又做了多次尝试,做过律师助理,还当过社区竞选募捐员,对于西方社会的法律与政治体制,他曾满怀热望,但最终的惨淡结局,令他心灰意冷。由于坚持道德操守,坚守人生信仰,他甚至因揭发上司而获刑入狱。危难关头,萨克伯再次对他施以援手,在他的帮助下,哈立德才得以获释出狱。

哈立德曾对西方顶礼膜拜,认为西方无比神圣,无所不能,而理想与现实的巨大落差,使他幻想破

《哈利德之书》英文版

灭,心灰意冷之时,思乡之情油然而生。巴尔贝克的群山与雪松林、慈爱的母亲和纯真的爱人——这一切像磁石一样深深吸引着在外漂泊多年的哈立德,他渴望投入故乡的怀抱,抚平身心的疲惫。

出狱后,哈立德和萨克伯积极准备返乡。筹足旅费后,两人毫不留恋地离开了美国。然而,返乡并未给哈立德带来期待中的慰藉。多年的美国生活早已悄无声息地改变了他,与少年时期相比,青年哈立德与周围环境更加格格不入。回到巴尔贝克不久,他就和当地的马龙派教会起了剧烈争端。他不仅仍然拒绝参加宗教活动,拒绝履行教徒义务,而且还在教堂附近散发小册子,宣扬"异端"思想。神职人员的劝讲,家人的斥责、怒骂和乞求,对他都毫无作用。他被教会视为异端,被亲友邻里孤立,给自己及家人都带来了巨大压力。更令哈立德痛心的是,自己的不妥协使他与表妹玛丽·奈佳玛的结合得不到教会的承认,奈佳玛终日以泪洗面。随着矛盾的积累与升级,最终,哈立德被教会开除,被父亲赶出家门,爱人玛丽也终嫁他人。带着破碎的心与破败的身体,哈立德黯然离去,隐居山林。

雪松林的隐居生活,使哈立德多年的追求升华到了一个新的境界。在静修冥思中,哈立德不再拘泥于一人一事,或某个种族或民族,他将视野投注于全人类。在他看来,对自由与解放的追求,不仅仅意味着叙利亚地区人民的解放,而意味着整个人类的终极自由。与实现全人类进步与解放的崇高目标相比,复兴阿拉伯民族只不过是一个渺小的目标。而且,"自然"才是人类发现生命伟大、崇高与神圣的终极所在,但由于人类渐渐远离自然,外在的物欲如尘土一般渐渐蒙蔽了这些美好的天性,于是,人类堕入愚昧、贪婪和凶残,欺骗和争斗纷起,从此陷入不尽的痛苦。因此,崇高与神圣不在于外部的教旨,找回人类生命意义的唯一途径是回归、聆听和拥抱自然。只有在朴素博大的大自然中,人类才能得到永不枯竭的力量,才能实现心灵的真正安宁。

隐居和冥思不仅治愈了哈立德身体的疾痛,平复了他多年纠结煎熬的心灵,更使他跳出个人得失的桎梏。他不顾友人的劝阻,毅然结束隐居生活,重踏俗世,勇敢地去履行自己的使命。走

《哈利德之书》插图

出深山的哈立德视自己为阿拉伯民族与全人类的代言人,是自由解放思想的布道者。他走进一个个城镇乡村,向人们宣扬自由解放的思想,鼓励叙利亚人摆脱奥斯曼政权的统治。他的政治见解与宗教思想很快引起轰动,有人视他为先知,对他推崇有加;有人视他为异端,欲除之而后快。哈立德的言行不久就引起了奥斯曼政权的注意。他在大马士革大清真寺的演讲,引发巨大骚乱,被土耳其政权下令抓捕。在友人的帮助下,哈立德逃回巴尔贝克,在那儿与萨克伯重逢。从萨克伯口中,哈立德得知玛丽死了丈夫,还得了严重的肺病,和年幼的儿子相依为命。于是,逃亡中哈立德带上了玛丽母子,过了一段平静的生活。可好景不长,玛丽的儿子因脑病夭折,悲痛欲绝的玛丽肺病复发,也很快死去,不久,哈立德也消失在茫茫沙漠,不知所踪,小说至此戛然而止。

哈立德去了哪里?这是每个读者掩卷后都心心念念的谜题。解答这一谜题不妨将目光投向小说的作者埃敏·雷哈尼——作家、诗人、哲学家、政治活动家。与哈立德相似,雷哈尼也来自黎巴嫩的马龙教派基督徒家庭,同样也是在11岁时移民美国,其后同样返回了家乡。尤其值

得注意的是,雷哈尼本人也曾同哈立德一样有过深山静林中的隐居冥修。1905年,雷哈尼离开纽约回到黎巴嫩,在山林中隐居长达6年。小说中我们知道雪松林中的冥想带给哈立德精神世界的是脱胎换骨的变化,那些大彻大悟不也正是雷哈尼本人思想的沉淀与升华?《哈立德之书》是雷哈尼6年冥修的思想成果,更是他人生前35年的重要记录与反思。这部小说既是雷哈尼青涩少年与纠结青年时代的真实摹写,也是一名阿拉伯青年知识分子在阿拉伯传统文化、西方经典文化与西方现代科技与物质文明碰撞中的精神历练记录,同时更是雷哈尼向古老的阿拉伯世界以及繁华浮躁的西方世界发出的振聋发聩的战书,它宣告了一个融贯东西的和谐大同世纪的开始。哈立德去了哪里? 在走出深山,进入红尘,从此活跃于西方世界与阿拉伯世界,游走于各国政要与阿拉伯各族酋长之间,倾其一生不知疲倦地在东方与西方之间努力架起理解桥梁的埃敏·雷哈尼身上,你看到哈立德倔强不屈的身影了吗?

埃及

马哈福兹：
作品译成中文最多的阿拉伯作家

丁淑红

2011年12月11日,是诺贝尔文学奖得主、埃及作家马哈福兹100周年诞辰。埃及原计划将2011年作为"马哈福兹年",隆重热烈地纪念这位将阿拉伯文学带进"世界文坛"的巨匠。世事难料,正如马哈福兹的小说《命运的嘲弄》一般,一场变故改变了埃及的历史进程,相关纪念活动纷纷搁浅。

马哈福兹(1911—2006),埃及现当代作家,1988年获诺贝尔文学奖,首位获得世界最高文学奖殊荣的阿拉伯作家,一个代表了埃及乃至阿拉伯世界荣誉的名字。

自20世纪50年代中期,我国学术界开始了对马哈福兹的介绍,20世纪80年代开始翻译其作品,其重要作品几乎都被译成中文,翻译并出版的马哈福兹作品约20部,约为马哈福兹全部著作的1/3,是作品译成中文最多的阿拉伯作家。在

马哈福兹

马哈福兹诞辰百年之时,探寻其作品进入中国文化语境的轨迹和特点,不仅必要,还具有特殊意义。

获奖前的马哈福兹作品

20世纪40年代,马哈福兹就在阿拉伯世界声名远播,多次获得埃及国家文学一等奖、共和国一级勋章和法(国)阿(拉伯)团结协会文学奖等,50年代至60年代他已在阿拉伯文坛占有举足轻重的地位,被誉为"阿拉伯小说之父"、"埃及的狄更斯"等。马哈福兹毕生笔耕不辍,著作等身,出版了近50部作品,其中中长篇小说约30部,其余为短篇小说,总发行量达上百万册。其创作分为浪漫主义历史小说、现实主义社会小说和新现实主义小说3个阶段。

马哈福兹以短篇小说开始创作生涯,以长篇小说著称于世。我国对其作品的翻译是从其短篇小说开始的。

1980年,马哈福兹的作品首次被译介成中文,是他的两部短篇小说《一张置人死地的钞票》(范绍民译,1980年第2期《阿拉伯世界》)和《木乃伊的觉醒》(孟早译,1980年第6期《外国文学》)。其中《木乃伊的觉醒》是马哈福兹第一部短篇小说集《疯话》(1936年)中的一篇,又是马哈福兹历史小说的处女作。小说虚构了生死两界的会面,让已成木乃伊的法老复活,与土耳其出生、鄙视埃及人特别是埃及农民的帕夏展开唇枪舌剑,揭露其外强中干的本质,捍卫埃及人的尊严。

上述两部短篇小说揭开了我国对马哈福兹作品译介的序幕,之后一直没有间断过。

1981年江苏人民出版社出版的阿拉伯文学专辑《走向深渊》中收有

马哈福兹的两篇作品,分别是元鼎译的中篇《卡尔纳克咖啡馆》和仲跻昆译的短篇《土皇帝》。

1983年中国社会科学院出版社出版的《埃及现代短篇小说选》中收了1篇马哈福兹的作品,是关偞译的《调查》,选译自马哈福兹短篇小说集《罪行》(1973)。同年还有1篇李桅译马哈福兹的短篇小说《小偷与狗》收入《非洲当代中短篇小说选》中。

1984年,湖南人民出版社出版了李唯中、关偞译的马哈福兹的重要长篇小说《平民史诗》,这是我国出版的马哈福兹的第一部长篇小说中译本。该小说于1977年发表,1984年被翻译成中文出版,译文前有译者写的《作者介绍》,阐释翻译该小说的缘由是因为纳吉布·马哈福兹是埃及当代著名的多产作家。《平民史诗》是一部传奇式的长篇小说,描写了埃及平民为争取社会公正和生活幸福所经历的漫长而曲折的道路,反映了作家为追求理想世界而进行的探索。同年,花山文艺出版社出版了李唯中、关偞合译的马哈福兹的另一部长篇小说《尼罗河畔的悲剧》。

1985年,上海译文出版社出版了郅溥浩译的马哈福兹的长篇小说《梅达格胡同》。

1986年,湖南人民出版社出版了朱凯、李唯中、关偞合译的马哈福兹长篇三部曲《宫间街》《思宫街》《甘露街》。"三部曲"译文共计120多万字。原作出版于1956年至1957年,以现实主义的手法,描写了埃及一个中产阶级家庭从1919年到1952年革命前夕的生活情景,由此反映出整个埃及现

马哈福兹"开罗三部曲"中译本第三种译本

代社会的巨大变迁。译者翻译"三部曲"基于如下考量：首先是"三部曲"在阿拉伯世界的影响力。马哈福兹的"三部曲"把埃及的小说创作带入了一个新的阶段，也奠定了他在阿拉伯小说发展史上的地位，由此，他成为阿拉伯现代小说的旗手。"三部曲"曾获埃及国家奖，在阿拉伯各国发行十余版，被译成多种外文，并被拍成电影，在群众中产生了巨大的影响。其次，尽管马哈福兹已经成为公认的阿拉伯长篇小说的巨匠，尽管他已经创作了40多部作品，但是他在大约30年前发表的"三部曲"仍然是他小说创作的顶峰，也是阿拉伯小说史上一部里程碑式的作品。再者，"三部曲"写出了埃及的"人情风俗史"，它不仅在广阔的社会生活方面，也在许多细节上，为研究埃及20世纪前叶的社会生活提供了丰富而生动的材料，成为一代又一代埃及人的社会教科书。

另外，1986年，马哈福兹的发轫之作、以法老时代为背景的长篇历史三部曲之一《最后的遗嘱》由孟凯翻译，上海译文出版社出版。

从以上的叙述可知，在马哈福兹获诺奖之前，我国已翻译出版了他的7部长篇小说单译本和6篇短篇小说，这与有些作家获诺贝尔奖前在中国默默无闻、获奖后译本蜂拥而出的情况颇有不同。考察所译的马哈福兹作品，译者对作家和文本的选择是有章可循的，并带有一定的时代烙印。我国译者看重的是马哈福兹在埃及和阿拉伯文坛的影响力、其作品的现实主义创作主题和独特的写作手法，这些对于译者选择文本起了决定性的作用。这种翻译取舍标准一度也影响着同时期学者对马哈福兹作品的评价。

获奖后的马哈福兹作品

1988年10月13日，马哈福兹获得诺贝尔文学奖，这不仅是马哈福兹本人的荣誉,也是埃及人民的荣耀和所有东方人民的骄傲。一周后,中国的主要报纸如《人民日报》《文艺报》《文汇报》,杂志如《环球》《瞭望》《阿拉伯世界》,文学刊物如《世界文学》《外国文学》《环球文学》等,纷纷发稿报道和介绍马哈福兹,据现有资料统计有26篇之多。1989年《世界文学》第2期以纳吉布·马哈福兹的相片为刊物封面,埃及的狮身人面、金字塔为刊物封底,发编者按介绍马哈福兹,并刊登了马哈福兹在诺贝尔奖授奖仪式上的讲话及中国学者采访马哈福兹的几次谈话,此外还刊登了中国学者评述马哈福兹的文章和译成中文的马哈福兹中篇小说。《世界文学》以发马哈福兹的专刊向这位埃及文学家致敬。

马哈福兹获奖后,我国对马哈福兹的译介更为积极和活跃,特别是在他获奖后的头3年尤为密集。

1989年,我国翻译出版了马哈福兹的两部长篇小说、1部中篇小说、1部短篇小说集和3部短篇小说,分别是孟凯译的历史小说《名妓与法老》(北岳文艺出版社),袁松月和陈翔华译的长篇小说《人生的始末》(上海译文出版社),仲跻昆译的中篇小说《米拉玛尔公寓》(《世界文学》,1989年2月),短篇小说集《纳吉布·马哈福兹短篇小说选粹》(华夏出版社),短篇小说有静子译、艾迪校的《暴君》(《外国文学》,1989年2月),谢传广、时岚译的《特命代表》(《世界博览》,1989年2月)和陶慕华译的《一个青年的日记片断》(《译林》,1989年3月)。

1990年我国翻译出版了李琛译的马哈福兹争议小说《世代寻梦记——我们街区的孩子们》(花城出版社)和黎宗泽译的"三部曲"之一的第二个译本《两宫之间》(外国文学出版社)。

1991年可以说是阿语翻译界的马哈福兹作品年,共有7部马哈福兹长篇小说翻译出版,分别是黎宗泽译的"三部曲"之二、之三的第二个译本《向往宫》和《甘露街》(外国文学出版社)、冯佐库译的《新开罗》

(上海译文出版社)、蒋和平译的《尊敬的阁下》(中国文联出版社)、关偁译的《街魂》(漓江出版社)、谢秋荣等译的《续天方夜谭》(中国文联出版社)、蒋和平译的《雨中情》(文化艺术联合出版社)。

此外,马哈福兹作品的中译本还有1992年良禾译的《底比斯之战》(上海译文出版社)、1993年解传广译的短篇小说集《真主的世界》(宁夏人民出版社)、2001年薛庆国译的《自传的回声》(光明日报出版社)和2003年陈中耀、陆知译的"三部曲"第三个译本《马哈福兹文集——〈两宫间〉〈思慕街〉〈怡心园〉(开罗三部曲)》(上海译文出版社)。短篇小说中文译作有1996年出版的《世界短篇小说精品文库·阿拉伯卷》收录的李建文译的《名声不好的家庭》、仲跻昆译的《土皇帝》以及杨文祥译的《旧案真凶》(《当代外国文学》,1999年2月)、薛庆国译的《宰阿贝拉维》(《外国文学》,2008年1月)。

纵观上面所列翻译的马哈福兹作品,可以看出到20世纪90年代前期,马哈福兹的所有重要作品,均被译成了中文,成为当代阿拉伯作家中在中国影响最大的一位。

中文翻译不仅使得马哈福兹的文学生命在中国得以扩展和延伸,也呈现出别样色彩。

第一,由于译者对作家有不同的解读方式、抱着不同的翻译目的,马哈福兹的"开罗三部曲"受追捧,再添两种新版本,加上马哈福兹获奖前翻译的1种版本,已有3种完整译本,在此简称为1986年的湖南人民版、1990年至1991年的外国文学版和2003年的上海译文版,一方面说明我国出版界对这位诺贝尔奖得主的重视,另一方面也说明其作品的经典地位。

第二,禁书《我们街区的孩子》(1959)受译者青睐,有两种版本。这部长篇小说1959年连载于《金字塔报》,是一部现代寓言小说,将一个街区的几代人象征着摩西、耶稣、穆罕默德为代表的先知时代直至此后的科学时代,以此寓意整个人类社会历史的演进过程。由于作品中开放、开明的宗教观点,被埃及保守的伊斯兰教人士指责为亵渎神灵而打入禁书,遭到禁版。10年后的1969年才在黎巴嫩出版单行本。1994年10月14日,作者还因该书在开罗街头遇刺,险遭杀身之祸,这在世界现代文学史上尚不多见。1990年,该小说首次由李琛翻译成中文,名为《世代寻梦记——我们街区的孩子们》,被花城出版社列为"外国争议名著系列"出版。1991年,关偁再次复译为《街魂》被漓江出版社列入"获诺贝尔奖作家丛书"出版发行。特别是后一位译者与马哈福兹私交甚好,多得裨益,译本在正文之后附有《授奖词》《受奖演说》和《生平年表》,具有重要的史料价值,极受研究者青睐。这两种译本有助于我国读者了解马哈福兹的宗教观点和社会历史观,并对欣赏他那将严谨的写实态度与充满想象力的象征手法结合起来的写作艺术有很大的参考价值。

第三,为博经济效益,书商费尽心机。马哈福兹的历史小说三部曲在他获奖前翻译出版了第1部单行本,获奖后又翻译出版了第2、第3部单行本,历史小说三部曲出版齐全。可是第2部,阿拉伯文书名为《拉杜比丝》,由孟凯译。北岳文艺出版社为了吸人眼球,将书名改为的《名妓与法老》,并配上与之相应的封面。也正是这样的书名,触动了唯利是图者的神经,市面上堂而皇之地流行着3种盗版。盗版者不仅全盘抄袭正版孟凯译本,还失实地将其列入"外国文学禁毁名著"、"世界禁书文库"、"外国禁毁名著精华袖珍读本"等丛书名下,或配以淫秽图案,或无中生有地安上一个"淫"字,或移花接木地抛出一个"禁"字,并煞有介事地写上"遭禁经过"。事实上,该小说从未被放入禁书之列,书商这样做的结果和影响极为恶劣,不仅亵渎了马哈福兹这样一位严肃作家,而且还误导了中国读者。其实,译者孟凯在《名妓与法老》的前言部分很清楚地介绍了马哈福兹"历史三部曲"所表达的是民族解放主题。

1998年,上海译文出版社仍采用原译者的翻译,书名采用直译,并将历史小说三部曲合集为《命运的嘲弄·拉杜比丝·底比斯之战》再版,显然是有意"正本清源",带有拨乱反正的意味。在《后记》中,译者突出强调了作家"通过创作历史三部曲,对埃及历史进行了回顾,以达到增强民族自信心,摆脱异国控制、实现国家统一和自立这样一个目标"。

第四,关注马哈福兹的短篇小说,有两部短篇小说集翻译出版。马哈福兹在20世纪30年代至40年代初,创作了大量的短篇小说,仅发表的就有80余篇。马哈福兹获奖后,1989年出版的《纳吉布·马哈福兹短篇小说选萃》,是我国出版的马哈福兹首部小说选集,也是一部名副其实的马哈福兹短篇小说精选集。该集译者阵容强大,既有外交部高级翻译又有大学教授,共9位学者参加,从马哈福兹出版的11部短篇小说集中精选出最有代表性的25篇短篇小说翻译而成,所选的马哈福兹的11部短篇小说集横跨作家近半个世纪的创作生涯。该小说集不仅较为全面地体现了马哈福兹短篇小说的思想内涵和艺术特色,还为我国读者提供了一个了解大师的窗口。

1993年,宁夏人民出版社出版了解传广译的《真主的世界》,是我国出版的第二部马哈福兹短篇小说集。小说集从《真主的世界》《罪行》《蜜月》和《金字塔尖上的爱情》等4部短篇小说集中精选17篇结集而成。

马哈福兹与中国读者

马哈福兹从未来过中国,却与中国读者有着至深至厚的情谊。

1984年3月8日,马哈福兹在《金字塔报》的办公室接受了中国学者关偁的独家采访,除谈及其文学创作,还谈到他曾读过《论语》和《骆驼祥子》。同年,马哈福兹为其"三部曲"的中译本写了《致中国读者》,他写道:"《三部曲》译成中文,委实是件激动人心的事情。埃及和中国都是世界上最古老的国家,差不多在同一时期,各自建立了自己的文明,而二者之间的对话,却在数千年之后。埃及与中国相比,犹如一个小村之于一个大洲。《三部曲》译成中文,为促进思想交流与提高鉴赏力提供了良好机会。尽管彼此相距遥远,大小各异,但我们之间有着许多共同的东西。对于此项译介工作,我感到由衷高兴,谨向译者表示谢意。我希望这种文化交流持续不断,也希望中国当代文学在我们的图书馆占有席位,以期这种相互了解更臻完善。"

获奖后,1989年8月15日,马哈福兹在开罗回答了《中学生阅读》杂志特约记者丁文向他提出的4个问题。问题围绕书籍对作家人生的影响、作家的读书习惯和方法、对作家青年时期思想影响最大的书和就当代中学生阅读提出希望等。另外,马哈福兹还为该杂志题词:"我向中国青年致意。希望你们的生活充满全面的知识和有意义的劳动,为自己光荣的民族和全人类的进步尽自己的义务。"

以色列

《地下室里的黑豹》：
建构历史与现实象征联系的少年故事

钟志清

阿摩司·奥兹应该说是时至目前中国学术界、创作界最为熟悉的以色列希伯来语作家。

《地下室里的黑豹》是一篇记忆小说，其希伯来文版首发于1995年。它以作家的童年经历为基础，又融进了丰富的文学想象。用作家本人的话说，故事本身来自黑暗，稍作徘徊，又归于黑暗。在记忆中融进了痛苦、欢笑、悔恨和惊奇。

小说的背景设置于1947年夏天英国托管巴勒斯坦的最后阶段。那是巴勒斯坦历史上非同寻常的时期，因为数月后，即1947年11月29日，联合国大会将在纽约成功宣布巴勒斯坦分治协议，允许第二年在巴勒斯坦建立两个国家，一个阿拉伯国家，一个犹太国家，英国人很快就会结束在巴勒斯坦的委任统治，离开那片土地。以色列国会将建立，以色列与阿拉伯世界从此陷于无休止的冲突之中。在历史巨变的前夜，英国士兵、犹太人的地下组织、阿拉伯民族主义者纷纷行动：枪击、爆炸、宵禁、搜查、逮捕、迫在眉睫的战争与种种可怕的谣传不但给人们的日常生活平添了许多不安定因素，也留下了许多令人匪夷所思的谜团。曾在《我的米海尔》《恶意之山》（中译本名为《鬼使山庄》）和《爱与黑暗的故

阿摩司·奥兹

事》等作品中对这一历史进程做过不同程度触及与把握的奥兹,再次以这个特殊而复杂的历史时期为背景,借助奇巧的构思、睿智的分析、优美的行文,在《地下室里的黑豹》中触及了诸多发人深省的问题。

小说主人公首先以成年人的口吻交代"在我的一生中,有许多次被人叫作叛徒",给读者留下了悬念。随之回忆起自己在12岁那年因为与当时犹太人的敌对方英国人交往,第一次被称作叛徒的情形。小说的主要情节在家、东宫和特里阿扎丛林三个主要场景中展开。

奥兹素以破解家庭生活之谜见长。他在《地下室里的黑豹》中,再次运用爸爸、妈妈、孩子三个人物构成了家这个场景的核心:爸爸、妈妈来自乌克兰,他们的亲人全死于希特勒之手,这一点显然与奥兹本人的经历有别。爸爸是学者,性格中理性占了上风,"他讲原则,为人热情,对正义忠贞不渝",具有强烈的仇欧情绪;而妈妈则喜欢追忆过去,故乡乌克兰的河湾、河面上星星点点的鸭群、缓缓漂流的蓝色百叶窗、河流和草地、森林和田野、茅草屋顶和薄雾中悠扬的钟声令她魂牵梦萦。熟悉奥兹的读者往往会觉得这一切似曾相识,但此次,作家的关注视点有所转移。读者在《爱与黑暗的故事》《我们的米海尔》和其他作品中看到的家庭悲剧和夫妻情感均被放置到了边缘地位,孩子则成了家的中心人物,也成为整部作品的主人公。他在家中见证的不再是父母痛苦而缺少生气的日常生活,而是他们颇有几分让人憧憬甚至惊心动魄的地下活动,亲临了英国士兵前来搜查时的紧张局面。几乎所有情节的设置,都与孩子的所谓"背叛"行为有直接或间接的关联。

这个孩子年仅12岁,他因酷爱词语而赢得"普罗菲"(希伯来语中"教授"的缩写)的绰号,说话方式与众不同,喜欢写诗拿给女孩子看。由于在家中受参加地下抗英活动的父母影响,在学校和其他场合听成人进行民族主义宣传"我们生活在一个生死攸关的时期"、"希伯来民族要经受住考验",他立志为民族的事业而战。他提议创办了"霍姆"(希伯来语意为"自由还是死亡")秘密组织,加盟这个组织的还有他的两个小伙伴本·胡尔和奇塔。他们想用旧冰箱里拆下的马达等材料制造火箭,打到英国的白金汉宫,把英国人赶出他们心目中的犹太人领土。他们还喜欢看好莱坞影片,模仿里面的英雄人物。普罗菲本人更是为影片中的英雄着迷,经常把自己比喻为"地下室里的黑豹",意思是等待时机猛扑出去,为自己所谓的信念而献身。

但是,他的英雄梦屡屡受挫。在一个宵禁的夜晚,他被一个英国警察所救。这个英国人来自坎特伯雷,讲《圣经》希伯来语,崇拜古老的犹太文化,热爱耶路撒冷。普罗菲深受英国人的吸引,答应与他换课(相互学习英文和希伯来文),甚至天真地想借此机会,向英国警察套取情报,完成他所谓的民族主义理想。但事与愿违,小伙伴把他叫作叛徒,而他自己也无法确定自己与英国人的交往是否属于背叛行径,经常陷入灵魂的挣扎中。

围绕什么是"叛徒"问题的讨论首先是在小主人公的家中进行的。某天早晨,家中墙壁上赫然出现了"普罗菲是卑鄙的叛徒"几个黑体字。爸爸认为"叛徒"是"一个没有廉耻的人。一个偷偷地,为了某种值得怀疑的好处,暗地里帮助敌人,做有损自己民族的事或伤害家人和朋友的人。他比杀人犯还要卑鄙";而妈妈则认为"一个会爱的人不是叛徒"。父母的不同观点成为支撑普罗菲理解叛徒意义的两个支点。他自己也试图通过翻阅百科全书,弄清楚叛徒的诸多字面含义。他甚至对着镜子盘问自己究竟长着一副叛徒的模样,还是地下室里黑豹的模样。

小说的第二个场景是东宫。名曰东宫,实为摇摇欲坠的棚屋,掩映在西番莲中。这是普罗菲和英国警察邓洛普军士换课并且交谈的地方。普罗菲在和英国警察交往时内心矛盾重重。尽管他不断提醒自己,一刻没有忘记英国人是敌人,不告诉对方自己的姓名,像地下战士那样称自己是"以色列土地上的犹太人",有时为赢得对方信任才喝下他买的柠檬汽水,有时却不由自主地告诉对方,爸爸也懂拉丁语和希腊语,甚至对英国警察产生了某种"喜爱"的情感,随即又为自己的行为懊悔不已:"我的心在胸膛里跳荡,犹如一只地下室里的黑豹。我以前从未做过如此杰出的益事,也许以后也不会了。然而几乎与此同时,我嘴里尝到了酸味,卑鄙叛徒的可耻滋味:如同粉笔剐蹭时的战栗。"

故事的第三个场景特里阿扎森林是普罗菲和"霍姆"组织成员开会、请求批准他执行刺探人物的地方,也是他因犯有所谓的叛变罪而接受审判的地方。普罗菲的两个小伙伴本·胡尔和奇塔模仿美国影片对他进行了持续不到一刻钟的审判,既严肃又滑稽,颇具黑色幽默的味道。一脸狐相的本·胡尔得出结论:"本庭相信叛徒所说他从敌人那里得到了一些情报。本庭甚至接受叛徒没有把我们泄露出去的说法。对叛徒所说他从未从敌人那里得到任何报酬的错误证词,本庭表示愤慨并予以驳回:叛徒收了薄脆饼干、柠檬汽水、香肠肉卷、英语课本、一本包括《新约》在内的《圣经》,《新约》攻击我们的民族。"普罗菲找理由为自己辩解,但无济于事。他一气之下宣布解散自己创建的地下组织,与朋友们彻底决裂。

表面看来,小说在写少年故事,实际则是把个人命运和共同体前途放在一起来探讨个体身份,显示出作品的道德深意和作家的矛盾心态。

作为一个希伯来孩子，普罗菲也和当时的多数犹太人一样，把英国人当成敌人，其人生致力于驱逐外国压迫者，但其灵魂又受压迫者困扰，因为这个压迫者也来自拥有河流与森林的土地，那里钟楼骄傲地耸立，风标平静地在屋顶上旋转。在和英国警察交往时，他很快便被其吸引了，甚至"具有一种冲动，要跑去给他拿杯水"。某种程度上，审判他的伙伴对他的背叛指控并非子虚乌有："你普罗菲爱敌人……爱敌人乃叛变之最，普罗菲。"

《地下室里的黑豹》中文版

从某种意义上，小主人公已经背叛了20世纪40年代晚期巴勒斯坦地区犹太人心目中约定俗成的价值标准。在他看来，世上有非自私、非精心策划的背叛，也有不卑鄙的叛徒。背叛者爱他正在背叛着的人，因为没有爱就没有背叛。这些富有哲理性的话语揭示出仇英背后的荒谬与非理性狂热。

理智与情感、理想与现实、使命与道义、民族情感与人道主义准则等诸多充满悖论色彩的问题不但令小主人公费解，也让已经成人的作家无法释怀。"直到今天，我仍无法向自己解释那是怎么回事。"在作家开始创作《地下室里的黑豹》的1994年，英国人已经不再是犹太人的敌人，传说中与犹太人具有血亲关系的以实马利的后裔阿拉伯人会成为他们的新敌。作品中写道，人们会为旧日生活在那里的迦南人——指阿拉伯人——感到难过。"犹太人会崛起，打败他们的敌人，石造村庄会毁于一旦,田野和花园将会成为胡狼与狐狸出没的地方,水井将会干枯,农夫、村民、拾橄榄的、修剪桑树的、牧羊人、放驴的都将会被赶进荒野。"

英国警察这样说。犹太女孩雅德娜也这样说:"即便真的是别无选择,你必须去战斗,地下工作者也是极有害的。此外,那些英国人也许很快就会卷铺盖回家。我只希望他们走了以后,我们别后悔、痛悔。"雅德娜是小主人公暗恋的一个姑娘,比他大 8 岁。他曾经无意间在屋顶看到雅德娜换衣服,事后一直伺机想请对方原谅,但又羞于启齿,经常为此懊恼不已。小说由此引发另一个层面的精神探索,即一个男孩在成长过程中的心理期待问题。雅德娜的话与英国警察的说法具有某种关联,就像作家所说:"这些话酷似邓洛普军士所说的,阿拉伯人是弱方,很快他们就会变成新的犹太人。"这些讨论触及到了英国人走后巴勒斯坦何去何从的问题,预见到未来的潜在危险。普罗菲生雅德娜的气,认为雅德娜说出了最好秘而不宣的东西;他也生自己的气,因为他没有看出这种关联。在某种程度上,雅德娜有点像他的精神导师,他向她倾诉自己所有的问题与困惑,而她则告诉他从父母和老师那里均无法得到答案。"你跟我说的那个军士,似乎真的很好,他竟然连孩子都喜欢,但是我认为你不会有什么危险。"喜欢孩子的人懂得爱,会爱的人不会背叛。也许,这种幼年时期的心灵触动是日后形成作家的人道主义情怀的一个诱因吧。

理想主义者希望犹太人与阿拉伯人和平相处,但两个世界中的极端主义人士对此竭力反对。1993 年,以色列总理拉宾和巴勒斯坦解放组织主席阿拉法特在挪威达成了《奥斯陆协议》。天真的人们曾一度以为巴以和平在即,但两年后拉宾倒在了犹太极端主义者的枪下,巴以双方冲突再起,和平再度遥遥无期。一向主张巴以和平的奥兹因在 1994 年攻击犹太定居点的极端主义分子,也被右翼人士称作叛徒,这在某种程度上与小说的开头相呼应。浮现在普罗菲脑海里的那幅画面:爸爸、妈妈和邓洛普军士在安息日清茶一盏,共话双方感兴趣的话题,雅德娜在吹竖笛,而"我"躺在她脚边的地毯上,地下室里一只幸福的黑豹,迄今依然可以说是作家心目中的一个美好梦想。从这个意义上,《地下室里的黑豹》用形象的笔法表达了作家的人生理想,在历史与现实之间建构了一种象征性的联系,对本民族信仰深处某种极端性因素发出了危险信号。

当然,小说的动人之处不只在其意蕴,也在其行文、肌理与格调。英国警察离去后给主人公心灵深处留下的永远的痛,母亲故事中那不知漂向何方的蓝色百叶窗,声声竖笛中缓缓重现在记忆中的一个个故人、一件件旧事,使人会在掩卷时慨叹,这就是奥兹!

巴勒斯坦

当代巴勒斯坦文学：
以记忆抵抗权力

余玉萍

2009年初,日本小说家村上春树在接受耶路撒冷文学奖时,发表了题为《高墙与鸡蛋》(又译《以卵击墙》)的演讲词,在其中,他含蓄地批评了以色列政府对巴勒斯坦人的种种做法,并称:"假如这里有坚固的高墙和撞墙破碎的鸡蛋,我总是站在鸡蛋一边。"

毋庸置疑,在拥有占绝对优势的军事力量和大国支持的对手面前,巴勒斯坦几乎始终处于弱者的地位;在世人眼里,巴勒斯坦人的形象或是悲惨无助的难民,或是手无寸铁的战士,或是孤注一掷的危险分子……巴以之间的冲突从一开始就是一场不公平的斗争。把持着回归原初家园的中心叙事,以色列拒绝承认巴勒斯坦人对于同一块土地的拥有权,甚至有意将巴勒斯坦民族叙事从世界历史与文化记录中抹除。这一挑战迫使巴勒斯坦人奋起抵抗,在收复合法权利的同时,对自我身份进行艰难的再定义。由此,在文化层面,巴以冲突演变为两种民族主义叙事的彼此对抗。

这就使得记忆浮出意识的地表,上升为对抗演进的场域,一如当代巴勒斯坦最伟大的民族诗人马哈穆德·达尔维什所言:巴以冲突,实质上是"两种记忆的斗争"。博物馆、纪念馆、历史教科书等是民族公共记忆的绝佳场所,却可能将记忆抽象化;相比之下,鲜活的个人记忆真正提供着关于苦难历史具体的、忠实的见证。对于巴勒斯坦民众而言,宏大历史叙事场所的阙如更凸显了个人记忆的重要性,这又对以具体性为核心界定尺度的文学艺术提出了进一步要求。也正因为如此,回溯性的叙事在当代巴勒斯坦文学中占有不可替代的分量。

马哈穆德·达尔维什

这种回溯性叙事,在体裁上表现为自传和自传体小说的层出不穷,在写作策略上则表现为追忆手法的频繁登场。也许,对于失去故土的人来说,自传体是唯一能够表达存在感的疆域,而追忆是联结往昔与当下的有力途径,通过追寻过去能够确证自我的存在。虽然说,巴勒斯坦自传体文学的任务依然离不开总体的"个人救赎",但它常因民族的政治危机引发,其间,个人与其共同体的命运已然密不可分。

翻开那些以深沉的基调铺就的巴勒斯坦自传,令人唏嘘不已的除了作者稠得化不开的家国情怀,给我们留下深刻印象的也许就是作者笔下记忆的钩沉者:一件旧物、一缕熟悉的气息;抑或一爿空间、一处昔日的场景……

杰布拉·易卜拉欣·杰布拉

譬如,长期流亡伊拉克的巴勒斯坦著名作家杰布拉·易卜拉欣·杰布拉有部自传名曰《第一口井》,写于 1987 年,是晚年的他对于童年岁月的回忆。"第一口井"指的是巴勒斯坦的哈只鲁克作家老家院中那口古老的深井。在杰布拉的印象中,井水是那样的清澈甘甜,井口因井绳的长年拉扯而沟壑纵横,使整口井愈发飘洒着岁月的香醇,井前绿荫匝地,和风习习,每天大人们干完农活后来此小憩,孩童们下学后来此嬉戏玩耍,或干脆由老师带着在井边上课。在巴勒斯坦人的传统起居中,有了水井才能生起炊烟,才能安生立命,因此水井是他们安家或乔迁时首要关注的问题。杰布拉所描述的这口老家的深井,既是巴勒斯坦百姓曾经拥有的安宁、稳定、团聚、祥和的象征,又是他本人一生中汲取艺术和生命经验的源泉,想起这口井,作家就想起他虽然贫穷却不乏幸福的童年,就拥有了前行的动力,正如他在另一部书中写道:"我的童年依然是我最丰赡的源泉……它是井,是泉,赋予我的头脑多重想象力,我希望这口井永不枯竭。"杰布拉一生才艺超群,在诗歌、散文、小说之外尚通晓音乐、美术,且早年便留学英国,阅历颇丰。深谙西方文化、崇尚世界主义的杰布拉为何如此怀念童年及其老家的井?因为它"能将我带回家乡,带回那个在家乡的土地上、在懵懂无知中成长起来的我。它对于我,象征着世界的真、象征着我的祖国的纯洁。它不断地向我肯定:在经历了伤痛、流离之后,需要回归最初的朴拙,因为在那里,蕴藏着民族生命的源泉"。

童年对于杰布拉的深刻影响,还体现于其代表作、在阿拉伯作家协会所推"20 世纪 105 部最佳阿拉伯语中长篇小说"榜单上排名第二的《寻找瓦立德·马斯欧德》。小说以倒叙和闪回、多声部和内心独白等手段,试图揭开主人公功成名就却在一夜之间销声匿迹的谜。巴勒斯坦人瓦立德·马斯欧德,早年求学和谋生于异乡,后定居巴格达,是当地颇有声望的银行家兼记者、知识分子,事业兴隆,风流倜傥。然而,巴勒斯坦的失地丧邦是他心底永不释怀的痛。马斯欧德失踪是否为了参加黎巴嫩的巴勒斯坦游击队?小说未给予明确答案。主人公的生平是由朋友们各自的断片式回忆拼贴成的,直至最后依然朦胧不清。相比之下,主人公自述的童年岁月却异常清晰,而它在很大程度上是作者本人童年岁月的翻版。

再譬如,当今在世的巴勒斯坦最杰出的诗人穆利德·巴尔古提所创作的自传《我看见了拉马拉》(1996年),叙述了自己在流亡30年后,对拉马拉及附近家乡的重访。全书以作者回乡之行的起点——连接约旦和西岸地带的阿伦比大桥起笔,在黎巴嫩大歌唱家菲露兹的歌声中,此桥被称为"回归之桥"。作者站在木桥上放眼望去,身后是颠沛流离的足迹,前方是阔别已久的、梦中的祖国和家园,由此引出万千思绪,欣喜激动中夹杂着悲伤、惊讶与悔恨,不安之感为全书奠定基调。在这个人境处,他被一个个自我质疑几至打倒:他是谁?一个难民?一个市民?一个访客?他不知道。前方的这片土地有多种定义——家乡、西岸和加沙地带、被占领土、自治政府、巴勒斯坦、以色列。当他上一次立于此处时,一切还算明朗,如今一切都变得模糊。尽管奥斯陆协议已经签署,阿伦比大桥仍由以方把控,在以色列士兵黑洞洞的枪眼面前,巴尔古提感受到了巴勒斯坦人悲凉的历史:"他的枪从我们这里夺走了诗歌的土地,留给我们关于土地的诗歌。他的手中握着土地,而我们的手中握着幻景。"

穆利德·巴尔古提

流离者变成自己回忆里的异乡人,更只能紧紧攀附着回忆,由脚下的木桥生发开去,作者将跨度30年的回忆倒叙,铺陈在回乡纪行中,一揽子的记忆在其中自然地往返流动,在有意无意间将往昔推向当下,呈现于读者面前:巴尔古提出生于拉马拉附近的德尔·卡萨纳,1966年离开家乡,1967年第三次中东战争爆发时,他正在开罗大学文学院准备学位答辩。不到几日,整个西岸就被以色列防卫军占领了,包括拉马拉。巴尔古提发现自己成了众多流离失所者中的一员,且归期无日。他在埃及结婚生子,却因批评萨达特访问耶路撒冷而遭到后者驱逐,孤身前往布达佩斯,担任世界民主青年联盟的巴解代表,与留在开罗的妻儿分离达17年之久。奥斯陆协议的签署给了他重访家乡的机会,这次意义重大的、五味杂陈的回乡行,孕育出这部情感真挚的自传。因其笔触细腻深刻,从而获得1997年埃及纳吉布·马哈福兹文学奖。爱德华·萨义德在为该书英文版撰写的前言中,称其为"一部最佳的、反映我们所正在经历的巴勒斯坦流散的存在主义作品"。詹姆逊认为,"桥"在世界文学艺术中的原型意义"似乎在于它表示出一种悬空感"。也许正是"桥"给了巴尔古提以灵感,让他在"悬空"中保持高度的清醒,在不断的质疑中引发自身对流亡、身份及生命状态的全面思索,由此成就了这部自传。

谈到记忆中那缕熟悉的气息,笔者想到的是巴勒斯坦的另两部优秀文学作品——安通·沙马斯的类自传体小说《阿拉伯式》(1986年)和马哈穆德·达尔维什的散文诗般的回忆录

安通·沙马斯

《为了遗忘的记忆》(1995年)。

《阿拉伯式》由"故事"和"讲述者"两部分组成。"故事"叙述19世纪初沙马斯的阿拉伯基督徒家庭从叙利亚移民至巴勒斯坦,定居于加利利附近一个小村庄的传奇经历。在安通·沙马斯笔下,故乡是个充满了欢乐与悲伤、热情与迷信的美丽田园。作者围绕"我曾经是谁"的问题,描绘了自己的童年生活,回忆在尤素福叔叔身边听故事的场景,直至以色列军队占领家乡。这是一个失落的阿拉伯共同体的"故事"。"讲述者"则围绕"我现在是谁"的问题,叙述沙马斯从美国爱荷华州和巴黎游学归来,作为二等公民生活在以色列统治之下的疏离感,以及与家乡父老隔绝的负疚感。在小说中,叙事者沙马斯寻找1948年第一次中东战争中失散的堂兄米歇尔·阿布雅德,后者曾以沙马斯的名字加入反以敢死队。沙马斯最终在美国爱荷华州找到了堂兄,米歇尔交给沙马斯一个手稿,称"这是以你的名字撰写的虚构性自传",并说:"我的虚构的名字,也是你的名字。将这份稿子翻译出来,增删均可。但是,请一定把我留在里面。"沙马斯苦苦寻觅同名的堂兄,以修补分裂的身份,完成自我救赎,但是,已分裂的身份是无法再度统一的。

《阿拉伯式》是安通·沙马斯用希伯来语创作的小说,出版后引来各方关注,1988年美国《纽约时报》曾将其评为最佳图书之一。在以色列,它一直是20世纪80年代至90年代文学界热评的对象,被称为非犹太作家在希伯来现代文学史上投下的一枚"重磅炸弹"。阿拉伯文学界虽然对沙马斯用占领者的语言进行创作颇有微词,却无法否认这是当代巴勒斯坦一部优秀的流散文学作品,因为其中弥漫着巴勒斯坦那浓厚的乡间气息和风土人情:"我来到橄榄油作坊的门口。我能闻到橄榄皮荚的香气从遥远的岁月深处传来。这是一种很浓的味儿,它温煦地包裹着你的整个感觉,微风拂过秋天的尽头后,才渐渐散去……"(译自小说第

二部分"讲述者"开篇）

《为了遗忘的记忆》以类似意识流的手法,记述了大诗人马哈穆德·达尔维什在1982年8月以色列围攻贝鲁特的一天中的所见所闻、所思所感。回忆录以清晨梦醒开篇,在隆隆炮声中,作者沏上一杯咖啡,咖啡香气带着诗人完成一天的活动。诗人在炮弹横飞的城市中穿越童年记忆、重温十字军的历史故事、回顾自己的流亡岁月……贝鲁特作为记忆的场域,将各种叙事的碎片串起,以便它们汇成一个更为复杂的场域意象,直至街道和楼房在炮声中轰然坍塌,诗人意识到自己的流亡即将重新开始。贝鲁特就像诗人的家乡海法一样,即将加入沦陷的行列。曾经的"阿拉伯抵抗之都",在侵略者的铁蹄下被践踏,对其民众关上了大门。巴勒斯坦难民再次拾起行囊,踏上遥不可知的漫漫流亡之途。贝鲁特对他们而言又是一场记忆——流动的记忆。当十多年后达尔维什在巴黎的寓所中撰写这部回忆录时,虽时过境迁,但那杯咖啡的浓郁味道依然萦绕在心头。诗人意识到所有的记忆终究抵不过时间的销蚀,即便它曾经是那样地让人痛定思痛。在流光的威胁面前,诗人奋笔疾书,在混沌的世界中,抵抗着历史即将被抹去,抵抗着记忆即将被遗忘,一如昆德拉在《笑忘书》中的名言:"人类和权力的对抗史即是记忆和遗忘的对抗。"

如何看待记忆与遗忘的关系？昆德拉尚有另一句名言:"回忆不是对遗忘的否定,回忆是遗忘的一种形式。"这是否意味着:回忆既是一种指向过去的行为,同时又是基于当下、朝向未来的建构？回忆是为了警醒,也是为了最终的遗忘。当遗忘升起的时候,人将走向真正的释然。但遗忘必定是有前提的,对于经历了无数苦难和伤痛的巴勒斯坦民众尤为如此。可以说,巴以之间冲突的无解,在于巴勒斯坦人的历史记忆与犹太人的历史记忆发生了纠缠。因此,只有当双方倾听并理解彼此的记忆——其自古以来的神话、宗教、传说、憧憬和忧虑,学会在闪族的子孙内部整合彼此的叙事差异,和平才可能降临。而对于今天的巴勒斯坦民族,记忆和陈述也许是他们仅有的一切。

拉美

蜕变颂——纪念富恩特斯

陈众议

富恩特斯走了,有人说他是带着遗憾走的,因为他终于和诺贝尔文学奖无缘地走了。但在我看来,该叹息的是瑞典学院,盖因一个原本可为其贴金的作家永远离它而去了。

卡洛斯·富恩特斯(1928年11月11日—2012年5月15日)是以魔幻现实主义手法起家的拉美作家,出生于印第安和欧洲两大文明交汇的墨西哥城。青少年时代,富恩特斯便随父母遍游欧美,成人后又投身于外交事业,出使欧洲各国。他说:"鉴别的结果是:我们就是不纯,就是混杂。"

因此,在他的处女作、短篇小说集《戴假面具的日子》中,欧化了的现代文明掩盖不住墨西哥人的另一些根性。作者借印第安神话以发思古之幽情,甚至厚古薄今地"谈玄",使人不能不慑服于印第安诸神的魔力。其中最具代表性的短篇小说《恰克·莫尔》写一个叫菲里佩尔的墨西哥公子

卡洛斯·富恩特斯

哥儿因家道中落而颓废堕落,在此之际,恰克显圣了。恰克是古印第安神话中的风雨之神,他使菲里佩尔返本归源,皈依祖宗。菲里佩尔从此易名恰克·莫尔,成为雨神的化身。小说乍看荒诞不经,却是《戴假面具的日子》中最具"事实根据"的一篇。据说,1952 年富恩特斯创作《恰克·莫尔》的前夕,一尊恰克的雕像运往欧洲展出,结果所到之处无不大雨倾盆……在理性主义者看来,这些统统是村人哗众取宠的夸张,但在印第安人和许多混血儿看来,这同恰克有直接关系,是雨神魔力未减的显证。

在富恩特斯后来的作品中,神话色彩虽明显减弱,但美洲古代文化和现代墨西哥人混杂的血统仍是他创作的主要着眼点和"兴奋剂"之一。这在长篇小说《最明净的地区》中表现得十分清楚。

《最明净的地区》既表现了墨西哥三千年的历史,又是对现实生活包罗万象的写照;至于形式,作者认为这是他所有作品中最自由、最随意的一部。在这部复杂甚至有点儿冗长的作品里,只有一个人物是贯穿始终的,他就是半人半神的伊斯卡·西恩富戈斯,一个无处不在的混血儿:伊斯卡(印第安名) + 西恩富戈斯(西班牙姓)。他身在现代墨西哥但记忆却留在了古代印第安美洲。在小说前半部分,西恩富戈斯是个普通的混血儿,但随着画面的展开,他貌似平凡的背后,逐渐展现出丰富的内心:那是墨西哥混血文化的缩影,古代美洲和现实世界在这里矛盾地并存、戏剧性地汇合。他时而从现在跳到过去,时而从过去跳回现在;既不能完全摆脱过去,又不能完全逃离现在,不可避免地成为令人同情的悲喜剧人物。诗人奥克塔维奥·帕斯说:"西恩富戈斯是古代印第安美洲的幸存者,一个真正的墨西哥人。"

总之,作品以处在"野蛮"与"文明"、"地狱"与"天堂"的"十字路口"的墨西哥城为背景,全方位地展示了墨西哥社会的过去与现在、矛盾与机会,表现了新旧生产方式和价值体系的激烈冲突。从某种意义上说,伊斯卡·西恩富戈斯是读解这部作品同时也是这个社会的钥匙:他像个摆锤,在过去和现在、美洲与欧洲之间摇摆;他更像神灵,超越时空,从不同角度俯视和干预着复杂的社会生活。

富恩特斯的部分作品

历史像一条长河,人是河中之舟,永远沉浮于过去未来之间。这是富恩特斯在许多作品中昭示的主题。20 世纪 50 年代末,富恩特斯放弃了魔幻现实主义之类令原型批评家们入迷的神话传说和图腾崇拜,开始了新的、更为广泛的创作探索。于是便有了他的《好良心》《奥拉》《阿尔特米奥·克罗斯之死》《盲人之歌》《换皮》《神圣的地区》《生日》等。

在《好良心》中,富恩特斯要表现传承与创新的关系。他曾经这样表示:他必须写生于斯、长于斯的墨西哥。但是,"过去的墨西哥小说如革命小说、土著小说和形形色色的写实主义小说,像中世纪城垣一样包围着我。然而,我的故乡墨西哥城却似乎从不设防,她张开双臂,来者不拒。换言之,墨西哥城建立在巴洛克艺术基础之上,本来就缺乏节制。"对于文学传统,许多墨西哥作家采取了反叛姿态,就像胡安·鲁尔福和富恩特斯本人那样,这种反叛姿态表现为文学"野性"。

富恩特斯在创作《好良心》的过程中,给自己提出了这样的问题:什么是与他所要表现的世界相适应的风格?这个问题意味着如何表现题材、表现主题,意味着作者对他所接受的西方现实主义传统采取何种态度:是墨守成规还是努力更新。毋庸讳言,《好良心》直接或间接提及的《远大前程》《大卫·科波菲尔》《人间喜剧》《红与黑》以及《战争与和平》对年轻的富恩特斯发生过影响,其实,它们几乎创造了他的文学才能,是他成为著名作家的重要前提。英国、法国和俄国作家所以如此重要,首先是因为富恩特斯面临着与之相似的境遇和思考:介入还是逃避政治。狄更斯、巴尔扎克、司汤达以及托尔斯泰在政治上的保守并不影响他们在艺术上的革命:因为他们以丰富的人性和个人情感的自然流露鞭笞了他们所处的社会。在《好良心》的前半部分,富恩特斯几乎毫不掩饰地仿效这些欧洲艺术大师,但是他很快感到,对于20世纪的墨西哥作家来说,前人保守的政治观和单调的结构形式已不足以塑造复杂的人物形象、反映变幻莫测而又贫穷落后的社会现实。他需要同时表现不同的世界观、历史观,多层次、多视角地观照始终轮回、循环转换的奇特现象。因为在这个无所不有、无所不能的世界里,过去将不仅仅是过去,而且也是现实。

《好良心》之后,富恩特斯开始了卓有成效的形式探索。《奥拉》用第二人称叙述了一个富于幻想色彩的故事。由于作品叙述的是一个古老而又众所周知的故事,小说的关键在于如何用新的手法叙述这个古老的传说。从手法创新的角度看,《奥拉》仅仅是个开始,即由于"你"的出现,人物-叙述者的"我"被"客体化"和"客观化"了。这种内心外化的做法,或可缩小读者和人物的距离。

稍后出版的长篇小说《阿尔特米奥·克罗斯之死》才是富恩特斯形式探索的显证。阿尔特米奥·克罗斯农民出身,秉性怯懦却不无野心。墨西哥革命时期,他投机革命,在战斗中他贪生怕死,出卖过战友。革命结束后,他隐瞒历史,混入政界,最终依仗权势侵占他人财产,并勾结外国资本家发国难财,直至临终仍表现出强烈的利己主义……

作品采用复合式心理结构形式以表现人物弥留之际内心活动的三个层次。小说中,阿尔特米奥·克罗斯时而清醒,时而神志恍惚,希望与绝望、恐惧与自慰、过去与现在、现在与未来、想象与梦魇通过不同"频道"即人物分裂的"你"、"我"和"他"展示出来。"我"是他临终时的痛苦、恐惧和对外界的感觉知觉,是基本理智的;"你"则是他"自我"的外化——他的生存本能、潜意识、半昏迷状态的心理活动;"他"即他的过去——记忆,作品将他的一生切割成12个记忆段,分别穿插在"你"、"我"两个意识层次之中。把人物内心分裂成若干层次是受了弗洛伊德学说的影响——弗洛伊德认为人的心理有无意识、前意识和意识三个领域,只不过富恩特斯取而代之以人的生理本能、社会意识和潜意识等层次罢了。小说中,"你"、"我"、"他"是因为不同程度、不同层次的"感觉"联系在一起的。富恩特斯将三者有机地编织在一起,表现了一个投机家的丑恶嘴脸,折射出一个时代的广阔画面。这种把人物心理分化为不同层次的表现方式或可称之为复合式心理结构。它的长处是既合乎心理活动的层次性和跳荡有放、变幻无常的特点,又能保证作品内容完整、脉络清晰。

正因为富恩特斯运用了复合式心理结构,他便和秘鲁的巴尔加斯·略萨、阿根廷的科塔萨尔一起,被誉为拉美结构现实主义大师;《阿尔特米奥·克罗斯之死》也便作为拉美结构现实主义的典范而载入史册。

但是富恩特斯的形式探索和结构创新并没有就此罢休。在5年以后的《换皮》中,他又一次使拉美小说的"运作规范"脱胎换骨。这一回他运用了类似于扇形的"辐射结构"。所谓的扇形结构是指由一个端点定向扩散为几个端点再由几个端点覆盖几个生活场面。扇形结构的明显优势是它具有较大的覆盖能力,具有散而不乱,行当所行、止当所不得不止、发之有据、变之有常的清晰布局。

《换皮》由一个引子和两部分组成:引子(叙述者粉墨登场)——第一部分(四个人物的爱情纠葛)——第二部分(四个人物的过去及其他相关人物),小说结构恰似一把扇子:

——哈维埃尔(人物—叙述者)

——哈维埃尔

——其他人物

——爱丽莎白(人物—叙述者)

——爱丽莎白

——其他人物

叙述者

——其他人物

——伊丽莎白

——伊丽莎白(人物—叙述者)

——其他人物

——弗兰克

——弗兰克(人物—叙述者)

由于是扇形结构,小说有多种读法。之一是把它当作一个爱情故事:墨西哥诗人哈维埃尔偕夫人爱丽莎白、学生(几乎是养女)伊丽莎白和朋友弗兰克驱车旅行,在一家廉价旅馆里引出缠绵悱恻的爱情纠葛。之二是把爱情故事当作钩沉索隐的契机,读出几段有关人物的回肠荡气的过去。之三是个人生活和历史(古代希腊、古代印第安美洲、第二次世界大战、嬉皮士文化等等)变成种种暗示、隐喻和伏笔,对人物的性行为发生作用。《换皮》被认为是一部复杂的作品,在当时,"纯文学"作家对情节讳莫如深,而它却反其道而行之,实属不易。

富恩特斯的第二次超越则是在进入20世纪70年代以后才实现:与

后现代主义或极端虚无主义保持距离。70年代是一个消解的年代、虚无的年代、不确定的年代、极端相对的年代。但在富恩特斯看来,它却是"回归"、整合的年代。久违了的现实主义和历史题材焕发出新的生命力。同时,整合代替了探索,大杂烩治愈了偏食症。于是,便有了富恩特斯的《我们的土地》,在作品中,富恩特斯恢复了"元气"——巴洛克风格,同时也注入了新的元素。

在富恩特斯看来,拉丁美洲文学具有正视历史的传统。征服时期的纪实文学、独立战争后的叙事体文学以及后来的反独裁小说和墨西哥革命小说皆是如此。富恩特斯继承了这一传统。如果说他的前期作品都是以墨西哥革命为背景的话,那么《我们的土地》或许投进了历史的海洋,给人以海阔凭鱼跃的自由度与放纵感:正史与野史共存,历史与虚构并列。作品由三部分组成:西班牙帝国与美洲、罗马与墨西哥、基督与盖查尔科阿特尔。小说情节具有虚幻色彩又不乏历史依据。富恩特斯认为,历史本身就是一部人为的作品,充满幻想。在这一前提下,虚构历史便势必要成为历史虚构的反动。一种可能是负负得正,另一种可能是负负得负。

通过虚构,现在与过去、过去与将来也可以反转。而作品的戏剧性就在于平衡:真与假、新与旧的并存。富恩特斯说过:"每一部小说都必须是历史的产物,都必须建立在历史的基础之上,同时又高于历史。"在《我们的土地》中,幻想源于历史又高于历史。历史和幻想在小说中交织、融合、转化、循环、上升,然后折回到拴系着过去和将来的第一个链接。富恩特斯还说:"与其寻觅西班牙的影子,不如探究墨西哥本身……只有了解自身,墨西哥才有可能找到真正的西班牙遗产并且像摆脱了父亲的误解与仇视的儿子那样去保护它、阐扬它。"这就意味着以新的标准继承西班牙文化遗产,使过去变成现实,而影响未来。正如小说所昭示的,"未来是过去的答案"。因此,要认识西班牙,必须首先认识墨西哥;要认识墨西哥,必须首先怀疑墨西哥。当小说人物卢多维科从新大陆回到西班牙时对国王费利佩说:"您为西班牙安排的秩序被移到了新西班牙:同样森严、分明的等级关系,同样残酷、无情的执政方式——强者的权力和自由,弱者的痛苦和义务。"

然而,《我们的土地》没有停留于对历史的认知。文学毕竟是文学:源于历史而超乎历史。富恩特斯在《堂·吉诃德或阅读的批评》中说:"西班牙历史乃是西班牙的创造,而西班牙艺术却是历史的西班牙……艺术拯救了真正的西班牙,并赋予她以生命;保存了真正的西班牙,并赋予她以声形。"作者试图准确地表现西班牙的混杂以及更加混杂的美洲——这方"天生的超现实主义乐土"(勃勒东语),这个梦幻般的巴洛克世界。富恩特斯的这些思想通过人物胡利安的话昭示出来:"不要轻信任何人,更不要轻信编年史。因为历史学家的任务是为短暂而垂直的时代建立合乎逻辑(而非真实)的轮廓。这儿的历史是循环的、模糊的、不可穷尽的(因而也是永恒的)。"对富恩特斯来说,这是唯一能够接近未来的现实,包含着"昨天的神话,今天的史诗,明天的自由"。

《我们的土地》是一部历史和幻想的交响曲,是作者的历史观和艺术观的体现和综合,具有明显的片面性和或然论倾向。小说尽可能地去发掘一切被埋没和可能被埋没了的历史——用假设,用幻想。也许,这就是富恩特斯创作《我们的土地》的真正动机,而作品的涵盖性也基于此。

《我们的土地》的最后一章是关于文学的文学(用现在前卫批评家的话说是元文学),许多拉丁美洲作家笔下的人物在这里获得再生。作者对他们(同时也是对他们的原作者)进行了别具一格的讽刺性模拟。于是,文学又压倒了一切。

富恩特斯这一时期的多数创作都趋于浑圆并显示出较强的幻想色彩,这恰好与他的早期作品遥相呼应,尽管它们的出发点不尽相同。此外,70年代,富恩特斯密切注视着影视艺术的发展并不时"触电",这恐怕有在影视的夹击中寻找文学生路的目的。参与和比较的结果依然是超越,也只能是超越,富恩特斯第二阶段的创作实践恰恰指向影视难于企及的模糊性、忽然性和接受者参与的可能性。

富恩特斯创作的第三阶段更是一个纵横捭阖、得心应手的阶段,很难用一种说法加以框定。

在他20世纪80年代以后一个时期的创作中,首当其冲的是由小说梗概改编成的影视剧《月光下的兰花》。作品的首要特点在于"女权主义倾向"。富恩特斯在接受采访时明确表示了他对世界女权运动的理解与支持。作品的主人公是两位著名的墨西哥妇女:多洛雷斯·德尔里奥和玛丽亚·费利克斯。富恩特斯在谈到这两位三四十年代红极一时的电影明星时说:"她们对拉丁美洲妇女解放运动的贡献就在于她们捍卫了女人的权利和尊严。"

玛丽亚这一人物形象在富恩特斯的作品中已不陌生。早在《神圣的地区》中,富恩特斯便着意刻画过她。在《月光下的兰花》中,玛丽亚失去了她的神秘色彩,显示出不同凡响的人格魅力。而这只是作品较为粗浅的层面。深层次的内容是两个消解(同时也是化合):艺术形象与现实人物界线的消解和性别的消解。

在某种意义上,玛丽亚比多洛雷斯更解放,而多洛雷斯却比较现实,但二人的爱至真至深。文学现实(既是生活又非生活本身)中的玛丽亚扮演了"男人味儿十足"的角色,在与多洛雷斯两人的世界里,她却是个"十足的女人"。相反,多洛雷斯因其银幕形象常被认为是"十足的女人",然而她内心却搏动着一颗"男人样的心"。因此,多洛雷斯一直面临着自我证实的难题,只有玛丽亚能赋予她、保全她真正的自我。这种人物性格的丰富性和模糊性是富恩特斯后期创作的明显特征。

富恩特斯发表于80年代的《老美国佬》和《克里斯托巴尔·诺纳托》等也都是消解和化合现实-艺术两个不同层面的典范。除此之外,富恩特斯的近期作品《和劳拉·迪亚斯在一起的岁月》,时间跨度从1905年至2000年,几乎涵盖了整个世纪。它的出版,标志着富恩特斯的一个"时间纪"的结束:"恶时辰",包括《奥拉》《生日》等;"创始纪"包括《我们的土地》;"浪漫纪",包括《钟》《死去的未婚妻》等;"革命纪",包括《老美国佬》等;"教育纪",包括《好良心》等;"假面纪",包括《戴假面具的日子》《盲人之歌》《水晶疆界》等;"政治纪",包括《水蛇头》等;"现时纪",包括《迪娅娜或孤独的狩猎者》等。

富恩特斯的后期作品尚有中篇小说《康斯坦西娅及其他献给处女的故事》《伊内斯的直觉》,长篇历史小说《运动》《鹰椅》,文学论集《勇敢的新大陆》,剧本《黎明的仪式》(根据1970年的小说《所有的猫都是黑色》改编)等,其晚年的重要作品有《幸福家庭》《意志与命运》《亚当在伊甸园》《弗拉德》等长篇小说。

富恩特斯在中国的知名度当可与马尔克斯、略萨和博尔赫斯媲美,但真正喜欢他、理解他的人却并不多。这多半与他的多变有关。也许可以说,很少有人跟得上他不断"换皮"蜕变的节奏。

巴尔加斯·略萨：
一个作家的证词

王 杨

马里奥·巴尔加斯·略萨1936年出生在秘鲁南部亚雷基帕省首府亚雷基帕市的一个中产家庭。他是拥有秘鲁和西班牙双重国籍的作家和诗人；是拉美"文学爆炸"的代表人物之一；是2010年诺贝尔文学奖获得者，很多人说他"名至实归"。他写作小说、散文、诗歌、戏剧、文学评论，还曾经参加竞选秘鲁总统败北。如今，很多人为他的落选感到庆幸，他们认为，如果巴尔加斯·略萨竞选成功，现在我们或许就少了一位诺奖得主，少了一位优秀作家。

获得诺奖之后，马里奥·巴尔加斯·略萨于2011年6月来到中国，先后访问上海和北京。17日，他在中国社会科学院发表演讲，在京的中国作家、学者、文学爱好者以及众多媒体作为见证者，聆听了马里奥·巴尔加斯·略萨的"一个作家的证词"。

马里奥·巴尔加斯·略萨

证词一:"阅读决定了我成为作家"

马里奥·巴尔加斯·略萨出生前,父母就已经离异,幼年时他随母亲生活在一个大家庭之中。家人向他谎称父亲已死,多年后得知父亲仍然在世对巴尔加斯·略萨来说是一个颇具冲击力的新现实。说起童年生活,马里奥·巴尔加斯·略萨印象最深刻的便是当时阅读的那些小说,比如大仲马的《基度山伯爵》,"当读到他的死亡时,我真的流下了眼泪"。"我一生中最重要的事就是学会了读书。在我很小的时候,文学就已经让我充满激情,我知道它与我的生活并不遥远。"通过阅读,马里奥·巴尔加斯·略萨在头脑中获得了图像、经验,进入了不同的时空——"对于生活在当时那个年代的人来说是非常规的时空"。

随着阅读的深入,马里奥·巴尔加斯·略萨开始自己改编故事,这决定了他以后成为一名作家。回忆起从事创作的最初阶段,巴尔加斯·略萨说:"在当时,成为作家对于南美人来说是个挑战。作家并非是一个正式职业,它不能维持生活,而只是一种娱乐。"20世纪50年代进入大学后,巴尔加斯·略萨主修文学和法律。他从青少年至成年的时期,秘鲁正经历军政府的独裁统治,这对作家巴尔加斯·略萨很重要,他在日后的创作中,将大学生活和亲身体验写入作品,那便是多年以后的长篇小说《酒吧长谈》。"消极痛苦的经历让我的文学创作更加多产,我爱文学,文学是我一辈子的宿命!"

证词二:文学是一种行动的方式

1958年,马里奥·巴尔加斯·略萨获奖学金赴西班牙马德里大学深造。1960年,马德里大学奖学金到期之后,巴尔加斯·略萨又前往巴黎,尽管这次没有获得奖学金,生活窘迫,巴尔加斯·略萨却在法国生活了7年。法国文化对巴尔加斯·略萨走向成熟产生了重要影响:他的创作欲望一发而不可收;并"在法国发现了一个新的丰富的拉美"。巴尔加斯·略萨在法国结识了博尔赫斯、科塔萨尔、富恩特斯等拉美作家,通过与他们的交往真正融入了拉美文学,发现了用自己语言写就的全新拉美文学——"其中的共同性远远大于差异性"。

巴尔加斯·略萨毫不讳言,法国文化中,萨特的存在主义哲学对他的影响最为深远,他由此发现了"文学是一种行动的方式"。

什么是文学?在巴尔加斯·略萨看来,文学是一种行动的方式。文学应该有社会责任感,不脱离社会,通过语言,文学可以采取行动。巴尔加斯·略萨认为,文学应该以批判的态度来关注社会,避免言之无物,要唤醒人们的意识,鼓励他们去面对和解决自己的问题。"文学中并非没有故事,而是相反",巴尔加斯·略萨说,"不同读者对于故事的反应各不相同,但文学始终在生活中存在意义。文学是含义深刻的,它能反映我们生活中的问题。现实可以进步,但永远不会达到我们期望的那样,所以文学作品要让人对现实采取批判态度,帮助社会发生变化。"

巴尔加斯·略萨认为文学对于人的存在有着其他活动所无法比拟的所用。首先是语言,"没有什么能像文学那样让我们理解自己的语言,文学让人们熟知如何运用语言表达细微的思想差别,以更丰富的形

《胡利娅姨妈与作家》中文版

式帮助人思考"。由此,人们可以区分不同表达,从而更好地沟通,不同语言、文化传统的人也因此而紧密相连。其次,巴尔加斯·略萨认为社会的专业化程度使人们沟通困难,彼此距离被拉远。文学不断打破专业上的隔离,让不同的人找到相通之处。"文学对于一个人的成长来说必不可少,因为人们不能只生活在自己的世界,而应穿过语言,穿过信仰,到达别样的世界,文学可以帮助我们实现这一点。"巴尔加斯·略萨最为看重的,还是文学给人带来不满足、不顺从和批判精神。同文学作品相比,现实是可悲的,它令人不安和焦虑,而阅读文学作品则能减少现实给人带来的粗暴伤害。

证词三:幽默和想象丰富了我的文学

受萨特的影响,巴尔加斯·略萨在早期写作中不愿意使用幽默的笔触,他本来认为,自己要做一个严肃的现实主义作家,而严肃的文学不应该有微笑。转变发生在20世纪60年代末,巴尔加斯·略萨发现,在秘鲁的丛林中,军队创建了一种叫作"劳军女郎"的体系——召集年轻的女孩子为军队服务,这造成了当地村庄居民的反感和愤怒。这个故事令巴尔加斯·略萨着迷,但他发现自己无法以严肃的态度来讲述故事。严肃的讲述会让人感到虚假,"要说服读者,就必须让他们发笑甚至大笑"。巴尔加斯·略萨由此发现了幽默对于文学的意义,这对他来说是个新鲜事,仿佛是孩子发现了新玩具,带着这种新鲜感,巴尔加斯·略萨于1973年创作完成了长篇小说《潘达雷昂上尉与劳军女郎》,幽默的笔触贯穿全篇,很好地丰富了他的文学创作。

1977年,巴尔加斯·略萨发表了小说《胡利娅姨妈与作家》,在这部作品中,想象力成为文学主题。故事源

《给青年小说家的信》中文版

于巴尔加斯·略萨大学时在利马一家广播电台做小说连播节目的经历。在广播电台写连播故事的玻利维亚作家擅长用情感冲突和夸张情节来唤起听众的兴趣。对于这位作家而言,小说是工业创造,在现实和他所描述的世界里,他既是导演又是演员。终于因为操劳过度,这位作家弄混了不同连播故事情节,最终不得不放弃写作,不知所终。巴尔加斯·略萨依靠想象力为读者建构了一个抹掉现实与非现实界限的故事,一切都仿佛是人们的智力游戏一般。

很多作家在写作中可能会完全抛弃现实而倚重想象,他们不是要模仿现实,而是要创造现实。在写作《胡利娅姨妈与作家》时,巴尔加斯·略萨发现不能仅仅依靠虚构,而应加入现实的因素,于是作家的第一次婚姻出现在作品中,使现实与想象挂钩。巴尔加斯·略萨说,这种尝试让他发现了一些新的创作手法,有了新的体会:小说也讲谎话,一些你明明亲身经历过的事情,写在作品中却成了谎言。

本来要成为一个现实主义作家的巴尔加斯·略萨在作品中不断地运用虚构和扩大想象,但这种虚构和想象又与现实紧密联系。在巴尔加斯·略萨看来,文学永远都不可能成为客观现实的呈现。人们可以通过小说来理解现实,但小说不会是现实全然的反映。"我写的作品越来越多,虽然题材各不相同,但创作手法都是一致的,那就是如何更好地结合想象和现实。"

证词四:向我喜爱的作家学习写作

马里奥·巴尔加斯·略萨在不同场合反复提到几个他最喜爱和尊重的作家。除了萨特的存在主义给他哲学上的思考之外,美国作家威廉·福克纳教会了巴尔加斯·略萨如何写作。从福克纳身上,巴尔加斯·略萨学习了现代作家如何构建复杂作品。他称福克纳的小说像结构精美的建筑,而福克纳本人就是杰出的建筑师。他在写作中大量汲取了福克纳的小说写作技巧,特别是对热烈奔放的语汇的运用、时空的组织、情节的串联以及故事的描述等等。

对巴尔加斯·略萨而言,文学是美好的事业,需要灵感的火花点燃。但他并不认为灵感是最重要的,大部分作家是用勤奋代替了天才,法国作家福楼拜就是其中的代表。福楼拜给巴尔加斯·略萨的启示是:写作需要投入,需要勤奋。巴尔加斯·略萨承认,福楼拜并不是一个特别有天赋的作家,但在阅读福楼拜的信札时,巴尔加斯·略萨发现,福楼拜追求完美,他坚持不断地自我批评,自己创造了写作的天赋,在不完美中实现了完美,这对于一个作家的成功至关重要。

巴尔加斯·略萨曾在《博尔赫斯的虚构》一文表达了他对博尔赫斯

的敬仰:"我少年时迷恋的文学对象是经常变换的。一度使我追随的许多榜样,当我试图重新阅读时,都很难拿在手上,其中就包括萨特的作品。但是,对博尔赫斯的迷恋,秘密的、有着犯罪感的迷恋,却从来没有冷却过。每隔一段时间就要重读博尔赫斯的作品,已经成为一种习惯,对我总是一种愉快的历险。"他认为,用西班牙语从事写作的人们欠博尔赫斯的债是巨大的。当被问到心目中的诺贝尔文学奖得主人选时,巴尔加斯·略萨说:"如果可能,我会把博尔赫斯从地下唤醒,将诺贝尔文学奖授予他。博尔赫斯是我们这个时代最伟大的作家,他的创作极大地丰富了西班牙语文学,并为其注入了新的动力。"

东欧

需要重新打量的东欧文学

高　兴

说到东欧文学，一般人都会觉得，东欧文学就是指东欧国家的文学。这好像不构成什么问题。但严格来说，"东欧"是个政治概念，也是个历史概念。在相当一段时间里，它特指波兰、捷克斯洛伐克、匈牙利、罗马尼亚、保加利亚、南斯拉夫、阿尔巴尼亚等7个国家。因此，在当时，"东欧文学"也就是指上述7个国家的文学。这7个国家都曾经是社会主义阵营的成员，都曾经是以苏联为首的华沙条约组织的成员。大家都知道，华沙条约组织由苏联牵头，成立于1955年，目的就是对抗以美国为首的北大西洋公约组织。这就形成了冷战时期的两大阵营：以美国为首的资本主义阵营；以苏联为首的社会主义阵营。

1989年底，东欧发生剧变。需要指出的是，东欧剧变是我们的说法，而所有当事国都称当时的事件为革命。东欧剧变后，情形发生了深刻的变化。苏联解体，华沙条约组织解散，捷克和斯洛伐克分离，南斯拉夫各共和国相继独立，所有这些都在不断改变着"东欧"这一概念。而实际情况是，波兰、捷克、匈牙利、罗马尼亚等国家甚至都不再愿意被称为东欧国家，它们更愿意被称为中欧或中南欧国家。

同样，不少上述国家的作家也竭力抵制和否定这一概念。昆德拉就是个典型。人们往往习惯于把捷克当作东欧国家,昆德拉却屡次三番强调,他的祖国属于中欧而非东欧。小说家昆德拉强调这一点,至少有两个意图:一、尽可能地躲避政治的阴影。二、表明他的文学渊源。第二点于他尤为重要。这样,他便把自己纳入了欧洲小说传统;这样,他便使自己同中欧文学四杰:布罗赫、卡夫卡、贡布罗维奇和穆齐尔处于同一片星空之下。我遇到的许多东欧作家对东欧这一概念都表现出了非同寻常的警觉。在他们看来,东欧是个高度政治化、笼统化的概念,对文学定位和评判,不太有利。这是一种微妙的姿态。在这种姿态中,民族自尊心也发挥着不可估量的作用。

然而,在中国,"东欧"和"东欧文学"这一概念早已深入人心,有广泛的群众和读者基础,有一定的号召力和亲合力。因此,继续使用"东欧"和"东欧文学"这一概念,我觉得无可厚非,有利于研究、译介和推广这些特定国家的文学作品。事实上,欧美一些大学、研究中心也还在继续使用这一概念。我曾经访问过的美国印第安纳大学就有一个实力雄厚的俄罗斯东欧研究中心。只不过,今日,当我们提到这一概念,涉及的就不仅仅是7个国家了,而应该包含更多的国家:立陶宛、摩尔多瓦等独联体国家,还有波黑、克罗地亚、斯洛文尼亚、塞尔维亚、黑山等从南斯拉夫联盟独立出来的国家。我们之所

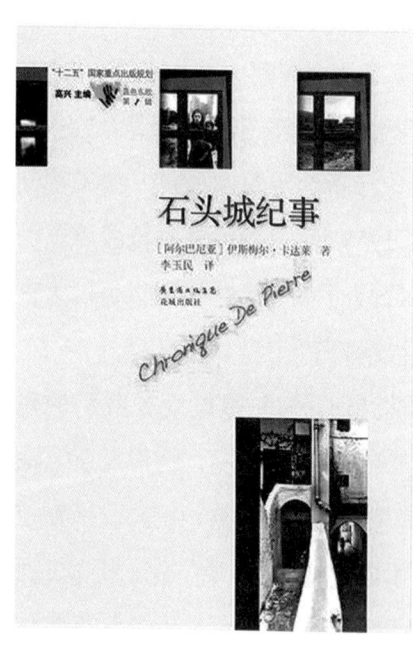

"蓝色东欧"系列部分作品中译本:《石头城纪事》

以还能把它们作为一个整体来谈论,是因为它们有着太多的共同点:都是欧洲弱小国家,历史上都曾不断遭受侵略、瓜分、吞并和异族统治,都曾把民族复兴当作最高目标,都是到了19世纪末和20世纪初才相继获得独立,或得到统一,二次大战后都走过一段相同或相似的社会主义道路,1989年后又相继走上了资本主义发展道路。之后,又几乎都把加入北约、进入欧盟当做国家政策的重中之重。这20年来,发展得都不太顺当,作家和文学都陷入不同程度的困境。用饱经风雨、饱经磨难来形容这些国家,十分恰当。

影响和交融:
东欧文学的两个关键词

换一个角度,侵略,瓜分,异族统治,动荡,迁徙,这一切同时也意味着方方面面的影响和交融。最近,我曾到萨拉热窝参加诗歌节。在萨拉热窝老城漫步时,我就看到了这样一幅景象:一条老街上有天主教教堂,有东正教教堂,有清真寺,有奥匈帝国的建筑,有奥斯曼帝国时期的大巴扎,饮水亭和钟楼。有时一幢建筑竟包含着东西方各种风格。这就是历史的遗产。这就是影响和交融的结果。我无限感慨。在文化和文学上,影响和交融,体现得尤为明显。甚至可以说,影响和交融,是东欧文学的两个关键词。

萨拉热窝如此,布拉格也是如此。总是听人在津津有味地谈论布拉格。谈论总统府,老城广场和查理大桥。谈论它特别的艺术氛围。谈论古老的查理大学。谈论它幽默、欢快的人民。有意思的是,谈论者中有许多其实并没有真正去过布拉格。没有去过,都能感觉到这座城市的魅力。这就是布拉格的神奇了。

"蓝色东欧"系列部分作品中译本：《错宴》

生在布拉格长在布拉格的捷克著名小说家伊凡·克里玛，在谈到自己的城市时，有一种掩饰不住的骄傲："这是一个神秘的和令人兴奋的城市，有着数十年甚至几个世纪生活在一起的三种文化优异的和富有刺激性的混合，从而创造了一种激发人们创造的空气，即捷克、德国和犹太文化。"显然，克里玛对布拉格有着绝对切身的感受和本质性的了解。布拉格魅力的根子可以在他的话中找到。

如果要用一个词来形容布拉格的话，克里玛觉得就是：悖谬。布拉格充满了悖谬。悖谬是布拉格的精神。

或许悖谬恰恰是艺术的福音，是艺术的全部深刻所在。要不然从这里怎会走出如此众多的杰出人物：德沃夏克，雅那切克，斯美塔那，哈谢克，卡夫卡，布洛德，里尔克，塞弗尔特，等等。这一大串的名字就足以让我们对这座中欧古城表示敬意。

波兰又是一个例子。在波兰，你能同时感觉到俄罗斯文化、犹太文化、法国文化和德语文化的影响，尤其是俄罗斯文化。尽管波兰民族实际上对俄罗斯有着复杂的甚至是排斥的感觉，但俄罗斯文学对波兰文学的影响却是巨大的。密支凯维奇、显克维奇、莱蒙特、米沃什等作家都曾受过俄罗斯文学的滋养和影响。密支凯维奇还曾被流放到俄国，同普希金等俄罗斯诗人和作家有过接触。米沃什出身于立陶宛，由于他的祖祖辈辈都讲波兰语,他坚持认为自己是波兰诗人。在他出生的时候,立陶宛依然属于俄罗斯帝国。他曾随父亲在俄罗斯各地生活。俄罗斯风光,俄罗斯文化,都在他的童年记忆里留下了深刻印记。

而在布加勒斯特,你明显地能感觉到法国文化的影子。在20世纪二三十年代,布加勒斯特有"小巴黎"之称。那时,罗马尼亚所谓的上流社会都讲法语。作家们基本上都到巴黎学习和生活过。有些干脆留在了那里。要知道,达达主义创始人查拉是罗马尼亚人,后来才到了巴黎。诗人策兰、剧作家尤内斯库、音乐家埃内斯库,都是如此。

红色经典与蓝色东欧

一个多世纪以来,我国尽管译介了不少东欧文学作品,但总体上说还远远不够,也存在着许多明显的问题。译介不够系统,过于零散,选题有时过于强调政治性,意识形态的长期干扰,等等,都使得东欧文学译介留下了诸多遗憾。如今,时代变了,我们终于可以用文学的目光来打量和面对文学翻译了。应该说,东欧文学翻译依然有着丰富的空间和无限的前景。就连经典作家的翻译都还存在着许多空白,需要一一填补。不少作家只是在中国报刊上或选集里露过面,根本还没得到充分的介绍。而恰佩克、塞弗尔特、齐奥朗、埃里亚德、贡布罗维奇、赫贝特、凯尔泰斯、卡达莱等等在世界文坛享有盛誉的东欧作家也都值得深入翻译和研究。此外,还有不少优秀的新生代作家和作品值得我们去发现和翻译。系统地、艺术地译介东欧文学已成为一种可能,也是一种必要。